BESTSELLER

Michel Bussi (1965) es politólogo, profesor de geografía en la Universidad de Rouen y un auténtico éxito de ventas en Francia, con más de un millón y medio de ejemplares vendidos de sus obras. Publicó su primera novela en 2006, pero fue a partir de *Un avión sin ella* (2012) cuando se consolidó su éxito internacional. El sello de Bussi y el secreto de su popularidad es su capacidad por entremezclar el mundo emocional de sus personajes y el suspense, al mismo tiempo que juega con el lector.

Biblioteca

MICHEL BUSSI

Mamá no dice la verdad

Traducción de
Teresa Clavel

DEBOLS!LLO

Título original: *Maman a tort*

Primera edición: marzo, 2017

© 2015, Presses de la Cité, un departamento de Place des Éditeurs
© 2017, Penguin Random House Grupo Editorial, S. A. U.
Travessera de Gràcia, 47-49. 08021 Barcelona
© 2017, Teresa Clavel Lledó, por la traducción
© 1985, Warner Chappell Music France, por los extractos de *Mistral gagnant* (pp. 160-161),
letra y música de Renaud Séchan

Printed in Spain – Impreso en España

ISBN: 978-84-663-3822-6 (vol. 1142-2)
Depósito legal: B-439-2017

Compuesto en M. I. Maquetación, S. L.

Impreso en Liberdúplex, S. L. U.
Sant Llorenç d'Hortons (Barcelona)

P 3 3 8 2 2 6

Penguin
Random House
Grupo Editorial

Para mamá, por descontado

Tengo varias mamás.
Para mí es un poco complicado.
Sobre todo porque no se tienen simpatía.
Hasta hay una que va a morir.
¿Será en parte por mi culpa?
¿Seré yo el causante de todo esto?
Porque no recuerdo cuál es la verdadera.

I

Marianne

1

Aeropuerto de Le Havre-Octeville,
viernes 6 de noviembre de 2015, 16.15

Malone notó que sus pies se despegaban del suelo y, justo después, vio a la señora detrás del cristal. Aunque llevaba un traje violeta, parecido al de los policías, tenía la cara redonda y llevaba unas gafas graciosas. Metida en su caseta transparente, parecía una señora que vende tíquets para montar en el tiovivo.

Notaba temblar un poco las manos de mamá mientras lo sostenía en el aire.

La señora lo miraba directamente a los ojos, luego se volvía hacia mamá, luego bajaba la vista hacia las libretitas marrones que tenía abiertas entre los dedos.

Mamá se lo había explicado. La señora comprobaba sus fotos. Para estar segura de que eran realmente ellos. De que tenían derecho a montar en el avión.

Lo que la señora no sabía es adónde iban. Adónde iban de verdad.

El único que estaba al corriente era él.

Iban a volar rumbo al bosque de los ogros.

Malone apoyó las manos en la repisa de la caseta para ayudar a mamá a sostenerlo a aquella altura. Ahora miraba las letras enganchadas en la chaqueta de la señora. Por supuesto, aún no sabía leer, pero era capaz de reconocer algunas.

A... N... E...

La azafata le indicó a la mujer que tenía delante que podía dejar al niño en el suelo. Normalmente, Jeanne no era tan concienzuda. Y menos allí, en aquel pequeño aeropuerto de Le Havre-Octeville, donde solo había tres taquillas, dos cintas transportadoras y una máquina de café. Pero desde primera hora de la tarde el equipo de seguridad andaba alborotado, corriendo del aparcamiento a la rampa aeroportuaria sin parar. Todos movilizados jugando al escondite con un fugitivo invisible que, en cualquier caso, era particularmente improbable que pasase por aquella ratonera aérea.

Daba igual. La comandante Augresse había sido explícita. Pegar las fotos de los tipos y la chica en las paredes del vestíbulo y poner en guardia hasta el último agente de la aduana, hasta el último miembro del servicio de seguridad.

Eran peligrosos.

Sobre todo uno de los tipos.

Para empezar, atracador. Y además, asesino. Multirreincidente, según la alerta difundida por toda la red de la policía regional.

Jeanne se inclinó un poco hacia delante.

—¿Has subido en avión alguna vez? Ya eres un hombrecito, pero ¿has hecho algún viaje tan largo?

El crío dio un paso hacia un lado para esconderse detrás de su madre. Jeanne no tenía hijos. No le quedaba más remedio que hacer malabarismos con unos horarios demenciales en el aeropuerto, lo cual era un excelente pretexto para que el cuentista de su novio pospusiera la cuestión cuando ella la mencionaba. Sin embargo, se le daba bien manejar a los niños. Mejor que a los tíos, en general. Tenía ese don: seducir a los niños. A los niños y a los gatos.

Sonrió de nuevo.

—Oye, y dime, ¿no tienes miedo? Porque, bueno, ahí a donde vas, está... —Hizo deliberadamente una pausa para dar tiempo a que la punta de la nariz asomara por detrás de las piernas de la madre, enfundadas en los vaqueros ceñidos—. Está la jungla..., ¿verdad, cielo?

El niño reaccionó haciendo un ligero movimiento de retroceso, como sorprendido de que la azafata hubiera podido penetrar su secreto. Jeanne examinó una vez más los pasaportes antes de estampar enérgicamente el sello en ambos.

—Pero tú no tienes ningún motivo para tener miedo, cielo. ¡Vas con mamá!

El chico se había escondido de nuevo detrás de su madre. Jeanne se sintió decepcionada. Si ahora resultaba que estaba perdiendo también la sintonía con los críos... Se tranquilizó: el lugar intimidaba, y además, los idiotas de los militares no paraban de pasar por el vestíbulo con la pistola en el cinto y el fusil de asalto en bandolera, como si la comandante Augresse fuese a revisar las grabaciones de las cámaras de seguridad y a darles un puñado de puntos por su celo en la vigilancia.

Jeanne insistió. Su trabajo era la seguridad. Y eso incluía también la seguridad afectiva de los clientes.

—Pregúntale a mamá. Ella te lo explicará todo de la jungla.

La madre le dio las gracias con una sonrisa. No había que pedirle tanto al crío, aunque, de todas formas, había reaccionado.

De un modo extraño.

Por un momento, Jeanne se preguntó cómo interpretar ese breve movimiento de los ojos que había interceptado. Una fracción de segundo... Cuando ella había pronunciado por segunda vez la palabra «mamá», el niño no había mirado a su madre. Había vuelto la cabeza hacia el lado contrario, hacia la pared. Hacia el cartel de esa chica que acababa de pegar hacía apenas unos minutos. El cartel de esa chica que buscaban todos los cuerpos policiales de la región y el tipo que estaba al lado. Alexis Zerda. El asesino.

Seguramente una percepción equivocada.

Quizá el niño miraba el gran ventanal, a la izquierda. O los aviones que estaban al otro lado. O el mar a lo lejos. Simplemente, estaba en la luna. O ya en el cielo.

Jeanne dudó si seguir interrogando a madre e hijo, al tiempo que rechazaba un presentimiento inexplicable, una impresión malsana sobre la relación entre aquel niño y su madre. Algo inusual, turbio, aunque no sabía muy bien cómo definirlo.

Todos sus papeles estaban en regla. ¿Con qué pretexto iba a retenerlos? Dos soldados con la cabeza rapada, embutidos en sus uniformes de combate y haciendo ruido con las botas, iban de un lado a otro. Garantizaban la seguridad metiendo canguelo a las familias.

Jeanne se convenció a sí misma. Era la presión. Ese insoportable clima de guerra civil en los aeropuertos cada vez que un tipo peligroso andaba suelto por ahí con los polis pisándole los talones. Era demasiado emotiva, lo sabía, con los hombres le pasaba lo mismo.

La azafata pasó los pasaportes por la abertura de la placa de vidrio irrompible.

—Tenga, señora, todo está en regla. Buen viaje.

—Gracias.

Era la primera palabra que pronunciaba la mujer.

Al final de la pista, un Airbus A318 azul celeste de la KLM despegaba en ese momento.

La comandante Marianne Augresse levantó los ojos hacia el Airbus azul celeste que atravesaba el cielo. Lo siguió un instante por encima del océano negro petróleo y reanudó el fatigoso ascenso.

Cuatrocientos cincuenta escalones.

J.B., medio centenar de peldaños más arriba, se permitía el lujo de bajarlos corriendo. ¡Parecía que su ayudante se lo tomara como un juego, como un reto personal! De entrada, aquello sacó de quicio a Marianne, aún más que todo lo demás.

—¡Tengo un testigo! —gritó el teniente cuando estuvo a veinte peldaños de ella—. Y no uno cualquiera…

Marianne Augresse se agarró a la barandilla de la escalera y aprovechó para respirar. Notaba que le corrían gotas por la espalda. Aborrecía ese sudor que la empapaba al menor esfuerzo, unas gotas más por cada gramo que engordaba. ¡Malditos cuarenta! ¡Y malditas comidas engullidas de pie como los pavos, horas tumbada en el sofá antes de irse a la cama, noches solitarias y salidas matinales para correr postergadas!

El teniente bajaba la escalera como si hiciese el recorrido con un ascensor invisible.

Se plantó delante de Marianne y le tendió una especie de rata gris. Blanda. Muerta.

—¿Dónde has encontrado eso?

—Entre las zarzas, unos peldaños más arriba. Alexis Zerda ha debido de tirarlo antes de volatilizarse.

La comandante no contestó. Se limitó a coger entre el índice y el pulgar el trozo de peluche fofo y ajado, casi descolorido a fuerza de haber sido acariciado, chupeteado y estrujado contra el cuerpo tembloroso de un crío de tres años. Cosidos a la tela, dos ojos que eran canicas negras se abrían, desmesurados. Con la mirada fija. Como congelada en un último terror.

J. B. estaba en lo cierto, la comandante tenía entre los dedos un testigo. Un testigo descoyuntado. Pringoso. Al que le habían arrancado el corazón. Al que habían hecho callar definitivamente.

Marianne apretó el muñeco entre sus brazos pensando en lo peor.

El crío no habría abandonado nunca su peluche.

Apartó el pelo del peluche, maquinalmente, como si acariciara el vello del pecho de un hombre. Unas manchas marrones salpicaban el nacimiento de las fibras acrílicas. Sangre, sin duda alguna. ¿La misma que la que habían encontrado en el escondrijo, unos cientos de peldaños más abajo?

¿La del niño?

¿La de Amanda Moulin?

—¡Vamos, J. B.! ¡Hay que darse prisa! —ordenó la comandante en un tono deliberadamente agresivo—. ¡Hay que seguir subiendo!

El teniente Jean-Baptiste Lechevalier no discutió. En un segundo se adelantó cinco peldaños a su superior. Marianne Augresse se esforzó en acompasar sus pasos a sus pensamientos, tanto para no dejar que el cansancio ralentizara su avance como para colocar sus hipótesis bien apiladas unas sobre otras. Aunque, en el fondo, la pregunta que se hacía con urgencia era solo una.

¿Dónde?

Tren, coche, tranvía, autobús, avión… Alexis Zerda disponía de cientos de medios para escapar, para desaparecer, pese a que las fuerzas del orden estaban en alerta hacía dos horas, pese a los carteles, pese a las decenas de hombres movilizados.

¿Dónde y cómo?

Un peldaño tras otro. Un interrogante llevaba a otro.

¿Dónde, cómo y por qué?

Para evitar hacerse la otra pregunta. La principal.

¿Por qué tirar ese peluche?

¿Por qué arrebatarle de las manos al niño ese muñeco? Un niño que debía de haber chillado, que debía de haberse negado a subir un peldaño más, que habría preferido morir allí mismo antes que separarse de esa rata pelada que llevaba su olor y el de su madre.

El viento del mar transportaba efluvios insoportables de hidrocarburos. Los portacontenedores flotaban a lo lejos, en el canal de El Havre, casi tan pegados unos a otros como coches ante un semáforo en rojo.

A la comandante se le hinchaban las venas bajo las sienes. Sangre y sudor. La escalera parecía estirarse hasta el infinito, como si cada vez que subía un peldaño surgiera otro por arte de magia arriba de todo, más allá de su campo de visión.

Una sola pregunta, obsesiva, continuaba rebotando contra las paredes de su cráneo.

¿Por qué?

¿Porque Zerda no tenía intención de cargar con el crío? ¿Ni con el peluche ni con él? ¿Porque pensaba arrojar también a ese niño a una zanja un poco más lejos, simplemente cuando encontrara un rincón algo más discreto?

Otro Airbus atravesaba el cielo. El aeropuerto estaba a menos de dos kilómetros a vuelo de pájaro. «¡Por lo menos Zerda no podría acercarse allí!», se tranquilizó Marianne, pensando en el dispositivo de vigilancia desplegado.

Unas decenas de peldaños más. El teniente Lechevalier ya casi había llegado al aparcamiento. La comandante Augresse avanzaba ahora a un ritmo regular. Sus dedos se crispaban sobre la bola de pelo gris, la manoseaban, como para comprobar que le habían arrancado el corazón y la lengua, que ese animalito de peluche nunca más podría contarle nada a nadie, ni cuentos, ni secretos, ni confidencias; que estaba definitivamente muerto después de todas esas horas de conversaciones íntimas con Malone, esas conversaciones que ella y sus hombres habían escuchado hasta la saciedad.

Los dedos de la comandante se movieron uno o dos segundos más entre el pelo amazacotado y de pronto se detuvieron, con excepción del índice, que se deslizó unos milímetros suplementarios sobre la fibra acrílica. Sus ojos miraron hacia abajo, de forma maquinal, sin anticipar nada, sin sospechar ni por un instante lo que iban a descubrir.

¿Qué demonios podía tener que revelar ese trozo de tela despanzurrado?

Los ojos de Marianne Augresse empezaron a moverse también más despacio, se amusgaron, se concentraron en las marcas descoloridas. Y de repente la verdad estalló.

De repente, todas las piezas del puzle encajaron. Incluso las más increíbles.

El cohete, el bosque de los ogros, los piratas y su barco embarrancado, la amnesia de un roedor tropical, el tesoro, las cuatro torres del castillo, todos esos desvaríos en los que ella y sus hombres llevaban cinco días empantanados.

Los cuentos de un niño demasiado fantasioso. Que ellos creían...

Todo estaba escrito ahí. ¡El pequeño Malone no se había inventado nada!

Todo cabía en tres palabras, pegadas al pelo sintético de aquel testigo mudo. Todos habían tenido entre las manos aquel peluche, pero a nadie le había llamado la atención nada. Todos se habían concentrado únicamente en lo que tenía que decir. Un peluche demasiado parlanchín al que habían escuchado, pero no mirado. Aquel peluche asesinado para que callase por siempre jamás y abandonado por su asesino en una cuneta.

La comandante cerró un momento los ojos. Pensó de pronto que, si alguien fuera capaz de leerle el pensamiento, de captarlo como se capta por casualidad un fragmento de conversación, sin saber nada del principio de la historia, la tomaría por loca.

Un peluche no habla, no llora, no muere. Uno deja de creer en él cuando cumple cuatro años, pongamos seis, ocho como máximo.

Sí, si alguien empezara esta historia por este capítulo, la tomaría por una chiflada. Alguien o ella misma; ella, racional.

Ella, cinco días antes.

Marianne, sin dejar de apretar el peluche contra su pecho, volvió la cabeza hacia los cientos de peldaños que acababa de subir, dominada por una especie de vértigo. A lo lejos solo vio el cielo vacío hasta el infinito, un cielo casi tan negro como el mar, el gris de cuya espuma se confundía con el de las nubes.

Faltaban menos de veinte peldaños. J. B. ya había puesto en marcha el Renault Megane, ella oía el ronroneo del motor. Echando mano de sus últimas fuerzas, aceleró.

Ya solo tenía una pegunta que hacerse, ahora que la verdad aparecía con toda claridad.

¿Estaban todavía a tiempo de detenerlos?

Cuatro días antes...

LUNES
El día de la luna

2

Aguja pequeña en el 8, aguja grande en el 7

—Mamá andaba deprisa. Yo iba cogido de su mano, y eso me hacía daño en el brazo. Ella buscaba un rincón para escondernos los dos. Gritaba, pero yo no la oía porque había mucha gente.

—¿Había mucha gente? ¿Quiénes eran todas esas personas que había a vuestro alrededor?

—¡Buf...! Gente que iba de compras.

—Entonces ¿había tiendas a vuestro alrededor?

—Sí, montones. Pero nosotros no llevábamos carrito, solo una gran mochila. Mi gran mochila de Jake y los piratas.

—Pero ¿tu mamá y tú también ibais de compras?

—No, no. Yo me iba de vacaciones. Eso es lo que decía mamá. Unas largas vacaciones. Pero yo no quería. Por eso mamá buscaba un rincón para esconderse conmigo. Para que la gente no me viera con uno de mis ataques.

—¿Como el que has tenido en el colegio? ¿Como ese del que me ha hablado Clotilde? Llorar. Ponerte hecho una furia. Querer romperlo todo en la clase. ¿Es eso, Malone?

—Sí.

—¿Por qué?

—Porque yo no quería irme con la otra mamá.

—¿Solo por eso?

—…

—Vale, hablaremos después de tu otra mamá. Intenta primero recordar el resto. ¿Puedes describirme lo que veías? El lugar por donde caminabas deprisa con tu mamá.

—Había tiendas. Montones de tiendas. Había también un McDonald's, pero no comimos allí. Mamá no quería que jugara con los otros niños.

—¿Te acuerdas de la calle? ¿Te acuerdas de las otras tiendas?

—No era una calle.

—¿Cómo que no? ¿No era una calle?

—Bueno, era como una calle, pero no se veía el cielo.

—¿Estás seguro, Malone? ¿No se veía el cielo? ¿Había un gran aparcamiento fuera, alrededor de las tiendas?

—No lo sé. En el coche iba dormido. Solo me acuerdo de lo de después, en la calle sin cielo llena de tiendas, cuando mamá me tiraba de la mano.

—Vale. No pasa nada, Malone. Espera. Espera unos segundos, voy a enseñarte unas fotos y me dices si reconoces lo que ves.

Malone esperó en la cama, sin moverse.

Guti no decía nada, como si estuviera muerto; luego empezó a hablar otra vez. Lo hacía a menudo, era normal.

—Mira, Malone. Mira las imágenes que aparecen en la pantalla del ordenador. ¿Te recuerda eso algo?

—Sí.

—¿Eran esas las tiendas que había?

—Sí.

—¿Estás seguro?

—Creo que sí. Estaba el mismo pájaro rojo y verde. Y el loro también, el loro disfrazado de pirata.

—Vale. Es muy importante, Malone. Después te enseñaré más fotos. De momento, vamos a seguir con tu historia. Tu mamá y tú os escondisteis en un rincón, ¿dónde?

—En los lavabos. Yo estaba sentado en el suelo. Mamá cerró la puerta para que la oyera mejor sin que se enterara nadie.

—¿Qué te decía tu mamá?

—Que todo lo que hay dentro de mi cabeza se va a ir, como los sueños que tengo por la noche. Pero que debo esforzarme en pensar en ella siempre antes de dormirme. Que piense con fuerza en ella. Y también en nuestra casa. En la playa. En el barco de piratas. En el castillo. Solo me decía eso, que las imágenes que tengo en la cabeza se van a ir. A mí me costaba creerla, pero ella no paraba de repetirlo. «Las imágenes que tienes en la cabeza se irán. Saldrán volando si no piensas en ellas en la cama. Como las hojas de las ramas de los árboles.»

—Eso fue antes de que te dejara con tu otra mamá, ¿no?

—¡La otra no es mi mamá!

—Sí, sí, Malone, lo he entendido, por eso digo la otra mamá. ¿Y qué más te dijo? Me refiero a tu primera mamá.

—Que le hiciera caso a Guti.

—Guti es él, tu peluche, ¿no? ¡Hola, Guti! O sea, que debías hacerle caso a Guti, ¿eso es lo que te decía tu mamá?

—¡Sí! Debo hacerle caso a Guti a escondidas.

—¡Entonces es que es muy listo! ¿Y qué hace Guti para ayudarte a que te acuerdes de todo?

—Me habla.

—¿Te habla?

—Sí.

—¿Cuándo te habla?

—No puedo decirlo, es un secreto. Mamá me hizo jurarlo. Mamá me contó también otro secreto en los lavabos. El secreto para protegerse de los ogros cuando quieren llevarte al bosque.

—Vale, es un secreto, entendido. No te incordiaré con eso. ¿No te dijo nada más tu mamá, Malone?

—¡Sí, me dijo justo eso!

—¿El qué?

—¡Malone!

—Te llamó por tu nombre, Malone, ¿es eso?

—Sí. Me dijo que Malone es bonito. Que debo responder cuando me llamen así.

—Pero antes no te llamabas así, ¿eh? ¿Te acuerdas todavía de tu nombre de antes?

Malone permaneció en silencio una eternidad.

—No pasa nada, chaval. Nada en absoluto. ¿Te dijo tu mamá algo más después?

—No. Después lloraba.

—Vale. Y tu casa de antes, no en la que vives ahora, la de antes, ¿puedes hablarme de ella?

—Un poco. Pero casi todas las imágenes se han ido, porque Guti no me habla casi nunca de mi casa de antes.

—Comprendo. Aun así, ¿puedes describirme las imágenes que te quedan? Antes hablabas del mar, de un barco de piratas, de las torres de un castillo…

—¡Sí! No había jardín, de eso estoy seguro, solo la playa. Si te asomabas por la ventana de mi habitación, te encontrabas con el mar. Veía perfectamente el barco de piratas desde mi habitación, estaba partido en dos. Me acuerdo también del cohete. Y de que no debía ir lejos de la casa porque estaba el bosque.

—El bosque de los ogros, ¿no?

—Sí.

—¿Puedes describírmelo un poco?

—Sí, es fácil. Los árboles llegaban hasta el cielo. Y en la jungla no había solo ogros, había también grandes monos, serpientes, arañas gigantes, yo las vi una vez, a las arañas, por eso debía quedarme en mi habitación.

—¿Te acuerdas de algo más, Malone?

—No.

—Vale. Dime…, Malone. Te llamaré Malone mientras no recuperemos tu nombre de antes, ¿eh? Dime…, tu peluche, ¿qué animal es?

—Pues es un Guti.

—Vale, vale, un Guti, entendido. ¿Y dices que te habla de verdad, no solo en tu cabeza? Ya sé que es un secreto, pero ¿no quieres contarme un poco, solo un poquito, cómo se las arregla para hablarte?

Malone contuvo un momento la respiración.

—Calla, Guti —susurró.

Malone oía pasos en la escalera. Estaba siempre muy atento a todos los ruidos de la casa, sobre todo cuando estaba en su cuarto, entre las sábanas, casi a oscuras, y escuchaba a Guti a escondidas.

Mamá-nda subía.

—Rápido, Guti —murmuró Malone—, tenemos que fingir que dormimos.

El peluche paró de hablar justo a tiempo, justo antes de que Mamá-nda entrara en la habitación. Malone estrechó al peluche contra sí. ¡A Guti se le daba superbién fingir que dormía!

Mamá-nda siempre hablaba arrastrando un poco la voz, sobre todo por la noche, como si no fuera a acabar nunca las frases de tan casada que estaba.

—¿Estás bien, cariño?

—Sí.

Malone ya estaba deseando que se marchara, pero, como todas las noches, Mamá-nda se sentó en el borde de la cama y le acarició el pelo. Esa noche, con más insistencia aún. Le pasó los brazos por detrás de la espalda y apretó el corazón contra su pecho tan fuerte como él estrechaba a su peluche contra sí, pensó Malone, aunque en este caso le hacía un poco de daño.

—Mañana iré al colegio a ver a tu maestra, ¿te acuerdas?

Malone no contestó.

—Parece ser que cuentas cuentos. Ya sé que te encantan los cuentos, cariño, es normal en un niño de tu edad. En realidad, me siento muy orgullosa cuando te inventas todas esas cosas. Pero a veces las personas mayores se las toman en serio, creen que son verdad. Por eso tu maestra quiere vernos, ¿comprendes?

Malone cerraba los ojos expresamente. Aquello se prolongó bastante antes de que Mamá-nda se decidiera.

—Te dejo, cariño, tienes sueño. Que duermas bien.

Lo besó, apagó la luz y salió por fin de la habitación. Malone, prudente, aguardó. Echó un vistazo al despertador cosmonauta.

Aguja pequeña en el 8, aguja grande en el 9.

Malone sabía que no debía despertar a su peluche hasta que la aguja pequeña estuviese en el 9, mamá también le había enseñado eso.

Miró el gran calendario del cielo colgado en la pared, justo arriba del despertador cosmonauta. Los planetas dibujados brillaban en la noche. Cuando todo estaba apagado en la habitación, eso era lo único que se veía en la oscuridad. Hoy era el día de la luna.

Malone estaba impaciente por que Guti le contara su historia, la suya, la del tesoro de la playa. El tesoro perdido.

3

Hoy, playa de Mimizan. Me he bajado la parte de arriba del bañador solo para Marco. Mi novio. Le gustan mucho mis pechos. Al pedazo de cerdo de al lado también, no cabía duda.
Ganas de matar
Le he clavado el pincho de la sombrilla en la barriga, justo a la altura del ombligo.

Condenada: 28
Absuelta: 3.289

www.ganas-de-matar.com

El timbre del teléfono despertó bruscamente a la comandante Marianne Augresse. Durante un instante, sus ojos permanecieron clavados en su piel desnuda y fría, como congelada en un féretro de hielo, luego sacó un brazo de la bañera, donde dormitaba desde hacía una hora, para coger el aparato. El miembro entumecido golpeó la canastita llena de juguetes que estaba en equilibrio precario sobre el cesto de la ropa. Los barcos de plástico, delfines mecánicos y otros pececitos fosforescentes se desparramaron por la superficie del agua.

—¡Mierda!

Cogió el teléfono con las manos mojadas, sin entretenerse en secárselas.

Número desconocido.

—¡Mierda! —repitió la comandante.

Esperaba que fuese uno de sus segundos quien la despertara de su sueño en la bañera, J. B. o Papy, o cualquier otro poli de guardia de la comisaría de El Havre. Esa espera ocupaba todos sus pensamientos desde el día anterior, desde que habían identificado a Timo Soler en el barrio de Saint-François, cerca de la farmacia. Había dejado vigilando a cuatro hombres, apostados entre la dársena del Comercio y la dársena del Rey. Andaban detrás de Timo Soler desde hacía casi un año, exactamente nueve meses y veintisiete días. La persecución había empezado el martes 6 de enero de 2015, a raíz del atraco a mano armada de Deauville, en el segundo en que las cámaras de vigilancia habían inmortalizado el rostro de Timo Soler justo antes de que desapareciese en una Münch Mammut 2000, llevándose consigo una bala de 9 milímetros parabellum alojada, según los expertos en balística, en algún lugar situado entre un pulmón y el hombro. Marianne se conocía, no pegaría ojo hasta la mañana siguiente. Dormitaría, de la bañera al sofá y del sofá a la cama, esperando tener que levantarse escopeteada a media noche, coger al vuelo la cazadora y dejar tras de sí las sábanas revueltas, las luces encendidas, el Tupper con comida y el vaso de agua mineral Quézac frente a la tele en modo de espera, después de haberse tomado el tiempo justo de echarle un puñado de pienso a Mogwai, su gato, cruce holgazán de Lee-Brown y mestizo: un «Leestizo». ¡La marca era de su cosecha!

—¿Sí?

Su dedo índice resbalaba sobre el cristal húmedo. Secó suavemente el iPhone con una toalla que colgaba, confiando en que esa maniobra no apagara aquella porquería de pantalla táctil.

—¿Comandante Augresse? Soy Vasile Dragonman. No nos conocemos… Soy psicólogo escolar. La llamo de parte de una amiga común, Angélique Fontaine, ha sido ella quien me ha dado su número.

Angie… «¡Joder!», pensó Marianne. Iba a cantarle las cuarenta a esa traidora. Menuda bocazas estaba hecha.

—¿Se trata de un asunto profesional, señor Dragonman? Espero una llamada importante en esta línea de un momento a otro.

—No se preocupe, será cosa de un momento.

Tenía una voz melosa. Una voz de cura joven, de hipnotizador, tipo mago oriental que practica la telepatía. Una voz de charlatán seguro de su palabrería. Con un ligero y delicado acento eslavo para rematar el conjunto.

—Adelante —dijo Marianne, suspirando.

—Lo más probable es que lo que le voy a contar le resulte desconcertante. Soy psicólogo escolar, cubro toda la región norte del estuario de El Havre, y desde hace unas semanas me ocupo de un niño un poco raro.

—¿En qué sentido?

La mano libre de Marianne chapoteaba entre sus dos piernas, que emergían del agua, y la superficie de esta. En el fondo, no resultaba desagradable que la despertara un hombre mientras estaba en la bañera. Aunque no fuese para invitarla a cenar.

—Dice que su madre no es su madre.

Los dedos de la comandante patinaron sobre su muslo húmedo.

—¿Cómo?

—Dice que su madre no es su madre. Bueno, y que su padre tampoco es su padre.

—¿Qué edad tiene el niño?

—Tres años y medio.

Marianne se mordió los labios.

¡Un psicólogo demasiado concienzudo! Angie debía de haberse creído como una pardilla su charlatanería psicopedagógica.

—Pero se expresa como si tuviese un año más —precisó Dragonman—. No es que sea un superdotado, pero sí es precoz. Según los tests que…

—¿Y sus padres son sus padres? —lo cortó Marianne—. ¿Lo ha comprobado con los profesores? ¿No hay adopción por medio, o acogida por decisión judicial o administrativa?

—Sí, no hay ninguna duda. El niño es suyo. Los padres aseguran que el crío tiene mucha imaginación. La directora del colegio se reúne con ellos mañana.

—¿Está solucionado, entonces?

Marianne sintió inmediatamente mala conciencia por el tono un tanto cortante que acababa de utilizar en respuesta a la voz melosa del psicólogo. La aleta dorsal de un delfín articulado, entre dos aguas, le cosquilleaba la entrepierna. Hacía como mínimo seis meses que Grégoire, su sobrinito, no había ido a dormir a su casa; a un mes de cumplir once años, no estaba claro que volviese a ir a atiborrarse de pizza y de DVD a casa de su tía. Habría hecho mejor tirando todos esos juguetes, junto con las películas de Pixar y los juegos de Playmobil, metiéndolo todo en una bolsa de basura, como tantas otras añoranzas, en vez de dejar que siguiesen burlándose de ella desde cada rincón del apartamento.

—No —insistió el psicólogo—, no está solucionado. Porque, por extraño que pueda parecer, tengo la impresión de que el niño dice la verdad.

Bueno, bueno. Psicólogo sin lugar a dudas… ¡El niño siempre tiene razón!

—¿Y la madre? —preguntó la comandante.

—Está furiosa.

—¡No me extraña! Vaya al grano, señor Dragonman. ¿Qué espera de mí?

Marianne apartó con la rodilla al pícaro delfín. La voz de aquel desconocido la turbaba, sobre todo porque sin duda se hallaba muy lejos de sospechar que ella le hablaba completamente desnuda, con las piernas en alto y los pies apoyados en el borde de la bañera.

El psicólogo dejó que se hiciera un largo silencio, el tiempo suficiente para que la comandante se sumergiera un poco más en sus pensamientos calientes y húmedos. En el fondo, la idea de bañarse con un hombre no la hacía fantasear mucho más. Demasiado acomplejada, quizá. Un espacio demasiado pequeño para apretujar su cuerpo entre la pared fría de la bañera y los músculos de un amante efímero, pero bien plantado. Su verdadera fantasía, inconfesable, era bañarse con un bebé. Pasarse horas chapoteando con un mocoso igual de regordete que ella, en un agua que se hubiera enfriado en medio de juguetes de plástico, enjabonándose, pasando olímpicamente de todos los pediatras.

—¿Que qué espero? —dijo por fin Vasile Dragonman—. No sé, ¿ayuda tal vez?

—¿Quiere que abra una investigación? ¿Es eso?

—No necesariamente, pero sí que al menos indague un poco. Angie me ha dicho que seguro que el asunto era de su competencia. Verificar lo que cuenta el niño. Tengo horas de entrevistas grabadas, notas, dibujos del chaval…

El delfín obseso volvía a la carga.

Cuanto más avanzaba la conversación, más se convencía la comandante de que, después de todo, lo más sencillo era quedar con el tal Vasile Dragonman. Sobre todo teniendo en cuenta que se lo había enviado Angie… Y Angie sabía lo que ella buscaba. ¡No un tío, no! A Marianne se la sudaban los tíos. Con treinta y nueve años, tenía por lo menos veinte más por delante para acostarse con todos los tíos del mundo. No, durante sus largas veladas entre amigas, Marianne le había transmitido, machacona, el mensaje a Angie: en los meses venideros, la comandante iba a ir de safari en busca de un solo animal mítico: un PADRE. Así que, al enviarle a ese tipo, tal vez Angie tuviese una idea en la cabeza… ¡Al fin y al cabo, un psicólogo escolar es el padre ideal! Un profesional de la primera infancia, que cita a Freinet, Piaget y Montessori cuando los demás tíos se limitan a leer prensa deportiva o sensacionalista, como *L'Equipe*, *Entrevue* o *Détective*. Apartó la imagen de los atracadores de Deauville y la farmacia del barrio de Saint-François. Si había alguna novedad relacionada con Timo Soler, esa noche o al día siguiente, la pondrían de inmediato al corriente.

—Señor Dragonman, el procedimiento habitual en el caso de que un niño esté en peligro es ponerlo en conocimiento de Servicios Sociales. Pero el caso que usted me describe me parece un poco… digamos que poco habitual. ¿De verdad quiere efectuar una denuncia basándose en la declaración de ese niño? ¿Le parece que lo maltratan? ¿Cree que los padres son peligrosos? ¿Algo que nos dé un motivo para alejar al niño de ellos?

—No. *A priori*, todo indica que son unos padres normales.

—De acuerdo. En ese caso, no es algo urgente. Investigaremos el asunto poco a poco. No vamos a meter a los padres en chirona por un crío que tiene demasiada imaginación…

Un escalofrío recorrió a la comandante. El agua fría del baño estaba ahora vagamente rosa, como corrompida por la mezcla de lavanda-eucalipto-violeta que había echado para perfumarla. Entre los icebergs residuales de espuma, los pechos de Marianne emergían de la superficie color pastel, enormes en comparación con el barquito de plástico amarillo que flotaba por encima de su vientre. «Una visión de fin del mundo», pensó Marianne. Dos islas vírgenes manchadas por un buque que había ido a verter detergentes junto a las costas salvajes.

El psicólogo la sacó de su ensoñación.

—Siento contradecirla, comandante, no se lo tome a mal, pero se equivoca. Por eso precisamente le he insistido tanto a Angie y me he permitido llamarla esta noche. Es urgente, terriblemente urgente para ese niño. De una urgencia absoluta, incluso ineludible.

Marianne elevó el tono de voz.

—¿Ineludible? ¡Por Dios, pero si acaba de decirme que ese niño no está en peligro!

—Compréndalo, comandante, ese niño no tiene todavía cuatro años. Todo aquello que recuerda hoy, lo olvidará mañana. O pasado mañana. O dentro de un mes o dos.

Marianne se levantó. El nivel del agua bajó veinte centímetros largos.

—¿Qué quiere decir exactamente?

—Que ese crío se agarra a retazos de recuerdos para decirme que su madre no es la suya. Pero dentro de unos días, de unas semanas quizá, tan seguro como que va a hacerse mayor, a aprender cosas nuevas, a meter dentro de su cabeza el nombre de los animales, de las flores, de las letras y el resto del mundo infinito que lo rodea, sus recuerdos más antiguos se borrarán. ¡Y esa otra madre de la que hoy se acuerda, esa vida de antes de la que me habla cada vez que lo veo, simplemente jamás habrá existido para él!

4

Aguja pequeña en el 9, aguja grande en el 12

Malone permaneció largo rato escuchando el silencio para estar totalmente seguro de que Mamá-nda no volvería a subir la escalera.

Sus deditos corrían bajo las sábanas, sentían latir el corazón de Guti, lo acariciaban, lo mimaban; estaba un poco caliente. Cuando estuvo completamente despierto, Malone se escondió bajo las sábanas, con su peluche. Aguzó bien el oído. Era el día de la luna. Era el día de la historia de Guti y las avellanas. Ya no se acordaba de cuántas veces la había escuchado.

Días de la luna, había habido muchos, tantos que ya no recordaba el número. Que ya no recordaba los días de la luna de antes.

Malone apoyó la oreja encima de Guti, como si este fuera una pequeña almohada muy, muy suave.

Guti tenía apenas tres años, lo cual en su familia ya era ser mayor, pues su madre solo tenía ocho y su abuelo, que era muy viejo, quince.

Vivían en el árbol más grande de la playa, cuyas raíces tenían la forma de una inmensa araña, en el tercer piso, primera rama de la izquierda, entre una golondrina de mar que estaba casi siempre de viaje y un viejo búho renqueante y jubilado, que había servido en los barcos piratas.

Mamá decía que Guti se parecía mucho a su abuelo. Que era soñador, como él. Es verdad que su abuelo pasaba mucho tiempo soñando, pero es porque perdía la memoria. Lo encontraban con frecuencia dormido en otra rama, con los bigotes blancos completamente enmarañados, o enterrando un guijarro gris en vez de una bellota. A Guti le gustaba sentarse frente al mar e imaginar que subía a un barco, se escondía en la bodega y comía a escondidas el trigo o la avena de un saco hasta que descubría otra isla. Que se quedaba allí y fundaba una nueva familia. Pensaba a menudo en todo eso y olvidaba todo lo demás.

Sin embargo, había trabajo. Bueno, un único trabajo, siempre el mismo, pero un trabajo muy importante: recoger avellanas en el bosque y enterrarlas cerca de casa. Porque si toda su familia se había instalado allí era por el bosque. Avellanas, nueces, bellotas, piñas…, era un auténtico tesoro lo que caía del cielo de hojas anaranjadas en otoño y que había que esconder cuidadosamente antes del invierno para poder comer el resto del año. Mamá no tenía tiempo de ocuparse de eso porque se ocupaba de su hermanito, Mulo, y su hermanita, Musa.

Así que todos los días Guti recogía y enterraba frutos, después contemplaba el mar y soñaba. Y todas las noches, en el camino de vuelta a su gran árbol, se daba cuenta de que no recordaba los lugares donde había enterrado los frutos.

¿Bajo una gran piedra? ¿Entre las raíces de un árbol? ¿Junto a una concha?

¡Imposible acordarse!

Pero el pobre Guti no se atrevió nunca a decírselo a su madre.

Pasaron los días, todos iguales, y Guti se sentía cada vez más avergonzado y cada vez se atrevía menos a confesarle a su madre que era demasiado distraído para un trabajo tan preciso y minucioso.

Una mañana, el invierno llegó.

Toda la familia de Guti abandonó su rama para ir a esconderse bajo la araña de raíces. Era una madriguera limpia y profunda que el abuelo de Guti había excavado hacía mucho tiempo, pero con el aumento de la familia no había suficiente sitio para guardar comida allí, junto a ellos.

Durmieron seis meses, pero fue como si aquello hubiera durado un segundo.

Cuando se despertaron y subieron a la superficie, creyeron que habían salido a un lugar de la tierra equivocado.

¡Ante ellos ya no estaba su gran árbol!

Ni rastro de la golondrina de mar ni del búho. Peor aún, no había ningún avellano, ningún nogal, ningún roble, ningún pino. ¡No había bosque!

Una tormenta lo había arrasado todo durante el invierno.

Mamá, estuvieran en la circunstancia en la que estuvieran, sabía organizar. «Lo más importante es comer», dijo con calma, y le pidió a Guti que fuese a desenterrar las provisiones de la arena.

Guti se echó entonces a llorar.

La playa era inmensa. Era como buscar una aguja en un bosque de pinos, morirían todos de hambre antes de encontrar una sola avellana…, y los árboles, junto a la playa, nunca más darían frutos, estaban todos tumbados sobre la arena, con las ramas partidas y las raíces al aire.

Mamá no riñó a Guti. Se limitó a decir: «Tenemos que irnos, niños. Es preciso buscar otro sitio para alimentarnos», y le pidió a Guti que llevara a la espalda a Musa, que todavía era pequeña, mientras que ella llevaba al abuelo, que parecía haber envejecido dos años más durante el segundo que había durado su siesta invernal.

Dieron la vuelta al mundo.

Atravesaron llanuras y ríos, montañas y desiertos. Comieron lo que pudieron en bodegas y graneros, en lo alto de árboles insólitos que no habían visto nunca y en el fondo de agujeros interminables que parecían pasar bajo los océanos. Los echaron a escobazos, hicieron gritar a niños en colegios y a ancianas en iglesias, viajaron en camiones y barcos, e incluso una vez en avión.

Hasta que un día, meses o quizá años más tarde, un día que estaban más hambrientos aún que los otros días, el abuelo de bigotes blancos, que no había abierto prácticamente la boca desde el comienzo del viaje, les dijo: «Ya es hora de que volvamos a casa».

Aquello debió de parecerle a mamá una tontería, pero, como el abuelo no decía nunca nada, cuando hablaba, había que obedecerle.

Volvieron a su casa. Estaban tristes, pues recordaban los árboles de su bosque tumbados sobre la arena, la playa inmensa sin una sola hoja para esconderse, las conchas vacías y las ramas muertas. ¡Un desierto peor que los que habían atravesado!

Al principio creyeron que se habían equivocado de playa.

Solo el abuelo sonreía. Y la sonrisa hacía danzar sus bigotes blancos. Entonces le pidió a toda la familia que se sentara sobre un montoncito de arena y empezó a contar: «Hace mucho tiempo, cuando yo era pequeño, cuando tenía la edad de Guti, ya era distraído y soñaba con dar la vuelta al mundo. Éramos pobres y estábamos flacos, no había casi árboles en la playa, ningún bosque, no teníamos casi nada para comer, y encima a mí siempre se me olvidaba el sitio donde había escondido las escasas avellanas que enterraba en el suelo. Hasta que un día, de una avellana olvidada, de una sola avellana olvidada, brotó un árbol y en sus ramas brotaron cientos de avellanas. Y luego otro árbol. Y luego otro árbol más. Un bosque. El bosque donde vosotros nacisteis…

»Nuestra casa.

»Pero no transcurre una vida sin que sople la tempestad y haya que empezar de cero.»

Acabado el relato, avanzaron por la arena.

En la playa desierta, allí donde Guti había enterrado y olvidado cientos de avellanas, nueces y bellotas, había crecido el bosque más grande, denso y verde que se había visto jamás a orillas de un mar. La mamá de Guti lo estrechó fuerte entre sus brazos mientras Mulo y Musa corrían entre los troncos y aplaudían con sus patitas, ante la mirada tranquila de la golondrina de mar y el búho, que habían vuelto hacía tiempo

El abuelo de Guti dijo entonces que estaba muy cansado, que no tardaría en dormirse, un segundo, pero un segundo que duraría mucho más que el invierno. Antes, sin embargo, tenía que decirle otra cosa a Guti.

Se lo llevó aparte, caminaron casi hasta tener las patas dentro del agua y espuma en los bigotes, y habló despacio: «Como ves, Guti, los verdaderos tesoros no son esos que buscamos durante toda la vida, están ocultos cerca de nosotros desde siempre. Si un día los plantamos, los cuidamos y los regamos todas las noches, incluso olvidando al final por qué, florecerán una mañana cualquiera, cuando ya no lo esperamos».

Malone dejó que Guti se durmiera lentamente. Su peluche necesitaba estar bien despierto al día siguiente. Mamá-nda y Papá-di irían al colegio a ver a la maestra. Le daba un poco de miedo lo que iban a decir.

Él también debía dormir, pero no tenía muchas ganas. Sabía que las pesadillas iban a volver. Ya oía esa lluvia de hielo caer, fría, brillante, cortante. No quería ni siquiera cerrar los ojos.

¡No porque le diera miedo la oscuridad!

Cuando Malone cerraba los ojos, detrás de los párpados, en su cabeza, solo veía un color, como si lo hubieran repintado todo de una sola pincelada.

Un color.

Solo uno.

Rojo.

Por todas partes.

MARTES

El día de la guerra

5

Vasile Dragonman aguardaba tranquilamente en el vestíbulo, con la cartera sobre las rodillas. Policías presurosos pasaban por delante de él. De no ser por los uniformes y la gastada cazadora de piel del psicólogo, cualquiera habría podido creer que se trataba de un visitante médico que esperaba en el pasillo de un hospital ante enfermeros desbordados por el trabajo.

La comandante Augresse apareció. Caminaba más despacio que los demás, por el centro del pasillo, lo que obligaba a los otros a rozar las paredes al cruzarse con ella.

—Papy, ¿has llamado al médico? —le preguntó a un policía que avanzaba frente a ella.

El teniente Pierrick Pasdeloup aminoró el paso. Todos los policías de El Havre lo llamaban como los niños franceses a su abuelo, Papy, no solo porque era el de más edad de la comisaría —le faltaban unas semanas para jubilarse—, sino sobre todo porque, con poco más de cincuenta años, tenía ya seis nietos repartidos por toda Francia. Cabeza rapada y fina barba canosa, mirada bonachona de perro fiel, figura enjuta de practicante compulsivo de footing, para los más viejos de la brigada era todavía joven, y para el resto, ya viejo.

—Va a estar toda la mañana pasando consulta —respondió el teniente—. Se pondrá en contacto con nosotros en cuanto tenga un hueco.

—¿Y lo ha confirmado? ¿Fue a Timo Soler a quien cosió ayer?

—Sí. Seguro al cien por cien. Timo Soler acudió a él unos minutos después de que lo vieran cerca de la farmacia del barrio de Saint-François. El profesor Larochelle remendó a nuestro atracador en el puerto, para ser precisos en el muelle de Osaka, bien protegido entre cuatro paredes de contenedores.

—¿Y ese valiente médico viene inmediatamente a contárselo a la policía? No parece traumatizado por el secreto profesional...

—No —confirmó Papy, sonriendo—. Y aún no has visto nada.

Marianne Augresse apartó de su mente la imagen del atracador herido y se volvió hacia Vasile.

—¿Vamos, señor Dragonman? Yo también le paso a usted entre visita y visita. Pero no puedo prometerle que no nos interrumpa una urgencia.

La calma del psicólogo contrastaba con el ajetreo reinante. Sin acelerarse, se sentó procurando no arrugar la cazadora de piel, abrió la cartera, sacó un cuaderno y extendió unos dibujos infantiles ante sí. En contraposición, sus ojos castaño claro, casi de color madera barnizada, arcilla cocida u hojaldre dorado, parecían escanear los documentos a la velocidad de un láser. Su acento eslavo era más marcado que por teléfono.

—Son los dibujos de Malone. Tengo un cuaderno entero de anotaciones y comentarios. He empezado a pasarlos al ordenador, si lo prefiere, pero...

Marianne Augresse levantó la mano, como para que Vasile se quedara en la postura en la que estaba y disponer de cierto tiempo para observarlo. ¡Madre mía, menudo encanto que tenía ese psicólogo! Un poco más joven que ella quizá. Le encantaban esos hombres tímidos, reservados, pero a los que se intuye consumidos por una pasión interior. El encanto eslavo, o al menos así es como ella imaginaba a los hombres del Este, esos con destinos trágicos de las novelas de Tolstói y las obras de teatro de Chéjov.

—Perdone, señor Dragonman, ¿y si empezara por el principio? ¿Quién? ¿Dónde?

—Sí, sí, claro, disculpe. Este niño se llama Malone, Malone Moulin. Cursa educación infantil en Manéglise, no sé si sabe dónde...

La comandante Augresse le indicó que continuara simplemente dirigiendo la mirada hacia el plano del estuario colgado en la pared de enfrente. Manéglise se hallaba situado en medio del campo, a diez kilómetros de El Havre. Un pueblecito de menos de mil habitantes.

—Fue la enfermera escolar quien me puso sobre aviso. Según ella, el niño decía cosas incoherentes. La primera vez que estuve con él fue hace tres semanas.

—Y entonces va y le cuenta que sus padres no son los suyos.

—Exacto. Dice que recuerda otra vida, anterior a...

—Y los padres lo niegan.

—Sí. —Consultó su reloj—. En este preciso momento deben de estar reunidos con la directora del colegio de Manéglise.

—¿Sin usted?

—Han preferido que no esté presente.

—¿Los padres o la directora?

—En realidad, todos...

—Está jorobándolos con su historia, ¿no?

El psicólogo desplegó una sonrisa afligida, reforzada por una mirada suplicante. Un perro perdido en la calle pidiendo un trozo de bocadillo.

—Resulta difícil no ponerse de su parte, ¿no cree? —dijo la comandante—. Francamente, señor Dragonman, si no fuera porque lo ha enviado Angélique...

El resplandor dorado de sus ojos vibró, pasando de los dibujos infantiles al rostro de la comandante.

—Déjeme al menos que le explique... Estos dibujos, algunas frases... No la entretendré demasiado...

Marianne Augresse dudó. Ese psicólogo estaba para comérselo haciendo su numerito de tipo que se disculpa, farfulla, tantea, pero no se da por vencido. Tendría que preguntarle a esa granuja de Angie de dónde lo había sacado.

—De acuerdo, señor Dragonman, tiene quince minutos.

La puerta se abrió en ese momento. Papy rompió el encanto sin previo aviso.

—¡Tenemos al médico! ¡En directo!

—¡Genial! ¡Pásamelo a mi línea personal!

—Voy a hacer algo todavía mejor —dijo el teniente Pasdeloup—. Voy a proyectarte su cara en la pared en tres metros por tres. Vas a tratar con el profesor Larochelle, Marianne, una eminencia del hospital Monod. Su consulta está equipada con lo más de lo más en materia de videoconferencias.

La comandante le rogó a Vasile Dragonman que saliera del despacho y la disculpara unos minutos.

—El caso del robo de Deauville, en enero, supongo que le suena de algo, ¿no?

El psicólogo asintió con la cabeza, más divertido que ofendido, y salió dócilmente a esperar al pasillo mientras otro teniente entraba empujando un carrito equipado con una cámara y un micro.

—Vamos a desempolvar este endiablado material —dijo el policía ajustando la cámara frente a la pared blanca.

Se puso en cuclillas junto al carrito. Iba vestido con una camiseta blanca que se adaptaba al torso y unos vaqueros ajustados. En la treintena. Cara de ángel, cuerpo esculpido, zapatillas de deporte y look desenfadado.

Teniente Jean-Baptiste Lechevalier. Casado. Dos hijos. Marido abnegado. Padrazo.

Una fantasía con patas.

—¡Espabila, J.B.!

Marianne refunfuñaba para guardar las formas. Su mirada se deslizó un breve instante por la espalda curvada del teniente, para descender hasta los varios centímetros cuadrados de piel desnuda situados entre la parte inferior de la espalda y la superior de las nalgas.

Boxer Calvin Klein. Culito perfectamente torneado.

Ocupado. No tocar...

—Todo a punto para el cinemascope —dijo J.B., levantándose con una felina ondulación de la pelvis.

Los tenientes Pasdeloup y Lechevalier se sentaron cada uno en una silla. Marianne se instaló detrás de su mesa. Un segundo después, J.B. pulsó el mando a distancia y la pared blanca de la comisaría se transformó en un suntuoso decorado high-tech. Todo parecía en él cuadrado o rectangular, desde la mesa de despacho lacada hasta los sillones de diseño tapizados en piel gris, pasando por los muebles de madera exótica, la pantalla de plasma colgada en la pared y el gran ventanal que sumergía el conjunto en un pozo de luz.

El cirujano apareció al cabo de unos segundos, haciendo tintinear los cubitos de hielo en el vaso que tenía en la mano. Su bata blanca, puesta con desenfado encima del traje de tres piezas, parecía especialmente a juego con su sonrisa de caimán.

—¿Comisaria Augresse? Lo siento, pero solo dispongo de unos segundos. Debo ir a ver a una mujer: ¡está tumbada y espera mi órgano con impaciencia!

Aguardó dos o tres segundos antes de continuar, como si el sistema de videoconferencia contase con risas pregrabadas que debían suceder a cada uno de sus comentarios graciosos. Sus dientes inmaculados en la pantalla gigante parecían aplaudir el trabajo de sus colegas ortodoncistas.

—¡Tengo que trasplantarle un corazón! Así que démonos prisa. ¿Quería hablar conmigo?

—¿Atendió ayer a Timo Soler?

El cirujano se acercó el vaso a los labios. Algo cobrizo. ¿Whisky? ¿Red Bull? En una esquina de la consulta, unos palos de golf sobresalían de una bolsa Hugo Boss. Todos los detalles del mobiliario parecían colocados expresamente, como en una película en la que hubiesen despilfarrado una fortuna para crear un decorado en trampantojo.

—Su atracador, ¿no? Ya se lo he dicho todo a los inspectores. Su fugitivo me llamó ayer, a última hora de la tarde. Una urgencia. Me citó en el puerto, en el muelle de Asia. Nos encontramos en el muelle de Osaka, a salvo de miradas indiscretas. Me esperaba en un Yaris blanco. Apunté la matrícula, por supuesto. Tenía una herida fea situada entre la vena subclavia y el lóbulo superior del pulmón izquierdo, consecuencia de una bala de 9 milímetros que se había alojado allí y que fue extraída de forma expeditiva hace unos meses, pero que se había dejado sin cuidar desde entonces. Al parecer, la herida se reabrió estos últimos días de resultas de una mala caída, o eso es lo que me dijo el tipo. Veía las estrellas. Yo hice lo que pude.

La comandante manifestó su asombro:

—¿Consiguió operarlo allí, en su coche, en el puerto?

—¡Desde luego que no! Cuando digo que hice lo que pude, me refiero a que he hice lo que pude para ayudarles.

—¿Para ayudarnos?

J. B. parecía subyugado por el salón del cirujano. Se adivinaba una piscina detrás de la ventana de la consulta, o quizá era directamente el mar lo que se vislumbraba en perspectiva. La consulta estaba en las colinas de Sainte-Adresse, la zona elegante de El Havre. El cirujano se mosqueó.

—¡Sí, ayudar a la justicia! Informarles de la presencia de ese tipo al que llevan meses buscando. Era el mínimo deber de un ciudadano honrado, ¿no?

—¡Por supuesto, doctor! ¿Y qué más hizo para ayudarnos?

—Le inyecté una dosis doble de nalbufina, un analgésico el doble de potente que la morfina. Eso lo calmó de inmediato y habrá seguido aliviándolo diez horas largas. Después examiné un poco la herida, hice unos arreglillos y la cosí. Por fuera, hasta podría parecer un trabajo de alta costura. —Otro anuncio para mayor gloria de los cirujanos-dentistas. El cirujano se acercó a la cámara de videoconferencia, como si se dispusiera a hacer una revelación confidencial en susurros—. Pero por dentro, comisaria, le confieso que organicé un desaguisado de mil demonios. Un toque de bisturí por aquí, otro por allá… Cuando a Timo Soler se le pase el efecto del calmante, el dolor será insoportable. No tendrá más remedio que llamarme… Pero esta vez estará usted ahí con la caballería.

Marianne tragó saliva ostensiblemente antes de contestar.

—Desde luego, estaremos ahí.

Larochelle apuró el contenido del vaso.

—Perfecto. La dejo, debo ir a ver a esa preciosa chica que me espera tumbada, que tiene el corazón en vilo… y que, si todo va bien, lo tendrá también en su sitio dentro de unos minutos.

Tras una última carcajada que se perdió en el silencio, el decorado lujoso desapareció de golpe, como si nunca hubiera existido. Los tres policías se quedaron un momento mirando la pared blanca.

—¡Este hombre es un santo! —exclamó por fin Papy.

—¿Qué harían las fuerzas del orden sin el compromiso cívico de ciudadanos como él? —añadió J. B.

—Sí, vale, muy bien —dijo Marianne—, pero no por eso vamos a privarnos de enchironar a Timo Soler, si reaparece para que le hagan otro zurcido. —La comandante se volvió hacia J. B.—: Spielberg, quítame de en medio toda esta parafernalia. —Luego se dirigió a Papy—: Tú sigue conectado con el doctor House, minuto a minuto. —Por último, cogió uno de los dibujos infantiles extendidos sobre su mesa. Cuatro trazos verticales indecisos, negros, y un quinto en diagonal, torcido, azul en este caso. Pintarrajos—. Y ahora —continuó Marianne—, dejadme quince minutos con ese psicólogo que va a explicarme cómo funciona la memoria de un niño de tres años.

6

Aguja pequeña en el 12, aguja grande en el 1

Los alumnos se dispersaron y Malone se quedó solo. La mitad de los niños ya empezaba a ponerse en fila de dos, formando una oruga ruidosa para ir al comedor cruzando la cancela de hierro que se abría detrás del patio. La otra mitad se precipitaba hacia sus padres. Mamás casi todas. Los papás iban más por la mañana o al final de la jornada escolar. Cada niño asía una mano, se agarraba a dos brazos, saltaba a un cuello o se pegaba a una pierna.

Malone, no. Ese día, no.

—Espera aquí, tranquilito. Será un momento.

Clotilde, su maestra, le había dedicado una amplia sonrisa.

Era verdad, Malone no esperó mucho, Mamá-nda y Papá-di llegaron justo después de que los otros padres se hubieran ido. Era raro que Mamá-nda llegase tarde, pero normalmente venía sola a buscarlo para comer, nunca con Papá-di.

Malone fue corriendo a cogerse de la mano de Mamá-nda. Lo había entendido, habían vuelto a recordárselo por la mañana, tenían que hablar con la maestra a mediodía, después de clase, debido a las historias que contaba. Se le hizo raro entrar en la clase vacía, tener todos los juguetes para él solo.

—¿Los señores Moulin? Siéntense, por favor...

Clotilde Bruyère señaló, un tanto incómoda, las únicas sillas disponibles en la clase de educación infantil, de treinta centímetros de alto. Normalmente, las reuniones con los padres se celebraban allí y aquello no suponía ningún problema para los adultos.

Normalmente.

En la silla de liliputiense, Dimitri Moulin, con su metro ochenta y cuatro y sus ciento diez kilos, parecía un elefante de circo con las nalgas apoyadas en un taburete. Con las piernas dobladas, las rodillas le llegaban a la barbilla.

Clotilde se volvió hacia Malone.

—¿Nos dejas solos, campeón? Ve a jugar un poco al patio. Acabaremos enseguida.

Malone se lo esperaba. Y le tenía sin cuidado. Había dejado adrede a Guti en el rincón de las muñecas, sentado junto a la cama azul. Nadie se fijaría en su peluche y Guti se lo contaría todo después. Salió de la clase y miró con ganas el tobogán y el túnel, donde los mayores solían jugar siempre y él nunca. No acababa de decidirse a aprovechar la ocasión, a ir corriendo hacia allí.

El cielo estaba completamente negro, como si fuese a llover.

Los lavabos estaban lejos del tobogán y el túnel, muy lejos, casi en el otro extremo del patio. Si se ponía a llover de repente, no podría correr lo bastante deprisa para escapar de las gotas de cristal.

En ese momento oyó a Papá-di gritar, pese a que la puerta de la clase estaba cerrada. Pobre Guti, pensó Malone.

Su peluche tenía siempre un poco de miedo cuando Papá-di se enfadaba.

Dimitri Moulin había estirado las piernas sobre la alfombra para cochecitos. Nervioso. Con el tacón, aplastaba a la buena de Dios las casas, jardines y calles estampadas en trampantojo.

—Señora Bruyère, voy a hablar sin tapujos. ¡Tengo cosas mejores que hacer que volver a preescolar! Acabo de encontrar un trabajo. Me he visto obligado a negociar con mi jefe para empezar a la una. Me figuro que a usted le tiene sin cuidado, le caerá el sueldo todos los meses hasta la jubilación, pero a mí no.

¡La eterna cantinela sobre los funcionarios! Clotilde encajó el golpe. Aún no estaba acostumbrada, solo tenía seis años de experiencia, dos de ellos como directora, pero la habían puesto sobre aviso, era un clásico, casi tanto como los comentarios sobre el número de semanas de vacaciones. Ella había elegido a los niños de preescolar porque era dulce y paciente. Cualidad que supuestamente le serviría también para ablandar a los papás oso enfadados.

—Esa no es la cuestión, señor Moulin.

—Vale, pues vamos al grano. Tenga, lo he traído todo. Mire, esto será más efectivo que una larga perorata. —Sacó de la mochila que llevaba en bandolera varias carpetillas de cartón—. Partida de nacimiento. Libro de familia sellado por el ayuntamiento y la maternidad. Álbumes de fotos del niño desde que nació. Vamos, mire. ¿No es nuestro hijo?

Amanda, a su lado, guardaba silencio. Su mirada se desviaba hacia el rincón de las muñecas. Malone había dejado su peluche sentado en la silla alta. Guti los miraba como si no se perdiera ni un detalle de la conversación. «Como si los espiara», pensó incluso, estúpidamente, Amanda.

—Señor Moulin, nosotros nunca hemos cuestionado el hecho de que Malone sea su hijo —replicó la maestra—. Es simplemente que…

—¡No nos tome por gilipollas! —la interrumpió Dimitri Moulin—. Hemos entendido perfectamente las insinuaciones de ese psicólogo, el rumano, Vasile no sé qué… Y no solo las de él, también las suyas, las notitas en el cuaderno de mi hijo.

Clotilde, dulce y paciente, se atenía a su estrategia. Después de todo, Moulin padre no debía de ser más difícil de domar que Kylian y Noah, los dos cabezas locas de su clase.

—Señor Moulin, si escribí esas notas y les propuse que vinieran hoy es simplemente porque su hijo dice cosas que podríamos calificar de asombrosas para su edad, sobre todo cuando habla con el psicólogo escolar. Lo único que yo quería era que nos reuniéramos para que pudiesen hacerme algunas precisiones.

—¡Habla como la poli!

Clotilde se acercó unos centímetros y se agachó hasta ponerse en cuclillas a la altura de los ojos de Dimitri Moulin. Estaba acostumbrada a vivir todo el día a una altura de ochenta centímetros. El metro ochenta y cuatro de ese paquidermo no le daría ninguna ventaja en SU clase. Todo lo contrario.

La directora fulminó a Moulin con la mirada.

—Vamos a calmarnos, ¿de acuerdo? Nadie ha hablado de la policía. Esto es un colegio. ¡Mi colegio! Así que, por el interés de su hijo, vamos a hablar con calma.

Por un instante, pareció que Dimitri Moulin quería levantarse de la silla enana, pero su mujer lo retuvo poniéndole una mano sobre el muslo. El hombre miró largo rato a la maestra, con un aire desafiante.

—Me parece muy bien… Después de todo, usted parece una buena maestra. Es el psicólogo el que… —Hizo una pausa—. ¿Los padres no pueden negarse a que su hijo siga viendo a un psicólogo?

Clotilde tardó un poco más de lo debido en responder.

—Es complicado, todo depende de por qué…

—Aunque en el fondo me da igual —la interrumpió de nuevo Moulin. Parecía haberse ablandado. Tal vez porque encontraba graciosa a esa mujer menudita que le había plantado cara—. En el fondo —prosiguió—, me doy cuenta perfectamente de que hay algo que falla en ese niño. De que no habla mucho, o lo hace con palabras demasiado complicadas, de que hay demasiada gente dentro de su cabeza. Si puede irle bien hablar con alguien, mejor. Con un adulto, quiero decir. Pero ese tal Vasile Dragonski… ¿No tienen otro? Otro más…

—¿Más qué?

—Ya sabe lo que quiero decir. —Rompió a reír—. Más francés, es eso lo que no debo decir, ¿eh?

Se inclinó y extendió los álbumes de fotos a sus pies, empujando los cochecitos y cubriendo una buena parte de la ciudad dibujada en la alfombra.

—Bueno, venga, que sirva de algo que hayamos venido. Mire todo esto y nos largamos.

Clotilde apartó ostensiblemente los ojos de los documentos.

—Vasile Dragonman no está bajo mi autoridad. Depende directamente de las administración académica. Lo que yo busco ahora es una vía de conciliación. Hablamos nosotros y después yo le transmitiré mis conclusiones. Será importante, de eso no cabe duda, que vuelvan para reunirse con él. Sin tardanza.

Dimitri Moulin pareció reflexionar. Su mujer tomó la palabra por primera vez.

—¿Quiere decir que el psicólogo escolar puede presentar una denuncia sin pasar por usted?

—Sí —respondió Clotilde—. Si tiene alguna duda sobre la seguridad del niño, puede hablar del asunto, en primer lugar, con Servicios Sociales, que designará a un asistente social...

—¡En primer lugar! —gritó Dimitri—. ¿Y qué vendrá después?

Clotilde desplazó con delicadeza un cochecito de bomberos que los pesados zapatos de Moulin amenazaban con aplastar. Luego soltó con su fina voz:

—Una denuncia a la policía.

—¿A la policía? ¿Me toma el pelo? ¿Por un crío de menos de cuatro años que no hila tres frases seguidas?

Clotilde puso a resguardo otro coche. Había recuperado la ventaja.

—No he dicho que yo lo haría —precisó con una sonrisa tranquilizadora—. Veo perfectamente que Malone es un niño adorable que evoluciona con normalidad y del que ustedes se ocupan perfectamente. Y además, dicho sea entre nosotros, no tengo ningunas ganas de que la policía abra una investigación, que interrogue a los niños de mi clase y a sus padres. —Se inclinó más, todavía en cuclillas, con los ojos a la altura de los de su interlocutor, su posición preferida para hacerse respetar por los chulitos de dos palmos de alto—. En un pueblo pequeño como Manéglise, a nadie le interesa eso, ¿verdad, señor Moulin? Así que vamos a hablar con calma y ustedes van a intentar decirme por qué ese diablillo de Malone anda contando que ustedes no son sus padres.

Dimitri Moulin iba a abrir la boca, pero Amanda se le adelantó.

—Calla, Dimitri —dijo, casi suplicante—. Ahora calla y déjame hablar a mí.

Fuera, una primera gota cayó sobre el tobogán de hierro y resbaló hasta la arena.

Una segunda. Una tercera.

A cual más peligrosa.

Malone había tenido suerte, no lo había tocado ninguna.

Todavía no.

Miró hacia la ventana de su clase. Todos sus dibujos y los de sus compañeros estaban colgados, huellas de manos sumergidas primero en una cubeta llena de pintura y puestas luego sobre una hoja.

La suya era rojo vivo.

Al otro lado de los cristales debían de hablar de él. Y de mamá tal vez, no de Mamá-nda, sino de su mamá de antes. Tal vez también de los piratas, los cohetes y los ogros. Los adultos estaban al corriente de todo eso. Él lo recordaba, aunque a duras penas, gracias a Guti.

Otra gota, sobre su zapatilla de deporte.

Se había librado de una buena. Malone echó a correr.

No más de veinte metros hasta la puerta de los lavabos.

Abrirla y encerrarse dentro, como mamá le había enseñado.

7

Hoy mi hermanita Agathe se ha acabado todas las provisiones de caramelos antes de que yo volviera de clase y mamá del trabajo.
Ganas de matar
¡Había uno de cianuro!

Condenado: 253
Absuelto: 27

www.ganas-de-matar.com

Vasile Dragonman extendió los dibujos delante de la comandante Marianne Augresse. Señaló el primero, una hoja prácticamente en blanco, con cuatro rayas negras verticales y una en zigzag roja.

—Fíjese bien en los trazos…

Marianne Augresse puso una mano sobre el dibujo para taparlo.

—¡No, señor Dragonman! Empecemos por el principio. ¿Quién es ese niño? Hábleme de los padres sin extenderse.

Vasile se mordió el labio como un niño pillado en falta.

—¿De los padres? Son normales y corrientes. No hay nada especial que decir de ellos. La madre, Amanda Moulin, debe de tener poco más de treinta años, pero aparenta diez más. El padre es mayor, cuarenta largos. Llevan años casados. Viven en una casita en Manéglise, en una urbanización, Les Hauts de Manéglise, a la salida del pueblo, en la plaza Maurice Ravel para ser exactos. Eso es todo lo que hay en Manéglise, un centro urbano diminuto y una enorme urbanización alrededor. Ella trabaja de cajera en el Vivéco, el supermercado del pueblo. Él es electricista, bueno, o algo parecido; creo que se las ve y se las desea para conseguir un contrato indefinido. También se le conoce en el pueblo porque hace de entrenador de fútbol con los niños.

—¿Ha hablado con ellos?

—Una vez, al principio. Pero en aquel momento me hacía menos preguntas.

Parecía casi que Vasile se disculpara, como si se sintiese culpable por arrojar sospechas sobre una familia del montón. A Marianne le resultaba increíblemente encantador ese comportamiento de niño abochornado por hacer el papel de acusica. Se prometió que hablaría de él con Angie esa misma noche. ¿Esa bribona le había echado también el ojo al niño bueno? No estaba claro, este atractivo psicólogo parecía demasiado intelectual para esa sinvergüenza. ¡A Angie solo le gustaban los malotes!

En ese momento, Papy pasó por delante del cristal del despacho con un café en la mano. Marianne lo interrogó con la mirada; él respondió negando con la cabeza. Ninguna noticia del doctor Larochelle y, por lo tanto, tampoco de Timo Soler...

—Muy bien, señor Dragonman, volvamos al niño. Explíqueme estos dibujos.

—Como le conté por teléfono, dice que tuvo una vida antes de la actual, antes de su habitación infantil en la casa de Manéglise, antes de vivir con sus padres, Amanda y Dimitri Moulin. Me habla con mucha precisión de esa vida anterior, cuando según su maestra, Clotilde Bruyère, Malone Moulin es un niño bastante reservado.

—¿Por qué se abre con usted?

—Ese es mi oficio.

Buena respuesta, admitió Marianne. ¡Vasile era amable y educado, pero no se consideraba una mierda! «¿Y si fuese él el mitómano?», se preguntó la comandante. ¿Y si estuviera inventándose toda esa historia para darse importancia? Una especie de caso Outreau a la inversa.

—Observe estos dibujos —continuó el psicólogo—, será más sencillo. En este, los cuatro trazos verticales, según Malone, representan el castillo al lado del cual vivía. Son las cuatro torres. La raya en zigzag que sube hacia la parte superior de la página es un cohete. Dice que recuerda haberlo visto salir disparado hacia el cielo. Varias veces.

Marianne suspiró. ¡Aquello no se tenía en pie ni un segundo! Escuchaba a ese tipo solo porque hacerlo le permitía matar el tiempo en espera de que el cirujano volviese a llamar y ella mandara cinco vehículos de la policía para trincar a Timo Soler en el puerto. Su mirada se desvió un instante hacia la pantalla del ordenador. El sitio web ganas-de-matar.com parpadeaba como fondo de pantalla. Naturalmente, lo relacionó con Angie.

¿Y si esa bribona le estuviese gastando una broma? ¿Y si ese tipo, ese supuesto psicólogo, fuera simplemente un amigacho suyo representando un papel?

—Se ha olvidado de los piratas —dijo distraídamente—. Ayer había también un barco pirata.

Vasile no reparó en la pizca de ironía.

—¡Sí! ¡Exacto! —Cogió otro dibujo—. Las rayas azules representan el mar. Malone asegura que lo veía desde su habitación. Y los dos puntitos negros son un barco.

—¿Un barco pirata o dos?

—Uno solo, pero partido en dos. Lo veía también desde su cuarto. Ese tipo de precisión es lo que resulta inquietante. Todo lo que cuenta es demasiado estable de una sesión a otra, no se contradice nunca.

El dedo de Marianne se deslizó por el mar azul.

—¿Y el bosque de los ogros? Recuerdo que había también ogros en la historia de ese niño.

Se acercó por encima de la mesa sacando pecho, su mejor y único argumento con los hombres. Fuese o no una broma de Angie, ya era hora de poner fin a la comedia.

—Francamente, señor Dragonman, ¿qué espera de mí? ¿Hasta dónde confía en que le siga? ¡No irá a decirme que cree que ese niño dice la verdad basándose simplemente en esos garrapatos y sus desvaríos?

Los ojos de Vasile Dragonman lanzaron un destello de alarma. Dos vasijas tierra de Siena rotas. Irresistibles. Como si chocara por primera vez contra los muros de un mundo cruel, frío y pragmático.

—¡Sí, comandante, pese a todas las apariencias, lo creo! Ocho años de estudios y otros tantos de experiencia en la materia deberían convencerme de que ese niño se ha creado un mundo interior con un simbolismo que le es propio, un laberinto psicológico por el que es preciso avanzar con prudencia. Pero, llame a eso como quiera, instinto o intuición, estoy convencido de que la mayoría de los recuerdos de ese niño son reales. ¡Aunque no acabe de casar con lo que sé de psicoanálisis! Sí, tengo la certeza de que ha visto realmente todas esas cosas que dibuja.

—¿En Manéglise? ¿En su casa?

—No, ahí está la cosa.

«¡Por Dios bendito!», pensó Marianne. Sus manos se crisparon bajo la mesa. Sentía que estaba embarcándose a su pesar en una historia imposible, sola y exclusivamente por esperar frente a aquel par de ojos de color canela en lugar de hacerlo junto a la máquina de café, antes de enviar a la caballería al muelle de Asia.

—¿Tiene usted otra cosa, señor Dragonman? Algo digamos… más concreto.

—Sí.

Vasile se inclinó sobre su cartera de piel, a todas luces remendada por él mismo, y sacó de ella una serie de fotos de un centro comercial.

—¿Lo reconoce?

—¿Debería? Hay varios miles idénticos en Francia, ¿no?

—Es el centro comercial de Mont-Gaillard. El más grande de la aglomeración de El Havre. Malone afirma que fue ahí donde su madre, la verdadera, lo dejó en manos de su segunda madre, Amanda Moulin. Le he enseñado varias fotos. Malone ha reconocido el McDonald's, el logo de Auchan y el dibujo de L'Îlot Pirate, un loro rojo y verde. Esos tres establecimientos juntos solo se encuentran en ese centro comercial. El niño no ha podido inventárselo…

La comandante miró detenidamente las fotografías.

—Esto no demuestra nada —acabó por concluir—. Mezcla cosas. O se limita a utilizar un lugar que conoce. Debe de pasarse todos los sábados en ese paraíso del consumo. Es la salida del fin de semana para todo el norte del estuario, ¿no?

—¡No mezcla cosas, comandante! Es difícil explicar en tan poco tiempo el matiz que diferencia una memoria retocada de la memoria episódica, pero no mezcla cosas, se lo aseguro.

Guapo, orgulloso y tozudo, el dichoso psicólogo.

Marianne suspiró.

—Según usted, ¿cuánto tiempo hace que se habría producido ese cambio de madres?

—Varios meses como mínimo. Un año quizá. No es un recuerdo directo. Es un recuerdo de recuerdo, si prefiere llamarlo así.

—Lo siento, no lo entiendo.

—Un recuerdo en el que se esfuerza en pensar todas las noches para no olvidarlo si nadie vuelve a hablarle de él. Un recuerdo que se incrusta como si fuese un clavo en el cráneo. Un clavo donde colgar una especie de sábana en el cerebro, para no ver lo que hay detrás.

—¿Lo que hay detrás?

—Lo que vivió antes de ese cambio en Mont-Gaillard. Lo que solo logra expresar en forma de dibujos. Los ogros, los piratas y todo lo demás. Una realidad demasiado difícil de visualizar de forma directa.

—En su opinión, oculta un trauma, ¿no? Un trauma anterior.

De pronto, Vasile pareció más seguro de sí mismo. Desplegó una sonrisa de niño.

—¡Sí, me parece evidente! Estoy dispuesto a debatir sobre lo demás, sobre su verdadera o su falsa mamá, sobre la sinceridad de Amanda y Dimitri Moulin, pero para mí no cabe ninguna duda de que ese niño ha sufrido un grave trauma y ha construido unas altísimas murallas para encerrar ese fantasma en algún lugar de su memoria. —El psicólogo se había dado cuenta de que había captado de nuevo la atención de la comandante. Continuó, procurando no acelerarse al hablar—. Solo que…, cómo le diría…, no es un trauma clásico. No parece tener miedo de sus nuevos padres, por ejemplo. Los quiere bastante. Se trata simplemente de que cree que no son los suyos.

—La pederastia, o las agresiones por parte de una persona cercana, no forzosamente su padre o su madre, ¿podrían provocar síntomas como ese?

—Que yo sepa, no… No he detectado nada de ese tipo.

Marianne bajó los ojos hacia su reloj.

12.20

Desde hacía unos segundos, un violento chaparrón golpeaba la ventana del despacho de la comandante. Era frecuente en El Havre, nunca duraba mucho rato, la lluvia al menos. La humedad se quedaba, y con ella el gris mojado, como si el agua hubiera empapado definitivamente el asfalto del centro de la ciudad, la grava del puerto y los guijarros de la playa.

Detrás del otro cristal, el que daba al pasillo, los policías continuaban pasando sin dar muestras especiales de agitación, lo que en lenguaje corporal significaba que Timo Soler seguía sin haber dado señales de vida. O de muerte, si a la justicia ejercida por el bisturí de Larochelle se le había ido un poco la mano.

Marianne decidió continuar un poco más la conversación, esta vez no solo por los bonitos ojos del psicólogo, sino para que le hablase de la temprana infancia, la de Malone Moulin y todos los demás críos de cero a cuatro años. La de esos hombrecitos como el que esperaba llevar un día en su vientre.

—Señor Dragonman, voy a ser sincera, tengo muchas dificultades para seguirle. Todo lo que me cuenta parece una broma de mal gusto, pero ayer, al final de nuestra conversación, habló de urgencia. Eso fue lo que me preocupó. Dijo que la memoria de ese niño iba a borrarse si no se actuaba deprisa. Explíqueme eso. ¿Qué va a pasar, si nadie aparte de usted cree a ese niño?

8

Aguja pequeña en el 12, aguja grande en el 4

Había una abertura de unos diez centímetros entre las baldosas blancas y la puerta, seguramente para limpiar más fácilmente el suelo. Malone miraba por el agujero. El agua se acumulaba delante de los lavabos formando un charco, el mismo, más pequeño que el que se formaba en la arena al pie del tobogán. No tendría más que saltar por encima. Sería fácil, aunque no dominaba mucho lo de saltar lejos o correr deprisa, todas esas cosas que hacen los mayores.

Si metía la zapatilla en el agua, no pasaría nada. El agua, una vez que ha caído del cielo, ya no es peligrosa, porque muere cuando se estrella contra el suelo. Como las abejas, cuando han picado una vez, mueren, se lo ha dicho Mamá-nda; ella le habla a menudo de las abejas, los mosquitos, las hormigas y otros bichitos de ese tipo.

Sí, le bastaría con saltar por encima del agua.

Cuando todo hubiera acabado.

No enseguida.

Malone oía aún caer la lluvia sobre el tejado de los lavabos, y no sabía si las gotas que resbalaban de las ramas de los árboles o del tejado eran las que ya estaban muertas o las otras, las que te pican como mil serpientes, como mil flechas de jinetes, si no tienes tiempo de esconderte.

Se agachó para mirar de nuevo por el agujero. Al otro lado del patio, a través de la ventana de su clase, detrás de las gotas de lluvia que golpeaban el cristal y de las huellas de manos pegadas encima, adivinaba el rostro de Mamá-nda.

—No me siento a gusto aquí, señorita.

Los dedos de Amanda Moulin habían arrancado unos trozos de plastilina de la estantería más cercana y amasaban bolitas minúsculas. Dimitri Moulin, todavía encogido en la silla en miniatura, parecía ahora haber perdido todo interés por la conversación.

—Verá —prosiguió Amanda—, el colegio nunca fue mi fuerte. Y eso que este es el mío. Entré aquí hace…, no sé, casi treinta años, en 1987, la directora era todavía la señora Couturier. En aquella época no había todos estos juguetes, ni fuera ni dentro de la clase; había un aula nada más, y no llegábamos a quince. O sea, que aquí podría sentirme un poco como en mi casa, pero no, por más que me esfuerzo, la verdad es que no me trae buenos recuerdos. Le cuento todo esto para intentar explicarle por qué las kermeses, las elecciones de padres de alumnos, vender pasteles a la salida de clase y todas esas cosas no están hechas para mí. No es que no me apetezcan o que me parezca que no son importantes. Es simplemente que… —Amanda vaciló. Sus dedos mezclaban una bola roja y una blanca para formar otra, rosa carne con vetas escarlata. Clotilde la miraba, atenta, sin interrumpirla—. Es simplemente, para llamar a las cosas por su nombre, que el colegio siempre fue una carga para mí, y que arrastro eso como si fuera una cadena desde que tengo tres años. Aunque no debo de ser la única, ¿no? Hay más malos estudiantes que superdotados. En el Vivéco, en la caja, hablo con todo el mundo desde hace seis años, se lo dirá cualquiera. No soy especialmente tímida. Pero aquí es como si me volviera tímida otra vez. Me digo que hay cientos de personas más inteligentes que yo para tomar la palabra, para saber, para tener una opinión, todos esos para quienes la clase era una recompensa.

Las bolitas blandas de color rosa pasaban de una de sus manos a la otra. Me habían avisado, pensó Clotilde. Algunos padres se muestran desconfiados, hostiles, agresivos incluso, en cuanto entran en el patio de un colegio; pero es solo miedo, un miedo que se remonta a la infancia.

—Hábleme de Malone, señora Moulin.

—A eso voy, a eso voy. Pero le he hablado primero de mí porque es importante para que entienda. Entonces ¿si estamos aquí, es porque Malone cuenta que no somos sus verdaderos padres y el psicólogo escolar se lo toma en serio? Pero, señorita, ¿cómo es posible tomarse eso en serio? Vivimos con Malone desde que nació. Le hemos traído todas las fotos: sus primeros pasos, sus cumpleaños, las fiestas con los vecinos, las vacaciones, los paseos por el bosque, en la playa, en el centro comercial. Lo máximo que lo hemos dejado desde que nació son dos días, con mi hermana, para ir a una boda hace un año a Le Mans. Y ya le digo yo que no nos lo cambiaron durante ese tiempo, ¡nos habríamos dado cuenta!

Clotilde se esforzó en sonreír. Dimitri Moulin seguía con la punta de un pie la carretera que serpenteaba sobre la alfombra de juego.

—En fin, señorita —insistió Amanda Moulin—, pregunte a todos los que nos conocen, a los vecinos de la plaza Maurice Ravel, a mi familia, a la de Dimitri, a la tata de Malone, a las madres que pasean a sus bebés por el parque de Hellandes. ¡Es mi hijo! Usted lo sabe, lo traje el pasado mayo para matricularlo. ¡Y también lo saben en el ayuntamiento! Lo registramos cuando nació. Tiene todos los papeles.

—Por supuesto, señora Moulin, nadie lo pone en duda.

Largos segundos de silencio se abatieron sobre la clase, esos que Clotilde nunca llegaba a conseguir por completo con sus niños. Amanda aplastó de pronto la plastilina rosa contra su falda de terciopelo.

—No van a quitárnoslo, ¿verdad?

Dimitri dio un respingo. Uno de sus pies golpeó una pequeña ambulancia blanca. La directora solo tuvo tiempo de esbozar un gesto de estupor antes de que Amanda continuara:

—Nos ocupamos de nuestro hijo como podemos, señorita. Compramos la casa en Manéglise cuando yo estaba embarazada. Era una locura, Dimitri puede decírselo, no teníamos fondos, nos endeudamos por treinta años, a pesar de los préstamos sin intereses, pero, bueno, no íbamos a criarlo en un piso de renta limitada de Mont-Gaillard… Y además, yo sabía que este colegio era bueno. Al menos eso creía.

Dimitri Moulin dirigió una mirada irritada hacia su mujer. Ella no pareció siquiera darse cuenta.

—Hacemos lo que podemos, señorita —prosiguió esta—. Lo que nos dicen que hay que hacer. Un jardín para que juegue, comidas con verduras que le obligamos a comer, no demasiada tele, mejor libros. Aprendemos sobre la marcha para darle la oportunidad que nosotros no tuvimos. —Amanda sacó un pañuelo del bolsillo—. Señorita, si supiera lo que significa este niño para mí… Hacemos lo que podemos, se lo juro.

Clotilde se acercó y se detuvo a unos centímetros de Amanda Moulin, como cuando sonaba o le arreglaba el pelo revuelto a un niño.

—Nadie lo pone en duda, señora Moulin —repitió la maestra—. Actúan lo mejor posible. Pero ¿por qué, entonces, Malone cuenta esas historias?

—¿Las historias de cohetes, castillos y piratas? ¿Las de otra vida que ha vivido antes de estar con nosotros?

—Sí.

—Todos los niños cuentan historias, ¿no?

—Sí…, pero no abundan los que cuentan que sus padres no son los suyos.

Amanda se quedó pensando un momento largo. Dimitri estiró de nuevo las piernas. Ahora parecía que tenía prisa por irse y se subió ostensiblemente la cremallera de la cazadora. Amanda no hizo caso.

—¿Porque no lo cuidamos como es debido? ¿Es eso lo que cree?

—No —contestó demasiado rápidamente Clotilde—. En absoluto.

—Cuando pienso en ello, creo que es por eso. Porque Malone es mejor que nosotros. Más inteligente, quiero decir. Va adelantado para su edad, el psicólogo nos lo dijo cuando nos reunimos con él, precisamente por eso aceptamos que lo viera. Malone tiene la cabeza llena de cosas: historias, aventuras, su mundo propio, todas esas cosas que nos superan a Dimitri y a mí.

—¿Qué quiere decir?

—Quizá no somos los padres que Malone habría querido, eso es lo que quiero decir. Sin duda habría preferido otros, más ricos, más jóvenes, más cultos, unos que lo llevaran en avión, a esquiar, a los museos. Y quizá por eso se inventa otros padres…

—Señora Moulin, un niño no razona así.

—¡Yo sí! Me marché de casa de mis padres por eso. Porque quería vivir algo distinto de lo que vivían ellos. Algo que no fuese el campo, el tajo, los patronos… Esa era mi aspiración. Incluso creía haberla alcanzado, antes de que usted me convocara.

—Yo no la he «convocado», señora Moulin. Y son los adolescentes los que sueñan con otra vida, con otros padres, no los niños de tres años.

—¡Eso es lo que le decía, señorita, Malone es un niño adelantado a su edad!

Dimitri Moulin se levantó en ese preciso momento. Su metro ochenta se desplegó y su figura aplastó de pronto la habitación: muebles en miniatura, juguetes minúsculos y directora de colegio enana.

—¡Creo que esta vez ya lo hemos dicho todo! Voy a llegar tarde al trabajo. Y además, hace un montón de tiempo que mi hijo está solo en el patio.

Su mujer no tuvo más remedio que levantarse. Con todo, Dimitri se entretuvo en mirar de arriba abajo a la maestra. En el lado opuesto del patio, Malone salía de los lavabos.

Ya no llovía.

—Mire a mi hijo —dijo Moulin—. ¡Todo va perfectamente! Así que pásele un pequeño mensaje a ese psicólogo: si le busca problemas, nos veremos las caras él y yo, entre hombres. Mi hijo no es un niño maltratado, ni violado, ni nada que se le parezca. Está bien, ¿entendido? Está bien. ¡Por lo demás, yo lo educo como me viene en gana!

—De acuerdo. —Clotilde Bruyère les abrió la puerta, dudó, observó a Malone mientras se acercaba y al final se decidió—: Pero, si me permiten que les dé un consejo, dado que veo a Malone en clase desde hace unos meses, y no se lo tomen a mal, señores Moulin, deben abrigar más a su hijo.

—¿Porque va a hacer frío? —preguntó, preocupada, Amanda.

—Porque su hijo tiene frío. Con frecuencia. Casi siempre. Incluso los días soleados.

El Skoda Fabia circulaba rápidamente por las calles desiertas de Manéglise. Carretera de Branmaze. Papá-di repiqueteaba con los dedos sobre el volante. Detrás de él, en la sillita, Malone estrechaba a Guti entre sus brazos.

Aguja pequeña en el 1, aguja grande en el 4.

Estaba impaciente por llegar a casa, subir a su cuarto y esconderse con su peluche en la cama. Para que se lo contara todo...

9

—¿Desea comprender cómo funciona la memoria de un niño, comandante, es eso?

Marianne Augresse asintió con la cabeza. Vasile Dragonman inspiró hondo antes de lanzarse.

—¡De acuerdo! Puede que sea un poco largo, aunque en el fondo no es muy complicado. Para empezar, hay que retener un principio, uno solo y muy sencillo. El tiempo de conservación de un recuerdo, en el caso de un niño, aumenta con la edad. Si tomamos a un bebé de tres meses, sus recuerdos durarán alrededor de una semana. Un juego, una música, un sabor… Un bebé de seis meses tendrá una memoria de tres semanas, uno de dieciocho, una memoria de unos tres meses. A los treinta y seis meses, será de aproximadamente seis…

Marianne no parecía convencida. Movió una mano con gesto impaciente.

—Vale en lo que respecta a la teoría matemática. Pero la memoria de un niño dependerá de otros criterios, ¿no? Un bebé debe de acordarse más de algo o alguien que ve todos los días, supongo. O al contrario, de un suceso extraordinario, un suceso que le ha encantado o que le ha pegado el mayor susto de su vida.

—No —explicó con calma el psicólogo—. Eso no funciona así. Está usted razonando como si habláramos de una memoria adulta, de una memoria capaz de seleccionar lo importante y lo accesorio, lo útil y lo inútil, lo verdadero y lo falso. La memoria de un niño de menos de tres años funciona de un modo diferente. Todos los recuerdos que no se reactiven más tarde se borrarán, inevitablemente. Le pondré un ejemplo. Desde que nace hasta los tres años, le hace ver a un niño todos los días la misma película de dibujos animados. Él la ve una y otra vez, se la sabe de memoria, los personajes son sus amigos más cercanos. Luego, durante un año, deja de ponérsela y no le habla nunca de ella. El día que cumpla los cuatro años, saca de nuevo el DVD y sienta al niño delante de la tele. ¡No se acordará absolutamente de nada!

—¿De verdad?

—Desde luego. Y lo que ocurre con los dibujos animados o los cuentos puede muy bien ocurrir con un allegado del que se deja de hablar, un abuelo fallecido, una antigua niñera, una vecinita que se ha mudado a otra casa… Lo que hace que nos parezca increíble es que es muy raro que se guarde silencio sobre un recuerdo importante durante varios meses. Un niño pequeño tendrá, por el contrario, una memoria inmediata extraordinaria si se la estimula, sabrá dónde escondió la tetina por la mañana, se acordará del color del columpio del parque adonde va a jugar todas las semanas, del perro que está detrás de la cerca en el camino a la panadería, sobre todo si esas acciones se repiten o se recuerdan regularmente en la conversación.

—Entonces ¿son los padres los que construyen la memoria del niño?

—Sí, prácticamente al cien por cien. Y en nuestro caso ocurre lo mismo. Es lo que se llama memoria episódica o autobiográfica. Nuestra memoria adulta está casi íntegramente constituida de recuerdos indirectos. Fotos, relatos, películas. Es el mismo principio que el del juego del teléfono escacharrado: recuerdos de recuerdos de recuerdos. Crees recordar con precisión las vacaciones de hace treinta años, cada día, cada paisaje, cada emoción, pero son simplemente imágenes, siempre las mismas, que hemos seleccionado y reorganizado en función de criterios muy personales, como una cámara que solo filma un ángulo de visión, una parte del decorado. Sucede lo mismo con tu primer batacazo en bici, tu primer beso, tus gritos de alegría el día que te dan las notas de final de bachillerato. Tu cerebro selecciona y solo retiene lo que le interesa en función de su subjetividad. Si pudieras remontar el tiempo y volver a pasar la película exacta del pasado, verías que los hechos reales se corresponden poco con tus recuerdos. ¿Qué tiempo hacía? ¿Qué habías hecho antes o después? ¿Quién estaba allí aparte de ti? ¡Nada, ni idea, solo te quedan fogonazos!

Marianne seguía acechando, por encima del hombro del psicólogo, el paso de sus compañeros al otro lado del cristal. Varios policías desfilaban, vaso de plástico o bocadillo en mano, sin rastro de agitación especial. Timo Soler seguía sin haber llamado al profesor Larochelle.

—Le creo, señor Dragonman —dijo Marianne—, aunque es bastante sorprendente. Pero volvamos a los niños. ¿A partir de cuándo puede uno tener recuerdos que conservará toda la vida?

—Resulta difícil decirlo, precisamente a causa de lo que acabo de explicarle. Algunas personas asegurarán recordar hechos que vivieron a la edad de dos o tres años, pero se trata exclusivamente de recuerdos contados o reconstruidos. Es el caso de los niños adoptados, por ejemplo, en particular de los que vienen del extranjero: ¿cómo pueden distinguir entre sus recuerdos reales, los que les han recordado y los que ellos han imaginado? Unos estudios canadienses han demostrado que niños adoptados a los que se les ponía al corriente de la adopción siendo muy pequeños pensaban sinceramente tener recuerdos de su primera vida, mientras que no es así en absoluto en el caso de niños adoptados que no saben que lo son. —El psicólogo bajó un momento los ojos hacia los dibujos infantiles que estaban sobre la mesa—. Resumiendo, comandante, para tratar de responder con precisión a su pregunta, en la mayoría de nosotros no existe casi ningún recuerdo directo de todo lo que vivimos antes de los cuatro o cinco años. Todo lo que haces con tus hijos durante los sesenta primeros meses de su vida, llevarlos al zoo, a la playa, contarles cuentos, celebrar su cumpleaños o la Navidad, tú lo recordarás con emoción toda tu vida como si hubiera sido ayer, mientras que para ellos… pfff… ¡la nada!

Marianne lo miró perpleja, como si acabase de proferir una herejía.

—¿La nada? Eso los ayuda a construirse, ¿no? Los pediatras dicen que todo se decide antes de los cuatro años…

Vasile Dragonman desplegó una amplia sonrisa; había llevado a la comandante exactamente adonde él quería.

—¡Por supuesto! Todo se decide los primeros años. E incluso antes de nacer, si nos remitimos a las teorías de la psicogenealogía y los fantasmas transgeneracionales. Los valores, los gustos, la personalidad… Todo se decide durante los primeros años de nuestra existencia. ¡Todo queda grabado para siempre! Pero, por el contrario, desde el punto de vista estricto de la memoria directa de los hechos…, ¡nada! Es una paradoja desconcertante, ¿no? Nuestra vida está guiada por acontecimientos, actos de violencia o muestras de amor de los que no tenemos ninguna prueba. Una caja negra a la que jamás tendremos acceso.

Marianne intentó argumentar:

—Pero, aun así, ¿los recuerdos están almacenados en esa caja negra inaccesible?

—Sí… En el fondo, es un mecanismo bastante simple. Mientras no se ha adquirido el lenguaje, el pensamiento procede mediante imágenes y, por lo tanto, la memoria también. Desde un punto de vista psicoanalítico, eso significa que los recuerdos solo pueden ser almacenados en el inconsciente, pero no en la conciencia, ni siquiera en la preconciencia.

La comandante abrió los ojos como platos para dar a entender que no lo seguía. El psicólogo se inclinó hacia ella con paciencia.

—Dicho en otras palabras, en un niño pequeño que parece haberlo olvidado todo, siempre quedan huellas. A eso se le llama memoria sensorial, o sensomotriz. Se traduce en el recuerdo difuso de las emociones, las impresiones, las sensaciones. El ejemplo más clásico es el del niño al que circuncidan cuando tiene apenas tres meses y que continúa teniendo hasta los diez años un miedo horrible al hospital, sus colores, su olor, sus ruidos, sin comprender por qué, ignorando incluso que ha estado anteriormente allí. En nuestra jerga de psicólogos, para referirnos a esa memoria traumática inconsciente hablamos de fantasmas.

La comandante Augresse se lo pasaba cada vez mejor con la conversación, y no solo porque se encendieran luces en los ojos color avellana de aquel psicólogo cada vez que evocaba una nueva teoría.

Disfrutaba como una estudiante motivadísima, tenía la impresión de viajar hacia un continente desconocido, una isla virgen con sus pequeños salvajes, de cero a cuatro años, destinos todos ellos para modelar a imagen y semejanza de sus padres, a su imagen y semejanza, sin los defectos. ¡El sueño de toda madre!

—Una pregunta tonta, señor Dragonman —dijo—. Para un educador, ¿cuál es la solución adecuada en caso de trauma? ¿Ayudar al niño a olvidar o, por el contrario, verbalizar las cosas, hablar de ellas, para que el fantasma no quede arrinconado en algún lugar de su cerebro?

La respuesta de Vasile fue clara.

—Todos los psicólogos le dirán lo mismo, comandante: la negación de un trauma es una forma de protección que no arregla nada. Para vivir con un trauma, es preciso afrontarlo, verbalizarlo, aceptarlo. Es la famosa resiliencia popularizada por Boris Cyrulnik.

A la comandante le gustaba provocar.

—Es un poco tonto, ¿no?

—¿Por qué?

¡Premio! Vasile la miraba con atención. Ella aprovechó la ventaja.

—Pues…, estoy pensando en esa película, *¡Olvídate de mí!*… La historia de esa sociedad que propone borrar los recuerdos dolorosos. Resulta atractivo, ¿no? ¡En vez de darle vueltas sin parar a un amor perdido, mejor borrarlo directamente!

—Eso es ciencia ficción, comandante.

Ahora era Marianne quien había llevado al psicólogo adonde ella quería.

—Sí, para unos adultos, es ciencia ficción... ¡Pero, según lo que acaba de contarme, con un niño pequeño es perfectamente posible! Para una persona mayor, cuya memoria está fijada, lo comprendo. Es imposible rechazar un trauma. No hay más remedio que extraerlo, como si fuese un tumor. Pero para un niño de menos de cuatro años es diferente, ¿no? Si todos sus recuerdos conscientes van a desaparecer para siempre, deberíamos apostar por que es preferible no decir nada, por que es preferible dejar que los recuerdos se esfumen, se difuminen hasta parecer irreales... Aunque el niño guarde un vago recuerdo de un trauma, no lo diferenciará de una imagen violenta entrevista en un libro o una pantalla. Una especie de teoría del confinamiento, por decirlo de algún modo. Algo así como residuos radiactivos que enterramos.

El psicólogo parecía divertirse.

—Continúe...

—Veamos, imagine a un niño de uno o dos años que ha vivido un genocidio, como los niños camboyanos o ruandeses que vinieron a Francia, cuya familia fue masacrada al completo ante sus ojos. ¿Qué es preferible, señor Dragonman? ¿Borrarlo todo de su cerebro para que olviden el horror y crezcan como cualquier otro niño, alegres y despreocupados? ¿O hacerles llevar ese peso toda su vida?

—Con toda franqueza, comandante, desde el estricto punto de vista psicoanalítico, su teoría de la negación es una herejía. La memoria sensorial del niño entrará en contradicción con la que los adultos quieren meterle dentro del cráneo. Y no borrará los fantasmas... —Hizo una pausa—. Pero su imagen del confinamiento es acertada, comandante... Sería como enterrar residuos radiactivos. ¡Puede aguantar así años y, sin más ni más, explotar en cualquier momento! —Vasile le hizo un guiño de complicidad a la policía—. En realidad, no hay una regla absoluta. El rechazo de un trauma violento puede provocar amnesia, incluso en adultos. Existen también casos de recuperación de la memoria: un abuso sexual en la primera infancia, por ejemplo, negado, enterrado, que resurge en la edad adulta. ¿Cómo distinguir, entonces, si se trata de un recuerdo verdadero o falso? Los fantasmas del inconsciente están ahí, comandante, nos acompañan durante toda la vida como angelitos fieles e invisibles. En el fondo, no hay más que un método para aprender a vivir con ellos en armonía.

—¿Cuál?

—¡El amor, comandante! Un niño pequeño necesita ante todo seguridad física y afectiva. Estabilidad. Confianza en el adulto que lo protege. Verbalizar o no traumas no tiene ningún peso, en el fondo, si ese ingrediente no existe: el amor de una madre, de un padre, de cualquier persona mayor que sea un referente para ese niño. ¡Solo necesita eso!

Marianne se dejaba acunar por las palabras de Dragonman. Ese tipo, además de su acento del Este y sus ojos roble claro, más brillantes que el pupitre de un colegial el primer día del curso, poseía un don innato para la pedagogía. Sentido del ritmo, de la elipsis y del suspense. Si todos los psicólogos eran tan apasionantes como él, no le extrañaba que en la universidad las estudiantes tomaran por asalto los bancos de las clases de psicología.

Posó una mirada de inquietud sobre los dibujos que tenía delante.

—De acuerdo, señor Dragonman, de acuerdo. El amor de una madre… Pero, volviendo a Malone Moulin, hay una cosa que no entiendo. Usted me asegura que esa historia del cambio de madres en el centro comercial de Mont-Gaillard tuvo lugar hace varios meses, casi un año. ¿Cómo puede Malone acordarse con tanta precisión, si la memoria de un niño de su edad es tan volátil? Y no digamos ya lo que se remonta a una etapa más lejana aún, a su supuesta vida anterior, a los barcos piratas, los cohetes, los ogros…

—Porque le recuerdan esos recuerdos, todos los días, todas las noches, todas las semanas, desde hace meses.

La comandante estuvo a punto de caerse de la silla.

—¡Demonios! ¿Quién? ¿Quién le cuenta su vida de antes?

En el preciso momento en que el psicólogo iba a responder, el teniente Pierrick Pasdeloup entró en el despacho. Le dirigió una amplia sonrisa a Marianne al tiempo que le tendía un chaleco antibalas gris azulado con el logo de la policía nacional.

—¡Ha llegado el momento, chavala! Nuestro querido doctor acaba de llamar. Timo Soler quiere verlo lo antes posible, han quedado dentro de menos de una hora en un lugar discreto, en el puerto, muelle de Osaka, justo donde Larochelle lo cosió ayer.

La comandante Augresse se levantó de un salto.

—¡Diez hombres, cinco coches, no se nos puede escapar!

Vasile Dragonman observó sin comprender el torbellino que acababa de sacudir la comisaría. Marianne iba a salir y cerrar la puerta sin siquiera prestarle atención, cuando él levantó con timidez una mano.

—¿No quiere la respuesta a su pregunta?

—¿Cuál?

—Quién le habla a Malone Moulin de su vida de antes.

—¿Se lo ha dicho?

—Sí…

Marianne se movía en el hueco de la puerta abrochándose el chaleco de kevlar.

—¡Muy bien, pues dígamelo!

—Su peluche.

—¿Cómo?

—Su peluche. Malone lo llama Guti. Me asegura que es Guti quien todas las noches, en la cama, le cuenta su vida de antes. Y…, puestos a decirlo todo —ese psicólogo tenía unos ojos salpicados de estrellas y capaces de convencerte de que había vida en Marte y que montaras con él en un cohete para ir a repoblarlo—, por extraño que pueda parecer, comandante…, ¡creo que dice la verdad!

10

Escondido detrás de los muros de contenedores apilados como ladrillos de acero multicolores, el teniente Pasdeloup observaba el Yaris blanco al otro lado de la dársena. Era el único coche aparcado en la península que cerraba la esclusa Francisco I.

Cortadas todas las retiradas.

Al oeste, el mar.

Al sur, en el muelle de Asia, Papy, escoltado por dos Megane.

Al norte, en el muelle de las Américas, otros dos coches de policía esperaban, invisibles también, ocultos por las grúas gigantes que inclinaban su cuello metálico por encima de un barco venezolano.

Al este, el quinto Megane, el de la comandante Augresse y el agente Cabral, se había posicionado un poco más cerca, en la misma península que el Yaris, detrás de las dunas artificiales de arena y grava extraídas del fondo del estuario para permitir que los monstruos acorazados, cada vez más altos y profundos, se acercaran a los muelles de hormigón.

Un trabajo de Sísifo. Excavar unos metros cúbicos de arena, cuando el mar traía dos veces más en cada marea.

Hacía un montón de tiempo que el teniente Pasdeloup no recorría los muelles del puerto. Sobre todo por ese lado, frente a la esclusa Francisco I y su puente levadizo. La mayor del mundo, decían en la época, antes de que los belgas, seguidos de los holandeses y después de los chinos, hicieran otras mejores.

Indefectiblemente, aquello hacía a Papy remontarse a cuarenta años antes, cuando zigzagueaba en bicicleta, detrás de su padre, entre las cajas que los otros estibadores descargaban. El Havre casi humeaba aún a causa del bombardeo del año 45, que había destruido cuatro quintas partes de la ciudad.

Él no recordaba El Havre de antes del 45, el de las villas, los armadores, el casino y los baños de mar. El que hacía llorar a los viejos. A su padre. A su madre. El Havre de antes de que los depósitos de mercancías Café y Océane fueran transformados en cine, sala de conciertos, Fnac, Pimkie o Flunch. En muelles adonde los jóvenes continuaban yendo, como él cuarenta años antes, pero para pasar el rato, no para trabajar.

—Papy, ¿me oyes?

Jean-Baptiste Lechevalier estaba justo enfrente, al norte, en el muelle de las Américas, aunque quinientos metros de mar y cuatro kilómetros de diques los separaban. El teniente Pasdeloup emergió de su ensoñación y pulsó una tecla del walkie-talkie.

—Sí, te oigo. ¿Ves el Yaris tú también?

—Clarísimamente. Tengo una visión panorámica, con Timo Soler en el interior. Bourdaine le ha hecho ya unas bonitas fotos, y no parece muy en forma. Creo que está rezando para que Larochelle no se haya olvidado de él.

El teniente Pasdeloup consultó su reloj: 13.12.

—Hablando de Larochelle, ¿qué hace ese gilipollas?

—Dice que ya llega. Está buscando… Cualquiera diría que no sabe activar la opción «zona industrial» en el GPS…

El teniente Pasdeloup cortó momentáneamente la comunicación y se acercó de nuevo los prismáticos a los ojos. Timo Soler había apoyado la nuca en el reposacabezas. Cerraba los ojos en cortas secuencias, pero nunca más de unos segundos. El resto del tiempo, su mirada escrutaba los alrededores, al acecho. Mantenía las dos manos sobre el volante, crispadas; ningún rastro visible de arma al alcance del atracador.

¿Porque quería poder arrancar lo más deprisa posible?

¿Por el dolor que sentía?

Papy levantó el walkie-talkie hasta la altura de sus labios.

—¿Marianne? ¿Qué hacemos? No vamos a pasarnos la tarde esperando a ese médico. J. B. es partidario de ir a por él...

—¿Y a ti qué te parece?

—Que Timo difícilmente se nos puede escapar. Solo hay una carretera al sur de la dársena donde está aparcado y dos puentes al norte. Podemos cortarle todas las salidas.

—Sí. Pero Soler no ha aparcado ahí por casualidad. Tiene una visión de trescientos sesenta grados sobre los alrededores. Nos verá llegar casi a un kilómetro en cuanto salgamos, y no tenemos la certeza de que no vaya armado. ¿Has hablado con el médico?

—Según J. B., ya llega...

—Entonces, nos atenemos al plan previsto. Larochelle se reúne con él y le administra tiopentato. La inducción anestésica debería dormirlo en menos de cinco minutos, y si eso no es suficiente, Larochelle lo tumba y empieza a toquetearle la herida mientras nos acercamos. ¿Qué coche tiene el doctor?

—Un Saab 9-3.

Marianne silbó.

—Sería una lástima empezar sin él, ¿no? Es alucinante que acepte venir a ensuciar sus neumáticos con el balasto del puerto.

Papy pilló el balón al vuelo.

—¡Hija mía, es una cuestión de honor! ¡Solidaridad de clase! No olvides que Timo Soler se ha llenado los bolsillos con los escaparates de las cuatro tiendas de lujo más grandes de Deauville. Ponte en el lugar del buen doctor Larochelle: si dejamos que los malvados se sirvan ellos mismos, ¿adónde vamos a ir a parar?

La comandante Augresse cortó por lo sano el arrebato de su ayudante.

—Ok, Papy, mensaje entendido. Esperamos diez minutos más a que nuestro justiciero se presente y después atacamos.

El puerto parecía desierto, daba la impresión de que los barcos habían sido abandonados en los muelles y que las grúas pórtico enganchaban solas las hileras de contendores, por costumbre, sin que ningún técnico las manejara. Como si las máquinas y los robots, únicos supervivientes en aquel infierno de acero y hormigón, hubieran tomado el poder. Los contendores descargados se acumulaban, quizá por la eternidad, siguiendo una lógica absurda olvidada, perdida con el último hombre.

Papy pensó que, aunque la carga de cualquiera de esos contenedores debía de valer una fortuna, le parecía surrealista que pudiese existir un orden, una colocación racional, fuera cual fuese, en aquellas pilas de cajas de hierro gigantes amontonadas a la buena de Dios; e incluso imposible que un contable de la capitanía marítima pudiese tener la menor idea de lo que estaba depositado en aquellos kilómetros de muelles.

El teniente Pasdeloup, sin apartar los ojos del Yaris blanco, recordaba las palabras de su padre.

Un puerto que funciona es un puerto sin barcos.

Un barco que no navega, un barco que se queda en el muelle, es un barco que pierde dinero. Y ahí estaba su padre participando en el enjambre de cargadores que se precipitaba sobre cada nuevo barco amarrado para vaciarlo lo más rápido posible. Compitiendo entre equipos. Batiendo récords.

Hoy en día, constataba Papy, un puerto que funcionaba era un puerto sin hombres.

—El médico todavía está en Harfleur —chisporroteó la voz de J. B. en su mano—. Dice que se ha equivocado de camino, pero, en mi opinión, acaba de salir de la consulta. Asegura que estará aquí dentro de diez minutos.

Papy miró de nuevo el reloj. Siete minutos ya de retraso a su cita con Soler.

—¿Qué hacemos, Marianne?

—Mantenemos el control visual sobre el Yaris y esperamos.

Esperamos.

Un buque tanque gris avanzaba lentamente por la dársena. Pabellón ruso. Gas o hidrocarburos, seguro. A ese ritmo, pasaría por delante del muelle de las Américas al cabo de unos minutos y obstaculizaría el campo de visión de J.B. sobre la península.

No pasaba nada, pensó Papy en el otro extremo de la dársena, puesto que Marianne y él conservaban una vista absolutamente despejada. La fina lluvia que había caído sobre los diques de hormigón había dejado tras de sí un esbozo de claridad en el cielo deslavazado, de color lápiz mal borrado.

—¡Soler se ha movido!

Marianne había gritado en el walkie-talkie. Papy miró con los prismáticos justo a tiempo para ver a Timo Soler hacer una mueca, enderezarse de nuevo y meter una marcha.

El Yaris acababa de lanzarse hacia la dársena y dar media vuelta entre una nube de polvo, y se dirigía al norte en dirección al puente metálico rojo, a unos cientos de metros de distancia, que controlaba la entrada de la esclusa.

—¡Atención, J.B.! —gritó a su vez Papy—. Soler ahueca el ala. Va hacia ti con Marianne pisándole los talones.

El teniente Pasdeloup, posicionado para impedirle a Timo Soler la retirada hacia el sur, entre las cisternas de hidrocarburo y la carretera del estuario, se hallaba ahora condenado a asistir como espectador a la persecución. Pese a encontrarse a menos de quinientos metros a vuelo de pájaro del escenario, por los muelles, más de dos kilómetros lo separaban del Yaris de Soler.

Vio el Megane de Marianne aparecer por detrás de la duna de arena, apenas unos segundos después del de Soler. Con la sirena puesta.

El atracador herido no tenía ninguna posibilidad…

Los prismáticos subieron un poco más, como para anticiparse a la carrera del Yaris.

—¡Hostia!

El teniente Pasdeloup se mordió los labios, sofocando otra palabrota.

Soler había esperado el momento oportuno.

El Yaris estaba llegando a la esclusa Francisco I cuando la proa del buque tanque ruso ya casi tocaba el borde del puente levadizo. El coche de Soler aceleró más mientras el puente empezaba a elevarse despacio hacia el cielo.

Como un eco de los aullidos de la sirena de la policía, la alarma de la esclusa se disparó. Delante de la esclusa parpadearon tres luces rojas, que adquirían un tono púrpura con el resplandor de los girofaros azules, como si la escena, filmada en blanco y negro, hubiera sido súbitamente coloreada.

El Yaris se adentró en el puente rojo. A través de los prismáticos, parecía minúsculo frente al inmenso buque tanque acorazado. Una mosca rozando el cuerno de un rinoceronte.

—¡Hay que acorralarlo antes de que salga! —se desgañitó Papy, impotente.

—No veo absolutamente nada —contestó J.B. en el walkie-talkie—. Avanzamos a ciegas en paralelo a ese puto barco ruso. Si Soler pasa la esclusa, deberíamos darnos de narices con él.

«O llegar justo después», calculó el teniente Pasdeloup con preocupación.

El Megane de Marianne casi había llegado también al puente rojo. Conducía Cabral. Un poli infatigable. De fiar. Experimentado.

—¡Acelera, joder! —ordenó la comandante—. ¡Si Soler pasa, tenemos que pasar nosotros también!

Marianne Augresse se había desabrochado el cinturón de seguridad y había abierto la ventanilla de su lado para tener la máxima visibilidad.

Y poder disparar en caso necesario.

Cabral no se inmutó.

Papy vio el vehículo de Timo Soler tomar un último impulso, como sobre un trampolín, y lanzarse para saltar entre el puente elevado y el muelle, un salto de un metro, quizá menos, era difícil calcularlo a la distancia a la que se encontraba.

Tuvo la impresión de que el Yaris daba varios tumbos al tiempo que giraba a la derecha, y de que iba a dar una vuelta de campana. Sin embargo, recuperó la estabilidad después de un alucinante cambio de sentido.

Ese malnacido de Soler debía de estar pasando las de Caín, pensó Papy. Hecho trizas gracias a los atentos cuidados del doctor Larochelle, con las heridas en carne viva, todas esas sacudidas debían de retorcerle las entrañas.

Pero no lo suficiente. Al cabo de un segundo, el Yaris blanco corría de nuevo entre los contenedores, por la avenida Amiral Chillou.

—¡Justo delante! —le indicó Papy a J.B.—. Vas a tenerlo en el punto de mira.

El puente seguía elevándose, sobrepasaba ya el metro de altura. El Megane de Marianne aceleró más. El ruido de las sirenas los ensordecía, los flashes los deslumbraban.

—¡No pasará!

De repente, Cabral pisó a fondo el pedal del freno.

Las ruedas del coche de policía se bloquearon a unos metros del puente elevado hacia el cielo. La comandante Augresse no tuvo tiempo de protestar, su cara chocó contra el parabrisas parcialmente cubierto de arena mojada.

El Yaris de Timo Soler y casi enseguida los Megane de J. B. y del agente Lenormand desparecieron del campo de visión de Pasdeloup. Su voz tembló en el walkie-talkie.

—Mierda, ¿va todo bien?

—Va bien. —El que había respondido era Cabral—. Irá bien. La comandante ha quedado un poco descalabrada, creo que me echará una bronca de mucho cuidado en cuanto se haya limpiado la nariz, pero prefiero eso a un chapuzón en la esclusa.

El puente bajaba despacio. Finalmente, el puerto vivía. Unos hombres se acercaban desde detrás de los contenedores, como muñecos de Playmobil que salieran de su caja. Unos marinos rusos se congregaban en las barandillas del buque tanque. La voz de J. B. hizo dar un respingo al teniente Pasdeloup.

—¿Papy?

—Sí.

—Hemos encontrado el Yaris.

—¿En serio?

—Vacío —precisó J. B.—. En la avenida del 16.º Puerto. Vamos a acordonar la zona. Va a pie, está herido, no podrá llegar muy lejos.

—Si tú lo dices... —admitió Papy en un tono poco convencido.

Conocía esa parte de la ciudad. La avenida del 16.º Puerto circunvalaba el barrio de Les Neiges, un pequeño y extraño pueblo de un millar de habitantes, mitad suburbio industrial y mitad zona urbana sensible, totalmente rodeada por las empresas portuarias. Un enclave. Una isla.

Timo Soler no había elegido el lugar de la cita al azar, y todavía menos el sitio donde había abandonado el coche. Sin duda se escondía desde hacía meses en el barrio de Les Neiges, y encontrarlo ahí, si contaba con cómplices, llevaría semanas.

Lo suficiente para que la palmara antes.

11

Aguja pequeña en el 1, aguja grande en el 7

Malone jugaba con un pequeño cohete blanco y azul sobre la alfombra del salón. Guti lo observaba, apoyado en la pata de una silla. Malone habría preferido subir a su cuarto y escuchar todo lo que su peluche tenía que contarle, pero no podía hacerlo.

«Hoy no puede ser», había dicho Mamá-nda.

Tenían el tiempo justo de calentar la pasta, poner la mesa y comer rápidamente antes de volver al colegio.

Malone hacía despegar el cohete mientras buscaba un planeta donde pudiese aterrizar. Puf-Puf le pareció un buen destino, era un planeta mullido y violeta en forma de pera. Oía a Papá-di seguir hablando en voz muy alta en la cocina. Tomaba café y repetía todo el rato lo mismo.

La maestra y Vasile. Vasile y la maestra.

Papá-di estaba enfadado, y aunque se había pasado toda la comida sin mirarlo, Malone sabía de sobra por qué.

Por él.

Por todo lo que él le decía a Vasile.

Le tenía sin cuidado. Papá-di podía gritarle todo lo que quisiera o no hablarle en absoluto. Castigarlo incluso, si quería. ¡Le tenía sin cuidado! No le diría nada a él y seguiría hablando con Vasile. Se lo había prometido a mamá.

Mamá-nda se había bebido su café a toda velocidad, había fregado los platos, le había dado un besazo en la frente, después de barrer un poco le había hecho otro mimo, y ahora estaba guardando el montón de cosas que habían llevado en bolsas al colegio: los papeles, las libretas, los libros con fotos… Había abierto el gran armario que estaba bajo la escalera y entonces Papá-di la había llamado. Ya llevaba el abrigo sobre los hombros, pero le faltaba la bufanda. ¡Mamá-nda siempre decía que tenía que ocuparse de dos niños!

Había subido al dormitorio a buscar la bufanda mientras Papá-di esperaba en la cocina delante de la tele, con su café, y gritaba que iba a llegar tarde.

Malone hizo aterrizar suavemente el cohete en el planeta Puf-Puf. Fue hasta el pasillo, hacia esa gran puerta negra que normalmente no estaba abierta.

Avanzó hasta el armario, se metió dentro. Solo la luz del exterior lo iluminaba, y estaba todavía más oscuro cuando él se ponía delante. Se pegó a un lateral, junto a los libros con fotos que estaban en los estantes. No valía la pena abrirlos, ya los había visto, Mamá-nda se los enseñaba a veces, pero él no se reconocía de pequeño. Se acordaba de muchas cosas gracias a Guti, pero no de sí mismo. No de su cara, no del aspecto que tenía de bebé.

Malone miró las otras cajas y los otros objetos embutidos bajo los peldaños de la escalera. Le había llamado la atención un gran cuadro, muy curioso porque había letras escritas en él. Malone no conocía todo el alfabeto, pero sabía leer su nombre.

M-A-L-O-N-E.

En el colegio había que reconocer la etiqueta correcta entre las de los demás niños y colgarla en la pared.

M-A-L-O-N-E.

Su nombre estaba escrito en ese cuadro escondido bajo la escalera, en grandes letras, sobre un papel blanco metido debajo del cristal, pero no habían sido trazadas con rotulador. Ni con pintura. Ni con un bolígrafo.

Malone tuvo que inclinarse más para estar seguro de eso.

Pasó por encima de algunas cajas y cogió el cuadro con las dos manos para que un poco de luz lo iluminara y le permitiese verlo mejor.

¡Las letras de su nombre estaban escritas con animales!

Animales pequeñitos.

Hormigas.

Decenas de hormigas alineadas, pegadas y luego aplastadas bajo el cristal. Quien hubiera hecho aquello lo había hecho con mucho cuidado. Casi ninguna hormiga sobresalía. Era bonito, muy limpio, aunque a Malone le entristecía un poco que hubiesen matado a todos aquellos bichitos para escribir su nombre. A no ser que hubieran hecho el cuadro con hormigas ya muertas...

¿Quién había podido hacer aquello?

Papá-di no, eso seguro. Aborrecía colorear, recortar, construir con Lego y todas esas cosas. Entonces ¿Mamá-nda, para darle una sorpresa?

Menuda sorpresa. A él no le gustaban las hormigas. Y mucho menos muertas. Prefería ver su nombre escrito con rotuladores de colores o con los dedos mojados de pintura, como en el colegio.

La puerta de entrada se cerró sin que Papá-di les hubiera dicho adiós.

—¡Vamos a irnos, cariño! —dijo Mamá-nda desde su dormitorio, en el piso de arriba—. ¿Vas a buscar tu abrigo?

Malone salió rápidamente del armario de debajo de la escalera. Había tenido tiempo de ver otra cosa, otros bichos extraños, muertos también.

Y estos, más grandes que las hormigas.

12

El espantoso vendaje pegado a ambas mejillas aplastaba la nariz de Marianne Augresse.

«¡Vaya pinta de boxeadora», pensó, «o de puma saliendo de una clínica especializada en cirugía estética!» Le costaba horrores soportar la mirada de los quince tíos puesta en ella, y en particular, por razones diferentes, la de J.B. y Cabral. Pero era de todo punto imposible evitar aquella reunión. Después de que Timo Soler se hubiera dado a la fuga, debía poner a trabajar en el caso al mayor número de hombres posible, incluso a agentes que habían ingresado en el cuerpo hacía menos de un año, y era imprescindible que todos dispusieran del mismo nivel de información sobre el asunto del atraco de Deauville.

Marianne, resignada, avanzó hacia el centro de la sala. Cuando se había visto en el retrovisor del Megane, en el puente de la esclusa Francisco I, con la nariz chorreando sangre, de buena gana se habría echado a llorar. Asombrosamente, lo primero que había pensado, antes incluso de lamentar la huida de Timo Soler, era cuánto tiempo tardaría en recuperar un aspecto humano. ¿Una semana? ¿Un mes? ¿Varios, si tenía rota la nariz? Los que fueran, serían días perdidos en su cuenta atrás personal, porque encontrar a un tío capaz de dejarla embarazada con semejante pinta…

¡Eso empieza a rayar en lo obsesivo, colega!

La comandante se obligó a entrar en razón e introdujo el lápiz USB mientras las carpetas circulaban entre los policías. ¡Además, no tenía la nariz rota! Larochelle se había mostrado bastante tranquilizador cuando la había examinado en los muelles, en medio de los cargadores y los marinos, que no tenían nada mejor que hacer que observarla como si fuese un inmigrante ilegal salido de un contenedor.

Ni siquiera hacían falta puntos de sutura, había añadido el médico, el único daño era un gran hematoma que desaparecería al cabo de unos días. ¡Por lo menos Larochelle había resultado útil para eso!

El cirujano había aparcado el Saab 9-3 frente a la esclusa menos de tres minutos después de la desaparición de Soler, y Marianne, una vez terminada la cura, se le había echado inmediatamente encima, llegando incluso a amenazarlo con abrir una investigación por obstrucción a la justicia, ¡porque era un poco fuerte ese rollo de que el GPS no indicaba los muelles del puerto!, ¿no?

¿Y si se había retrasado expresamente? ¿Y si había intentado deliberadamente que Timo Soler se les escapara?

Había sido Papy, pese a que Larochelle no era santo de su devoción, quien la había apaciguado apartándola de la gente. «Calma, Marianne —había susurrado—, el doctor nos ha dado el lugar y la hora exactos, Timo Soler ha acudido a la cita, no teníamos más que atraparlo. ¡Somos nosotros los que la hemos cagado!»

Tenía razón, Larochelle no tenía por qué cargar con su incompetencia. Por lo demás, el cirujano no había dejado de sonreír ni un momento, más divertido que amedrentado por el tráfago de policías que había a su alrededor.

«Ok, Papy —había mascullado Marianne entre dientes—, nos ocuparemos de eso más tarde.» Su ayudante tenía razón; en el fondo, había que tratar bien al cirujano, posiblemente aún lo necesitarían. La fea herida abierta de Timo era, en parte, obra suya...

Con todo, Marianne no había parado de darle vueltas al asunto hasta llegar a la comisaría.

Hoy, por culpa de un médico mamón, he dejado escapar a un criminal y estoy desfigurada.

Ganas de matar
He desenfundado la pistola y...

No tenía mucha imaginación para inventarse un desenlace divertido o sorprendente; en cualquier caso, mucha menos que los internautas de ganas-de-matar.com, que rivalizaban en astucia para imaginar las peores formas de ejecutar a los inevitables tocacojones. La regla de esa tontería de sitio web era simple: presentar a alguien que te amarga la vida hasta el punto de que te entran ganas de matarlo y describir una escena en la que pasas virtualmente a la acción, a ser posible expresando regocijo, o con un toque dramático o patético, y que recibe o no la aprobación del jurado compuesto por los lectores conectados... La versión 2.0 de vida-de-mierda.com... Una forma como cualquier otra, para los frustrados pusilánimes anónimos, de desahogarse sin pasar de verdad a la acción. Aunque, pensó la comandante, en cierto modo ese sitio web le había cambiado la vida.

Con todo, se obligó a apartarlo de su mente y comenzó la presentación. Vio con alivio que las miradas abandonaban su rostro para clavarse en el plano de Deauville que apareció proyectado en una pantalla. Marianne le había encargado a Lucas Marouette, que se aburría haciendo las prácticas en la comisaría antes de empezar el servicio activo, un montaje en 3D utilizando la Street View de Google. Al parecer, era un juego de niños si sabías descargar las aplicaciones necesarias. Mejor ponerse al día: esas reconstrucciones virtuales se habían convertido en el juguete preferido de los jueces de instrucción.

—Son las 11.12 del martes 6 de enero de 2015 —comenzó Marianne—. El tiempo es frío y ventoso. No circula casi nadie por las calles de Deauville. Dos motos se detienen en la rotonda central de la ciudad, entre las calles Eugène Colas y Lucien Barrière, en el corazón de la estación balnearia, a dos pasos del casino. Al mismo tiempo, una pareja camina por la acera. Elegante. Van cogidos por la cintura. Él lleva un sombrero Scotland de fieltro gris; ella, un fular de seda cubriéndole la cabeza. Imposible distinguir sus caras en las imágenes captadas por las cámaras de vigilancia que abundan en la ciudad.

En la pantalla, dos figuras estilizadas, una azul y la otra roja, sin ropa ni rostro, caminaban por la calle comercial de Deauville —donde se distinguían los rótulos de todas las tiendas de lujo—, reproduciendo con exactitud la descripción de la comandante.

—Mientras los dos motoristas aparcan, la pareja se separa. Él entra en la tienda de Hermès, y ella, en la de Louis Vuitton. Entonces todo empieza a ir muy deprisa. En el mismo momento en que los dos motoristas, armados con sendas Maverick 88, entran respectivamente en las dos principales joyerías de la calle Eugène Colas, Godechot-Pauliet y Blot, el hombre del Scotland saca una Beretta 92 y encañona a las dos dependientas de Hermès, mientras que la mujer hace lo propio en Vuitton. Solo necesitan dos minutos para llenar cuatro bolsas, una cada uno. Saben exactamente lo que buscan, cogen principalmente objetos fáciles de transportar. Relojes, joyas, fulares, cinturones, billeteros, bolsos, gafas... Algunas piezas de colección más raras. Sus gestos son precisos y están cronometrados. Salen los cuatro a la calle Eugène Colas exactamente en el mismo segundo. Los dos motoristas le dan sus bolsas a la mujer. La alarma se dispara en ese momento. La comisaría se encuentra a solo setecientos metros, al final de esa calle. Un policía que saliera a fumar un cigarrillo podría ver las dos motos.

En la Street View de Google, las casas normandas con entramado de madera desfilaron deprisa, como filmadas con cámara al hombro, antes de que la imagen se congelara en los cuatro personajes esbozados. Marianne prosiguió.

—No voy a detenerme en los comentarios posteriores de la prensa, el desparpajo de los atracadores, incluso su inconsciencia. Nos limitaremos a los hechos. En realidad, el golpe estaba impecablemente preparado. Las dos motos recorren a gran velocidad la calle Eugène Colas, casi hasta la comisaría, pero giran doscientos cincuenta metros antes, en la plaza de Morny. El objetivo es evidente. ¡Desviar la atención! Obligar a la policía a perseguirlos mientras sus dos cómplices escapan con el botín. Las motos, dos Münch Mammut 2000, eran, en teoría, suficientemente potentes para mantener a distancia a los coches de policía.

—No solo en teoría —dijo en tono irónico un policía.

—Estamos de acuerdo —admitió Marianne—. Eso confirma que el plan de los atracadores estaba preparado a la perfección. Sin ser profesionales, debían de haber invertido un montón de tiempo en ponerlo a punto, en localizar los lugares, en cronometrarlo de principio a fin. Pero los atracadores no tuvieron suerte.

Google Street se aceleró más. Un hipódromo desierto, rodeado de casas señoriales, ocupó toda la pantalla.

—Una patrulla de policía circulaba por la ciudad en aquel preciso instante. Bordeaba el hipódromo por el bulevar Mauger. Inmediatamente se posicionó para interceptar a los motoristas. Ya conocéis la continuación, supongo.

En la pantalla, el alineamiento de casas en 3D desapareció para dejar paso a unas fotos. Primerísimos planos. Sangre en la acera. Un casco en el arroyo.

—El primero en disparar es uno de los motoristas. Nuestros hombres responden. El segundo motorista, el que todavía no ha hecho fuego, es alcanzado. Cae con la moto encima, el casco choca con la acera y la pantalla se rompe. Sin embargo, queda parcialmente fuera de la línea de tiro de nuestros hombres debido a la presencia de mobiliario urbano: una farola y un contenedor de basura. Mientras el primer motorista, desde detrás de los coches aparcados, continúa disparando, el segundo se quita el casco y lo deja caer. Dos cámaras de vigilancia, estas situadas delante del hipódromo y del hotel La Côte Fleurie, filman su cara.

El rostro borroso de Timo Soler apareció proyectado en la

pantalla. Era un chico bastante guapo. Mirada tierna, realzada por un toque desafiante.

—Más disparos. Ningún otro hombre resultará herido. El tiroteo solo duró dieciocho segundos en total. Los dos motoristas dan media vuelta y tuercen hacia la calle del hipódromo. Siguen la vía del tren un momento y luego dejan la carretera para meterse en los caminos que discurren junto al Touques y perderse entre el boscaje, probablemente en dirección a Pont-l'Evêque. Imposible seguirlos. Pese a los controles, no se les ha vuelto a ver. —La comandante hizo una breve pausa y bajó imperceptiblemente los ojos—. Con excepción de Timo Soler, por primera vez esta tarde.

Marianne clicó con el ratón. El centro urbano de Deauville desfiló de nuevo al ritmo de la carrera de las dos siluetas, azul y roja.

—Sin embargo, la maniobra de distracción solo funcionó parcialmente. Es el grano de arena en el plan de los atracadores. Cuando el hombre del Scotland sale de la tienda de Hermès, Florence Lagarde, la directora, no se limita a accionar la alarma. Comete la imprudencia de salir a la acera de la calle Eugène Colas con el móvil pegado a la oreja. Menos de cinco minutos después, está hablando con el teniente Gallois, de la comisaría de Deauville, y tiene la presencia de ánimo de precisarle que hay dos grupos de atracadores: los motoristas que van en dirección a ellos y otros dos fugitivos que se alejan en sentido contrario, a pie. Aquí también sucede todo muy deprisa. Menos de dos minutos en total. Todavía armado con un revólver, el hombre del Scotland toma la calle Lucien Barrière mirando a cada momento hacia atrás, mientras que la mujer del fular, cargada con las cuatro bolsas, corre hacia la playa. La estrategia parece clara: la mujer debe poner a salvo el botín mientras el hombre le cubre las espaldas y evita un acto de heroísmo por parte de uno de los comerciantes. Cuando llega a la altura del palacio de congresos, la mujer ya está en la calle de La Mer y gira a la izquierda, a la altura de Les Planches. Pasa por delante de la cámara de vigilancia del casino a las 11.17. Un minuto después, la misma cámara la filma de nuevo corriendo en sentido inverso. ¡Sin las bolsas!

Antes de continuar, la comandante hizo una breve pausa, como para que sus hombres comprendieran hasta qué punto aquel detalle concreto, la repentina desaparición del botín, era capital.

—En ese momento, el hombre del Scotland que cubre la retirada de la mujer se encuentra acorralado por dos policías al final de la calle Lucien Barrière, en la parte peatonal. Conocemos con precisión hasta el más pequeño detalle del tiroteo que seguirá. La mujer le grita al hombre que vaya hacia ella. Él echa a correr. Lo alcanza un disparo en la pierna, pero responde. Hiere al agente Delattre. En plena rótula. Saldrá de esta, pero cojeará toda su vida. El hombre y la mujer se adentran en la calle de La Mer, pero reciben entonces el fuego cruzado de dos patrullas que llegan cada una desde un lado. Pese a todo, siguen avanzando por la calle, metiéndose entre los coches. Otro de nuestros hombres, Savignat, es alcanzado en el hombro, sin gravedad. Los atracadores intentan entonces cruzar la calle para llegar a los baños pompeyanos, enfrente, en el lado de la playa, disparando al tuntún. Hay turistas paseando junto al mar, sobre todo abuelos acompañados de sus nietos. Los policías no quieren correr ningún riesgo. Los dos fugitivos son abatidos cuando se ponen al descubierto, casi simultáneamente, en medio de la calle. Se baja el telón.

Otro clic. Aparecieron dos fotos. Un hombre y una mujer.

—Cyril e Ilona Lukowik —anunció Marianne—. Nuestros Bonnie and Clyde del estuario. Cyril es originario de la región. Tiene una ficha bastante abultada: tráfico de drogas primero, desde los quince años; luego se especializó en el robo en segundas residencias del Pays d'Auge. Será condenado a un total de veintiséis meses de cárcel, repartidos en cuatro años y tres estancias. Conoció a su mujer, Ilona Adamiack, siendo muy joven, en Potigny, el pueblo donde crecieron ambos, unos veinte kilómetros al sur de Caen. Ya delinquían juntos de estudiantes, Ilona lo ayudaba en los robos; generalmente era ella, una chiquilla de la que nadie desconfiaba, quien se ocupaba de localizar las casas.

Marianne amplió el rostro de los atracadores abatidos en plena calle.

—Unos clientes ideales, aparentemente. Pero lo cierto es que estaban bastante tranquilos desde hacía unos años. Se casaron en 1997. Cyril se había rehabilitado como estibador, primero en El Havre y luego en otros puertos de distintas partes del mundo. Ella lo acompañaba. Regresaron al puerto de El Havre a finales del año 2013. Aparte de algunos contratos temporales, no encontró trabajo. Y se diría que eso fue motivo suficiente para que reincidiesen…

La comandante dejó aposta unos segundos suplementarios las fotos de Cyril e Ilona Lukowik. Uno junto a otro, jóvenes, sonrientes, aquello hasta podría parecer la primera imagen de un montaje proyectado en la celebración de una boda o un cumpleaños. Solo faltaban los violines de Elton John o de Adele como banda sonora para imaginar las imágenes siguientes: Cyril e Ilona de pequeños en brazos de sus padres, tumbados en un cochecito, montados en una bicicleta, disfrazados de Jedi y princesa Leia, vestidos de novios bajo una lluvia de arroz, desnudos y bronceados en la playa de Deauville.

Marianne clicó.

Otra foto. Dos cadáveres tendidos frente a Les Planches, con una multitud de curiosos alrededor.

—Encontraréis su biografía detallada en la carpeta. Habría mucho más que decir sobre este particular, pero, en lo esencial, desde este atraco podemos resumir la investigación en tres preguntas.

Siguiente imagen.

Un clic.

Unas letras parpadearon hasta formar unas palabras y finalmente una frase.

Nada que objetar; el joven en prácticas, Lucas Marouette, sabía manejar un programa informático. A ver si se le daba igual de bien el trabajo de campo.

Pronto tendría la respuesta...

Tosió y leyó en voz alta la pregunta que todos los policías ya habían leído cada uno por su cuenta:

¿DÓNDE ESTÁ ESCONDIDO EL BOTÍN?

—Según los comerciantes de Deauville, se calcula en unos dos millones de euros, un millón y medio de ellos en joyas y relojes, trescientos mil en marroquinería, y casi otro tanto en trapitos de lujo, gafas y perfumes. Aun suponiendo que esos buenos comerciantes hayan inflado la estimación para las aseguradoras, no deja de ser un buen golpe, con mercancías no demasiado difíciles de colocar en el mercado internacional. Pero el montante exacto del botín es lo de menos, lo que nos interesa es cómo pudieron escamotear las cuatro bolsas. Ilona Lukowik dispuso de menos de un minuto para esconderlas sin que la viera ningún testigo, ningún bañista, ningún portero o aparcacoches del casino. Nuestros hombres registraron las casas una a una, examinaron todas las habitaciones de todos los hoteles del paseo marítimo. ¡Nada! ¡Ni rastro! Quedaba una posibilidad evidente, el escondrijo perfecto para cuatro bolsas: las casetas de baño del paseo marítimo. No hace falta que os haga un dibujo, esas casetas son la imagen mítica de Deauville. Cuatrocientas casetas frente a la playa, cada una de las cuales lleva el nombre de una estrella de Hollywood y pertenece a una personalidad discreta pero riquísima de la burguesía parisina. En esa fase de la investigación, no teníamos elección, había que abrirlas todas hasta dar con la buena. —Marianne levantó los ojos hacia el cielo—. Nuestros colegas de Deauville tardaron cinco semanas en hacer todo el trabajo... El ayuntamiento tomó todas las precauciones habidas y por haber: exigió una orden firmada por un juez para cada una de esas minúsculas casetas, la mayoría cerradas con un simple candado. ¡Una labor titánica de diplomacia! —La comandante levantó bruscamente el tono—. ¡Y para nada! Absolutamente para nada. ¡Ni rastro de la quincalla valorada en dos millones en ninguna de las casetas!

Dio unos pasos por la sala. La treintena de policías sentados la escuchaban con una atención de alumnos temerosos frente a un profesor demasiado severo. Ni uno solo había encendido la tableta o el móvil.

—Hagamos, entonces, un razonamiento distinto. Hay otra forma de preguntarse sobre la desaparición del material robado: estudiar la extraña actitud de Cyril e Ilona Lukowik. ¿Cómo esperaban huir, suponiendo que la maniobra de distracción efectuada por las dos motos funcionara, suponiendo que ningún policía les cerrara el paso frente a Les Planches, suponiendo que, gracias al sombrero Scotland y el fular, no fueran identificados por las cámaras de vigilancia? ¡Deauville no es París, Amberes o Milán! Nada más activar la primera alarma, los controles policiales bloquearían todas las salidas de la ciudad, registrarían todos los coches que salieran de ella, comprobarían la identidad de todos sus ocupantes. Por supuesto, Cyril e Ilona habrían podido esperar tranquilamente unos días en Deauville a que todo se calmara, pero no hemos encontrado ningún apartamento alquilado, ninguna habitación reservada que pudieran estar destinados a ellos. En resumen, sobre esta primera pregunta, misterio total…

Clic.

Segunda pregunta.

Las letras danzaron antes de ordenarse dócilmente.

¿DÓNDE SE ESCONDE TIMO SOLER?

El índice de la comandante, sin que ella se diese cuenta siquiera, jugueteó con el vendaje de la nariz.

—La única certeza que tenemos desde el 6 de enero es que Soler está herido. De bastante gravedad, según los expertos en balística. Sin contar con el esfuerzo que tuvo que hacer para levantar la moto durante el tiroteo. No hace falta que os diga que todos los hospitales y clínicas de la zona se encuentran bajo estrecha vigilancia desde el atraco. No teníamos ninguna duda sobre este plan: si Timo Soler no había agonizado en un rincón, abandonado o rematado por su cómplice, terminaría por salir a la luz, como un niño cabezota que, a fuerza de sentir dolor, acaba por tomarse las medicinas. Cuando digo «teníamos», me refiero a todas las comisarías del estuario, desde Caen hasta Ruan.

Marianne desplegó una ligera sonrisa que provocó un tirón en el tabique nasal.

—¡Y ha sido la nuestra la que se ha llevado el premio! Soler se escondía en El Havre. Ni que decir tiene que, después del fiasco de esta tarde, vamos a convertirnos en el hazmerreír de todos los colegas de la región. Nos conviene atrapar cuanto antes a Timo… Quiero que diez hombres patrullen permanentemente en el barrio de Les Neiges, día y noche…

La comandante hizo una pausa.

Penúltima imagen: anunciaba la cuenta atrás en la parte inferior de la pantalla.

No faltaba poco.

Marianne solo llevaba hablando veinte minutos y se había quedado sin energías. Y pensar que los profesores debían hacer eso ocho horas al día…

¿QUIÉN ES EL CUARTO ATRACADOR?

Volvió a toser para aclararse la voz.

—No tenemos ninguna certeza: el motorista que acompañaba a Timo Soler estuvo con el casco puesto durante todo el tiroteo. No obstante, tenemos fundadas sospechas.

Último clic.

Una foto. La de un hombre de unos cuarenta años, de facciones angulosas. Las cejas caídas, bastante pobladas, y el vello mal afeitado sobre los labios formaban una especie de X oscura cruzada por una nariz fina y recta, e iluminada por unos ojos verde claro, casi traslúcidos, más cercanos a los de una serpiente que a los de un gato abisinio. Otros dos detalles saltaban a la vista: un impresionante pendiente plateado plantificado en el lóbulo de su oreja izquierda y una pequeña calavera tatuada en la base del cuello.

—Alexis Zerda —precisó la comandante—. Amigo de infancia de Cyril e Ilona Lukowik y de Timo Soler. Los cuatro crecieron en Potigny. En la misma clase, o casi, desde preescolar. Mismo parque de juegos que explorar, mismo centro de actividades infantiles donde aburrirse, misma parada de autobús... Pero, de los cuatro, Zerda es a todas luces el más peligroso. Si bien solo ha sido condenado a penas menores, es el principal sospechoso en varios casos de homicidio. En 2001, en el robo al BNP de La Ferté-Bernard, se sospecha que fue él quien abrió fuego contra una patrulla de gendarmes. Un joven policía casado y un padre de familia murieron en el acto. Dos viudas y tres huérfanos. Dos años más tarde, la misma sospecha en relación con el asalto al furgón del Carrefour de Hérouville. 5.30 de la mañana. Un vigilante y una mujer de la limpieza abatidos de un disparo en la cabeza. Ninguna prueba, ninguna huella, ningún testigo, pero ninguna duda tampoco para los investigadores: Zerda dio el golpe. Sería un cerebro muy presentable para el atraco de Deauville, aunque no se dispone de la menor prueba contra él. Se le vigila discretamente. Viaja mucho entre El Havre y París. Por el momento, no podemos hacer nada contra él, aparte de seguirlo tan de cerca que no pueda exponerse a andar por ahí con un fular de Hermès alrededor del cuello, un Breitling en la muñeca y una maleta Vuitton en la mano...

La comandante respiró, visiblemente aliviada. Le picaba la nariz, pero se resistió a las ganas de toquetear el vendaje.

—¡Esto es lo que hay, chicos! Una ecuación con tres incógnitas. Y toda la policía de Normandía cuenta con nosotros para resolver por lo menos la segunda.

J. B. se puso a aplaudir tontamente. Los demás, igual de tontamente, lo imitaron. Era sin duda una muestra de simpatía y afecto; un firme apoyo a su jefa después del fracaso de la detención de Timo Soler en el puerto. Marianne debería habérselo tomado así. En cambio, pensaba que debía de tener una horrenda pinta de panoli con la cara enrojecida y la nariz aplastada, y, como guinda del pastel, en ese momento pensaba menos en el Timo Soler huido que en los dibujos de un niño de tres años, en las extrañas palabras de un psicólogo hipnotizador y, sobre todo…, en el informe que debía hacerle antes de que acabara el día Lucas Marouette, el policía en prácticas al que había enviado discretamente a husmear a Manéglise.

13

Vasile estacionó la moto en el aparcamiento del ayuntamiento de Manéglise, en la parte más cercana a la verja que bordeaba el patio del colegio, pero no se apeó enseguida. Quería esperar a que todos los padres se hubiesen ido para entrar en el patio y llamar a la puerta de la clase de Clotilde.

Junto al paso de peatones, la mujer con chaleco amarillo fosforescente lo miró con desconfianza mientras bajaba el palo en forma de pirulí gigante rojo y verde que tenía en la mano, antes de concentrarse de nuevo en la verja del colegio en busca de posibles pequeños tardones que podían bajar a la calzada sin tomar precauciones frente al paso de coches apresurados.

Vasile se sobresaltó.

Una sombra, una presencia a su espalda.

Clotilde.

Nada sonriente.

La directora había visto su moto y estaba claro que no tenía intención de darle ventaja dejándole elegir el terreno. Abrió la boca con decisión, pero las palabras quedaron bloqueadas en su garganta: una madre pasaba por detrás de ellos, lentamente, al ritmo de los dos niños agarrados al cochecito. El psicólogo escolar aprovechó la circunstancia para quitarse el casco y los guantes. Tranquilamente. Clotilde dejó que la mamá se alejara apenas diez metros para lanzar su ataque.

—¡Hay que cortar esto por lo sano, Vasile! He hablado con

los Moulin a mediodía. No me cabe ninguna duda: Malone es su hijo. Lo quieren, eso salta a la vista. ¡Creo que esto zanja la cuestión!

Vasile metió los guantes en el casco con gestos precisos, casi meticulosos. Se oían los gritos de los niños que se quedaban de permanencia, detrás de la verja. Contrariamente a su lenguaje corporal controlado, la voz del psicólogo delataba una mezcla de inquietud y cólera.

—Así que me abandonas. ¿De qué tienes miedo, Clotilde? ¿De que el ayuntamiento te saque tarjeta roja? ¿Del lobby de los padres de alumnos? ¿De una coalición contra el colegio? La solidaridad de los habitantes: no se toca a las familias en un pueblecito como Manéglise, ¿es eso? —Observó con el rabillo del ojo a la mujer amarillo fosforescente que se había convertido en estatua en la acera, con un brazo estirado y el pirulí con el lado verde de cara a la calle. Bajó un poco la voz—. ¡Mierda, Clotilde! Sabes perfectamente que es así, eludiendo las responsabilidades en vez de asumirlas, como se llega a ocultar los peores…

Vasile no se decidió a terminar la frase. Dos niños mayores, de los últimos cursos de primaria, los miraban a través de la verja. Él conocía a uno de ellos, Marin, era disléxico. Sus padres, desesperados, lo dejaban el máximo tiempo posible de permanencia porque los desbordaba pasar tantas horas todas las tardes con sus deberes. Clotilde, que les daba la espalda, estalló, furiosa:

—Así es como se ocultan las peores monstruosidades cometidas con los niños, ¿es eso lo que quieres dar a entender, Vasile? ¿Niños maltratados, incesto y todas esas cosas? No ver nada, no oír nada , no decir nada. ¿Es de eso de lo que me acusas?

—Id a jugar más lejos, niños —dijo Vasile.

Clotilde no había oído nada. O lo fingió.

—¡No intentes chantajearme con eso, Vasile! No lo confundas todo. Me dijiste desde el principio que, en tu opinión, ese crío no corre ningún peligro con sus padres. ¿Estamos de acuerdo? Así que capeo el temporal como puedo. Pero si ahora vas y me dices lo contrario, si me das a entender que hay alguna sospecha, por pequeña que sea, de que Malone es objeto de malos tratos, entonces confío en ti, no me arriesgo y voy directa contigo a la gendarmería a presentar una denuncia. Pero esa paparruchada de doble vida, ogros y cohetes, francamente…

Con un gesto enérgico, Vasile conminó a los niños del patio a alejarse. Esta vez obedecieron y se marcharon, riendo, a la zona cubierta.

—No hace falta ir a la gendarmería, Clotilde.

La directora se cogió la cabeza entre las manos.

—Ah, ¿no?

—Bueno, debería decir que ya no hace falta…

—¡Joder, no me puedo creer que hayas hecho eso!

Clotilde había levantado la voz. Esta vez, doña Circulación la había oído. Dio un respingo, agitando en dirección a la calle una efímera señal de prohibición. La encargada por el ayuntamiento de regular el tráfico a la salida del colegio tenía un contrato de treinta minutos cuatro veces al día, por la mañana, a mediodía y por la tarde, pero no ponía pegas a hacer horas suplementarias no remuncradas para charlar con las madres más ociosas del pueblo. Los lazos sociales. Tipo garrote.

Vasile rodeó con un brazo los hombros de Clotilde y la apremió para que se alejaran unos metros en dirección al ayuntamiento.

—Nada oficial, te lo aseguro. Es simplemente para comprobar dos o tres puntos raros. No es un caso habitual, Clotilde. No puedo seguir el procedimiento normal, pasar el informe, mandarlo a que le hagan unos tests en un centro médico psicopedagógico. Hay otra cosa, lo intuyo…

La directora lo fulminó con la mirada.

—Si el padre de Malone se entera, te mata directamente. Pero ¿se puede saber qué tienes en la cabeza, Vasile? ¡Hablar con la policía sin pasar por el sistema médico escolar ni las autoridades académicas…! ¡Si Moulin no te descuartiza, la inspección te crucificará!

Los niños del patio de los mayores habían entrado para la hora de estudio, la riada de coches de las cuatro y media había amainado y el silencio reinaba de nuevo en la placita de Manéglise. Pese a la distancia, doña Circulación ya no tenía que conformarse con palabras pilladas al vuelo entre los gritos y los ruidos de motor, ahora podía oír sin dificultad toda la conversación.

Clotilde articuló claramente cada una de las palabras, por si doña Circulación sabía también leer los labios.

—En cualquier caso, Vasile, en espera de que todo esto te estalle en los morros, prohibido volver a acercarte a Malone Moulin.

—¿Estás de broma?

—No.

—¿De qué tienes miedo?

—Del desastre que vas a organizar, también en la vida de ese niño.

Vasile agarró a la directora por los hombros. Clotilde era baja, menuda, con los brazos, las piernas y el cuello casi tan finos como la montura dorada de sus gafas redondas.

—No tienes ningún derecho a prohibirme que vea a Malone. Soy el único juez en mi sector. Soy yo quien decide cuál es el interés del niño. Los señores Moulin firmaron la autorización antes de la primera entrevista. Si quieres impedirme la entrada en tu colegio, tendrás que informar a las autoridades académicas y explicarles el motivo.

Un padre, con traje gris y corbata, bastante joven, salía del colegio tirando de la mano de una niña de ocho años que le contaba lo que había hecho a lo largo del día sin tomarse tiempo para respirar. El padre la miraba embobado. Doña Circulación se situó en medio de la calzada para que pudiese cruzar la calle sin que el paso y la locuacidad de su hija se ralentizaran.

—Pero es posible —continuó Vasile— que no te apetezca que una historia como esta se divulgue fuera de tu colegio, que el alcalde te mire con malos ojos y te reduzca un quince por ciento el presupuesto para gomas y lápices, que los padres de los alumnos se nieguen a montar juegos en la próxima kermés…

—Eres un cabrón, Vasile.

—Quiero proteger a ese niño, eso es todo.

—Yo quiero proteger a su familia. Incluido él.

Vasile dio un paso hacia la moto esbozando un gesto con la mano hacia doña Circulación, que le devolvió el saludo, cortada.

—Pasaré a ver a Malone el jueves por la mañana, como estaba previsto.

—¿Y si los padres retiran su autorización? ¿Y si se niegan a que continúes viendo a Malone?

—Basta con no decirles que tienen derecho a hacerlo. Lo hacemos continuamente, Clotilde, lo sabes de sobra, con todos los padres que se encierran en la negación frente al problema de su hijo. ¿Les… —el timbre de su voz manifestó inquietud—, les has dicho que pueden poner fin al procedimiento? ¿Les has aconsejado que lo hagan?

Clotilde le lanzó una mirada de desprecio.

—No, Vasile, no les he dicho nada. Pero escucha un consejo, si eres capaz: llama a la madre y queda con ella. No tienes el monopolio de las confidencias de ese niño. Habla con la madre, Vasile, es importante. Y otro consejo —añadió, para acabar, con una sonrisa—: evita al padre.

14

Hoy, después de haberme dado un baño con mi cariñito, me ha dicho que tenía un culo panorámico.
Ganas de matar
¡Chicas, tengo una noticia! El recurso de sumergir el secador del pelo enchufado en el agua de la bañera funciona.

Condenada: 231
Absuelta: 336

www.ganas-de-matar.com

Marianne aborrecía la sala de fitness del Amazonia. Todo. Absolutamente todo.

El color chillón de las esterillas y las paredes, el olor de sudor, el tipo de tíos, el tipo de tías, los pantaloncitos y los leggings ceñidos, lo que aquello le costaba, la sonrisa de los que estaban de florero en la recepción, la sonrisa de los zánganos en los vestuarios, los aparatos de tortura expuestos como en un museo de la Inquisición.

Era eso, exactamente eso. Una tortura.

A Marianne le aburría correr sin moverse del sitio. Pedalear sin avanzar quizá era estupidez todavía mayor. Al mismo nivel de ridículo que remar sobre la moqueta.

La comandante se esforzó en mantener el ritmo: *7,6 kilómetros/hora*, indicaba la pantalla fluorescente. No bajar de los 7, había dicho el entrenador…

¡Dieciocho meses! Se daba dieciocho meses más para mantener su decisión, contar los kilos, dar firmeza a las carnes, tensar la piel de las nalgas y dinamizar los ligamentos suspensores supuestamente encargados de mantener sus senos en equilibrio. Vamos, ánimo, musculitos, resistid un poco más, hasta que un hombre sucumba al encanto de mis pechos aéreos y os eche después una manita masajeándomelos todas las noches.

¡Y después de un año y medio, lo dejaba todo! El deporte. El régimen. La vida saludable. Incluso volvería a fumar. Con los esfuerzos que se imponía, si el destino, un dios en las alturas o un vuelo de cigüeñas no eran capaces de enviarle un tío que la dejase embarazada, que no vinieran a sermonearla!

Diez minutos más en esa cinta y Marianne lo dejaba. Después, sin prisas, se concedería una recompensa. Un consuelo, el único en aquel infierno: ¡una marmita sobre las llamas para arrojar en su interior a las pecadoras! Baño humeante seguido de sauna. La cuota del club valía una fortuna solo por el spa. Setenta y tres euros al mes. Por ese precio, podían perfumar las burbujas del jacuzzi con Moët & Chandon.

Tumbada en la sauna, totalmente desnuda sobre la toalla, Marianne sudaba litros de agua. Eso le encantaba, más aún que el agua humeante. Sobre todo cuando disponía de la sauna para ella sola, como esa tarde.

Secó la pantalla del iPhone con una esquina de la toalla y miró los mensajes.

Ninguna noticia de Timo Soler. De todas formas, no las esperaba. No tan pronto. Soler había estado ilocalizable durante diez meses, probablemente escondido todo ese tiempo en el barrio de Les Neiges. Un barrio que ya habían peinado de arriba abajo. Una evidencia se imponía: Soler tenía un cómplice. Tal vez varios.

Había vuelto a su escondite y solo volvería a salir de él si se sentía al borde de la muerte.

Marianne, no obstante, deslizó el dedo sobre la pantalla húmeda: había recibido otro correo, y lo abrió con glotonería.

lucas.marouette@yahoo.fr

Un emoticono con quepis corría detrás de otro con capucha. Nada más, ni siquiera una palabra de acompañamiento. Solo un documento adjunto.

La comandante suspiró y clicó sobre el icono del documento enviado por el oficial en prácticas. Lo había mandado esa tarde a pasear con absoluta discreción por el pequeño pueblo de Manéglise, para que se informase con tacto sobre Amanda y Dimitri Moulin. Así enfrentaba a ese superdotado en informática al trabajo de campo, en un terreno *a priori* menos peligroso que el de la carrera-persecución en la esclusa Francisco I.

Marianne se quedó impresionada. Lucas Marouette le había escrito una novela. Cualquiera diría que el joven en prácticas era tan competente con las palabras como con las imágenes y los vídeos.

Se pasó una mano por el pecho chorreante de sudor, que goteaba sobre la pantalla del móvil. Sus pensamientos vagaban hacia Vasile Dragonman. Sola en aquella caja de pino, se sentía un poco como una odalisca, esas muchachas rollizas y apetecibles que se pasan la vida en palacios turcos al borde de los hammam de loza, esas favoritas de los sultanes, libres de pasear sus vientres fláccidos y sus grandes pechos al aire bajo el hiyab, de atiborrarse de lokum y parir príncipes en cadena para abastecer dignamente al gran ejército del Imperio otomano.

Pasó lentamente una mano sobre su piel suavizada por el vapor, casi reconciliada con sus curvas, y a continuación tocó la pantalla táctil y separó el pulgar y el índice para ampliar el texto.

Informe del 3 de noviembre de 2015
(oficial en prácticas Lucas Marouette)

Investigación de proximidad
sobre Amanda, Dimitri y Malone Moulin
plaza Maurice Ravel 5, Manéglise

¡Una certeza para empezar, jefa! Malone Moulin nació el 29 de abril de 2012 en la clínica del Estuario.

3,450 kilos.

Va a sentirse orgullosa de mí, incluso tengo en mi Samsung una foto de su tarjeta de nacimiento, dos zapatitos azul pastel con lazos en forma de corazón. La he tomado en casa de Dévote Dumontel, el número 9 de la plaza Ravel, justo enfrente de la de los Moulin. ¡Parece una cosa insignificante, jefa, pero es una proeza morrocotuda! Para conseguir esa foto, he tenido que ingurgitar el infame café que Dévote recalienta en una cacerola de acero oxidado y que me ha vertido temblando en un vaso de duralex, orgullosa y sonriente, como si estuviese convencida de que su cacerola estaba transformándose en cobre y su vaso en cristal. Paso obligado por el lavabo después del café, ¡no hace falta que le haga un dibujo! Así es como he descubierto que esa amable ancianita exponía todas las tarjetas de nacimiento, boda, etc. en el retrete. La de Malone Moulin estaba clavada con una chincheta en la pared, al igual que las de sus hijos y nietos, que no deben de ir muy a menudo a verla, supongo. Si no, hace tiempo que le habrían regalado una cafetera de verdad, ¿no?

¡Sigo, jefa! Además de los recuerdos emotivos de Dévote Dumontel, he tenido la confirmación de la clínica del Estuario: ninguna duda posible sobre el nacimiento de Malone Moulin y la identidad de sus padres. He visto también a la pediatra que visitó al niño durante los veinticuatro primeros meses de su vida, la doctora Pilot-Canon, una chica más delgada que un espárrago y que en las paredes de su consulta solo tiene fotos de verduras, frutas y plan tas. Según ella, los Moulin son una familia de lo más normal. La madre es muy cariñosa, en su opinión está un poco más apegada de la cuenta a su hijito, pero en realidad no mucho más que la media; él es más distante, arisco, pero aun así asistía regularmente a las visitas médicas. El tipo de hombre que prefiere montar la estantería del dormitorio a leerle al niño los cuentos que hay en ella, ya me entiende. El que siembra, planta y riega las verduras recomendadas por la señora Pilot-Canon antes que vérselas con la papilla, la cucharita y el babero pringoso. Resumiendo, la pediatra lo anotó todo en la cartilla sanitaria del pequeño: vacunas, pesos, medidas... Un médico de Montivilliers, Serge Lacorne, tomó el relevo a partir de los dos años. He hablado con él por teléfono, nada digno de mención, ha visitado al pequeño Malone cuatro o cinco veces en su consulta, por un resfriado o una colitis. Según él, es un niño que goza de buena salud.

¡Cambio de tercio, jefa! ¿Me sigue? Ahora paso a los vecinos. Los Moulin viven en la urbanización Les Hauts de Manéglise desde hace tres años. Compraron la casa exactamente cuatro meses después de que Amanda Moulin se enterara de que estaba embarazada. Antes ocupaban un piso en Caucriauville. Me he pasado una hora en la urbanización de Manéglise, por la tarde. Se lo aseguro, jefa, no me he cruzado con un solo gato. Con perros, en cambio, sí, muchos, la mayoría del tipo pastor alemán que ladra detrás de un seto de tuya de dos metros de alto. Bueno, tampoco hay que exagerar, después de todo estaba Dévote, de pie detrás de la ventana. Y justo antes de irme me he cruzado con un tipo que hacía turno de noche y volvía a casa a acostarse. Un chico que se pasa la noche apilando palés en un almacén de la zona industrial de Fécamp, parecía contento de hablar con alguien. Ambos conocen a los Moulin, se hacen favores. Amanda Moulin da de comer a los periquitos de Dévote, por ejemplo, una vez al año, cuando la ancianita va a ver a sus hijos a la Vendée; y el tipo de los palés y Dimitri Moulin encargan juntos la leña. Ahí acaba todo, aparte de eso, buenos días, buenas noches. Veían de vez en cuando al niño en el cochecito, con su madre empujándolo, y ahora, desde que ha crecido, lo ven ir en bici por la urbanización, con su madre vigilándolo.

Mis disculpas, jefa, pero no he interrogado a los más cercanos a los Moulin. Amigos, compañeros... Me dijo que fuese discreto, así que me he limitado a sacar el tema de pasada, a charlar como si tal cosa, sin insistir demasiado. Con todo y con eso, he hecho algunas preguntas en el pueblo para comparar mi información con la que pueda haber en la comisaría, si es que hay alguna. Una especie de investigación sobre moralidad, para que se haga una idea. Amanda Moulin es bastante conocida en el pueblo porque vivía allí con sus padres de pequeña. Se largó al llegar a la adolescencia y regresó años más tarde. ¡La hija pródiga!

Nada parecido, en cambio, a una niña prodigio. He estado con una maestra jubilada que se acuerda perfectamente de ella. Buena chica, según me ha dicho, ni muy inteligente ni muy espabilada, pero más voluntariosa que la media. Una luchadora. Del tipo de las que no se dejan pisotear. Amanda Moulin tiene bastante buena prensa entre los clientes del supermercado donde trabaja de cajera. Puntual. Amable. Incluso parlanchina. Esto es más bien una cualidad según los clientes que me han contestado, pero el cumplido parece estar en correlación con la edad de estos.

La veo venir, jefa, va a acabar por creer que los Moulin son en Manéglise *La casa de la pradera*, con el añadido de que Caroline Ingalls ha echado a Harriet Oleson de la tienda de ultramarinos. ¡Pero no, ahora voy a ello, por el lado de Dimitri Moulin la cosa tiene más enjundia! Papá Moulin tiene el Certificado de Aptitud Profesional de electricista, pero desde hace años salta de un trabajito a otro con largos períodos de paro entre medias. Vamos, que no anda muy boyante... Pero la cosa no queda ahí, y esta es la sorpresita que le tengo reservada en exclusiva, jefa ¡resulta que tenemos su nombre grabado en casa! En el Registro Central de Penados, para ser más exactos. Un asunto de tráfico de coches en la región parisina, hace más de once años. Entonces aún no conocía a Amanda. Estuvo tres meses entre rejas en Bois-d'Arcy. Al parecer, eso lo calmó. Ningún problema más con nuestra noble institución desde 2003. ¿Quiere que indague también por ese lado?

Y ya puestos, busqué también a partir de las palabras clave que me dio.

Cohete. Castillo. Barco pirata. Bosque. Ogro.

¡Agárrese, jefa! ¡No ha despegado ningún cohete del estuario desde que el pequeño Malone nació! Todavía peor: ningún barco pirata ha atacado el puerto de El Havre durante los cuatro últimos años. Y en lo que respecta a los ogros, impera claramente la *omertà*, cualquiera diría que la gente tiene miedo.

En fin, no quiero ofenderla, jefa, pero, lo de esas palabras clave, ¿de qué va? ¿Es una novatada?

Para acabar, según Dévote Dumontel, desde hace tres años los Moulin no han estado fuera de la urbanización más de una semana. La última vez fue para ir a Carolles, junto a Granville, el verano en que Malone tenía dos años. También hay postales en su lavabo, al lado de las tarjetas de nacimiento y demás, eso debe de ayudarla a no perder la memoria. Dévote recordaba también una boda en Le Mans, y una escapada a Bretaña con el pequeño las últimas vacaciones de Navidad.

¡Pues esto es lo que hay, jefa! He hecho lo que he podido. He ido a la pesca y captura de información con tiento, pero no le prometo nada… Ya sabe lo que son esos pueblecitos, no necesitan cámaras de vigilancia para detectar a los entrometidos. A sus órdenes para nuevas aventuras. ¿La continuación de la novatada? ¿Me informo sobre los platillos volantes, los marcianos y los ejércitos de trolls?

Hablando en serio, ¿cavo más o tapo los agujeros?

Marianne sonrió a su pesar. Al final, ese joven policía había salido bastante airoso. Tecleó un rápido SMS:

¡Continúa cavando!

La puerta de la sauna se abrió justo en ese momento. Entraron dos rubias escuálidas, envueltas en sendas toallas rosa que se quitaron sin pudor y doblaron con meticulosidad. Piel bronceada sin siquiera la marca del tanga. Uñas de las manos y los pies pintadas. Culito pequeño y pecho plano. Para Marianne, el remate no fue su mirada despreciativa, la mirada que se dirige a una casa fea que estropea un paisaje, a eso estaba acostumbrada por parte de las chicas; fue el inicio de su conversación.

Un solo tema: los hombres.

Todos unos descerebrados, gandules y obsesos, a los que había que atar corto. Marido. Amantes. Jefe. Siempre la misma lucha.

Marianne salió de la sauna para meterse directamente bajo el chorro helado de la ducha. Lo primero que hizo al acabar fue mirar el teléfono. Deformación profesional.

Sin noticias aún de J. B. o de Papy. Timo Soler iba a pasar una noche infernal…

19.23

Disponía de una hora antes de reunirse con Angie en el Uno. Iba a tener materia para alimentar la conversación… y algunas preguntas que hacerle sobre un psicólogo rumano con los ojos color tierra de Siena.

15

Aguja pequeña en el 8, aguja grande en el 7

Los ojos de Malone se cerraban poco a poco, pese a que él intentaba mantenerlos abiertos. Las caricias de Mamá-nda lo acunaban. Le gustaban mucho los mimos de Mamá-nda, las cosquillas en la espalda, los besitos en el cuello, el olor de su perfume.

Pero también tenía ganas de que se fuera.

Mientras estuviese allí, no podía escuchar a Guti. ¡Y hoy era el día de la guerra! Malone había intentado hablar con su peluche antes de que Mamá-nda subiera a su habitación, para que le contase lo que él no había oído en el colegio, cuando Clotilde, Mamá-nda y Papá-di se habían encerrado en la clase. Pero no había entendido nada. Era demasiado complicado, hablaban demasiado fuerte, o demasiado bajo, o demasiado tiempo.

Prefería su historia.

—Ahora hay que dormir, cariño.

Amanda subió el embozo para tapar bien a Malone, depositó un último beso en su frente, apagó la lámpara y dejó solo la luz de noche que proyectaba estrellas y nubes sobre las paredes y el techo.

—Buenas noches, cielo —dijo, y añadió—: A veces, papá habla en voz muy alta, pero es porque te quiere mucho. Y desea que lo quieras tú también, que lo quieras tanto como me quieres a mí.

Malone no contestó; la puerta se cerró suavemente.

Malone esperó largo rato. Esta vez, con los ojos muy abiertos. Clavados en las agujas verdes del despertador cosmonauta.

Para estar seguro de no dormirse, de cuando en cuando desviaba la mirada hacia el pequeño calendario colgado junto al armario. Cada día de la semana estaba representado por un planeta, y para saber qué día era, se podía colocar un pequeño cohete imantado sobre el que correspondiera. Hoy, el artefacto espacial rojo y blanco se había detenido en Marte. Malone lo hacía despegar todos los días cuando se levantaba, y aterrizar en el planeta más cercano. Esa mañana, de la Luna al planeta Rojo.

MARTE.

El día de la guerra.

Se sabía de memoria los planetas y los días. El de hoy y todos los demás.

Se sabía de memoria las historias de Guti. Una cada día.

Todo estaba en calma.

El corazón de Guti se puso de nuevo a latir. Malone se metió bajo el edredón y, en el más absoluto silencio, en la oscuridad más completa con excepción de las estrellas que se deslizaban en silencio sobre las paredes, escuchó el relato de su peluche.

Debía escucharlo todas las noches, justo antes de rezar la oración contra los ogros. No debía olvidarlos jamás. Se lo había prometido a su mamá. A su mamá de antes.

Érase una vez un gran castillo de madera que había sido construido con los árboles del gran bosque que crecía alrededor.

En ese gran castillo, que se podía ver desde muy lejos porque tenía cuatro altas torres, vivían unos caballeros.

En aquella época, todos los caballeros llevaban el nombre del día en que habían nacido, y cada día llevaba el nombre de una cualidad, una cualidad que todo el mundo debía tener ese día.

¿Te parece un poco complicado?

Sí, no te falta razón, así que voy a ponerte un ejemplo. Verás, los caballeros del castillo nacidos el día de San Justo se llamaban Justo, los nacidos el día de San Cortés se llamaban Cortés, otros Fiel, o Amable, o Constante, Modesto, Clemente, Próspero, Prudente... Y el día del cumpleaños de los Amable, todo el mundo debía ser amable. ¿Lo ves?, ¡en realidad, es muy sencillo!

Pero resulta que en el año había también algunos días que correspondían a defectos, porque es así, y el día de determinado defecto, todo el mundo tenía derecho a tener ese defecto, pero solo ese día y ese defecto. Por ejemplo, algunos caballeros se llamaban Glotón, o Curioso, o Farsante.

El caballero que a nosotros nos interesa se llamaba Ingenuo. Para describírtelo, en el cinturón, mientras que los otros caballeros llevaban una espada, él se ponía una flauta. Mientras que los otros caballeros llevaban una armadura de hierro, la suya era de pétalos de flores. Y eso no era todo: su casco estaba hecho con plumas, y el único escudo que utilizaba era un gran libro, sin el cual no salía jamás. Los caballeros más valientes, Audaz, Bravo y Valeroso, no podían burlarse de él, salvo un día, el día que había nacido el caballero Burlón.

Tengo que decirte otra cosa: en el castillo había unas reglas estrictas, no se sabía por qué, o más bien no se atrevían a decir por qué, salvo el día que había nacido el caballero Franco, pero no es hoy. Dos reglas simples y estrictas.

Estaba prohibido alejarse del castillo.

Estaba prohibido salir del castillo por la noche.

Pero un día, el día del cumpleaños del caballero Generoso, Ingenuo quería buscar un regalo para todos los caballeros. Hacía buen tiempo. Se le ocurrió la idea de ir a coger un ramo de flores, el más bonito y grande posible.

Ya veo lo que estás pensando, te imaginas lo que va a pasar: El caballero Ingenuo coge una flor, luego otra, luego otra más...

*y al final acaba por alejarse demasiado del castillo y tiene proble-
mas. ¡Pues no, nada de eso! ¡Estoy contándote la historia del caballero Ingenuo, no la del caballero Imprudente!*

*Así que Ingenuo cogía flores en el bosque procurando no per-
der nunca de vista las torres del castillo. Mientras componía el
ramo, se encontró con una cigarra y estuvo un rato tocando la
flauta para ella. Luego se encontró con un pájaro y le dio una pluma del casco para su nido. Luego se encontró con un conejo y le
contó una de las historias de su gran libro. Luego se encontró con
una mariposa y le ofreció sus pétalos para que se posara en ellos.*

*Había hecho ya un enorme ramo y se disponía a regresar hacia el
castillo cuando vio a la princesa. Se parecía un poco a Blancanieves. En realidad, ¡cualquiera habría dicho que era ella en persona!*

*Le sonreía a Ingenuo. Le hizo un gesto con la mano y se alejó
riendo. Ingenuo, sin soltar el ramo de las manos, la siguió.*

*Esta vez seguro que sí adivinas lo que va a pasar. Blancanie-
ves desaparece detrás de los helechos, reaparece en un claro. Ingenuo la buscaba con la vista, con el oído, acechaba una fina
sombra que se mezclaba con la de los árboles, una risa que se sumaba a la de los pájaros.*

*Y así, a fuerza de jugar al escondite, Ingenuo llegó a un claro
más grande todavía. En el centro, descubrió una gran cabaña.
Por la chimenea salía humo. Blancanieves lo esperaba en la puerta, de cerca era más guapa aún. Lo cogió de la mano y le dijo:*

—*¡Ven, entra!*

*Cuando estuvo en el interior, vio que todo el mundo estaba a
la mesa, delante de la chimenea.*

*Todos se volvieron. ¡Ingenuo no daba crédito a sus ojos! ¿Te
imaginas? Alrededor de la mesa había otras princesas que se parecían a Cenicienta, Aurora, Bella, Rapónchigo y muchas más
chicas a cual más hermosa, con vestidos y diademas; había también niños que se parecían a Pinocho, Pulgarcito, Hansel, y estaban también Gretel y otra niña con una capucha roja.*

Todos le sonreían.

—Ven, Ingenuo. Ven a comer con nosotros.

Había un sitio libre al lado de Blancanieves.

Ingenuo se sentó y le dio el ramo a su vecina de mesa. Ella se sonrojó. Vista de tan cerca era todavía más guapa. Ingenuo nunca se había sentido tan bien, nunca había sido tan feliz, nunca había comido tan bien.

No vio que el tiempo pasaba. No vio que anochecía. Cuando oyó el primer grito fue cuando se dio cuenta, un grito que venía de fuera. Pero por las ventanas no se veía nada, salvo la oscuridad.

—¿Qué pasa? —preguntó, preocupado, Ingenuo.

—Nada —respondió Blancanieves—, no pasa nada, Ingenuo.

Blancanieves era todavía más guapa cuando tenía un poco de miedo.

Malone sacó la cabeza de debajo del edredón. Se puso un dedo sobre los labios para indicarle a Guti que se callara.

¡Él también había oído ruido! Un grito, como el caballero Ingenuo. Venía del piso de abajo. Puede que fueran Mamá-nda y Papá-di que estaban discutiendo. Como casi todas las noches.

O puede que hubiera soñado.

Esa parte de la historia siempre le daba un poco de miedo.

Malone se quedó un momento escuchando el silencio, y cuando estuvo seguro de que nadie subía la escalera, empujaba su puerta y se acercaba en la oscuridad hasta su cama, se metió de nuevo bajo el edredón.

Guti lo esperaba. Y como todos los demás días de la guerra, como si le tuvieran sin cuidado los monstruos, los animales feroces y la oscuridad, siguió contando la historia del caballero.

La cena prosiguió. Ingenuo oyó otros gritos, todos venían de fuera. También gruñidos, y otros ruidos extraños, como si rascaran la puerta o golpearan contra las paredes.

Blancanieves continuaba sonriendo. Las demás princesas también.

—Es tarde, Ingenuo, deberías volver a casa.

El pequeño caballero se estremeció.

¿Volver a casa ahora? ¿De noche? ¿Por ese bosque? ¿Tan lejos del castillo?

—Pero...

Y de pronto le vino otra idea a la cabeza. A lo mejor te parece raro, pero no lo había pensado antes.

¿Dónde estaban los malos? Compartía la mesa con todos los buenos de los cuentos, pero ¿dónde se habían metido los malos? Los lobos, los ogros, las brujas...

Como si de pronto hubiera comprendido, Blancanieves se inclinó hacia él. Estaba todavía más guapa cuando le daba un poco de miedo.

—A fuerza de vivir juntos, hemos llegado a un acuerdo.

—¿Un acuerdo? —repitió Ingenuo sin comprender.

—Sí. Compartimos el bosque, pero sin coincidir. Ellos nos lo dejan durante el día, y nosotros se lo dejamos durante la noche. Así todo va bien.

A Ingenuo aquello también le pareció muy bien, antes de que lo asaltara otra pregunta:

—Pero, entonces, ¿qué comen los lobos, los ogros, los monstruos?

Blancanieves se había puesto muy colorada, estaba más guapa que nunca cuando bajaba los ojos como para hacerse perdonar. Fue el niño que se parecía a Pinocho quien contestó, y ni una sola vez le creció la nariz:

—Les damos de comer pequeños caballeros Ingenuos que atraemos hasta lo más profundo del bosque. Era la única solución para vivir en paz.

Entonces, el caballero Ingenuo comprendió... Miró a Blancanieves y cayó redondo.

Cuando recobró el sentido, estaba fuera. En el bosque. En la oscuridad.

La cabaña seguía allí, cerrada, él veía la luz en las ventanas y el humo de la chimenea por encima del tejado. Oyó un ruido de lobo y echó a correr muy deprisa. Corrió mucho tiempo. En redondo, seguramente, sin encontrar en ningún momento su camino.

Adivinaba sombras retorcidas por todas partes a su alrededor, como si cada rama de árbol escondiera los dedos ganchudos de una bruja. Cuando se detuvo, demasiado cansado para continuar, los monstruos se congregaron alrededor de él. Había lobos, zorros, cuervos, serpientes, arañas gigantes y muchos otros animales feroces de los que solo veía sus ojos amarillos o sus dientes. De repente, el círculo se abrió para dejar paso al jefe de los monstruos.

El gran ogro del bosque.

Ingenuo se acurrucó un poco más aún. El gran ogro del bosque llevaba una calavera tatuada en el cuello y un pendiente de plata que brillaba en la noche. Rompió a reír.

—Hoy es el día en que nació el caballero Generoso —dijo el ogro inclinándose hacia él—. Veo que nuestros amigos de la cabaña no lo han olvidado.

Sacó su gran cuchillo. La hoja lanzó un destello en la oscuridad, como si la luna, sobre sus cabezas, fuera un queso que la inmensa arma podía cortar en lonchas.

En este momento de la historia, puede que te dé demasiado miedo y que quieras que pare un momento, pese a que ya la has escuchado y conoces el final. Pero supones también que Ingenuo tenía más miedo que tú aún, sobre todo porque no se enteró hasta mucho después de lo que voy a contarte ahora.

Mientras los monstruos y las criaturas feroces se acercaban a Ingenuo relamiéndose por anticipado, la cigarra para la que había tocado la flauta por la mañana se despertó y fue de un salto hasta el castillo para proferir gritos de alerta. El pájaro al que Ingenuo le había dado una pluma del casco voló hasta la almena más alta de las torres para avisar al guardia que dormía apoyado en la lanza. El conejo al que Ingenuo le había contado una historia corrió hasta el puente levadizo, y la mariposa a la que Inge-

nuo le había ofrecido sus pétalos se posó sobre el ramo de flores de la gran mesa donde todos los caballeros estaban cenando.

—¡Ingenuo está en peligro!

Entonces, el puente levadizo se abrió y los caballeros galoparon en la noche, armados con auténticas espadas, auténticos cascos, auténticas armaduras y auténticos escudos.

Estaban allí Audaz, Bravo y Valeroso, pero también Ardiente, Robusto, Aguerrido, e incluso Cobarde, Pusilánime y Enclenque. ¡Todos los caballeros del castillo!

Llegaron justo a tiempo. Las fieras y los lobos, y hasta el ogro del bosque, salieron huyendo.

Ingenuo estaba a salvo.

Todavía temblaba cuando el más viejo de los caballeros del castillo, Plácido, se sentó sobre un tronco a su lado.

Le enseñó dos verdades importantes, ¿quieres saberlas?

La primera es que las personas que parecen buenas no siempre lo son.

Pero la segunda es todavía más importante, y sin ella, la cigarra, el pájaro, el conejo y la mariposa a los que has ayudado no nos habrían avisado y no habríamos llegado a tiempo para salvarte.

Verás, aunque las personas que parecen buenas no siempre lo son, ante la duda, elige siempre la bondad. Es la apuesta más razonable. Me imagino que no entiendes todas las palabras que pronuncio. Algunas son complicadas, pero, a fuerza de repetirlas, acabarás por retenerlas.

A pesar de los malos, la bondad es la apuesta más razonable. Al final, es siempre la que acaba ganando.

16

¿Solo hay esto para cenar?
Ganas de matar
Dudo entre la tortilla de amanitas y el steak tartar con salsa de curare.

Condenado: 49
Absuelto: 547

www.ganas-de-matar.com

Angélique había bebido demasiado.

A la botella de rioja que estaba en la mesa le faltaban tres cuartos, pero Marianne prácticamente no la había tocado. Frente a ellas, al otro lado de los cristales del restaurante, pasó un tranvía sin detenerse en la parada desierta y desapareció entre los inmuebles hacia el cirio de hormigón de la iglesia de Saint-François.

—Cuidado, Angie —la previno Marianne.

El camarero del Uno, un moreno con acento catalán perfectamente acorde con las tapas que servía, puso delante de ella un plato de tortilla. Detuvo la mirada un poco más de lo normal en su cara, con la insistencia justa para que la chica se volviese hacia él. Los largos cabellos negros de Angélique, retenidos por dos pinzas mal ajustadas, cruzaban el óvalo de su rostro. Con un gesto casi inconsciente, y sin duda terriblemente sexy para el catalán perdido en el Gran Norte, se los pasó por detrás de las orejas, despejando su frente, sus cejas, sus pómulos y sus ojos almendrados antes de que la delicada cortina cayera de nuevo.

Un juego inocente.

Angie no parecía calibrar realmente su poder de seducción sobre los hombres. Se acercó la copa de rioja a los labios, sonriéndole a la comandante de policía.

—¿Vasile Dragonman? ¿De verdad que estás colada por él, Marianne? ¡Solo lo he visto dos veces en mi vida! En reuniones de amigos, en casa de Camille y Bruno. Las dos veces éramos más de diez. La segunda fue el sábado pasado, y empezó a contar esa curiosa historia de un niño que se acordaba de una vida anterior a la que llevaba con sus padres actuales. Sin dar nombres, por supuesto… Se encontraba en una especie de punto muerto, sin recursos, daba un poco de pena. Se le veía solo, solo contra todos, los padres, el colegio, la administración… Sin suficientes pruebas para que lo tomaran en serio, para presentar una denuncia oficial. Buscaba ayuda, eso saltaba a la vista. A alguien que pudiese investigar discretamente…

—Y le diste mi número de móvil.

—Pues sí. La historia de ese niño me pareció demasiado rara.

—¿Solo por eso?

Angélique le guiñó un ojo a Marianne.

—Y también porque lo encontré mono. Sin alianza ni en el dedo ni en el bolsillo, le pregunté a Camille. ¡Y en materia de críos, un entendido! ¡Soy una buena amiga, pensé en ti!

Marianne hizo una mueca mientras el camarero llegaba y retiraba el plato de la comandante para servirle un arroz con costra. La comandante esperó a que se alejara.

—¡Muchas gracias, Angie! Eres muy amable con la abuelita.

—No empieces con esas tonterías. Te cuidas como si fueras una campeona olímpica, ¡estás superbién conservada!

—Sí, bien conservada… —Marianne observó las líneas grises

de los edificios rectangulares del barrio Perret—. Como un barrio histórico. ¡Pronto me declararán Patrimonio de la Humanidad! —Se pasó un dedo por la nariz y el vendaje, que seguía cruzando el hueso nasal—. Aunque habrá que esperar a que acaben las obras de restauración...

Angélique sonrió.

—¡Gajes del oficio, amiga! No sé de qué te quejas, estás rodeada de tíos viriles que obedecen todas tus órdenes. Si quieres, cambiamos, ocupas mi lugar en la peluquería y te pasas el día tiñendo de rubio a las chiquillas y de negro a las rubias platino.

Marianne se echó a reír.

Había comprendido que Angélique vivía sus investigaciones por poderes. La comandante siempre procuraba no contar demasiado, no violar el secreto profesional, pero a veces, sin ser muy explícita, cambiaba impresiones con aquella detective en ciernes sobre los casos criminales a los que se enfrentaba. A veces, Angie tenía unas intuiciones asombrosas.

Aunque, en ese momento, Angélique parecía interesarse principalmente por los asuntos del corazón. Por lo demás, si alguien hubiera podido escuchar su conversación, un camarero, un tipo de una mesa vecina, cualquier espía que siguiese los pasos y los pensamientos de Marianne, la habría tomado por una especie de predadora obsesiva, ocupada fundamentalmente en evaluar el potencial de seducción de los hombres con los que se relacionaba: ayudantes, testigos...

Una impresión extraña, ya que Marianne había escalado en la jerarquía de la policía nacional tratando casi exclusivamente con hombres sin acostarse con casi ninguno. Una poli más ambiciosa que ligona, y abiertamente susceptible a todo ataque a la igualdad de géneros en ese universo donde las mujeres, ultraminoritarias, debían actuar codo con codo y luchar con garras y uñas.

Por otro lado, en materia de igualdad de género, Marianne empezaba apenas a darse cuenta de esa terrible injusticia biológica: ¡un tío no tenía que respetar ningún reloj interno! ¡Ninguna cuenta atrás! Un solterón podía incluso decidirse a ligar a los cincuenta años y ser padre a los sesenta. Pero una solterona, si se despertaba demasiado tarde... Adiós retoño, la carne de su carne, el fruto de sus entrañas.

Game over!

Aunque el príncipe azul acabara por presentarse pidiendo disculpas por el retraso.

Game over!

De buenas a primeras, Colombina no tenía elección; si quería tener su Polichinela propio, debía encontrar inmediatamente al buen Pierrot.

Sí, una tremenda injusticia, rumiaba Marianne. ¡Más aún, una doble injusticia! Porque eran precisamente las chicas más libres, las más exigentes, las menos propensas a echar a perder su juventud por el primer cretino que se cruzase en su camino las que se hallaban en el umbral de los cuarenta teniendo que salir de caza, algo parecido a cuando una chica no muy aficionada a ir de compras descubre, el día antes de asistir a una ceremonia, que no tiene nada que ponerse, y se encuentra como una lerda el último día de rebajas dando codazos en medio del gentío que tanto aborrece.

Había hablado mil veces de eso con Angélique. La bella Angie, que aún tenía toda la vida por delante, a la que le encantaba mirar escaparates, el gentío, las rebajas y los primeros cretinos que se cruzaban en su camino.

La bella le hizo un guiño de complicidad.

—Aparte del pequeño Vasile, tienes puestos los ojos en alguien más, ¿no, Marianne? ¿En qué punto estás con J. B.?

—¿Con J. B.?

—Sí, ese ayudante tuyo que está como un tren. ¡La última noche estuvimos todo el rato hablando de él! He estado pensado desde entonces. Veredicto inapelable. Demasiado guapo. Demasiado amable para ser honrado. Engaña a su mujer. O sueña con hacerlo. ¡Fijo! Deberías provocarlo un poco, solo para ver cómo responde.

—¿Estás de coña?

Angie hizo chocar su copa con la de Marianne.

—Los tíos perfectos no existen, guapa. ¡Lánzate!

—¡Por Dios, Angie, está casado! Es el único tío de la comisaría capaz de largarse de buenas a primeras de un puesto de vigilancia para ir a buscar a los niños al colegio. Y además es mi ayudante… Y además…

—¡Pues por eso! Tú mantente cerca, serás el hombro que lo consuele llegado el momento oportuno. Demonios, Marianne, pero ¿tú te das cuenta? ¡Tienes una oferta enorme entre la que escoger! No trabajas en una peluquería, una panadería o una guardería, ¡eres comandante de policía! ¡Eres un ídolo para todos esos tíos!

—Lo era… Desde esta tarde, estoy acabada. Teníamos a ese tipo. Disponía de diez hombres y cinco coches, y lo hemos dejado escapar. ¡Flagrante delito de incompetencia!

Se pasó de nuevo un dedo por la nariz dolorida. Angélique había mordido el anzuelo del cambio de tema de conversación.

—Mierda… ¿El tipo al que habéis dejado escapar es ese que lleváis nueve meses buscando? ¿Cómo lo habíais localizado.

Marianne dudó un momento si hablarle del cirujano y cargarle el muerto. Después de todo, Larochelle era tan responsable como ella del fracaso de esa tarde, pero no iba a caer en el mismo juego que ese cretino y a romper también el secreto profesional.

—Tuvimos un golpe de suerte. Una patrulla en el puerto. Lo identificaron mientras esperaba junto a la esclusa Francisco I. —La comandante podía hablar del resto: saldría toda la información en la primera plana de *Le Havre Presse* unas horas más tarde—. Pero lo perdimos en el barrio de Les Neiges.

Los ojos de Angélique chispearon, excitada por la persecución por poderes.

—Conozco a un montón de gente de Les Neiges, tengo clientas que viven allí. Podría informarme.

En efecto. Marianne era consciente de que una peluquera con habilidad para sonsacar confidencias a mujeres un poco parlanchinas podía ser más eficiente que un ejército de confidentes infiltrados en el lugar en cuestión. Mientras ella seguía toqueteándose la nariz, Angie evaluó con ojo profesional los daños en la cara de la comandante.

—En cualquier caso, no te has desgraciado. No te preocupes, mañana por la mañana, con un poco de maquillaje, ya no se notará casi nada.

—¡Podíamos haberlo pillado, Angie! Le eché una bronca a Cabral para guardar las formas, era él quien iba al volante, pero seguramente me salvó la vida pisando el freno. Habría podido quedarme... Hice como si nada delante de mis hombres, pero pasé el mayor canguelo de mi vida cuando me vi a punto de entrar en el puente levadizo.

Las manos de Angélique temblaban un poco. Pasaban los mechones rebeldes por detrás de las orejas con más nerviosismo que antes.

—Comprendo...

—¿Qué es lo que comprendes?

—El miedo. El miedo al accidente. El momento de pánico ante el impacto.

Los ojos de Marianne se detuvieron en los de su amiga. Angie hablaba raras veces de sí misma. Se había abierto mucho al principio de conocerse, por obligación. Lo había soltado todo: su odio, sus miedos, sus *ganas-de-matar*, su redención. Aquello había sellado su amistad para siempre, como un veneno que se pasa de un frasco a otro. Luego, Angie había vuelto a ser una botella vacía, un precioso frasco de lujo, un espejo de tocador, un objeto cualquiera de cristal, a veces transparente, mientras que en otras ocasiones te devolvía tu propia imagen.

La amiga ideal.

Complementarias, ellas dos. Marianne era pragmática, calculadora, estratega. Angie era romántica, idealista, ingenua. Apenas un no sé qué vulgar en su expresión, una falta de gusto indefinible que los hombres no dejaban de percibir. Un defecto que sin duda podía corregirse con un poco de cirugía psicológica. Más fácil de aceptar que una nariz nueva o una liposucción.

—¿Has tenido algún accidente?

—Sí, hace mucho.

Titubeó. El camarero, todo sonrisas, se acercaba con el postre. Caramelo con mantequilla salada, sombrillitas y abanicos de barquillo. Por más que se inclinó un poco más de la cuenta hacia Angie, esta vez el rostro de ella permaneció oculto detrás de miles de finísimos barrotes negros.

Se apartó el pelo cuando el camarero se hubo vuelto de espaldas.

—Nunca he hablado de esto con nadie, Marianne.

—No tienes ninguna obligación de hacerlo…

Angie vació su copa. Demasiado deprisa. Unas gotas granate le resbalaron por la barbilla.

—Yo tenía veintiún años. Salía con un tipo que se llamaba Ludovic. Un chico de mi edad. Guaperas. Fanfarrón. El tipo de hombre que me gustaba entonces. Y que sigue gustándome, la verdad. Llevábamos juntos siete meses cuando me quedé embarazada. Me esperaba su reacción cuando se lo dije, no era tan cándida. Por supuesto, él no quería tenerlo, pobrecito. Al fanfarrón se le bajaron los humos de golpe. No escatimó nada: mimos, miradas amorosas, libreta de direcciones y talonario de cheques, un tío médico y unos padres que podrían pagar el aborto. Le dije al oído, susurrando: «Quiero tenerlo». ¡Como si hubiera recibido una descarga eléctrica, el infeliz! Insistí, aumenté la intensidad de los electrodos. «Es mi hijo. Quiero tenerlo. No te pediré nada, ni pensión, ni que lo reconozcas. Nada. Me ocuparé sola de él. Pero quiero tenerlo.»

Marianne le había cogido la mano a su amiga. A lo lejos, una multitud desparramada salía del Volcán y se dispersaba por el Espacio Oscar Niemeyer. La comandante no había puesto nunca los pies en la mítica sala de espectáculos de El Havre.

—Cualquiera diría que no entendía a los hombres ni por asomo. O por lo menos a Ludo. Me miró como si estuviera loca, fue a servirse un whisky, volvió y me dijo tranquilamente que eso no funcionaba así. Que aunque él no reconociera a ese niño, sabría que existía. Se sirvió más whisky. Que forzosamente pensaría todos los días en eso, en que un mocoso que se le parecía vivía en algún lugar, otro whisky, y que, aunque lo olvidara, podría encontrarse un día cara a cara con un adolescente al que no había visto en su vida y que fuese su vivo retrato. Y que no, que no quería hacerse viejo con la impresión de haber dejado un trozo de sí mismo, más joven, crecer por ahí.

Marianne acariciaba la mano de Angie sin interrumpirla. Las bolas de vainilla se fundían, resquebrajando la película de caramelo con mantequilla salada.

—Ludo dijo todo lo que tenía que decir, estuvo dándome lecciones de moral durante una hora, la botella de whisky cayó, pero él aguantaba bien, estaba acostumbrado. Yo replicaba punto por punto. Las peores banalidades desde Adán y Eva. Yo, que era mi cuerpo, mi vientre, y que nadie más que yo tenía derecho a decidir si clavaba un bisturí en él. Él, que era su esperma y que nadie tenía derecho a fabricar clones suyos sin su consentimiento. Yo no cedí, y de todas formas, me tenía sin cuidado, él podía decir lo que quisiera, no tenía escapatoria. ¡Decidiese criarlo conmigo o no, yo iba a tener ese niño! Tenía derecho a hacerlo y lo sabía. Ludo había acabado por entenderlo también. Al final, se calmó. Incluso hicimos el amor, y hacia las doce de la noche, me dijo: «¿Te llevo a casa?». En aquella época yo vivía en un apartamento en Graville. —Una sonrisa de payaso triste asomó a sus labios un poco sobrecargados de brillo—. Para ir a Graville hay una decena de curvas. Al salir de la cuarta, el 205 GTI de Ludo siguió recto, sin que él intentara para nada dar un volantazo o frenar. Directo contra la pared de enfrente. Debíamos de ir a 50 kilómetros por hora, 60 como máximo. Llevábamos puestos los cinturones. Solo nos hicimos unos rasguños. —Marianne apretó con fuerza la mano. La voz de Angie era cada vez más débil—. El niño murió en el acto. Eso es lo que me dijeron los médicos. Ludovic tenía 1,2 gramos de alcohol en la sangre, reconoció sus errores, estaba borracho, estaba desorientado, acababa de enterarse de que yo estaba embarazada. Pero de ahí a imaginar, señor juez, que sería capaz de ir a estrellarme deliberadamente contra esa pared para que Angie abortase...

En las copas, la vainilla se había convertido en un líquido pastoso de color beis. La sombrillita había sido arrastrada por un deslizamiento del terreno viscoso y salado. Un tranvía vacío circulaba sin detenerse, el Volcán se extinguía en la plaza Oscar Niemeyer. Las últimas sombras de la noche.

—He pensado mucho en aquello desde entonces. Me he puesto en el lugar de Ludovic. En el fondo, tenía razón. Yo no podía tener ese niño por mi cuenta y riesgo. No a espaldas de él. No contra él. Pagué al contado. Él fue más listo, el muy capullo. Después de algunas pruebas complementarias, los médicos del hospital Monod me confirmaron que la alteración de las trompas de Falopio era irreversible y que nunca podría tener hijos. Ludovic sigue viviendo en Graville. Me lo encuentro de vez en cuando en el tranvía. Tiene tres niños. Parece que se ocupa de ellos como es debido.

Las palabras se atascaban en la garganta de Marianne.

—No pasa nada —dijo Angie—. Es mi vida. Tú no puedes hacer nada... —Vació la copa—. Las hay más desdichadas que yo.

Se levantó, se puso la cazadora con los codos gastados y, alrededor del cuello, una bufanda avejentada sobre el collar de perlas de fantasía. Marianne insistió en pagar la cuenta. La mirada de Angie se perdió a través de la persiana metálica bajada sobre el escaparate de la tienda de moda de enfrente. Desplegó una última sonrisa.

—Si encuentro a Timo Soler, ¿me negocias una parte del botín de los atracadores? Con un vestido de Hermès, una cazadora de Gucci y unos zapatos de Dior, seguro que estaré guapa.

—La más guapa, Angie, la más guapa. Incluso sin todo eso.

17

Aguja pequeña en el 11, aguja grande en el 3

Las cortinas se arremolinaron como pájaros que echan a volar justo antes de que estalle la tormenta.

Luego, la ventana se abrió de golpe.

El cristal se rompió, como si un monstruo invisible lo hubiera atravesado para entrar en la habitación. Una lluvia de miles de esquirlas de vidrio cayó sobre la cama.

Malone solo tuvo tiempo de protegerse la cara con las dos manos. El tiempo justo de ver, entre el índice y el corazón pegados a los ojos, que su peluche le tendía las patas antes de ser arrastrado también por la fortísima corriente de aire.

Imposible despegar las palmas de la cara. Imposible ayudarlo.

Guti ya estaba desapareciendo. Otras dos manos se tendían hacia él sin que tampoco pudiera asirlas. Las de mamá. Estaban rojas.

Ella también se alejaba girando sobre sí misma cada vez más deprisa, aspirada por el vacío.

Malone gritó.

Quería caer también él. Estar con Guti y mamá en la oscuridad. Más allá del viento.

Dos brazos lo retuvieron.

—Ya ha pasado, cariño mío. Ya ha pasado. Mamá está aquí.

Malone estaba empapado de sudor. Se puso en cuclillas en la cama y dejó que Mamá-nda lo acunara, despacito, mucho rato, y después volviera a acostarlo.

—Es solo una pesadilla, cariño. Duérmete. Es solo una pesadilla.

Los pesados párpados de Malone ya se cerraban.

El día del viaje

18

Aguja pequeña en el 8, aguja grande en el 4

Los gritos de Papá-di despertaron a Malone. Dio tres pasos fuera de su habitación, todavía en pijama, y se quedó de pie en lo alto de la escalera.

Los gritos venían de abajo. De la cocina. Esta vez no había ninguna necesidad de dejar a Guti en un rincón para que escuchara sus secretos y después se los contara. Papá-di hablaba tan fuerte que lo oía todo. Gritaba, en realidad.

—¡Las siete y media de la mañana! ¿Me oyes? ¡Max me ha enviado un SMS a las siete y media de la mañana!

Ruido de fregadero, de agua, de tazas, de puerta de frigorífico que se abre y se cierra. Mamá-nda debía de estar preparando el desayuno y Papá-di tomándose el café.

—Sabes quién es Max, ¿no? ¡El que trabaja de jardinero para el ayuntamiento! Su hijo, Dylan, juega de portero con los alevines. La señora Amarouche, la que controla el tráfico a la salida de clase, le ha dicho que oyó al psicólogo hablando con la maestra... ¡Y asegura que el rumano va a seguir jorobándonos!

Malone bajó tres peldaños. Solo veía de la cocina los estantes de arriba, esos donde se ponen los objetos que cortan. Papá-di y Mamá-nda, entretenidos con su charla, ni siquiera se habían dado cuenta de que se había despertado. Eso le dio una idea. Bajó tres peldaños más, descalzo, sin hacer ruido.

La voz de Papá-di sonaba todavía más fuerte.

—Según la señora Amarouche, el psicólogo quiere volver a ver a Malone mañana por la mañana. Irá al colegio. La directora es muy amable, pero no le para los pies a ese revuelve-mierda.

Un silencio. Debía de estar dando un sorbo de café.

—Pero la solución es muy sencilla, Amanda. Mañana no llevaremos a Malone al colegio.

Una musiquilla. Vasos que chocan y platos que alguien apila. Mamá-nda debía de estar vaciando el lavavajillas.

—Eso no es una solución, Dimitri. Pasado mañana o la semana que viene tendrá que volver.

Malone estaba en el recibidor. Arrastró despacio su sillita de madera, la que utilizaba para jugar, colorear o ponerse los zapatos. La colocó delante de la puerta que estaba bajo la escalera.

—Y entonces ¿qué hacemos? ¿Cambiarlo de colegio?

—Voy a ir a ver a Teixeira. Ya sabes que ocupa un cargo importante en el ayuntamiento. Está muy contento de que haga jugar a su crío de delantero centro a pesar de que no ha metido ni un gol desde que empezó la temporada. Le pediré que hable con el alcalde. ¡Vamos a meterle presión!

Ruido de ametralladora y tres disparos. Tenedores y cuchillos que alguien separa y luego mete en el cajón de un aparador, cuyas puertas se cierran de golpe.

—¿De qué servirá eso, Dimitri? El alcalde no puede meterse en las cosas del colegio, como tampoco puede la policía. Un colegio es como una iglesia. ¡Los maestros hacen allí dentro lo que quieren! Tú escuchas su cháchara y punto.

Malone se había subido a la silla, también sin hacer ruido. Hizo girar el pomo hasta que la puerta se abrió, luego bajó y empujó la silla, entró y tiró de la puerta a su espalda, dejando que pasara justo la luz suficiente para ver en el interior.

—Puede que tengas razón en lo de la policía, Amanda. ¡Pero los padres sí que tienen derecho a meterse en las cosas del colegio! Así que voy a ir yo mismo a meterles presión. Y a informarme. ¡Porque, aunque firmáramos la primera vez para que el niño viese al psicólogo, a lo mejor podemos poner fin a todo esto! O elegir a otro.

Papá-di había gritado mucho. Detrás de su voz de ogro, la voz de Mamá-nda parecía un susurro de hada.

—Eso no cambiaría nada, Dimitri. Voy a hablar con él.

—¿Con quién?

—Con Malone. Voy a explicarle que nos pone en apuros contando esas historias. Ya es mayor. Lo comprenderá. Y…

Mientras avanzaba bajo la escalera, como la puerta estaba casi cerrada, Malone prácticamente no oía la voz de Mamá-nda. Ya había visitado el gran armario, el día anterior, pero no pudo evitar mirar de nuevo el cuadro con su nombre.

M-A-L-O-N-E.

Observar otra vez las hormigas muertas pegadas para escribir las letras. Tuvo la impresión de que miles más, vivas, le corrían por la espalda. Rápidamente, Malone se volvió. Eran las cajas de cartón lo que le interesaba, las que estaban puestas una encima de otra, con cajitas transparentes dentro, como esas donde se guardan cuentas de collar, lápices o pegatinas.

Se puso de rodillas y empezó a registrar la primera, la que era casi más grande que él. Ya no oía lo que decía Mamá-nda, pero la voz de Papá-di seguía retumbando en el armario oscuro como la de un oso que entra en su cueva.

—¡Entonces, hacemos eso! Tus buenas maneras con el niño primero. Y si eso no funciona, pasaremos a mis buenas maneras con el psicólogo, de hombre a hombre.

Se echó a reír.

Un golpe de platillos. Un cubo de la basura que alguien cierra con el pie. La voz de Mamá-nda volvió a ser audible. A lo mejor se estaba acercando a la escalera, o quizá hablaba más fuerte.

—El caso es que tiene de todo. Juguetes. Libros. Todo. A nosotros. ¿Qué más quiere?

Dentro de la caja de cartón, Malone había encontrado una de plástico del tamaño de una caja de zapatos. De zapatos de mayores. Estaba cerrada con gomas elásticas y, a través de la tapa transparente, veía pequeñas formas negras.

¿Caramelos? ¿Golosinas de regaliz? ¿Pequeños muñecos?

La caja pesaba poco, pero las gomas estaban muy apretadas, apenas podía pasar los dedos por debajo para retirarlas.

—¿Que qué más quiere? ¡Quizá algo distinto de tus buenas maneras! ¡Para empezar, deberías confiscarle el peluche! Ese crío pasa demasiado tiempo con él. ¿Cómo quieres que pase a otra cosa, si su único amigo es una rata a la que chupetea desde que nació?

—Dimitri, es propio de su edad, todos los niños tienen un…

El estruendo cubrió la continuación de la frase. Amanda salió corriendo de la cocina y miró, espantada, hacia la escalera.

—¿Malone?

Nadie.

La puerta del armario de la escalera estaba entornada.

Los gritos de un niño, al fondo de todo.

—¡Malone!

La puerta desapareció. La luz entró de golpe.

Malone estaba de rodillas, con Guti tumbado a sus pies. A su lado, un contenedor Tupperware abierto. Amanda había tenido tiempo de ver a Malone unos segundos antes de que la pesada figura de Dimitri avanzara entre la bombilla del recibidor y la puerta del armario y de que la penumbra invadiese de nuevo este último.

Unos segundos de horror.

Su pequeñín se había volcado encima todo el contenido de la caja de plástico.

Se ahogaba, tendía las manos, aterrado, para que Mamá-nda lo sacara de allí, de aquel agujero, de aquel pozo sin fondo.

Chillaba más fuerte aún en la oscuridad, parecía que fuera a desgarrarse los pulmones.

Estaba cubierto de insectos.

Muertos.

Cientos de moscas, escarabajos, mariquitas, chinches, cochinillas, abejas que se le habían quedado enganchados al pelo, al pijama, a los pies desnudos, al peluche.

19

Hoy me ha dicho te quiero, ya lo sabes... Pero tener un hijo,
criarlo, eso yo...
Ganas de matar
Pues, le guste o no, me quedaré embarazada. Sin contar con él.
Y al niño lo llamaré Edipo.

Condenada: 323
Absuelta: 95

www.ganas-de-matar.com

Vasile Dragonman se levantó y observó el puerto deportivo a
través del ventanal. Desde el decimosegundo piso de la Résidence de France, los barcos con motor, veleros y catamaranes
parecían estacionados como vehículos gemelos en el aparcamiento de una inmensa concesionaria. Casi todos blancos. Casi
todos del mismo tamaño modesto. Ningún yate lujoso pertur-
baba la tranquilidad de las barcas, ninguna vela alta de aparejo
antiguo desbarataba el alineamiento discreto de mástiles. Un puerto para ciudadanos amantes del mar, sin ostentación ni excentri-
cidades.

Vasile se acercó más hasta pegarse al cristal, más de cuarenta
metros por encima de la dársena. Ninguno de los escasos tran-

seúntes del bulevar Clemenceau o de uno de los dos malecones del puerto podía verlo.

Ni siquiera en una actitud tan impúdica.

Al levantarse de la cama deshecha, Vasile no se había detenido a vestirse. Ofrecía el espectáculo de sus nalgas desnudas, ligeramente de tres cuartos, de su torso cubierto de vello castaño, de su sexo libre, a la atractiva chica que permanecía bajo las sábanas.

Ella se levantó y fue hasta donde estaba el joven, pegó los pechos a su espalda, el pubis a sus nalgas, cruzó los brazos alrededor de su cintura y, con los dedos, jugueteó con el vello que le cubría la base del vientre.

—Tengo que irme.

—Es miércoles —protestó ella, enfurruñada—. Hoy están cerrados los colegios, ¿no?

—He quedado con esa mujer…, la policía.

—¿Con la comandante? Voy a ponerme celosa…

Vasile se volvió y besó a su amante, sin apresuramiento, pero se apartó de ella antes de que el deseo se hiciera demasiado intenso. Ella retrocedió hasta el ventanal y se pegó a la pared de cristal como si fuese un personaje de goma, a modo de ventosa.

Una pizca ofendida. Una pizca divertida al cabo de un instante por la torpeza de Vasile, quien, sentado en la cama, tenía dificultades para ponerse los pantalones con el pene en erección.

Unos vaqueros ceñidos. Un jersey de lana gris sin nada entre él y la piel. Despeluzado como un ave marina. Lo encontró guapo.

—¿Dónde habéis quedado, la mujer policía y tú?

Vasile dudó antes de responder. Se puso una bufanda de color crudo alrededor del cuello. Sobre los hombros, una americana oscura de lino que hacía juego con sus ojos. No tenía tiempo de afeitarse, a menos que fuese para estar más seductor aún.

—En la comisaría. Seguro que están sus ayudantes, la mitad de la brigada…

—¡Eso espero!

Puso la mano sobre la puerta del apartamento. No la había besado, no después de haberlo hecho unos momentos antes, sobre el puerto, frente al mar.

—Estás empezando a obsesionarte un poco con la historia de ese crío y sus fantasmas resucitados. Eso no debería alejarte de…

La chica no terminó la frase. Pegada aún a la ventana, se le había puesto la carne de gallina.

—¿Alejarme de qué?

Un tímido rayo de sol se coló en ese instante entre dos nubes interminables, proyectando un haz luminoso hacia el apartamento que bañó de dorado la piel desnuda pegada a la plancha de cristal. Se volvió y aplastó las dos aréolas de los pechos contra la ventana, imaginando que ardía.

Como robada al otoño.

—Alejarnos —murmuró.

Vasile se marchó.

20

Los tenientes Jean-Baptiste Lechevalier y Pierrick Pasdeloup esperaban desde hacía casi una hora en el Touran aparcado enfrente de la farmacia Le Hoc. Estaban allí desde las 8 de la mañana. Marianne Augresse había insistido en que tomaran posiciones mucho antes de la hora de apertura de los comercios.

Era la única farmacia del barrio de Les Neiges. En el supuesto de que Timo Soler contara con ayuda y protección, resultaba fácil imaginar que un cómplice fuese a la farmacia más próxima a fin de comprar algo que le atenuase el dolor. Habían hecho con Larochelle una lista de productos que podían aliviar al atracador, los que recomendaba cualquier página de automedicación en internet.

Povidona yodada, cetrimida, gluconato de clorhexidina, lidocaína, anatoxina tetánica, metronidazol...

La farmacéutica estaba en el ajo. Si un cliente le pedía uno de esos medicamentos, en cuanto hubiera cruzado la puerta, debía quitarse la bata blanca y colgarla en el perchero que estaba detrás de ella. Esa era la señal convenida. A partir de ese momento, ellos no tendrían más que seguir discretamente al sospechoso.

Siempre y cuando fuera lo bastante tonto como para abastecerse en el barrio...

J.B. y Papy habían escogido la primera hora de vigilancia para organizar todos los detalles allí mismo. Después los relevarían otros dos agentes. La calle Le Hoc permanecía aún desierta, con excepción de los escasos clientes de la farmacia, como si, pese a ser día laborable, todo el barrio se hubiera puesto de acuerdo para levantarse tarde.

Papy desarrollaba una teoría que se guardó para él: en Les Neiges había un 26 por ciento de parados, según las estadísticas proporcionadas por la brigada de proximidad; el doble entre los 18 y 25 años. ¿Por qué puñetera razón los chavales y adultos en busca de trabajo iban a levantarse antes que los funcionarios de la oficina de empleo?

J.B. dejó el dedo sobre la radio hasta que sintonizara una emisora.

Lo levantó al llegar al 101.5.

Chérie FM.

Papy lo miró con curiosidad.

—¿En serio te gusta eso?

Daniel Lévi berreaba: *Ce sera nouuus, dès demain…*

—La canción de mi boda —precisó el teniente Lechevalier sonriendo—. Todavía me estremezco cada vez que la oigo.

—Yo alucino contigo, J.B…

Echó un vistazo al exterior. Ni rastro de animación todavía en la calle. Ni siquiera un camión de la basura. Los gatos y las gaviotas parecían sustituirlo alrededor de los contenedores, en la esquina de la calle.

—¿Por qué?

—¡Por nada! Bueno, en realidad, por todo. Tienes un físico de galán de cine, J.B., una cara de granuja que llama la atención. ¡Eres policía! Y llevas una vida de empleado de correos.

Daniel Lévi continuaba desgañitándose para despertar «deseos de amar», y con él todo el coro de una comedia musical caída en el olvido.

—Lo siento, Papy, pero no entiendo nada.

—Joder, J.B., ¿quieres que te cuente todo lo que dicen en la comisaría a tus espaldas?

—No. La verdad es que no.

Se oía ahora a Elton John cantando *Your Song*. El teniente Lechevalier subió el volumen sin dejar de mirar el escaparate de la farmacia. En el interior, una madre de familia tenía cogidos de la mano a dos niños mientras esperaba en la caja.

Papy se pasó por el forro la conformidad de su compañero.

—Para empezar, tu mujer, Marie-Jo. Todos nos preguntamos qué puñetas haces con una chica como ella. Te da la tabarra cada vez que tienes que hacer una vigilancia de noche, te llama diez veces al día, te obliga a volver a casa a las doce incluso cuando vamos a celebrar la conclusión de un caso en el que llevamos semanas currando. Tú apechugas con todo: los niños, la compra los sábados, el bricolaje los domingos, las reuniones de padres de alumnos entre semana… ¡Y encima, tu Marie-Jo no es que sea Miss Mundo, reconócelo!

J.B. no se ofendió. Simplemente observó a Papy con cierto asombro.

—¿De verdad decís eso a mis espaldas?

—Sí. Eres el tío más bueno de la brigada, te han elegido por unanimidad delante de la máquina de café. Todas las agentes de la circunscripción fantasean contigo, las tienes alborotadas. Así que, por supuesto, tu Marie-Jo intriga. ¡Hasta la comandante es más sexy!

El teniente Lechevalier se animó esta vez a mostrar una sonrisa abierta.

—¡Sobre todo con la nariz partida! Mira, si un día Marie-Jo me deja, me vería muy bien con una chica así.

—Así, ¿cómo? ¿Con cojones? ¿A eso te refieres?

—Sí, más o menos…

—¿Y por qué iba a dejarte tu Marie-Jo?

—Yo qué sé. Porque soy policía. Porque tengo unos horarios demenciales y gano un sueldo de mierda…

Papy entrecerró los ojos. Un tipo con gorro de lana y el cuello levantado acababa de entrar en la farmacia. El teniente le contestó a J.B. sin apartar la vista del nuevo cliente.

—¡Confirmado, yo alucino contigo! No tienes más que encontrar el botín de los atracadores de Deauville antes de que alguien se te adelante y, si es posible, antes también del día de San Valentín, y meterte dos o tres abalorios en el bolsillo.

Un tema antiguo de los Rolling Stones sonaba en Chérie FM. *Paint it Black*.

J. B. bajó el volumen sin decir nada. Papy insistió.

—¡Mejor todavía! Se los regalas a otra chica. Más guapa, más amable, más pícara…

J. B. se quedó callado, como si dudara, y de repente le guiñó un ojo.

«Qué raro», pensó Papy.

No tuvo tiempo de darle más vueltas al significado del guiño de su compañero; detrás del escaparate, la farmacéutica acababa de quitarse la bata, justo en el momento en que el tipo del gorro salía de la farmacia con una bolsa de medicinas en la mano.

El teniente Pasdeloup miró al hombre a través del visor de la cámara de fotos, enfocó con el zoom y, de pronto, bajó la cámara que llevaba colgada del cuello.

—¡Pero si es Zerda!

J. B. lo confirmó con un imperceptible ademán de la cabeza: él también había reconocido al cuarto atracador de Deauville, al menos el que se intuía que había tenido ese papel. Al mismo tiempo, salió del Touran camuflado ejecutando gestos precisos y esforzándose en que no se notaran precipitados.

El tipo caminaba tranquilamente por la acera. Recorrió veinte metros y entró en la tienda de comestibles que hacía esquina. El teniente Lechevalier lo siguió mientras Papy cruzaba la calle en dirección a la farmacia.

Una decena de personas deambulaban entre las estanterías de la tienda. Más que en la calle o ante las oficinas públicas del barrio. Alexis Zerda, si efectivamente era él, se había detenido delante de la estantería de las cervezas. Lechevalier se acercó, observando distraídamente las diversas marcas de ron.

Justo antes de morderse los labios de rabia.

¡Se la habían jugado!

Alexis Zerda levantaba a la altura de sus ojos un pack de Coronita.

Con las dos manos libres...
¡Ni rastro de la bolsa de medicamentos!

J. B. miró a su alrededor, nervioso. Los clientes iban de un lado para otro. Tres hacían cola delante de la pequeña caja. Junto a la entrada, en la acera, dos mujeres se servían directamente de las cajas de fruta.

Lechevalier se acercó más a Zerda por si acaso, para asegurarse de que no llevaba nada escondido bajo la cazadora, pero en realidad ya había comprendido...

¡Zerda le había pasado la bolsa a un cómplice que esperaba en la tienda!

Un hombre o una mujer en quien no habían tenido tiempo de fijarse. ¡Por más que siguieran a Alexis Zerda durante horas y días, como por lo demás llevaban haciendo de manera intermitente desde hacía meses, no los llevaría hasta Soler!

Mientras el teniente Pasdeloup pedía confirmación a la farmacéutica de que aquel hombre acababa de comprarle gasas estériles, Betadine, compresas hemostáticas y esparadrapo, el mejor cóctel disponible sin receta para curar una herida abierta, Lechevalier pasaba por detrás de Zerda.

Espalda contra espalda, la nariz pegada a las botellas de pastís —Ricard, 51, Berger y otros—, volviendo la cabeza apenas un instante.

Identificación confirmada.

No solo el tipo que dejaba las Coronita junto a las Desperados coincidía perfectamente con el supuesto retrato del motorista anónimo de Deauville, sino que, sobresaliendo del gorro, un gran pendiente plateado cortaba en dos el lóbulo de su oreja izquierda. Cuando el teniente lo rozó y su cazadora se deslizó unos centímetros sobre el hombro del otro, reconoció claramente una calavera tatuada en la base del cuello.

21

Marianne Augresse dudó antes de responder, pero, en cuanto leyó el nombre de su ayudante en la pantalla, pulsó con ansiedad la tecla verde del iPhone.

—¿J. B.? ¿Tenéis novedades?

La comandante se dejó invadir por una deliciosa subida de adrenalina durante el tiempo que el teniente Lechevalier tardó en contestar:

—Hemos fallado...

En pocas palabras, J. B. resumió la vigilancia frente a la farmacia, la aparición de Alexis Zerda y la intervención probable de un cómplice al que no habían podido identificar. La comandante tuvo que reprimirse para no levantar la voz y soltarle que no valía la pena movilizar a dos tenientes de policía en un coche camuflado para que se dejaran enredar como chinos con esa facilidad. Después del fracaso del día anterior, más valía aparentar que se solidarizaba.

Justo enfrente de Marianne, tres criaturas de caucho, medio pájaros y medio delfines, efectuaban figuras acuático-aéreas al ritmo de las olas y del viento atrapado en sus velas de kitesurf.

—Ok, J. B. No perdáis de vista a Zerda. Hay un centenar de farmacias en la aglomeración de El Havre, no es muy probable que haya venido por casualidad a la de Les Neiges. Es el primer vínculo de unión entre Alexis Zerda y el atraco de Deauville, así que vamos a ver el lado positivo.

J.B. contestó con más rapidez ahora, tranquilizado al ver que la comandante se lo tomaba con tanta filosofía.

—Estoy de acuerdo, Marianne. ¡Es una señal de que los lobos están acorralados y no tardarán en salir del bosque! Voy a asignarle a Bourdaine el seguimiento de Zerda. ¿Nos vemos en la comisaría?

—Voy para allá. Aunque puede que me retrase un poco.

Instintivamente, la comandante tapó el altavoz con la mano para que el teniente no oyera los graznidos de las gaviotas por encima de ella. Colgó y se volvió hacia Vasile con una amplia sonrisa.

—Lo siento. Las urgencias… Soy toda suya, aunque no por mucho tiempo.

Frente a ellos se abría la inmensa playa de El Havre. El semicírculo de inmuebles burgueses estaba rodeado por el ancho malecón de hormigón, amenizado con palmeras plantadas en macetas, banderas de Europa ondeando al viento y franjas de césped recién cortado. Guijarros hasta el infinito, ferris del otro lado del canal de la Mancha navegaban a lo lejos…, parecía asombroso que Niza hubiera podido robarle a El Havre la etiqueta de «paseo de los ingleses», y con ella, la fama de ser el paseo marítimo urbano más bonito.

Caminaron por una especie de plataforma formada por unas tablas tendidas sobre los guijarros, que creaban la ilusión de poder acercarse al mar, un poco más abajo, sin torcerse los pies. Marianne y Vasile avanzaban uno junto a otro. Para evitar salirse del camino de madera, sus hombros se tocaban. Los cientos de casetas de playa blancas y alineadas formaban una muralla entre el malecón y la playa desierta, una especie de matacán improvisado contra el mar, puesto a ras del suelo.

Una vez que las hubieron dejado atrás, Marianne se partió el cuello para dirigirse al psicólogo, que la superaba en altura unos veinte centímetros.

—He cumplido mi promesa, señor Dragonman, he realizado

una investigación discreta sobre la familia Moulin. Y la conclusión es clara. Lo siento, pero los padres están limpios. Malone es su hijo, y lo es desde el momento de nacer, aunque queda un poco raro formularlo así. ¡No hay ninguna duda!

Las casetas cerradas, los emplazamientos vacíos de los restaurantes del paseo marítimo, cerrados y desmontados en septiembre, contrastaban con la animación de la playa en verano. No obstante, a Marianne le encantaba aquel ambiente invernal un poco melancólico. Solo faltaba una terraza cubierta donde tomar un café mirando pasar los barcos en segundo plano. Y en primer plano, los ojos marrón dorado de Vasile.

—Es una familia normal —continuó Marianne—. Un matrimonio como tantos otros. Dimitri Moulin fue condenado a unos meses de prisión, pero fue hace años. Desde entonces, es un marido irreprochable y un padre de familia perfectamente integrado en la vida del pueblo.

Vasile esbozó una mueca discreta.

—Si es esa la definición que usted hace del padre modelo…

Marianne hizo como si no lo hubiera oído.

—Podemos abordar el problema de mil maneras, señor Dragonman, pero es imposible que Malone no sea su hijo…

—Entendido —dijo el psicólogo—. Gracias por haberlo intentado.

En algunas casetas había clavadas grandes fotos en blanco y negro, tipo Locos Años Veinte y *Titanic*, transatlánticos y parejas endomingadas en la cubierta. Con cien años menos, El Havre tenía un aspecto tremendamente romántico.

Al tiempo que dejaba vagar la mirada sobre los carteles, Marianne dejaba también que la distrajeran preguntas tontas.

¿Estaba Vasile todavía soltero? ¿Enamorado de una chica? ¿Turbado por pasear con una mujer a orillas del mar?

¡Si era así, el muy capullo no lo demostraba! Parecía seguir dándole vueltas al asunto, convencido de que tenía razón, como un niño que se negara a admitir que las sirenas o los unicornios no existen. Se volvió lentamente hacia ella.

—¿Cuál es su recuerdo más antiguo, comandante?

—¿Cómo?

Una amplia sonrisa iluminó el rostro del psicólogo.

—Es un test que me encanta hacer. En realidad, todo el mundo debería pensar en ello en algún momento de su vida. Vamos, haga memoria, ¿cuál es su recuerdo más antiguo? No algo que le hayan contado, ¿eh?, un recuerdo auténtico, del que tenga imágenes precisas.

—Pues...

Marianne cerró los ojos, de modo que solo el ruido de las olas la distrajera, y los abrió al cabo de unos segundos.

—Me ha pillado desprevenida, no estoy muy segura... Pero yo diría que es una escena en la granja de mi tía. La había visto a ella ordeñar una vaca y me veo cogiendo un pequeño taburete e intentando imitarla. Creo que nunca se lo he contado a nadie...

—¿Qué edad tenía?

—No me acuerdo muy bien... ¿Cuatro años? —Se quedó dudosa—. No, cinco más bien, puede que incluso seis, era en primavera.

—Entonces, antes, los cinco o seis primeros años de su vida, ¿son un agujero negro? Debe confiar en los demás para saber lo que pasó, ¿no? Para las imágenes, en fotos antiguas guardadas en álbumes. Para las emociones, en los relatos de su madre hechos durante las sobremesas dominicales. Para los puntos de referencia, en lugares que le han dicho que frecuentaba: una escuela infantil, una casa, la suya, la de su niñera, la de sus primeras vacaciones... —Respiró hondo, como para aspirar el viento del mar, antes de proseguir—: ¡Malone Moulin no ha cumplido aún cuatro años, comandante! ¡Todo lo que ha vivido y lo que va a vivir durante varios meses más lo olvidará! Solo quedarán de eso fantasmas. Como le expliqué, la memoria de un niño de cuatro años es plastilina con la que los adultos hacen lo que quieren. Estoy dispuesto a creerla cuando me dice que Malone es sin duda hijo de Amanda y Dimitri Moulin, pero, en ese caso, es preciso abordar el problema de otro modo. ¡Esos recuerdos no han entrado en la memoria de Malone por casualidad!

—¿Qué quiere decir?

—Antes de los tres años, un niño no tiene ninguna conciencia autónoma de sí mismo. El «yo» está asociado a lo que en nuestra jerga llamamos la «psique colectiva». Su mamá, su papá o su niñera son en cierto modo prolongaciones de sí mismo... Por lo tanto, cuando Malone nos habla de su mamá de antes y de los recuerdos que asocia a su vida con ella, hay una cosa de la que podemos estar seguros: ¡esas imágenes anteriores existen! Y para que existan, es preciso que alguien las haya sembrado y se ocupe de mantenerlas. Alguien que pertenece a su psique colectiva. Alguien que ha hecho todo lo posible para que Malone las recuerde. Como si fuese el último testigo. El guardián de un secreto, en cierto modo. Y por consiguiente...

Hizo una pausa. Frente a ellos, en otra caseta de color sepia, un bigotudo con bombín apartaba el velo de un sombrerito para besar a una chica guapa con un vestido corto y el pelo a lo garçon.

—Y por consiguiente —continuó el psicólogo—, si alguien ha hecho todos esos esfuerzos para que Malone recuerde, forzosamente otros están interesados en que Malone olvide...

—¿Los padres de Malone?

—Por ejemplo. Puede parecer una idiotez, pero todo lo que me cuenta ese niño me produce la impresión de que alguien ha colocado deliberadamente indicios en su cerebro, como balizas, una especie de puntos de referencia para que los utilice en el momento oportuno.

Vasile se embalaba. Movía los brazos, y los labios le temblaban ligeramente. A la comandante, aquello le parecía encantador, intrigante, casi convincente.

¡Salvo por el hecho de que el razonamiento del psicólogo se basaba en un fallo importante.

Su hipótesis suponía que una persona maquiavélica incrustaba recuerdos en el cerebro de Malone contándole una y otra vez episodios de una vida diferente, anterior.

¡Eso era lo que fallaba!

Porque ese ser que le calentaba la cabeza existía, el pequeño Malone lo había señalado con toda claridad. ¡Era Guti, su peluche!

¡Ridículo!

Marianne dejó que el oleaje meciera durante largos segundos sus pensamientos, como para elevarlos por encima de las nubes, ayudarlos a aceptar una parte de sueño o de algo sobrenatural. No tenía ganas de ridiculizar el apasionamiento de Vasile. Nada en aquel paisaje de otra época invitaba a hacerlo. Contra toda lógica, optó por tomarse los temores del psicólogo en serio, o al menos fingirlo.

—¿Sería esa la explicación? ¿La existencia de un peligro que amenaza a Malone? ¿Y esos recuerdos servirían para protegerlo?

—Tal vez. ¿Cómo explicar de otro modo ese pánico de la lluvia, y ese frío permanente que siente? Sin embargo, en todo lo demás no presenta ningún parecido con una memoria traumática habitual. Las imágenes son demasiado precisas.

Una ráfaga de viento levantó los cabellos de Marianne. Por delante de la cara. Greñas de pulpo muerto, cara enrojecida, abrigo abrochado hasta la barbilla: unos cuantos detalles sexy para completar el cuadro de la nariz despachurrada.

—Venga —dijo Vasile—. Metámonos ahí, quiero enseñarle una cosa.

Señaló una caseta de playa abierta y vacía, unos metros más allá, idéntica a varias más que un empleado del ayuntamiento estaba pintando.

Dos metros por dos. En el interior, un tenaz olor de humedad contrastaba con una sorprendente sensación de calor. Pero estaba claro que Vasile Dragonman no había conducido a la comandante a un rincón íntimo para besarla a escondidas.

Se arrodilló y desplegó en el suelo un mapa a escala 1:25.000 que había sacado de la mochila. Para no pisarlo, Marianne tuvo que pegarse a la pared de madera. El papel satinado estaba repleto de flechas, formas geométricas sombreadas con rayas y círculos de diferentes colores.

—He tratado de ver las cosas más claras —explicó Vasile levantando los ojos—. He intentado materializar los relatos de Malone. Para que se dé cuenta de que no soy tan irreflexivo. Método hipotético-deductivo. La policía procede así, ¿no?

Marianne observó más atentamente el mapa, casi divertida. En efecto, en la comisaría utilizaban con frecuencia herramientas de ese tipo para organizar investigaciones en el estuario, a partir de testimonios más o menos fiables.

—Según Malone —continuó Vasile—, su casa, la de antes, se hallaba a orillas del mar. Él la veía desde la ventana de su cuarto. Así que he sombreado con rayas todos los lugares costeros habitados. No hay tantos, una vez descartados los acantilados, las reservas naturales y las zonas industriales. Malone habla sin parar de un barco pirata. Eso son los círculos: he trazado uno en todos los lugares desde donde se puede ver un barco, de la clase que sea, desde barcas de pescadores hasta superbuques tanque. ¡Cualquiera con vistas al puerto pesquero, deportivo o comercial! Incluso he pensado en los barcos de madera de las zonas de juego de la Mare-Rouge, Saint-François o Bléville. Fíjese, comandante, aun buscando los sitios que estén a orillas del mar y desde donde se pueda ver un barco, el espacio marcado sigue siendo inmenso. Una buena parte del centro Perret de El Havre, por ejemplo —dijo, señalando con el dedo los círculos y las rayas—, queda incluido.

—¿Y el resto? —lo interrumpió la comandante—. El bosque… Malone también dice que vivía junto a un bosque poblado de ogros y monstruos, ¿no?

El psicólogo no perdió el aplomo y señaló las marcas verdes del mapa.

—Tenemos para elegir: el bosque de Montgeon, por supuesto, o los jardines colgantes del fuerte de Sainte-Adresse, el bosque de la entrada del túnel Jenne… Pero ninguno coincide con lo anterior, o más bien todos. En El Havre, en cuanto subes a no demasiada altura, se puede ver el mar desde muy lejos.

—¿Y los cohetes?

Vasile se lo tomaba muy en serio. Parecía apreciar que Marianne recordara todos esos detalles. En su mirada, mezcla de madera y brasa, había una llama latente que turbaba a la comandante.

—¡Para lo de los cohetes no se me ocurre nada! Está el aeropuerto de Le Havre-Octeville, que se encuentra a solo un kilómetro del mar, no muy lejos del centro comercial de Mont-Gaillard, pero Malone no tiene ninguna duda, me habla de cohetes, no de aviones. Y para ser sincero, comandante, no hay ni rastro tampoco de un castillo con cuatro torres redondas. Los más cercanos son el castillo de Orcher, que solo tiene una torre, y el castillo de Les Gadelles, en Sainte-Adresse, que tiene ocho… De todas formas he hecho una lista de todo lo que tiene aspecto de torreón o de mansión, incluidos los castillos hinchables, están indicados en el mapa con crucecitas azules.

Marianne bajó los ojos y se quedó un momento observando los colores superpuestos. Dragonman sería un buen policía. Mucho más imaginativo que la mayoría de sus compañeros, cortos de entendederas. Vasile le dirigió una sonrisa afligida.

—Ningún lugar reúne todos los requisitos. Tengo la impresión de que debo hacer varios puzles distintos cuyas piezas están metidas en la misma caja. Como si hubiera varias capas de recuerdos mezcladas. ¿Cómo saber cuáles van juntos, cuáles habría que apartar y cuáles eliminar?

La comandante Augresse no tenía ni idea. Un resplandor azulado iluminó un instante la penumbra de la caseta de playa.

Un mensaje en su móvil.

¿Cuándo llegas?
J. B.

Dio un paso hacia la puerta de la caseta, apartando la vista del mapa de Vasile. Como si el mensaje de su ayudante la hubiera despertado inopinadamente.

¿Qué demonios hacía allí? ¡Mirando un mapa del tesoro imaginado por un crío de tres años y un psicólogo exaltado, mientras dos atracadores que no habían vacilado en disparar a sangre fría contra la policía estaban huidos, llevaban nueve meses burlándose de ellos y tenían escondido un botín de casi dos millones de euros en algún lugar del estuario!

—Tengo que irme, señor Dragonman. Seguiremos hablando en otro momento. He puesto a un hombre a hacer indagaciones, un joven bastante espabilado. Seguirá buscando, por si acaso…

Se dieron un apretón de manos un poco extraño. El viento azotó a Marianne nada más salir. Se alejó rápidamente para ir hasta su Megane aparcado frente a Les Frites à Victor, el único comercio abierto en el paseo marítimo.

Mientras doblaba el mapa, Vasile Dragonman observó a la comandante alejarse. Unos adolescentes bajaban del tranvía con los patines puestos y se dirigieron al skatepark. Frente a él, una chica corría por el camino de tablas, cola de caballo azotándole los hombros y auriculares del MP3 metidos en las orejas.

¿Hasta dónde lo apoyaría la comandante?

¿Cuánto tiempo tardaría en acabar riéndose en sus narices, como todos los demás?

E incluso si no lo hacía, ¿cómo convencerla de ir más lejos, de ahondar más, más profundamente y más deprisa, antes de que todos los indicios sembrados en el cerebro de Malone se secaran, como semillas podridas que jamás darán fruto? Antes de que le robaran definitivamente su vida, su verdadera vida…

Malone había confiado en él. Desde que ejercía como psicólogo, nunca había tenido que afrontar una responsabilidad semejante.

Guardó con cuidado el mapa en la mochila. Él era la última posibilidad de ese niño. Una especie de trozo de madera flotando, zarandeado por las olas, al que ese chiquillo se agarraba antes de ahogarse.

Eso le aterraba.

La corredora era guapa. Pasó por delante del psicólogo clavando con insistencia la mirada en la suya, aunque sin aminorar el paso, segura sin siquiera tener que volverse de que el atractivo moreno seguiría con los ojos, hasta el final de la playa, el balanceo de sus nalgas moldeadas por los leggings.

Los pequeños placeres de la seducción corriente.

¡Qué equivocada estaba!

Pasado un segundo, Vasile ya no la veía, perdido en sus pensamientos. Atónito por la evidencia que estallaba en su mente.

De pronto, acababa de comprender cómo se comunicaba Malone con su peluche.

22

Aguja pequeña en el 10, aguja grande en el 7

Con su gorro rojo y naranja, su bufanda y sus guantes a juego, y sus botas, que las hierbas mal cortadas acariciaban, Malone parecía un enanito de jardín.

Amanda sacó del garaje la bici con ruedecitas y la dejó sobre las baldosas, justo delante de la cerca.

—Vamos hasta el estanque de los patos.

Solo se movía la cabeza de Malone. Un enanito de piedra, pero de los más caros, con el cuello articulado y opción de barómetro integrado. Plantado sobre el césped, Malone miraba temeroso el cielo amenazador.

Iba a llover.

Amanda lo levantó del suelo y lo sentó en la bici.

—¡Venga, perezoso! ¡Ánimo, pedalea!

Malone avanzó un metro antes de bloquear las ruedas de la bicicleta sobre la grava. Amanda suspiró mientras lo empujaba.

—¡Vamos, avanza, ni que fueses un bebé! Estoy segura de que Kylian y Lola ya no llevan ruedecitas detrás.

El argumento fue poco efectivo. Amanda empujó más fuerte a Malone por la espalda para que tomara impulso y aprovechó para recolocarle el gorro, que le caía sobre los ojos.

El niño aún tenía el pelo mojado. Había gritado bajo la ducha, poco antes. ¡Malone solo se bañaba! Durante una eternidad, todas las noches. No soportaba que le cayera agua encima, eso le provocaba auténtico terror, pero esta vez Amanda no había tenido elección. Lo había agarrado, desnudo, y llevado a la fuerza al cuarto de baño. Malone tenía la cara, los brazos y las manos cubiertos de insectos muertos.

Muertos, solo muertos. No sucios.

Eso es lo que, cuando había encontrado a Malone en el armario, les había explicado a su marido y su hijo, obligándose a sonreír como si se tratase de una broma. Aquellos insectos sobre su piel y su ropa eran tan inofensivos como confetis, como una nube de harina sobre la cara que alguien levanta soplando, como abuelitos de diente de león.

La respuesta de Dimitri había restallado: «¡Mete al niño en la ducha y pasa la escoba!».

Amanda, sumisa, se había agachado y, con Malone en brazos, había recogido con la mano libre los cadáveres de moscas, escarabajos y abejas desperdigados a su alrededor para depositarlos, uno a uno, en la caja de plástico.

De pie delante de la puerta del armario de la escalera, Dimitri la había observado un momento, consternado, antes de dar rienda suelta a su ira: «¡Y tira todo eso a la basura!». Malone se había tapado los oídos.

Pero esta vez, la única, Amanda había opuesto resistencia: «¡No, Dimitri! ¡No! No me pidas eso, por favor…».

Había pensado que iba a hacerlo él mismo, que iba a arrebatarle la caja, coger una escoba por primera vez en su vida y barrer. Pero no, se había limitado a gritar de nuevo: «¡Estás loca! ¡Estás igual de loca que ese niño!». Y, sin más, había salido dando un portazo.

Desde la urbanización, había una ligera pendiente que bajaba hasta el estanque. Malone casi no necesitaba pedalear para ir avanzando. Había metido a Guti en el cesto pegado al manillar y se dejaba caer sobre el asfalto liso y negro, como el de una pista de Fórmula 1.

Ningún peligro. Nunca pasaba ningún coche por la calle, aparte de los de los habitantes de las otras casas de la plaza Maurice Ravel. Los arquitectos que habían dibujado los planos de Les Hauts de Manéglise eran expertos en laberintos. Les habían explicado a Dimitri y Amanda, en el momento de comprar la casa, que sus urbanizaciones se basaban en lo que ellos llamaban el control social: nadie podía entrar o salir de ellas sin ser visto, cada uno vigilaba las casas de los demás, su trozo de calle y su plaza de aparcamiento. El acierto consistía en dar la impresión de estar solo en casa, de poder disfrutar de su pequeño jardín con toda libertad estando rodeado de otras casas idénticas; en creerse apartado del mundo, de la ciudad e incluso del pueblo, permaneciendo rodeado de centros comerciales, zonas de actividad y nudos de autopistas.

¡Muy hábiles, los urbanistas!

Y en el centro de aquella maqueta estratégicamente situada, los niños podían jugar sin correr ningún riesgo.

Incluso con un lago, justo enfrente, conservado tal cual, como una prueba más del talento visionario de los arquitectos especializados en laberintos: planificación estricta del conjunto, pero improvisación inteligente en los detalles.

Amanda retuvo a Malone agarrándolo por la ropa para que no tomara demasiada velocidad. El niño se echó a reír; era la primera vez en todo el día. A ella le encantaban esos instantes, siempre le recordaban la letra de la canción de Renaud que escuchaba una y otra vez después, a fin de grabar para siempre esos breves momentos en su cabeza. «Las canciones sirven para eso», se decía, «incluso las más idiotas, para recordar emociones tontas.»

Y escuchar tu risa volar tan alto como vuelan los trinos de los pájaros.

Este trozo y otros de la misma canción, las últimas palabras antes de las últimas notas de piano, cuando Renaud dice que *el tiempo es un asesino y se lleva consigo las risas de los niños.*

Verdades tontas.

No había patos junto al estanque, no los había desde hacía semanas, desde las primeras mañanas frías de septiembre. Amanda lo sabía, pero aun así fingió sentirse decepcionada. A Malone parecía que eso le daba igual, había cogido a Guti y se adentraba entre los juncos en busca de nidos y huevos, como había hecho la primavera anterior cuando nacieron los patitos, antes de que los gatos del barrio los devoraran.

Amanda lo dejó jugar. Conmovida.

Aquel rincón de campo a cincuenta metros de su casa era para Malone el borde del mundo, el infinito inexplorado, un océano sin orilla que vería empequeñecerse a medida que se hiciera mayor. Aquella urbanización se encogería con el paso de los años. Los confines del universo ya no serían entonces más que un planeta canijo que se recorre en cuatro pasos.

Una prisión. Como aquella donde el rey Minos encerraba por la eternidad a los jóvenes griegos. Una eficaz trampa de callejones sin salida aislados por paredes de tuya y alheña. ¡La verdad era que los arquitectos de la urbanización habían construido un auténtico dédalo!

¡Demasiado hábiles!

Los únicos que escapaban de allí eran los patos.

Incluso ella, Amanda, cuando tenía dieciséis años se había jurado marcharse de allí, de Manéglise, y no volver jamás. Sin embargo, había regresado… como los patos. Porque es así, porque por más que uno dé la vuelta al mundo, que busque el sol y el amor en otro sitio, que los encuentre o no, al final da lo mismo, los patitos deben nacer aquí.

Y acabar devorados.

Una gota perforó la superficie de color petróleo del estanque.

Malone no se había percatado. Amanda sí. Se había dado cuenta de que debían volver a casa antes de que cayera el chaparrón y Malone despertara a todo el barrio con sus gritos.

—¿Dónde están los bebés pato, Mamá-nda?

«Los patitos deben nacer aquí», pensó de nuevo Amanda sin responderle a Malone.

Y acabar devorados.

Salvo si ella lo impedía.

Tomates cortados en dados. Hamburguesa. Patatas fritas. Un episodio de *Jake y los piratas* mientras se hacían. Otro durante la comida.

«Otro más, solo otro», insistió Malone, pero Amanda no cedió.

—¡A dormir la siesta, grumete!

Malone no protestó. Se sabía de memoria todos los episodios de *Jake y los piratas*, veían en la tele siempre los mismos, y lo que más le gustaba era estar en su cuarto. Seguramente demasiado, pero ¿cómo podría reprochárselo Amanda?

Malone estaba tumbado en la cama, solo su cabeza y la de Guti sobresalían del edredón. Amanda se sentó a su lado.

—A veces, cariño, papá grita mucho. Pero te quiere. ¡Muchísimo! Tanto como grita. Lo que pasa es que a veces se enfada.

Malone no se atrevió a decir nada.

—¿Tú crees que papá se enfada muy a menudo? —insistió Amanda.

Malone desvió los ojos hacia el calendario clavado junto a su cama. El cohete había aterrizado en Mercurio.

El día del viaje.

A Malone le gustaba más la noche que la siesta, cuando estaba oscuro y los planetas y las estrellas se encendían de verdad.

—Cuando cuentas historias en el colegio, por ejemplo, cuando dices que yo no soy tu mamá, yo no le doy mucha importancia, sé que no es verdad. Pero a papá eso le pone muy furioso.

Amanda le acarició suavemente el pelo a su hijo. Ahora él la miraba con los ojos muy abiertos. El sol, filtrado por unas cortinas naranja corridas delante de la ventana, difundía en la habitación una luz cobriza. Malone balbució unas palabras:

—¿No quieres que lo diga más?

—No quiero que lo digas más y no quiero que lo pienses más.

Malone pareció reflexionar profundamente.

—Pero no puede ser, porque tú no eres mi mamá.

La mano derecha de Amanda continuó acariciando los cabellos de Malone mientras la izquierda se contraía sobre el edredón, espachurrando en un solo gesto a Woody, Buzz Lightyear y Perdigón.

—¿Quién te ha dicho eso, cariño? ¿Quién te ha metido eso en la cabeza?

—Es un secreto. No puedo decírtelo.

Amanda se inclinó y estuvo a punto de levantar la voz. Al final, decidió bajar más aún el tono.

—Sabes muy bien que esos secretos ponen triste a mamá.

Sin esperar respuesta, se pegó a él. Un largo mimo silencioso interrumpido por Malone.

—No quiero que estés triste, Mamá-nda. Yo… yo te quiero… ¡Te quiero mucho!

—Entonces no debes volver a decir que no soy tu mamá. ¿Me lo prometes?

—¿Aunque lo piense dentro de mi cabeza?

—Aunque lo pienses dentro de tu cabeza. No te preocupes, cariño, son ideas que se irán, como los microbios que te ponen enfermo, como los granos cuando tuviste la varicela, ¿te acuerdas?

Malone se incorporó y se retorció para escapar del abrazo de Amanda.

—¡Yo no quiero que se vayan, Mamá-nda! Debo recordarlas siempre. Siempre.

Esta vez, Amanda no pudo contener las lágrimas. Sofocó los sollozos en la almohada de Malone antes de estrecharlo de nuevo entre sus brazos, más fuerte todavía, y susurrarle al oído:

—No debes decir eso, cariño, no debes decirlo más. Acabarán por creerte, acabarán por separarnos, ¿comprendes? Y tú no querrás que nos separen, ¿verdad?

—¡Yo quiero quedarme contigo, Mamá-nda!

Ella lo apretó contra su corazón. Casi hasta estrujarle los pulmones. Había tenido tanto miedo…

—Yo también —dijo Amanda entre sollozos—. Yo también.

Los tres segundos que siguieron fueron quizá los más dulces de su vida, la sensación de calor, el sabor de las lágrimas secas, el caparazón inviolable de aquel cuarto infantil, fuera del mundo, fuera del tiempo, la impresión de que la felicidad jamás podría escaparse, justo antes de que Malone pudiera seguir respirando y terminara la frase:

—Quiero quedarme contigo hasta que mamá venga a buscarme.

23

Hoy, el tipo que estaba delante de mí en la cola del banco ha depositado un cheque de 127.000 euros.
Ganas de matar
Me ligaré a su viuda.

Condenado: 98
Absuelto: 459

www.ganas-de-matar.com

Entre la indiferencia general, una sintonía anunciaba las cinco de la tarde. En la comisaría casi nadie escuchaba la radio encendida en sordina, salvo los titulares, un breve minuto en las horas en punto.

El periodista ya no mencionaba la huida de Timo Soler después de su detención frustrada en el puerto de El Havre. Desde esa mañana, las emisoras locales habían redoblado las llamadas a la comisaría con la esperanza de obtener una información inédita. Un periodista incluso había permanecido apostado en la puerta durante dos horas.

«Nada nuevo», había mandado responder sistemáticamente Marianne. Y no era mala voluntad por su parte, ni siquiera hacia ese centinela que se había largado pitando después de que la comandante hubiera amenazado con pincharle las ruedas del escúter.

¡Nada nuevo! De verdad.

El teniente Lechevalier se puso la cazadora.

—La cinco. Me voy…

Marianne afectó contrariedad.

—Sí, anda, no te entretengas. Con los atascos, seguro que no llegas a casa antes del cara a cara de *Questions pour un champion*.

—Un poco después —precisó J. B. exhibiendo con orgullo una lista manuscrita (con letra femenina) que había sacado de un bolsillo de los vaqueros—. Voy a aprovechar para ir a Mont-Gaillard a llenar el carro…

—Haces bien —bromeó Papy, levantando la cabeza del ordenador—. Si Soler reaparece, puede que estemos de vigilancia continua durante una semana.

La comandante asintió:

—¡Escucha a Papy, es la voz de la sabiduría de la casa! Compra provisiones si quieres que tu prole no muera de hambre.

Papy cargó todavía más las tintas:

—Y si mamá se pone a tiro, no dejes escapar la ocasión… En el año 95, cuando la fuga de Khaled Kelkal, estuvimos vigilando once noches seguidas…

J. B. avanzaba ya por el pasillo de la comandante sin tomarse siquiera la molestia de replicar.

—La previsión es fundamental —consideró oportuno insistir Papy—. Prevenir, J. B., hay que prevenir. Con mi exmujer, yo lo llamaba el casquete de aviso…

Esta vez, el teniente Lechevalier esbozó una sonrisa.

—Tenéis mi número, por si se mueve algo. Pero, en mi opinión…

J. B. ni siquiera se molestó en terminar la frase, y en el fondo Marianne no podía sino darle la razón. No servía de nada quedarse toda la noche esperando en la comisaría, leyendo y releyendo los mismos informes. La comandante había hecho seguir a Alexis Zerda todo el día, desde que salió de la tienda de comestibles de la calle Le Hoc hasta que llegó su casa, en la calle Michelet, pasando por un concesionario Ford, el bar Amiral Nelson y la sala de musculación Physic Form.

Para nada.

El agente Bourdaine, encargado de seguirle los pasos al sospechoso, había llamado varias veces a Marianne para pedirle instrucciones, cansado de los esfuerzos realizados para pasar inadvertido: «¡Zerda no se esconde! Vive su tranquila vida corriente de De Niro retirado. O ese tipo es más inocente que un angelito o se pitorrea de nosotros».

«Más inocente que un angelito», había repetido mentalmente Marianne. Aquello adquiría un significado muy particular en el contexto, aunque la convicción de la comandante era definitiva: «¡Se pitorrea de nosotros!».

No creía en las coincidencias, en el milagroso azar que habría empujado a Alexis Zerda a encontrarse en la farmacia de Les Neiges al día siguiente de la encerrona frustrada a Timo Soler, pidiendo todas las medicinas básicas necesarias para calmar una herida abierta, unas medicinas de las que se había deshecho misteriosamente unos minutos después de salir de la farmacia.

Él era el cuarto atracador. Él protegía a Timo Soler. ¡Solo faltaba atraparlo!

«¡Seguimos tras él! —había vociferado la comandante por teléfono—. Acabará por conducirnos a Soler. O se verá obligado a dejar que se pudra donde esté. Pero no te fíes, Bourdaine —continuó, suavizando el tono—. No corras ningún riesgo. Aunque Timo Soler es un pobre chico superado por los acontecimientos, Alexis Zerda es un loco peligroso. Un asesino de policías. Un asesino, sin más…»

En la radio, se sucedían intervenciones de oyentes hablando de la crisis. La Atlantique LOG, una empresa de logística que tenía cincuenta y siete trabajadores en plantilla, acababa de declararse en quiebra. Con arreglo a una alternancia sabiamente orquestada, unos parados disponían de unos segundos para protestar contra el sistema y a continuación salían a antena otros asalariados hartos de pagar por los demás. Cada cual con su revolución.

Mientras escuchaba sin prestar demasiada atención, Papy había esparcido sobre su mesa todo el botín del atraco de Deauville. Había impreso en color una foto de cada pieza y luego, minuciosamente, había recortado los objetos.

Una diadema Piaget, un estuche de gafas Lucrin y unas decenas más de piezas de lujo en papel…

¡Una auténtica colección para Little Princess! Cuando cerraran el caso, le enviaría todo aquello a Emma, su nieta. De momento, se entretenía desplazando los objetos sobre la mesa, a modo de desfile vanguardista para el hombre y la mujer invisibles.

—Lo que me extraña es más bien lo contrario —masculló el teniente.

—¿Lo contrario de qué? —preguntó Marianne.

—Después del atraco de Deauville, cunde el pánico. Todo el mundo está atónito, preocupado. La cosa incluso deriva en psicosis. Pero lo que a mí me alucina es más bien que haya tan pocos atracos. O sea, que a los transeúntes no les entren más a menudo ganas de servirse directamente en las tiendas. ¿No te parece a ti eso raro, Marianne, toda la gente que pasa por delante de todos esos escaparates sin romperlos? Que se conforman con mirar a través de ellos como si se tratase de una pantalla virtual, sin atreverse siquiera a pensar que, después de todo, ellos tienen tanto derecho como los demás a acceder a todos esos objetos que jamás podrán comprarse. Sin siquiera preguntarse que, puesto que el dinero es algo que inventaron los ricos, por qué los pobres no podrían inventar el choriceo como modo de transacción.

La comandante bostezó frente a la pantalla de su ordenador, lo cual no sirvió de freno al ímpetu de Papy.

—Francamente, ¿no te parece de alucine que toda esa gente que llena el carro del súper continúe pagando en la caja para enriquecer establecimientos que obtienen miles de millones de beneficios, en vez de echar a correr todos juntos y derribar, a modo de ariete, los torniquetes de todos los hipermercados del país? ¿No te parece demencial que haya tipos que puedan seguir paseándose en Porsche por la calle sin que los apedreen, con un Rolex en la muñeca sin que se la rebanen? ¿Que la gente que ya no tiene nada que perder acepte retirarse del juego sin más, sin siquiera apostar lo poco que le queda, aunque solo sea por una cuestión de honor, o para impresionar a su novia, o para mantener un poco de dignidad ante sus hijos?… ¡Joder, ni siquiera en el póquer pierdes las últimas fichas sin poner las cartas boca arriba!

La comandante aprovechó una breve pausa para hacer un comentario. Una vez lanzado, el teniente Papy podía monologar durante horas.

—¡Eso es porque hacemos bien nuestro trabajo, Papy! Y hasta nos pagan para eso. Para meter miedo a la gente. ¡Guardianes de la paz, de la paz civil y pública, ese es nuestro título oficial desde hace ciento cincuenta años! Aunque desde entonces el mundo se haya convertido en un infierno.

—Más Cerbero que san Pedro, entendido el mensaje, Marianne. —El teniente Pasdeloup apartó con el dorso de la mano un reloj Longines de papel y continuó—: Alexis Zerda es un desequilibrado peligroso al que debemos meter en chirona, de acuerdo. Pero, según su expediente, Timo Soler era más bien un buen tío. Y Cyril e Ilona Lukowik ídem. Esos chavales de Potigny, esos hijos de mineros, me resultaban *a priori* más simpáticos que los presidentes y directores generales de LVMH que presentaron una denuncia contra ellos…

—No sé, Papy, no sé… No estoy segura de que debamos plantearnos esas cuestiones… A ver, ¿te acuerdas de las tres toneladas de Nike falsas que interceptamos hace un mes con los de aduanas en un contenedor procedente de Cebú? ¿Por qué tirarlo todo a la basura, eh? Filipinas tiene más necesidad de desarrollarse que Estados Unidos. Los países pobres, en el fondo, no tienen nada que perder. ¿El mundo es una inmensa partida de póquer? ¡Pues hala, a apostar todo lo que tienen! —Marianne levantó los ojos hacia el cielo—. Las cosas no funcionan así, Papy, lo sabes muy bien. Hacen falta reglas, y soldaditos eficientes para hacer que se apliquen.

Papy meneó imperceptiblemente la cabeza, cual esfinge entumecida, retorciendo entre los dedos una cinta de papel marrón: un cinturón aterciopelado de Hermès.

—Claro, tienes razón. Oye, una última cosa, ¿sabes quién era Hermes?

—Un dios griego, ¿no?

—¡Exacto! Una de las estrellas del Panteón, con su trono en lo alto del monte Olimpo. Era el dios del comercio… ¡y de los ladrones! Los griegos ya lo habían entendido todo, ¿no? Más de tres mil años antes de que el Banco Central confirmase los oráculos de Delfos.

La comandante soltó unas carcajadas, se levantó de la silla y dio unos pasos por el pasillo. La comisaría estaba vaciándose. Tecleó un mensaje dirigido a Angélique mientras iba a servirse un café.

¿Te apetece una copa en el Uno esta noche?

La respuesta le llegó al cabo de unos minutos.

Esta noche no. Voy a ver a mis padres. Necesito pasta.

Marianne sonrió mientras estrujaba el vaso de plástico. No tenía ganas de volver sola a casa, ni de correr sola en las cintas del Amazonia, ni de prepararse algo de comer sola, ni de acostarse sola, ni de levantarse sola al día siguiente. Le vino a la mente Vasile Dragonman. Tenía su número de móvil, pero no era cuestión de llamarlo para invitarlo a cenar. ¿Con qué pretexto?

—¿Vas a quedarte hasta tarde? —le preguntó a Papy.

—Sí. No me iré antes de las tres de la mañana…

—No te pagarán horas extra, ya lo sabes.

—Sí. Es que espero que sean las ocho de la tarde en Estados Unidos para llamar a mi hija a Cleveland desde aquí. ¡Si lo hago desde casa, me cuesta la mitad del sueldo!

Marianne evitó insistir y preguntarse si Papy hablaba en broma o en serio. Se puso también el abrigo y se marchó.

Sola.

24

Aguja pequeña en el 5, aguja grande en el 11

Malone durmió tres horas. Dormía mucho por la tarde, con mucha más facilidad que por la noche.

Antes de merendar, Amanda le llevó un juguete nuevo que no había visto nunca. Un avión verde y amarillo, con una hélice, ruedas azul cielo y cinco muñequitos que tenían las piernas pegadas y llevaban un casco marrón y grandes gafas negras.

¡Amanda le regalaba un juguete nuevo todos los miércoles! Los hacía aparecer como por arte de magia. Eso siempre hacía muy feliz a Malone. En los días siguientes, como aquel que dice, no se separaba de él, no contaba nada más en el mundo que ese juguete, salvo Guti, por supuesto.

Un avión Happyland esa semana, un coche de bomberos el miércoles pasado, y las semanas anteriores, un dinosaurio, un vaquero a caballo, un coche de carreras… Y cuando un juguete nuevo reemplazaba al precedente en el orden de preferencias exclusivas, Malone no dejaba de ocuparse de que cada objeto, cada personaje, cada muñeco encontrara su lugar idóneo en su universo imaginario, aun estando mezclado con otros en el fondo de una caja o tirado entre decenas más sobre una alfombra. Según un orden que únicamente Malone podía comprender, como si fuese un Dios principiante, dotado de una memoria infinita que le permitía no olvidar a ninguna de las criaturas del mundo que acababa de crear.

—Gracias —dijo Malone sin apartar los ojos del avión.

No había dicho «gracias, Mamá-nda». Ni «gracias, mamá», pese a que a ella le habría gustado mucho, de eso se había dado cuenta.

También le habría gustado a él. Llamarla «mamá».

Tenía ganas de hacerlo cada vez que le hacía un regalo, o lo besaba, o le decía «te quiero». Tenía ganas muy a menudo, la verdad.

Pero no debía.

En cuanto Mamá-nda le dio la espalda para ir a preparar la merienda, se fue al comedor, dejó a Guti en el suelo, hizo rodar el avión debajo de la mesa y luego, bien escondido entre las sillas, sacó la hoja del bolsillo.

Estaba doblada muchas veces para poder meterla en cualquier sitio sin que nadie la viese. Siempre que tenía muchas muchas ganas de decir «mamá» en lugar de «Mamá-nda» y no podía hablar de eso con Guti porque todo el mundo los oía, entonces, en esos momentos, para no hacer tonterías, desplegaba su dibujo.

Bueno, el dibujo que había hecho con mamá. El dibujo secreto, el que no le enseñaba a nadie, ni siquiera a Vasile.

Sus deditos desdoblaron la hoja de papel mientras vigilaba la puerta abierta de la cocina. Miró muy deprisa la imagen, la estrella, el árbol verde, las guirnaldas, las velas, los regalos, las tres figuras. Se detuvo un instante en la suya y la de mamá. Se había dibujado ella misma. La encontraba guapísima, con su pelo largo. Él era demasiado pequeño en aquel momento, no se reconocía en el dibujo.

El corazón le latía muy fuerte, como siempre en aquellas circunstancias, pero aun así se entretuvo en mirar detenidamente las letras que estaban arriba y abajo del dibujo, las letras que se sabía de memoria. Las había grandes y pequeñas.

Trece arriba, sobre la estrella puesta encima del árbol.

Alegre Navidad

Veintisiete abajo, junto a los regalos.

Grandes Ilusiones y Esperanzas

Su mirada se deslizó de arriba abajo; luego, muy deprisa, volvió a doblar la hoja. Mamá-nda volvía ya con la merienda en una bandeja. Incluso había una pajita puesta en su batido de fresa.

Aguja pequeña en el 6, aguja grande en el 3

Malone seguía jugando sobre la alfombra del comedor cuando Dimitri llegó a casa.

Sin prestarle atención, sin siquiera saludar, se dirigió directamente hacia el frigorífico y abrió una cerveza.

Amanda pelaba las verduras, indiferente.

Dimitri se bebió de un trago la mitad de la botella antes de pronunciar las primeras palabras.

—Tenemos que hablar.

Amanda empujó la puerta de la cocina. No lo bastante deprisa. Malone había tenido tiempo de ir a subirse a sus rodillas, de sonreírle a Papá-di, de limpiarse con el paño que estaba encima de la mesa las miguitas que tenía en la barbilla y el círculo rojo alrededor de la boca.

—Déjanos, cariño. Ve a jugar al salón con el avión.

Malone bajó alegremente al suelo. No le importaba. Él era más listo. Había dejado a Guti junto al televisor de la cocina, apoyado en la caja de plástico.

Dimitri no paraba de moverse, con la Leffe ya casi vacía en la mano.

—Me he pasado todo el día pensando. La verdad es que no tenía la cabeza en el trabajo. No tenemos elección. Hay que telefonearle.

Amanda, que hasta ese momento no se había dignado mirarlo, concentrada en las mondaduras de las zanahorias, levantó de golpe los ojos para lanzarle una mirada furibunda.

—¡Ni hablar! Estábamos de acuerdo, ¿no? Ni hablar de volver a tener contacto con él. ¿Me oyes?

Dimitri pisó, nervioso, el pedal del cubo de la basura. La botella de cristal golpeó el fondo y él despotricó contra la manía de Amanda de vaciarlo cuando solo estaba medio lleno. Abrió la puerta del frigorífico, hizo saltar otra chapa sobre la mesa y lamió la espuma que burbujeaba en el cuello de la botella.

—Hostias, Amanda, ¿no entiendes que es la única solución?

Amanda respondió con calma, pronunciando las palabras de forma seca y precisa, al mismo ritmo al que pelaba las verduras.

—El niño no contará más esas historias. He hablado con él. Me lo ha prometido.

—¡Joder, es demasiado tarde! Corren rumores por el pueblo. Parece ser que hasta la policía anda husmeando por aquí, haciendo preguntas a la gente.

Amanda se levantó y abrió el cubo de la basura. La lluvia de mondaduras no hizo ningún ruido.

—¿Y qué?

—¿Y qué? Pues que van a jorobarme. Sacarán a relucir mi ficha y los meses que estuve en la cárcel. No nos dejarán en paz.

—¿Y luego? ¿Qué van a hacer? No nos quitarán al niño por unas historias de ogros, cohetes y piratas. Déjalos, acabarán por cansarse.

—¡El psicólogo no! No puede soportar que a un niño como Malone lo críe gente como nosotros. Ha sido él quien ha avisado a la policía. Voy a llamarlo. Hay que acabar con esto. Tiene que sacarnos de la mierda…

La Leffe vacía cayó en silencio sobre un lecho de mondas de zanahoria. Amanda continuaba pelando otras verduras con el mismo gesto mecánico, pero interiormente el pánico la atenazaba.

¿Acabar? ¿Llamarlo? Para que nos saque de la mierda…

¿Tan ingenuo era Dimitri?

Mientras buscaba en vano una salida, se fijó en que a su marido le temblaba la mano al sacar el teléfono del bolsillo.

¡Dudaba!

Amanda se metió en aquella brecha.

—¿No eres capaz de solventar esto tú solo? ¿Es eso? ¿No eres capaz de verte cara a cara con al rumano y convencerlo de que nos deje en paz? —Se levantó y se plantó delante de él—. Cuando te conocí, no necesitabas ayuda.

Con un gesto instintivo, recogió el peluche que estaba al lado del televisor y lo sentó en la silla de Malone. Dimitri ya se había guardado el teléfono en el bolsillo, casi aliviado, como si en el fondo esperase una reacción así por parte de su mujer.

—Como quieras. Entonces ¿soluciono esto a mi manera? —Miró la caja de plástico pegada al televisor, la caja donde Amanda había metido los insectos desparramados por Malone, y añadió—: Si es eso lo que prefieres… Pero tengo la impresión de que se te va la olla a ti también.

Amanda detuvo la mirada en los insectos, luego en el peluche sentado, luego de nuevo en la caja de plástico. Por último, se acercó a Dimitri. El pelador de verduras en su mano cerrada, apuntando hacia Dimitri, parecía un ridículo cuchillo de teatro cuya hoja se hubiera metido en el mango.

—Puede que tenga motivos para estar chiflada, ¿no?

25

El ruido de los pasos de la comandante se alejaba. Ese fue el último que turbó el silencio de la comisaría. El teniente Pierrick Pasdeloup había apagado también la radio. Papy apreciaba esos momentos de calma en los que podía sumergirse en las pruebas de una investigación, extenderlas como si se tratara de un puzle, tomarse todo el tiempo del mundo para ordenarlas, juntarlas como un artesano tornea miles de veces un mueble, pieza a pieza, utilizando en cada etapa la herramienta apropiada.

Le gustaba dejar que su mente se evadiera unos instantes, volver a centrarla después largos minutos en los arcanos de la investigación y dejarla vagar de nuevo.

Hacia sus hijos, como siempre.

Solo tenía veinte años cuando Cédric nació. Le siguió Delphine, dos años más tarde. Sus dos primeros hijos tenían actualmente más de treinta años, vivían en el sur, se habían convertido a su vez en padres; dos hijos en el caso de Cédric, tres en el de Delphine, cinco nietos en total a los que Papy no veía casi nunca. El mayor, Florian, ya estaba cursando la enseñanza secundaria. Unos años más y se marcharía también de casa para irse a vivir más lejos aún. ¡A todo el mundo le llega su turno!

Dos fotos de cadáveres sobre la mesa. Cyril e Ilona Lukowik. Abatidos el 6 de enero de 2015 en la calle de La Mer de Deauville.

Papy se divorció cinco años después del nacimiento de Cédric. Batalló durante meses para obtener la custodia compartida de su hijo y Delphine, incluso propuso cambiar de trabajo. ¡El cabrón del juez no quiso saber nada del asunto! Durante todos aquellos años, había visto a los niños un fin de semana sí y otro no.

Haciendo un cálculo rápido, con el colegio del sábado, eso representaba menos de treinta y seis días al año, ¡uno de cada diez! Una miseria.

Cuando conoció a su segunda esposa, Stéphanie, tenía veintiséis años y ya sabía que no acabarían sus días juntos. Ella no, ella estaba enamorada. Stéphanie era demasiado joven, demasiado guapa, amaba demasiado la vida. Tenía siete años menos que él, no había estado con ningún otro hombre: con el tiempo, acabaría forzosamente engañándolo. Él se apresuró a dejarla embarazada y tuvieron dos hijos, Charlotte y Valentin.

Cuando se divorciaron, cuatro años más tarde, después de que Stéphanie se hubiera echado un amante, Papy tenía todas las cartas en la mano. ¡La responsabilidad de Stéphanie saltaba a la vista! Ella misma estaba convencida de su culpabilidad y fue Papy quien le concedió la custodia compartida. Por el bien de los niños. Un buen jugador.

Los momentos más hermosos de su vida.

El dedo del teniente Pasdeloup acariciaba la foto recortada de una diadema de rubís valorada en quince mil euros. Muy pocos, en el fondo, se habían interesado por la breve vida de los Bonnie and Clyde normandos. La investigación se había concentrado en los dos fugitivos, Timo Soler y su supuesto cómplice, Alexis Zerda. Y también en el botín, que hacía fantasear a los periodistas y lectores de la prensa local. Pero Cyril e Ilona Lukowik, una vez retirados sus cadáveres del paseo marítimo de Deauville en sendas bolsas de plástico, no habían dado más que hablar, por decirlo de algún modo. A duras penas unas visitas rutinarias de la policía de Caen a Potigny, la localidad donde sin duda se había tramado todo.

Papy conoció algún tiempo después a Alexandra, que tenía treinta años y crió a Charlotte y Valentin como si fuesen sus propios hijos, sin pedir nunca nada más, dejándole a él plenos poderes. Una madrastra perfecta que, sin embargo, acabó por rendirse a sus anhelos el año que cumplió los treinta y tres. ¡Otro hijo! El primero en el caso de Alexandra, que no ardía en deseos de tenerlos; el quinto en el de Papy.

Anaïs nació en 1996. Una princesa a la que todos adoraban. ¡SU princesa! Su ojito derecho, su única razón para levantarse todas las mañanas. Un sueño hecho realidad, hasta que cumplió los dieciocho. Bachillerato con matrícula de honor el junio pasado. Se fue a Cleveland para estudiar en una escuela de comercio de diez mil dólares al año. Se lo había suplicado, él solo vivía desde hacía dieciocho años para hacerle la vida más bella, ¿cómo negárselo? Aunque para él eso significara dieciocho años de felicidad barridos de un plumazo, arrojados al vacío, llevados por el viento.

Papy dejó a Alexandra al día siguiente de saber los resultados del bachillerato.

La encontraba, a sus cincuenta y un años, todavía sexy, elegante, libre, incluso liberada, ya sin la carga de la maternidad. Mujer a tiempo completo, por fin.

Habían formado una familia maravillosa.

Y Papy se sintió de pronto terriblemente viejo.

El teniente Pasdeloup resistía como buenamente podía el cansancio; sus ojos, puestos en el expediente, se abrían y se cerraban. Solo debía aguantar un poco más, al cabo de un cuarto de hora tendría a Anaïs en el otro extremo de la línea y eso bastaría para despejarlo.

Irguió el tronco y se concentró en los detalles de la investigación.

Timo Soler, Alexis Zerda, Cyril e Ilona Lukowik eran oriundos de Potigny, un pueblecito de la Baja Normandía conocido por haber albergado durante ochenta años las mayores minas de carbón del oeste de Francia. Un pueblo de mineros y de viviendas para mineros situado justo en medio del campo normando.

Las minas de Potigny habían cerrado definitivamente en 1989, dejando tras de sí dos generaciones de parados repartidos entre veinte nacionalidades distintas, aunque los polacos, que habían recreado en la llanura de Caen una pequeña Varsovia, eran mayoritarios.

Cuatro atracadores. Cuatro hijos de Potigny. Tres chicos y una chica. Todos parados e hijos de parados. Una pregunta mortificaba al teniente Pasdeloup: ¿cómo y por qué aquellos cuatro chiquillos que habían crecido hasta llegar a la mayoría de edad en la misma colonia obrera de su pueblo, en la calle de Les Gryzons, habían podido transformarse años más tarde en una banda organizada?

Los colegas de Caen habían removido un poco la memoria colectiva del pueblo, deambulado unas horas por las calles de Potigny, preguntado a los ancianos, y lo habían consignado todo en el informe.

Las palabras danzaban ante los ojos cansados del teniente Pasdeloup.

¿Y si los colegas de Caen hubieran pasado junto a lo esencial sin verlo?

¿Y si él era capaz de advertir lo que ellos no habían advertido, de oír lo que ellos no habían oído?

Papy estaba convencido de que la clave reposaba en esa conversión macabra. Un grupo de cuatro amigos decide asaltar unos comercios, empuñando armas, según un protocolo casi suicida. Ese proceso era lo que le interesaba más, en el fondo, que encontrar el famoso botín o demostrar la culpabilidad de Alexis Zerda.

El teniente se detuvo un momento en las fotos de los cuatro atracadores. Acercó las de los dos cadáveres hasta tumbarlos uno al lado de otro. Su convicción era más precisa todavía, pese a que, curiosamente, al parecer ningún policía se había hecho hasta el momento la pregunta. De los cuatro, Ilona y Cyril Lukowik eran los únicos cuya culpabilidad estaba demostrada, habían sido abatidos Beretta en mano, no cabía ninguna duda sobre su implicación, aunque no hubieran tenido tiempo de explicarse ante un juez o de ponerse en manos de un abogado. Sin embargo, esa versión desconcertaba a Papy.

¿Por qué esa pareja había aceptado participar en aquel comando suicida? Cyril llevaba años trabajando de descargador. Es verdad que en los últimos diez meses solo había conseguido contratos temporales, pero su pasado de pequeño delincuente había quedado muy atrás. Matrimonio. Amor. Familia. ¡El mito de los Bonnie and Clyde del estuario valía para los periodistas! Pero él y toda la policía sabían que esa pareja llevaba una vida ordenada. ¿Cómo había podido convencerlos Zerda de que se metieran en ese juego de masacre programada? A ellos y a Timo Soler.

¿En nombre de su amistad pasada en las viviendas para mineros normandas?

¿En nombre de un pacto secreto?

¿Una deuda? ¿Un contrato? ¿Una amenaza?

Papy intuía que la clave se hallaba ahí. En Potigny. Cuidadosamente escondida en su pasado. Después de todo, el pueblo estaba a menos de dos horas en coche. Lo más sencillo habría sido comprobar directamente en el lugar todo lo que estaba escrito en el expediente; pasar por el tamiz todo lo que Ilona y Cyril habían abandonado definitivamente en el escenario de Deauville: su infancia, su juventud, sus amigos, su familia…

En particular, el teniente Pasdeloup intuía que debía comprobar al menos un detalle, un detalle que la policía de Caen, que se había perdido antes que él en las minas de Potigny, había archivado en menos de treinta minutos. Un detalle que, sin embargo, en su opinión, lo cambiaba todo.

26

—¿No podías ser más rápido en contestar? He dejado sonar el teléfono como mínimo tres minutos... Tengo a la policía...

—Voy a palmarla, Alex.

Un breve silencio.

—No digas tonterías. ¿Los medicamentos no te calman?

Una tos blanda. Era una forma de respuesta. Alexis Zerda imaginó los salivazos sanguinolentos que Timo debía de escupir sobre la pantalla de su teléfono. Se pegó el suyo a la oreja. Aunque el aparcamiento del centro comercial Docks Vauban estaba desierto, seguro que uno o dos polis estaban escondidos detrás de un coche con los huevos congelados, no muy lejos, pero sí demasiado para oírle. Con decir que las olas que golpeaban el dique de hormigón del muelle de las Antillas, a menos de diez metros, prácticamente cubrían la voz de Timo...

Voz era mucho decir, más bien un estertor. Las ondas transmitían mejor el olor de muerte que el sonido.

—No aguantaré mucho así, Alex.

Solo un poco, colega. Unas horas más. Un día o dos...

—¡Lo conseguirás, Timo! Estás a salvo. La poli no puede encontrarte. A mí, en cambio, no me pierde de vista ni un momento. Imposible moverse. Así que hay que ser rápidos. No hagas tonterías, ¿eh? ¡Si pones un pie en la calle, si intentas otra vez ver a un médico, el que sea, o ir a un hospital, te trincarán!

—¿Qué propones?

Es como si Timo se hubiera descargado una aplicación «voy a palmarla» de Apple Store, pensó Zerda. No faltaba ni un detalle. El timbre ronco atravesado por un silbido continuo, la respiración lenta, el temblor de la voz y sin duda de todo el cuerpo. Sentía que hasta la más ínfima parte de la vida de Timo se alejaba.

Las olas restallaban y le salpicaron el bajo de los pantalones. Retrocedió medio metro. No más, por si los polis iban equipados con micrófonos de largo alcance, o incluso acompañados de tipos que leían los labios.

Era poco probable que dispusieran de material de ese tipo en El Havre…

—Vamos a esperar, Timo. La poli ha establecido la relación conmigo por culpa de la puta farmacia. Lo he hecho por ti, pero de momento no puedo hacer más. Debemos ser prudentes. No podemos perderlo todo ahora…

Mientras hablaba, Zerda buscaba un pretexto para colgar. Se había tranquilizado: Timo no se entregaría a la policía. Aún no. Eso le daba un poco de tiempo. Al final del espigón, después del muelle de Marsella, un yate muy poco iluminado entraba en el puerto. Como si se orientara únicamente por la luz del faro.

—¡Pásamelo!

Era una voz de mujer, un poco lejana. Zerda, sorprendido, se quedó inmóvil.

—¡Que me lo pases, te digo!

La voz perforó esta vez el oído de Zerda.

—Alexis, soy yo. ¿Te das cuenta de que Timo está muriéndose? ¿Comprendes por lo menos eso?

—¿Y qué quieres que haga? ¿Que pida una ambulancia? ¿Que me ocupe de la poli que dirige la investigación?

—¿Por qué no? Lo dejo a tu elección… Cualquier cosa que pueda distraer para que pongamos tierra de por medio.

—Dame la noche. Solo esta noche. Si dejamos que nos domine el pánico, estamos muertos…

—¿Y si Timo no se despierta?

Alexis Zerda se dejó desconcentrar por las luces azul eléctrico del yate. Cuarenta y cinco pies como mínimo. Casco de acero y cubierta de madera. Una pequeña fortuna, un puñado de millones como mínimo. Se preguntó, durante una fracción de segundo, quién vivía detrás de los ojos de buey fluorescentes. ¿Qué multimillonario podría tener ganas de amarrar su barco en El Havre, de llevar a sus putas de lujo a aquel agujero?

En cualquier caso, él no.

Se esforzó en pensar de nuevo en Timo agonizando. En su viuda deshecha en lágrimas…

—No sabes cómo te admiro. ¡Eres una chica demasiado buena para él!

Timo se dejó caer sobre las almohadas, con la espalda contra la pared en cuanto colgaron el teléfono. Era la posición menos incómoda. Había estado así horas desde el día anterior, medio sentado y medio tumbado, como un desahuciado en un asilo que ya no puede esperar de la vida nada más que la comodidad de una cama medicalizada.

—¡Qué merdoso! —exclamó la chica.

Timo se obligó a sonreír. La herida no sangraba desde hacía unas horas. Si permanecía inmóvil, ya ni siquiera le dolía.

—No tenía por qué ir a por los medicamentos.

Ella cogió una toalla de color crudo de la pila del armario, la mojó y fue a acostarse a su lado. Puso la toalla húmeda sobre las gasas escarlata que le cubrían la herida.

Timo tiritaba. Su piel parecía haberse descolorido más, como si su bronceado natural se destiñera, se volviera del color de las sábanas, de las cápsulas que tomaba, de las compresas que se acumulaban en el cubo de la basura. Hasta perder, en unos días encerrado en aquel piso sin luz, su tez morena heredada de cinco generaciones de campesinos gallegos.

Esa tez morena que a ella tanto le gustaba.

Le pasó los dedos por el pelo.

—Zerda está cagado por si sales, la poli te trinca y lo denuncias. Ese cabrón prefiere verte morir en un rincón.

—No moriré si tú me cuidas.

Su mano se deslizó por la nuca de Timo. Húmeda. Febril.

—Claro. Claro, Timo, no vas a morir.

Se inclinó sobre su hombro y no pudo contener las lágrimas. Caían sobre su torso y seguían resbalando hasta la toalla húmeda. Le habría gustado que tuviesen un poder mágico, que una sola lágrima pudiera cicatrizar sus heridas, como en los cuentos. Y un segundo después, se culpaba como una niña por tener unas ideas tan tontas.

Debía resistir.

Permaneció largo rato en la misma postura, sin moverse. Timo se había dormido. Al menos se sumía en un estado que oscilaba entre la semiconsciencia y el sueño intermitente. Finalmente, se apartó de él con infinitas precauciones, sin tocarle la piel, evitando que el colchón se moviera. Un Mikado de tamaño natural.

Un pie en el suelo. Un paso.

Los ojos de Timo se abrieron en la penumbra.

—Tienes que dormir —susurró ella.

La herida ya no sangraba. El Betadine y las compresas hemostáticas estaban al lado de la cama, junto a una botella de agua.

Ella le puso una mano sobre el hombro y le dio un largo beso en la boca. El sudor pegajoso que resbalaba por su piel contrastaba con sus labios duros y secos.

—Vamos a salir de esta, Timo. Vamos a salir de esta.

Él bajó los ojos. Luego la miró de nuevo.

—¿Los dos? ¿De verdad lo crees?

—Los tres —precisó ella.

Él no pudo disimular una contracción de dolor. Hizo una mueca y dijo:

—Paso hasta el culo de ese cabrón de Alex.

Ella no contestó. Debía limitarse a callar y esperar. Esperar a que Timo se durmiese. Pero, por un instante, se sintió decepcionada de que su novio no hubiera entendido lo que había dicho.

27

Aguja pequeña en el 8, aguja grande en el 9

Bajo el edredón, Guti se lo había contado todo. Todo lo que Papá-di le había dicho a Mamá-nda. Pero Malone no había entendido nada. Además, hoy tampoco le apetecía escuchar esas cosas. De lo que sí tenía muchas ganas era de oír su historia.
La historia de Mercurio.
Era quizá su historia preferida.
Casi habría deseado escuchar solo esa, pero no era posible. Guti le contaba una distinta cada noche. Guti hacía siempre lo que le había dicho mamá. Y él también.

En su isla, todo el mundo lo llamaba Bebé-pirata. A él no le hacía mucha gracia, sobre todo porque había dejado de ser un bebé hacía mucho, pero, como había nacido el último y sus primos crecían al mismo tiempo que él, seguía siendo el más pequeño.
Bebé-pirata vivía en una islita, una islita muy pequeña, tan pequeña que, cuando echaba a andar por la orilla del mar para salir de su cabaña y recorrer la isla, al cabo de unos minutos de paseo, en lugar de alejarse, empezaba ya a acercarse a casa.
Pese a ello, Bebé-pirata no se aburría. Sus primos y él trepaban a las palmeras para coger cocos, aunque él, Bebé-pirata, no tenía permiso para subir hasta las ramas más altas

—Cuando seas mayor —decía su mamá.

También jugaba con sus primos al escondite, aunque resultaba difícil encontrar nuevos escondrijos en una isla tan diminuta. Así que se enterraban en hoyos hechos en la arena, madrigueras de conejos o cuevas al borde del agua, salvo Bebé-pirata, que no tenía permiso para meterse entero.

—Cuando seas mayor —decía su mamá.

Así que muchas veces Bebé-pirata se entretenía con la única persona de su edad, Lily. Como él, Lily vivía en una cabaña construida sobre pilotes por encima del mar, una cabaña que lindaba con la suya, y desde que habían nacido, sus camas estaban colocadas contra la misma pared de bambú que separaba las dos viviendas. Lily era tan guapa que Bebé-pirata solo tenía un deseo: casarse con ella.

—Cuando seas mayor —decía su mamá.

Una vez al año, por Navidad, una vez al año solamente, a Bebé-pirata le era útil ser tan pequeño.

Ese día, se subía sobre los hombros de su papá (él era el único pirata de la isla al que su papá podía llevar aún sobre los hombros) para colocar la gran estrella arriba de todo del árbol adornado con bolas y guirnaldas.

—Hasta que te hagas mayor —le advertía su mamá.

Un día, Bebé-pirata se hartó de esperar a ser mayor y de dar vueltas a la isla. Así que se subió al gran barco que estaba amarrado en la playa y se fue. Él solo.

Hacía apenas diez segundos que se había alejado cuando hizo un descubrimiento extraordinario.

¡Su islita redonda no era una isla, sino un planeta!

¡Su barco pirata no era un barco, sino un cohete!

¡El mar que rodeaba su isla no era el mar, sino el cielo!

«Mejor que mejor», se dijo Bebé-pirata. Un cohete avanza mucho más deprisa que un barco de vela. Un cohete va a la velocidad de la luz. Así que viajó años luz.

A bordo del cohete había un pequeño GPS en el que figuraba la dirección de todos los planetas, hasta el más pequeño de la galaxia más lejana. Bebé-pirata solo tenía que seguir las indicaciones.

«Después del tercer satélite, gire a la derecha en dirección a la Vía Láctea. Manténgase a la izquierda durante tres años luz.»

«Antes de llegar al agujero negro, dé media vuelta.»

«El trayecto incluye lluvia de meteoritos. ¿Desea continuar? Sí-No.»

El GPS indicaba también los soles de cada galaxia, y bastaba pasar suficientemente cerca de uno de ellos, apenas unos segundos luz, para que el cohete se cargase de energía solar. El GPS incluso estaba equipado con un sistema de limitación de velocidad, aunque eso era una tontería, porque nadie puede sobrepasar la velocidad de la luz.

Bebé-pirata viajó durante veinte años luz. Suficiente, se dijo, para no ser ya un bebé. Entonces regresó a su planeta.

Cuando puso pie a tierra, todos sus primos, su mamá, su papá y Lily corrieron a echarse en sus brazos.

Sus primos se habían convertido en adultos altos y barbudos, su mamá y su papá casi se habían convertido en la abuelita y el abuelito, y Lily se había convertido en la más guapa de las princesas. Todos tenían veinte años más que cuando los había dejado. Bebé-pirata se acordaba de las palabras de su mamá, tiempo atrás: «Cuando seas mayor».

¡Ya lo era!

Eso al menos creía Bebé-pirata...

Porque aún no se había dado cuenta, pero había olvidado un detalle, un detalle de lo más tonto pero que lo cambiaba todo: ¡cuando uno viaja a la velocidad de la luz, se desplaza igual de deprisa que el tiempo y no envejece!

Bebé-pirata había pasado veinte años en el cohete, pero no había envejecido ni un solo día.

¡El tiempo había pasado para todo el mundo menos para él!

La situación era incluso peor que antes, pues ninguno de sus primos quería ahora trepar a las palmeras con él, se habían vuelto serios y fuertes, y se limitaban a hacer caer los cocos zarandeando el tronco; él era el único que podía seguir metiéndose en las madrigueras de conejo y las cuevas, pero nadie quería ya jugar al escondite con él; cuando llegó la Navidad, su padre le explicó que estaba demasiado viejo y cansado para sostenerlo sobre sus hombros a fin de que pusiera la estrella arriba de todo del árbol; en cuanto a Lily, ¡una princesa tan guapa jamás podría casarse con un Bebé-pirata que tenía veinte años menos que ella!

Bebé-pirata se había vuelto el pirata más triste de la galaxia. Por más vueltas que le daba al asunto, no encontraba ninguna solución. ¡No la había! Se sentía solo, el pirata más solo de la galaxia. Y sin embargo, por increíble que pueda parecer, muy pronto se encontraría aún más solo.

Una mañana, se despertó y todo el mundo se había ido. Todo el mundo, sus primos, sus padres, Lily, todos habían subido a bordo del cohete y emprendido el vuelo.

Sin él. ¡Lo habían abandonado!

Entonces Bebé-pirata se echó a llorar. No lo entendía. Lloró durante tres días y tres noches en una cueva, antes de subirse a la palmera más alta de la isla, puesto que ya no había nadie que le prohibiera hacerlo.

Y desde allí arriba, vio que habían escrito una palabra enorme en la playa, incluso reconoció la letra de su mamá. Había escrito: «Espéranos».

Así que Bebé-pirata esperó. Fue muy valiente, tuvo mucha paciencia, se portó muy bien y permaneció miles de días completa-

mente solo en su isla, lejos de sus padres, de sus amigos y de su novia.

Había acabado por entenderlo.

Y una mañana, exactamente veinte años después, el cohete regresó y aterrizó.

Lily fue la primera en bajar. No había envejecido ni un solo día, mientras que durante ese tiempo, solo en su isla, Bebé-pirata se había convertido en un pirata tan alto y fuerte como todos sus primos, que salían del cohete.

Lily y él tenían exactamente la misma edad y se casaron al día siguiente.

—Ahora que sois mayores —había reconocido mamá.

Y cuando llegó la Navidad, Bebé-pirata, a quien ahora ya nadie llamaba así, se agachó, levantó a su anciano papá y lo sentó sobre sus hombros para que pudiese poner la gran estrella arriba de todo del árbol con guirnaldas.

Entonces, su papá se inclinó y le susurró al oído estas palabras: «Es difícil comprenderlo cuando uno es pequeño, pero presta atención: cuando quieres a alguien, cuando lo quieres de verdad, a veces hay que atreverse a dejar que se vaya lejos. O saber esperarlo mucho tiempo. Es una verdadera prueba de amor, la única tal vez».

La historia había terminado. Malone se dejó acunar por las estrellas proyectadas en las paredes de su cuarto. Como todas las noches, cuando Guti se callaba y se dormía, la marca regresaba. Primero no era más que una sombra imprecisa, como la que formaría su mano si la pasara por delante de una luz. Pero sus dos manos estaban bien escondidas bajo el edredón.

No era la suya.

Poco a poco, cuando sus ojos se habituaban, la forma se hacía más clara, aparecían todos los dedos, exactamente como en los dibujos que habían hecho con Clotilde mojando sus manos en los platos con pintura, los que estaban pegados con celo en las ventanas del colegio.

Después de que todos los dedos se hubieran formado, venía el color. Un solo color. Rojo. En todas las paredes del dormitorio.

Malone cerraba entonces los ojos para no verlo. Para que desapareciese, como las estrellas en las paredes, como los planetas y el cohete que brillaban por encima de él, como la habitación, como todo.

Y todo desaparecía en la negrura, incluso Guti.

Salvo la mano roja.

Antes de que todo lo demás se volviera rojo también.

28

Hoy, Laurent me ha dicho que ya no me quiere.
Ganas de matar
Al mundo entero, excepto a él y a mí.

Condenada: 15
Absuelta: 953

www.ganas-de-matar.como

Vasile Dragonman dejaba que el agua caliente corriera sobre su piel desnuda. Se había convertido en una costumbre, una obligación, casi una obsesión.

Darse una ducha después de hacer el amor.

Las contadas veces en que no había tenido ocasión de ducharse, por haberlo hecho en plena naturaleza, entre dos puertas o dos lavabos, había tenido la sensación de que las huellas de dedos, labios y sexo se grababan en su cuerpo de forma indeleble. Que, si no las borraba enseguida, penetrarían definitivamente en su propia carne, se fundirían con él y le harían perder una parte de su identidad, de su intimidad.

Al cabo de un momento, se maldecía. Psicólogo. Pirado. Complicado. Incapaz hasta de apreciar, si no lo teorizaba, el contacto de su piel con la de una chica guapa.

Ella abrió sin pudor la puerta de cristal de la ducha.

Llevaba puesto solo un saruel naranja con motivos africanos. Torso desnudo. Senos libres. Melena atada. Aspecto de lugareña de los cuentos de Kirikú. En versión europea. Piel de leche. Esa reminiscencia de sus primeras fantasías de niño lo turbó todavía un poco más.

—Creo que te han enviado algo.

Le tendió su teléfono móvil. Él cerró el grifo.

¡Un SMS!

Limpió con el pulgar el vaho que cubría la pantalla.

Una idiotez, seguro, pero quiero confiar en usted.
Consciente de la urgencia, haré cuanto pueda.
Contacte conmigo en cualquier momento.
Marianne

—¿Tu comandante otra vez?

Vasile se limitó a hacer unos gestos de consternación, como un niño pillado en falta que niega toda responsabilidad.

¡Irresistible!

Aun así, no era una razón para pasar por alto el mensaje de la poli.

—¿Un SMS a las doce de la noche? ¡Quiere ligar contigo!

La joven era consciente de que su mohín de amante enfurruñada era peor interpretado que la sonrisa ingenua e inocente de Vasile.

—La necesito. Le sigo el juego.

—¿Por el crío? ¿Ese que habla con su peluche?

—Sí.

Vasile dejó el teléfono encima del lavabo y retrocedió hacia la ducha. El chorro brotó de nuevo. Ella se colocó a su lado bajo la cascada ardiente, sin quitarse siquiera el saruel. Bastaron unos segundos para que la tela de algodón formase una segunda piel que teñiría sus nalgas y sus muslos, tatuaría elefantes, jirafas y cebras en su cuerpo de alabastro.

La chica pegó la boca mojada a su cuello, jugueteó con su vello moreno.

—¿Lo verás mañana por la mañana en el colegio?

—Sí. Si me dejan.

—¿Pueden impedírtelo?

—Sí, desde luego… Todos. Sus padres, el colegio, la policía…

—Te necesita. Hace semanas que solo me hablas de eso. Dices que tú eres el único con el que se abre. Que avanzas con infinitas precauciones. Que, si se cierra como una ostra, ya no habrá nada que hacer.

La joven vertió un poco de gel de ducha en el hueco de su mano, se frotó las palmas y las apoyó, abiertas, en sus hombros, para desde allí deslizarlas por su cuerpo.

Él retrocedió. Sus manos se metieron bajo el saruel, entre dos pieles. Golpeó con el muslo el grifo de la ducha y, suavemente, bajo la presión de las caricias coco-vainilla, lo hizo girar unos centímetros hacia la izquierda.

De caliente, el agua pasó a templada.

—A no ser que esa sea la mejor solución, Vasile. Dejar que ese niño olvide su trauma.

Vasile tenía el cuerpo de un estudiante más inclinado a elegir Ciencias de la Actividad Física y el Deporte que Psicología. Opción rugby. Músculos finos de apertura. Los dedos femeninos seguían las curvas de su torso, aventurándose entre sus abdominales.

Ella continuó susurrando:

—Si un fantasma duerme en su cabeza, ¿no hay que dejarlo encerrado en su calabozo para siempre?

Vasile soltó la respuesta antes de que su respiración se acelerara:

—Has olvidado una etapa.

El agua pasó de templada a fría. No se movieron.

—¿Qué etapa?

—Antes de condenar a cadena perpetua a ese fantasma, de condenarlo a vivir en una de las celdas de la cabeza de Malone, mi trabajo es encontrarlo, mirarle directamente a los ojos, domeñarlo. Enfrentarme a él, en caso necesario…

Ella se puso de puntillas para susurrarle al oído, después de haber cortado ágilmente con el pie el flujo de agua helada.

—Peligroso, ¿no?

En el cuarto de baño sonaron tres notas electrónicas.

—¿Otra vez la mujer policía?

Vasile se anticipó al mohín provocativo con una sonrisa de contrariedad y, sin mirar, cogió el teléfono de encima del lavabo.

Su expresión cambió de golpe.

—¿Algún problema?

Él levantó el teléfono a la altura de sus ojos.

Número desconocido

Una foto y un mensaje.

Primero, la foto.

En la pequeña pantalla, veían en primer plano una tumba de mármol cuya cruz destacaba sobre un cielo rojo, pero la perspectiva no permitía distinguir las palabras y las cifras grabadas en la lápida.

¿La sepultura de un desconocido? ¿La tumba de un niño? ¿Un panteón familiar?

Leyeron el mensaje que seguía:

Tú o el niño. Todavía puedes elegir.

La joven se mordió los labios. De pronto, las gotas heladas acababan de triunfar sobre su piel tensa de deseo.

—¿Qué vas a hacer?

—No lo sé. Llamar a la policía.

—¿A tu policía?

Él apoyó las nalgas desnudas en el borde del lavabo.

—No lo sé. Joder, ¿qué significa esto?

Ella estaba de pie frente a Vasile. Guapa. Sus largos cabellos goteaban sobre sus pechos desnudos. Sobre sus piernas de sabana. Tan guapa como el día que la había conocido en casa de Bruno. Despacio, estiró la goma elástica del saruel. Pero su gesto no tenía nada de erótico, parecía más bien un ritual primitivo, un encantamiento.

Bajó la tela unos centímetros, lo suficiente para dejar al descubierto el nacimiento del pubis. Con pudor, sin provocación, como cuando un médico te pide que te bajes los pantalones para tocarte las ingles.

Su dedo índice rodeó el ombligo para bajar luego por su vientre liso.

—Mírame, Vasile. Mírame y escúchame. ¿Ves este vientre? No llevará nunca un niño. ¿Ves este útero? Ninguna vida saldrá nunca de él. Quizá no te parezca ni el momento ni el tema apropiado, y tranquilo, no voy a darte ningún detalle sórdido, esta noche ya has tenido tu dosis, tengo la impresión, pero es para decirte que, al contrario de lo que afirma el cabrón que te ha enviado ese mensaje, no tienes elección.

Vasile la miraba, incrédulo, incapaz de reflexionar. Diez años de práctica como psicólogo y otros diez de estudios teóricos antes no lo iluminaban para interpretar el encadenamiento de los sucesos.

—¡Protege a ese niño, Vasile! Protégelo, solo te tiene a ti para salvarlo. ¿Lo entiendes?

No, no lo entendía. Ya no entendía nada. Pero ella tenía razón como mínimo en una cosa: ya no tenía elección.

La rodeó con los brazos y mintió:

—Lo entiendo, Angie, lo entiendo.

JUEVES
El día del valor

29

Aguja pequeña en el 11, aguja grande en el 6

—Malone, escúchame bien, es importante. Tienes que hablarme de tu secreto, si quieres que te crea. Tienes que explicarme cómo te cuenta Guti todas esas historias.

Malone no contestó. Su mirada no se apartaba de la mesa escolar que lo separaba del psicólogo, dirigida hacia un punto invisible, como si la respuesta hubiera sido escrita ahí y luego borrada. Guti, entre sus rodillas, no estaba más hablador, aunque su sonrisa rosa y sus ojos risueños no parecían afectados por la pregunta del psicólogo escolar.

—Debo saberlo, Malone.

Vasile titubeó. El vínculo de confianza que había trenzado entre ese niño y él era tan delgado como un hilo de nailon. Si se rompía, todos los recuerdos de ese crío se escaparían como las cuentas de un collar de perlas roto. Con todo, era preciso tensarlo. Con una precaución infinita.

—Si quieres volver con tu mamá, quiero decir con la de antes, debes ayudarme, Malone.

El niño no levantó la cabeza. Prisionero de su silencio. Se limitaba a apretar el peluche entre los muslos, como si ese muñeco fuese la única persona capaz de acudir en su ayuda abriendo de repente la boca solo para demostrarle a ese psicólogo lo limitado que era su universo imaginario.

El peluche gris permaneció, sin embargo, callado.

Vasile tiró más del hilo.

—Guti debe abrirse a alguien más, Malone, no solo a ti, ¿comprendes? Debe hablar con una persona mayor.

Malone miró a su peluche. Vasile tuvo la impresión de que le preguntaba su opinión. ¿Se comunicaban quizá por telepatía? Tal vez todos los niños hacían eso con sus juguetes y perdían ese poder mágico al crecer.

Estaban cara a cara en la mesa de Clotilde desde hacía ya casi una hora.

—Tómate el tiempo que necesites, Malone, el que necesites.

Mientras hacía una pausa, observó el despacho de dirección repleto de cuadernos, grandes hojas de papel multicolores, botes llenos de rotuladores y lotes para la kermés amontonados en cajas de cartón.

Clotilde pasó por el pasillo, detrás de él, sin dirigirle una mirada. Tres cuartos de hora antes, se había hecho un café sin ofrecerle a él. Después había dejado que la cafetera siguiera vertiendo líquido, como una especie de desafío.

Vasile levantó los ojos hacia el reloj de pared. Faltaban quince minutos para que llegaran las madres, y entonces sería demasiado tarde. ¿Tendría otra oportunidad de hablar con Malone?

El niño parecía seguir suplicándole a su peluche que lo ayudara. Pero Vasile, en contra de toda deontología, debía acelerar las cosas.

—Malone, escúchame. ¡Un peluche no puede hablar, ni siquiera el tuyo! Lo sabes perfectamente.

El niño se mordió los labios revolviéndose en la silla. Por lo menos Vasile había avanzado un paso, acababa de provocar un choque en el cerebro de Malone, de activar un engranaje que acabaría por hacerlo reaccionar. Solo había que esperar. Un poco.

El psicólogo escolar bajó los ojos hacia la mesa. Había tres hojas extendidas delante de él. Las había imprimido esa mañana, a dos columnas.

A la izquierda, preguntas, fotos, símbolos.

A la derecha, las respuestas que había anotado en las últimas semanas.

Columna de la izquierda, un barco pirata sacado de un libro de Astérix.

Columna de la derecha, la reacción de Malone.

No, mi barco de pirata no era como ese. Era más negro, y sin esa cosa en el centro.

¿El mástil? ¿Sin el mástil? ¿Es eso lo que quieres decir? Y era negro, pero ¿cómo?

Vasile había tanteado largos minutos antes de conseguir una respuesta precisa.

Negro, completamente negro, como un barco de guerra.

Columna de la izquierda, un castillo, el de Pierrefonds, con sus fosos, su puente levadizo y su crestería de almenas, torres y torreones.

No, las torres eran más anchas, y menos altas. Sin todo eso.

¿Sin todo el qué, Malone? ¿Sin los tejados en pendiente? ¿Sin las esculturas? ¿Sin los agujeros en las piedras?

Vasile había dibujado siete esbozos, y todas las veces Malone movía negativamente la cabeza. Hasta que el psicólogo, después de haber agotado todas las formas arquitectónicas posibles, había trazado cuatro redondeles alineados.

○○○○

Los ojos de Malone se habían iluminado.

¡Sí, así!

Vasile levantó los ojos.

La lluvia azotaba la ventana del despacho. Veía, al otro lado del cristal, cómo se agrupaban los paraguas delante de la verja del colegio. En el pasillo se oía el ajetreo de los niños cogiendo abrigos y bufandas, los más pequeños poniéndose de puntillas. Pasados unos minutos, Malone se le escaparía entre los dedos.

Sin embargo, estaba a punto de conseguirlo.

Malone iba a ceder, Vasile lo presentía. Decidió tirar más fuerte aún del hilo invisible.

—Guti te habla dentro de tu cabeza, ¿es eso, Malone? ¡No te habla de verdad! Guti es un juguete, no está vivo, no puede contarte cuentos todas las noches. No puede…

—¡Sí!

Malone no dijo nada más. Brazos cruzados. Boca cerrada.

Aunque se moría de ganas de demostrarle a la persona mayor sentada frente a él que estaba equivocado.

Unos minutos más, Vasile solo necesitaba unos minutos. Se desinteresó de nuevo del niño y miró sus notas.

Columna de la izquierda, un cohete. Vasile se había descargado una foto del Ariane 5.

¡Es ese!

¿Estás seguro? ¿Has visto este cohete? ¿Lo has visto despegar?

Sí. Sí sí sí. Estoy seguro. Me acuerdo. ¡Es ese!

El psicólogo escolar se levantó para apagar la cafetera y cortar el lento gota a gota que desgranaba los segundos como un viejo y ruidoso reloj de péndulo.

—Tu mamá está a punto de llegar, Malone. La que tú llamas Mamá-nda. Vas a volver a casa. Si no me dices enseguida cómo habla Guti contigo…

Sorprendentemente, durante un breve instante, la imagen macabra de una tumba pasó ante los ojos de Vasile, la que un desconocido le había enviado la noche anterior al móvil. Había dudado entre mandarla a la papelera o trasladarla al móvil de la comandante Augresse.

Sin tomar ninguna decisión. En otro momento.

—¿Tienes sed, Malone?

Llenó un vaso de agua y lo puso delante del niño.

Las doce menos cinco.

No tenía elección, el tiempo se le acababa, debía arriesgarse a que el hilo se rompiera. Cogió una silla, se sentó al lado del niño, se inclinó hasta situarse a la altura de sus ojos.

—Van a impedirme que te siga viendo, Malone. Si no me cuentas ahora tu secreto, el secreto de Guti, nunca volverás a ver a tu mamá.

Malone lo miró fijamente.

Esta vez había tomado una decisión. Vasile comprendió, sin que el niño pronunciase una palabra, que había ganado.

Lentamente, Malone cogió a Guti. Sus manos rebuscaron entre su pelo, como para hacerle caricias, en el lugar preciso en que este cambiaba de color, entre el gris de su barriguita redonda y el color crudo del resto de su pelaje.

Tiró. Despacio.

Vasile no daba crédito a sus ojos.

La barriga de Guti se abría.

Un simple velcro, escondido. La costura era perfecta, invisible. Resultaba imposible adivinar su presencia, ni siquiera teniendo a Guti en la mano. Y de todas formas, ningún adulto tocaba nunca ese peluche.

Los deditos de Malone registraron las entrañas de espuma. Sacaron del interior primero unos pequeños auriculares para niño, unidos a sendos cables enmarañados, negros, que él desenredó minuciosamente. A continuación desenrolló otro cable, fino y negro también, este sin duda de alimentación. Después de una nueva exploración a tientas, extrajo de la barriga de Guti un minúsculo lector de MP3.

De tres centímetros de largo y unos milímetros de grosor, y con una pequeña pantalla retroiluminada en casi toda su superficie.

Malone, orgulloso, exhibió el lector de música ante Vasile.

Instintivamente, el psicólogo escolar inclinó la silla para llegar a la puerta del despacho y empujarla con el pie.

—Es fácil —explicó Malone—, solo hay que acordarse de los colores. De los colores y de los dibujos.

Con una agilidad asombrosa, pulsó uno tras otro los cinco botones del aparato.

El triángulo verde. Para escuchar a Guti.

Las dos rayas. Para hacer callar a Guti.

El redondel rojo. Para que Guti escuche y le cuente después.

Y las dos flechas, cada una en un botón, que se dan la espalda. Para ir adelante y atrás por la memoria de Guti.

—Para elegir el cuento adecuado por la noche, ¿no, Malone?

—Sí.

A Vasile le temblaron ligeramente las manos. La explicación era tan evidente… De una simplicidad… infantil.

Siete archivos. Uno por noche. Siete historias, para escucharlas siempre en el mismo orden. Imposible equivocarse, ni siquiera siendo un niño de tres años.

—¿Y te ha enseñado a utilizarlo tu mamá? ¿Tu mamá de antes? ¿Ha sido ella quien ha fabricado el corazón de Guti y lo ha escondido? ¿Ha sido ella quien te ha pedido que escuches una historia de Guti cada noche? ¿Es la voz de tu mamá la que oyes? ¿Es eso?

Malone asentía con la cabeza tras cada pregunta. Parecía haber crecido dos años en dos minutos. Vasile no tenía tiempo de analizar las alucinantes consecuencias de lo que acababa de saber.

¿Por qué imponerle semejante ritual a un niño de tres años?

¿Cómo había podido Malone esconderle su secreto a Amanda Moulin?

¿Qué contenían esas historias? ¿Cuál era su significado codificado? ¿Qué consecuencias habían tenido en el cerebro en plena construcción de ese niño?

Y sobre todo…

Vasile le pasó una mano por el pelo a Malone, una manera como otra cualquiera de intentar calmar su temblor.

¿Qué locura había podido inspirar semejante estratagema?

Oyeron los pasos demasiado tarde. La puerta se abrió. Pero Malone había sido más rápido. La costumbre. El instinto. Al mismo tiempo que le dedicaba una sonrisa tranquilizadora a Clotilde, escondió los auriculares y el lector de MP3 entre sus rodillas y dejó a Guti boca abajo sobre la mesa.

—¿Va todo bien, Malone?

Un sí tímido. Natural.

El hombre es un animal dotado para la mentira.

La directora lanzó una mirada hostil hacia la cafetera apagada, pero no hizo ningún comentario. Se volvió hacia el niño.

—Tu mamá ha llegado. ¿Sales al pasillo a ponerte el abrigo?

—Ahora va —respondió Vasile en un tono conciliador—. Estamos terminando.

Se puso a ordenar ostensiblemente sus notas sobre la mesa mientras Clotilde se encogía de hombros y salía. La lluvia, fuera, arreciaba. Esta vez Malone no pudo evitar una reacción de terror.

Vasile se acercó a él y susurró.

—Tienes que darme el corazón de Guti, Malone. Tengo que escuchar yo también lo que dice.

Malone tenía miedo. Un miedo causado por la lluvia. Causado por lo que le pedía Vasile.

—Ya sé que lo has prometido. Se lo has prometido a tu mamá. Pero yo no se lo contaré a nadie…

Las rodillas del niño se abrieron poco a poco. Su manita tendió el lector de MP3 y los dos cables que colgaban entre sus dedos como hilos de regaliz.

La mano del psicólogo se cerró sobre la del niño. Permanecieron así largos segundos, tomándose tiempo para sellar el pacto secreto que en adelante los uniría, sin cruzar ninguna palabra más.

Vasile sintió de pronto que le caía una inmensa responsabilidad sobre los hombros, como si ese niño acabara de poner en sus manos su propio corazón, caliente y palpitante.

El timbre sonó.

Aquello pareció sacar a Malone de su terror. El niño cogió nerviosamente a Guti y lo estrechó contra su corazón.

—Le devolveré el habla —susurró Vasile—. Se la devolveré, te doy mi palabra a cambio… —Sentía que lo que le estaba diciendo no tenía mucho sentido. Cerró la mano sobre el lector de MP3—. Guti simplemente va a dormir un poco. A descansar. No te preocupes, mañana te lo devuelvo cuando vengas al colegio. Te lo prometo. Estaré aquí y te devolveré su corazón.

Malone había ido a ponerse el abrigo. Vasile lo miró desaparecer al final del pasillo, dar un respingo cada vez que pasaba bajo uno de los velux de plástico azotados por la lluvia. Entre los enigmas ocultos en el fondo del cerebro de ese niño, estaba el del pánico a la lluvia, así como el frío permanente que lo envolvía nada más salir al exterior y que lo obligaba a taparse más que los otros niños.

¿Se hallaban todas las respuestas en las historias que escuchaba Malone? Vasile presentía que, por el contrario, esas grabaciones iban a oscurecer todavía un poco más el misterio.

Una monitora que había salido de la sala de juegos se acercaba a la verja del colegio para abrirla. El psicólogo sacó el móvil del bolsillo antes de guardarse los auriculares negros y el lector. Deslizó un dedo por la pantalla táctil para consultar los últimos mensajes recibidos.

Angie. 9.18
Un emoticono sujetando un globo rojo en forma de corazón.
Te quiero. Cuídate.

Desconocido. 0.51
Una tumba sobre un cielo rojo.
Tú o el niño. Todavía puedes elegir.

Se estremeció. Pasó febrilmente con el dedo al mensaje anterior.

Desconocido. 23.57
Una idiotez, seguro, pero quiero confiar en usted.
Consciente de la urgencia, haré cuanto pueda.
Contacte conmigo en cualquier momento.
Marianne

Sin dudarlo, presionó sobre el icono «devolver la llamada».

Amanda Moulin estaba delante de la verja del colegio, bajo un paraguas negro, en medio de las madres, más interesadas en hablar entre ellas que en escuchar a su hijo contar lo que había hecho durante el día.

En el momento de salir al patio, Malone se detuvo, incapaz de bajar el escalón de la clase.

Delante de él se abría un precipicio bajo un furioso aguacero.

Tuvo la impresión de permanecer allí una eternidad, implorándole con los ojos a Mamá-nda, allí al fondo, detrás de la verja, con las otras madres.

Una mano se posó en su espalda.

Vasile. Se había acercado en silencio por detrás de él. El psicólogo lo empujó suavemente observando el delgado hilo de agua que corría por el arroyo, delante de la clase, alimentado por las últimas gotas del chaparrón.

—Anda, ve…

Malone siguió sin moverse. Observaba, petrificado, el cielo gris.

¡Esta vez, Amanda había reaccionado! Cruzando la línea que prohibía a los padres entrar en el patio, fue hasta la clase. Sin dirigirle una sola mirada a Vasile Dragonman, levantó el paraguas por encima de la cabeza de su hijo.

—Ven, cariño, vamos a casa.

Oía a su espalda la protesta sorda de las madres respetuosas del reglamento del colegio.

¡No puede una entrar sin más en el patio del colegio para ir a buscar a su hijo! Ese crío podía andar perfectamente treinta metros bajo la lluvia...

¡Amanda pasaba de ellas!

El psicólogo también parecía intimidado, plantado como un poste detrás de Malone, con la mirada huidiza y las mano hundidas en los bolsillos de los vaqueros como si acabara de birlar un caramelo en una tienda. Amanda levantó finalmente los ojos hacia él.

—Deje a mi hijo tranquilo. ¡Ya está bien! Soy capaz de protegerlo yo sola.

La mano de Vasile se crispó dentro del bolsillo de los pantalones.

—Yo solo intento ayudar a Mal...

—Déjelo —repitió ella, más fuerte que antes—, se lo suplico. —Las conversaciones se habían interrumpido al otro lado de la verja abierta—. Déjelo, señor Dragonman —añadió en un susurro—, o provocará una desgracia.

30

La comandante Marianne Augresse esperaba. Nerviosa. Sus ojos acechaban, alternativamente, la parada del tranvía justo enfrente, los coches que desfilaban por el bulevar George V e incluso los Optimist y 420 que navegaban por la dársena del Comercio.

¿Por dónde vendría?

¿Y cuándo?

Detestaba esperar con esa incertidumbre, sentirse vulnerable, dependiente, cuando su vida cotidiana habitual consistía en dar órdenes a diestro y siniestro y decidir sola en qué ocupaba cada uno de sus minutos. Sobre todo allí, justo delante de la comisaría.

Dos agentes, Duhamel y Constantini, bajaron la escalera y pasaron por delante de ella sin siquiera mirarla. No tenía ni idea de adónde iban. Eso la sulfuró todavía más, esa falta de control sobre las idas y venidas de sus hombres, sobre todo teniendo en cuenta que andaba corta de efectivos para llevar todos los casos simultáneamente.

La noche anterior se había visto obligada a renunciar a mantener permanentemente un agente delante de la casa de Alexis Zerda. El último se había marchado hacia las once y otro tomaría el relevo a las seis de la mañana. No podían tener a un policía pegado a ese tipo las veinticuatro horas del día durante semanas, cuando no tenían nada concreto contra él. Por no hablar de Papy, que no paraba de darle la tabarra desde primera hora con...

La Guzzi California frenó en seco delante de la comisaría. La comandante no reconoció a Vasile Dragonman hasta que este se quitó el casco. Su pelo moreno alborotado le daba un aspecto de cuervo desplumado bajo la lluvia.

—Llega tarde, señor Dragonman.

Vasile no se molestó en contestar. Se limitó a bajar de la moto, acercarse a la comandante y alargar el brazo hacia ella hasta que pudiera ver el objeto que tenía en la mano.

Un lector de MP3.

—El niño no se ha inventado nada —susurró Vasile.

En unas palabras, la puso al corriente de las revelaciones de Malone: el lector escondido dentro del peluche, las historias que el niño escuchaba noche tras noche con los auriculares puestos, en el secreto de su cama. Un lector que había prometido devolverle al niño al día siguiente, en el colegio.

La comandante Augresse apoyó una mano en el capó del coche más cercano.

—¡Demonios! Esto es surrealista...

—En realidad, no tanto.

La mano de la comandante se crispó.

—Le veo venir, va a salirme otra vez con lo de los fantasmas y que el cerebro de un niño es tan fácil de modelar como una bola de arcilla. Pero yo le hablo de otra cosa, de este lector de MP3 y ese peluche. ¿El niño creía de verdad que el peluche le hablaba?

—Yo diría que sí. En fin, la verdad es que es más complicado. Tiene relación con teorías de la psicología del desarrollo del niño todavía en debate.

—¿Teorías que yo soy demasiado tonta para entender?

Vasile, sorprendido, frunció la frente.

—No, ¿por qué?

—¿Demasiado racional, entonces? ¿Demasiado policía? ¿Poco madre? ¿Poco mujer?

El psicólogo titubeó, mirando a Marianne. Saltaba a la vista que se sentía más cómodo con las neurosis de los niños que con las de las chicas.

—No lo sé, comandante.

Se hizo un silencio.

—¡Bueno, pues empiece! ¡Explíquemelas!

Vasile respiró hondo antes de lanzarse.

—Veamos, la pregunta que hay que hacerse, si queremos comprender la relación de Malone con su peluche, es a partir de cuándo los niños fingen o, más exactamente, tienen conciencia de que fingen.

«Empezamos bien», pensó Marianne frunciendo el entrecejo, sin atreverse a pedirle al psicólogo que se lo repitiera.

Vasile le dirigió una mirada indulgente y lo formuló de otro modo.

—Digamos, para partir de un ejemplo concreto, que desde los cinco años aproximadamente una niña que juega con muñecos sabe que juega con muñecos, que lo que tiene entre sus brazos es un juguete, aunque lo acune y lo mime como si fuese un bebé de verdad. Ha tomado conciencia de la diferencia fundamental entre la realidad y la percepción de esa realidad, y puede jugar con esa diferencia a través de los códigos sociales. ¿Hasta aquí me sigue, comandante?

Marianne asintió y el psicólogo continuó.

—Yo finjo que le doy el biberón a mi muñeco, pero soy consciente de que no bebe de verdad y de que no se va a morir si no lo alimento. Sé que es simplemente un juguete, aunque no haya nada más importante en el mundo para mí que ese muñeco, aunque mis padres entren en mi juego y hablen de ese muñeco como de una persona real. El juego sirve para eso: imitar, codificar, transgredir... En cambio, antes de... digamos los tres años, los niños no tienen conciencia alguna de la diferencia entre la realidad y su percepción de esa realidad. Por ejemplo, la vida y la muerte no existen realmente para ellos, un oso de peluche está tan vivo como el que han visto en el zoo. De la misma forma, lo verdadero y lo falso no son nociones que ellos puedan diferenciar, las cosas existen o no existen, eso es todo; imposible, por ejemplo, tener una mamá verdadera y una falsa. Un niño de menos de tres años tendrá una mamá y, en algunos casos, otras figuras femeninas que se ocupan de él: una niñera, una tía, una amiga…

Marianne aprovechó que Dragonman necesitaba tomar aire para hacer de alumna aplicada:

—Entonces, si lo he entendido bien, para el pequeño Malone el peluche le hablaba de verdad, aunque él mismo pulsara los botones.

Vasile meneó la cabeza como si tratara de sopesar cada una de las palabras de su respuesta para no ofenderla.

—No es tan sencillo, comandante. Como le he dicho, esa toma de conciencia de la propia percepción en los niños, ese distanciamiento cognitivo, empleando la terminología especializada, se produce por regla general entre los dos y los cinco años. Pero ¿en qué momento tiene lugar ese cambio fundamental? Entre dos y cinco años, se les regala a los niños los mismos juguetes destinados a estimular la imaginación, la manipulación, la cognición. En la mayoría de los casos, juguetes de imitación: un coche, casas, disfraces de médico, de bombero, de princesa, de pirata… Montones de expertos en marketing y pedagogos trabajan en ello, y todas las Navidades se les regala a los niños juguetes supuestamente educativos para dar y vender. El niño nunca ha recibido tantos estímulos, pero la mayor parte del tiempo seguimos sin saber nada de su caja negra ante todos esos objetos de colores inventados para él. ¿Juega o no? ¿Sabe que juega? ¿Juega porque nosotros entramos en su juego? ¿Porque quiere entrar en el nuestro? —El psicólogo hizo una pausa antes de continuar, como si la comandante, frente a él, fuese una estudiante que intentara tomar notas de sus apasionadas explicaciones—. Volviendo al caso de Malone, este asunto me parece clarísimo. A sus ojos, Guti no es ni un objeto inanimado ni un ser vivo dotado de sentimientos; esas palabras no tienen sentido para él, no es capaz de establecer esa diferencia. Evidentemente, Malone no tiene en absoluto conciencia de que su apego por Guti está relacionado exclusivamente con la proyección de sus propias emociones sobre ese peluche. Pero un niño de tres años tiene conciencia de lo que está prohibido y lo que no lo está. La gran diferencia entre Guti y un peluche corriente no es que hable, escuche y cuente historias; para Malone, muchas otras cosas lo hacen también: un televisor, una radio, un teléfono… La diferencia fundamental es que la mamá de Malone le ha prohibido revelar el secreto de su peluche, decir que habla, escucha y cuenta historias. Y un niño, incluso muy pequeño, sabe hacer eso muy bien: obedecer. No tiene ninguna conciencia de lo que está bien o mal, eso llega mucho más tarde, aunque hay que explicárselo lo antes posible, pero sabe lo que se le permite hacer y lo que no, como cualquier animal al que se adiestra. Todo se complica después, cuando se trata de hacer coincidir el bien y el mal con lo que está permitido o prohibido. Pero, afortunadamente para él, Malone todavía no ha llegado a esa etapa.

Una sonrisa satisfecha y dos ojos revoltosos pusieron fin a la exposición. Mientras había durado, la comandante prácticamente se había desentendido de las idas y venidas de sus compañeros delante de la comisaría. Aquel hombre la fascinaba, a no ser que fuese simplemente una pasión por cualquier discurso referido a la temprana infancia. Quizá un psicólogo viejo, calvo y bizco la habría subyugado igual, si hubiera desarrollado las mismas teorías.

—De acuerdo —dijo Marianne, esforzándose en centrarse en elementos más pragmáticos—. Le sigo en lo que concierne a Guti y retiro la palabra «surrealista». Según usted, ¿desde cuándo dura esta… relación secreta con Malone?

—Unos diez meses, sin lugar a dudas, lo que significa que Malone ha escuchado cada una de esas historias más de treinta veces, que se han convertido en su realidad, la única que conoce, en el fondo.

—Junto con su vida cotidiana —matizó Marianne— Junto

con su colegio, su familia. —Observó el lector de MP3 en el hueco de su mano—. ¿Le ha dado tiempo a escucharlo?

—Sí. No es largo. Siete historias de unos minutos cada una.

—¿Y qué le parece?

Dos agentes que regresaban a la comisaría saludaron a la comandante, lanzando una mirada un tanto sorprendida a la Guzzi aparcada con una rueda encima de la acera y al tipo que hablaba con su jefa.

—Sigo sin tener ninguna certeza. Pistas, solo pistas. Se repiten siempre las mismas obsesiones: el bosque, el mar, el barco, las cuatro torres del castillo. De forma codificada, pero también más precisa. He podido avanzar sobre los lugares posibles. Dentro de unas horas debería haber recorrido los escasos lugares que corresponden a la casa donde Malone vivía antes.

Se inclinó hacia el portaequipajes. La comandante pensó que iba a desplegar su mapa anotado delante de la comisaría.

—A no ser —dijo, un poco cortante— que se trate de recuerdos totalmente fabricados. Que el pequeño Malone no haya vivido nunca a orillas del mar o junto a un bosque...

—¡No! Todo esto tiene sentido, coherencia. Lo intuyo. Mi trabajo es descubrirlo. El suyo, en cambio, es...

Sin terminar la frase, abrió el portaequipajes con una llave minúscula.

—Tengo otro regalo para usted, comandante.

Sacó, envuelto en un pañuelo de papel, un vasito para niño en el que se reconocía al hada Campanilla y sus amigas.

—Malone ha bebido en él esta mañana.

—¿Y qué?

—Es la única manera de saber si los Moulin son sus padres, ¿no? Hacer una prueba de ADN. Eso debería ser pan comido para usted.

La comandante suspiró, volviéndose hacia la dársena del Comercio. Unos niños con chalecos salvavidas de color naranja esperaban para subir a bordo de los Optimist. Sus gritos se mezclaban con los graznidos de las gaviotas.

Vasile aguardó. Decepcionado por la falta de reacción de Marianne. Paradójicamente, justo cuando le ponía pruebas delante de las narices, la comandante parecía menos sensible a su número de encantamiento.

—No, no es pan comido, señor Dragonman. Hace falta una demanda oficial para realizar un análisis como ese, una orden dictada por un juez.

El psicólogo escolar levantó el tono. Puesto que el encantamiento ya no funcionaba…

—¿Y va usted a retroceder ante el artículo 36 bis del código de buena conducta del policía francés perfecto? ¿Es que no lo entiende? ¿Qué cree? Facilitándole todas estas pruebas, he contravenido las reglas más elementales del secreto profesional. ¡He corrido riesgos, comandante! Enormes riesgos…

La imagen de la tumba apareció ante sus ojos. La comandante, sin embargo, no pareció nada impresionada.

—¡Pues no corra ninguno más, señor Dragonman! Porque, bien pensado, su único argumento ya no vale. —Observó el lector de MP3 en el hueco de su mano—. ¡Ya no hay ninguna urgencia! Ahora sabemos que el pequeño Malone Moulin no olvidará sus recuerdos. Están almacenados en su disco duro. Se trate o no de los suyos, además.

La mirada de Vasile se detuvo también en los niños que estaban en la ensenada. Unos reían, otros lloraban. Varios permanecían apartados del grupo, paralizados ante la visión de los pequeños veleros a los que debían subir.

—Comandante, ese niño tiene pesadillas casi todas las noches. No cierra los ojos porque prefiere la noche oscura a la pantalla roja que está detrás de sus párpados. Cree que las gotas de lluvia son de cristal y cortan, que lo destrozarán si le alcanzan. ¿Y me dice que ya no hay ninguna urgencia?

Había levantado más la voz en el momento en que Benhami, Bourdaine y Letellier entraban, subiendo los escalones de cuatro en cuatro, la mano sobre el arma en el cinturón.

Intuiciones contradictorias se agolpaban en la cabeza de Marianne. Presentía que no debía dejar que la escena se alargara. No de esa manera. Y sobre todo, no allí. Delante de la comisaría. Con ese tipo. Sola. Sin siquiera un cigarrillo en la mano que le proporcionara una excusa.

La mano de la policía se abrió a la altura del pecho del psicólogo.

—Deme ese vaso. Y analizaremos el MP3. Si es necesario, pediremos a la fiscalía que abra una investigación preliminar. —Hizo una pausa—. Seremos rápidos y eficientes, no tema.

Vasile Dragonman desplegó una sonrisa de vencedor cargado de razón. Cuando se puso de nuevo el casco, Marianne no pudo evitar recorrer con los ojos sus vaqueros ajustados, su cazadora marrón y sus ojos a juego, que desaparecieron tras la pantalla.

Terco, listo, impertinente, seguro de sí mismo y arrogante.

Exactamente como a ella le gustaban los hombres.

Con el MP3 en la mano, se obligó a ordenar los pensamientos dispersos por su cerebro desde la mañana. Pese a la promesa que le había hecho al psicólogo escolar, debía conservar el sentido de las prioridades.

Atrapar a Timo Soler.

Y contestar a Papy. Al teniente Pasdeloup se le había metido entre ceja y ceja realizar una contrainvestigación sobre Ilona y Cyril Lukowik. Zonas de sombra, había dado a entender misteriosamente. Quería remover la tierra de un surco que la policía de Deauville y de Caen ya había cavado, sin ningún resultado, hacía semanas. Papy era otro de esos hombres: terco, listo, impertinente, seguro de sí mismo y arrogante.

Con la diferencia de que a este lo necesitaba, aquí y ahora.

—Comandante...

Marianne levantó los ojos.

Era Dragonman. Aún no se había ido. Pantalla del casco levantada. Solo sus ojos, como dos rayos láser.

—Tengo que hacerle otra pregunta. Quizá pueda ayudarme.

—¿Sí?

—Le parecerá rara. Me obsesiona desde hace semanas y no encuentro una respuesta satisfactoria. Sin embargo, tengo la impresión de que es esencial. Casi la clave de todo, posiblemente…

—Adelante —dijo la policía, exasperada.

Vasile sacó del bolsillo una fotografía.

—Es Guti, el famoso peluche de Malone Moulin. En su opinión, ¿este peluche qué animal es?

La pregunta dejó a la comandante desconcertada.

Al cabo de un instante, el psicólogo arrancó la Guzzi California y se alejó por el bulevar George V. Desapareció rápidamente, el tráfico era fluido. No lo bastante, sin embargo, para que se fijara en el Ford Kuga que salía de los estacionamientos laterales y se adentraba en la calle unos segundos después que él.

31

Graciette Maréchal tardaba una eternidad en guardar las monedas.

Todas las mañanas compraba en el Vivéco una barra de pan y una pieza de bollería, nunca la misma, y sus manos de nonagenaria temblaban lo indecible mientras metía cada céntimo de euro en el monedero. Esa mañana más aún que las otras, pensaba Amanda detrás de la caja. O quizá eran imaginaciones suyas.

Nada había cambiado en Manéglise en la última semana, nada cambiaba nunca en aquel pueblo, de hecho. Mismos clientes en el súper, mismo saludos, mismos periódicos comprados, mismos juegos rascados, mismos reniegos, mismos rituales, mismo tedio. Y sin embargo, esa mañana era como si todo hubiese dado un vuelco.

O quizá eran imaginaciones suyas.

Tenía la impresión de que esos clientes solo iban para espiarla, de que compraban los periódicos locales solo para descubrir una información sórdida sobre ella, de que entablaban conversación solo para tenderle una trampa.

¿Una simple impresión?

Mientras Amanda le tendía una barra de pan a Oscar Minotier, un obrero de Saint-Jouin-Bruneval que llevaba diez minutos esperando detrás de Graciette, otro cliente entró y se dirigió hacia los expositores de periódicos, con un anorak azul marino cuyo cuello le subía hasta las orejas. Era la primera vez que lo veía.

Amanda desconfiaba de todo.

Todo corría deprisa en un pueblo de menos de mil habitantes. Las casas, los jardines, sus setos, sus vidas, todo eso no era más que paja, hierba seca y ramas muertas. Bastaba una chispa, una cerilla para que todo ardiera, una empleada del ayuntamiento que oye un fragmento de conversación a la salida del colegio, una maestra que habla un poco más fuerte de lo debido, una vecina que le abre la puerta de su casa a un desconocido fisgón, y se declaraba un incendio imposible de detener.

Un incendio interior, invisible. El rumor.

Las madres de familia le sonreirían un rato más tarde, cuando fuera a buscar a Malone. Como todos los días. Como si tal cosa. Pero ella no se dejaría engañar.

Amanda había frecuentado hasta el último rincón de Manéglise desde su infancia, había pasado más horas en el banco de la parada de autobús del ayuntamiento, bajo la marquesina, que en las sillas del colegio. Conocía ese aburrimiento que, en pueblos como aquel, lo invade a uno en la adolescencia y ya no lo abandona nunca, esa rutina que es como una gangrena de los sueños, esas cosas sin importancia que acaban adquiriéndola porque la menor alteración de la normalidad se convierte en un suceso extraordinario. Para bien: una boda, una herencia, un viaje. O para mal: un enviudamiento, unos cuernos, un accidente de tráfico.

Un niño que cuenta que su madre, sí, su mamá, usted la conoce, trabaja de cajera en el Vivéco, pues, como le decía, su hijo, de tres años, le cuenta a todo el mundo que su madre no es su madre.

Una gangrena.

Una fatalidad.

32

Marianne, con los auriculares metidos en los oídos, no oyó entrar a Papy.

Guti acababa de encontrar su tierra prometida. De las nueces, las bellotas y las piñas olvidadas bajo la arena había nacido el más hermoso y tupido de los bosques.

—¡Marianne! ¡MARIANNE!

El teniente volvía a la carga. Puesto que nada se movía en El Havre, él insistía en que le dieran un pase de salida. La comandante se puso los auriculares a modo de collar.

—¿Qué demonios vas a hacer en Potigny?

—Ahí es donde Ilona y Cyril Lukowik están enterrados.

—¿Y qué?

—También nacieron ahí. Igual que Timo Soler y Alexis Zerda. Ahí crecieron todos, ahí viven todavía los padres de Cyril Lukowik.

—¡Eres un coñazo, Papy! Si los colegas de Deauville o de Caen se enteran de que vas detrás de ellos pasando la escoba…

Pasdeloup era un tocacojones, pero también un excelente investigador. Más imaginativo que metódico. Le suplicaba con sus ojos de poli al borde de la jubilación que busca su momento de gloria antes de retirarse, de viejo futbolista en el banquillo que quiere salir al campo en la prórroga para meter el gol que clasifique a su equipo.

La comandante deslizó sobre la mesa una foto. El teniente Pasdeloup miró, sorprendido, la instantánea del peluche: una especie de rata gris y ocre, de hocico rosa y puntiagudo, ojos negros y pelaje ajado.

—¡Toma, esto te tendrá entretenido! Averigua qué animal es. Si das con ello, te regalo un billete para Potigny.

Papy no tuvo tiempo de pensar, de negociar o de protestar. J.B. había descerrajado la puerta del despacho. Con el semblante descompuesto y los brazos caídos del portador de malas noticias. Más que malas, pésimas.

—¡Hemos perdido a Zerda! Ha llamado Bourdaine. Lo seguía frente al Espace Coty. Zerda estaba de compras. Al parecer, había mucha gente. El tiempo de encender un cigarrillo, y ya no lo ha visto salir.

—¡Será idiota! —gritó la comandante, quitándose los auriculares del cuello.

J.B. intentó calmar el cabreo de su superior.

—Según Bourdaine, no hay manera de saber si Zerda le ha dado el esquinazo o ha sido algo involuntario.

—¡Pero bueno! ¿Acaso cree que Zerda no se ha dado cuenta de que lleva a la policía pegada al culo? ¡Mierda! ¿Cuánto hace que lo ha perdido?

—Una hora más o menos…

—¿Y no ha llamado hasta ahora?

—Pensaba que lo encontraría y…

La comandante se llevó las manos a la cabeza.

—¡Esta vez se ha superado a sí mismo! ¿Pensaba que Zerda había ido a reservarle un sitio en la terraza del Lucky Store? ¡Joder! Hay que triplicar las patrullas en el barrio de Les Neiges. En el fondo, quizá Bourdaine nos haya hecho un favor. Si Zerda se arriesga tanto, es que quiere ponerse en contacto con Soler. Puede que no tenga elección, si su amigo ya no soporta el dolor. Poned en alerta a todos los médicos y todas las farmacias de la ciudad.

J.B. desapareció enseguida. Antes de seguir a su compañero, Papy se quedó un momento indeciso, observando la extraña foto que tenía en la mano, un peluche gris de mirada dulce que daba la impresión de ser un inocente perseguido por una policía enloquecida.

En el Vivéco, el tipo del anorak azul marino estaba concentrado en su revista.

Wakou. Para los pequeños curiosos de la naturaleza de entre 4 y 7 años.

Nada que justificara su actitud temerosa de adolescente que mira chicas en bolas en una revista para adultos. En otras circunstancias, Amanda lo habría encontrado divertido.

¡Un policía! Las buenas amigas habían disfrutado describiéndolo. Mechón rubio a un lado, largo cuello de jirafa, dedos finos de pianista… o de estrangulador.

¡Un aprendiz de policía más bien! Aparentemente, recién salido de la escuela. Había fisgado por todo Manéglise con la discreción de un vendedor de persianas enrollables a comisión.

Amanda clavó una mirada asesina en la suya. En el peor de los casos, interpretaría aquello como la reacción de una empleada que hace su trabajo. ¡Si quieres leer, paga! Pero lo más probable es que le metiera un poco de canguelo, que lo disuadiera de ir demasiado lejos, de acercarse más de la cuenta a ellos.

A ella. A Dimitri. A Malone, sobre todo.

Era evidente que ese imberbe había hecho un buen trabajo. Un buen trabajo de mierda… Las vecinas, las buenas amigas no se habían hecho de rogar para hablar con el vendedor de persianas enrollables. Para dejarlo entrar en su casa. Nada que vender, todo oídos.

Una mujer puso delante de Amanda el resguardo del paquete que iba a buscar. El establecimiento hacía también de depósito para todas las ventas por correspondencia habidas y por haber. Amanda sabía que, para sobrevivir, aquellas tiendas rurales no tenían más remedio que venderse al comercio en línea, el cual, antes o después, acabaría con ellas.

Le pasó el paquete a la mujer por encima de la caja y le hizo firmar. En el fondo, le tenía sin cuidado, ya no estaría allí cuando el último comercio del pueblo cerrase. Levantó los ojos y fulminó de nuevo al joven policía que hojeaba otra revista con su aire de falso pervertido.

Ahora *Tobbogan*.

¡No encontrarás mejor plan!

15.53

¡Más le valía a Carole no retrasarse en ir a tomar el relevo! Y hoy más que nunca. Amanda quería llegar puntual, antes que las demás, a la verja del colegio. ¡Para enfrentarse a la jauría! Podían decir, pensar y chismorrear todo lo que quisieran.

Nadie tocaría a Malone.

Nadie le quitaría a su hijo.

—Comandante, soy Lucas…

Marianne Augresse estaba aparcando el Megane delante de la farmacia Le Hoc.

—¿Es urgente?

—Bueno, estoy en Manéglise. En la parada del autobús. Ha sido usted quien me ha pedido un informe oral dos veces al día.

La comandante inspeccionó con la mirada las aceras desiertas de la calle Le Hoc. De forma puramente automática. Había ordenado que otros dos coches de policía vigilaran los alrededores de la farmacia y que cinco más peinaran las calles de Les Neiges.

Si Zerda aparecía…

—Adelante. Ve al grano. ¿Tienes alguna novedad?

—Alguna, sí. Hizo bien en pedirme que rascara en relación con los Moulin, comandante. Detrás de la pintura de fachada, aparecen marcas inesperadas.

—¡Te he dicho que vayas al grano!

—Bien, digamos que existen algunas pequeñas diferencias entre la versión que la familia Moulin nos ha servido y la que se descubre al profundizar un poco. Amanda Moulin, por ejemplo, es verdad que trabaja en la tienda de comestibles del pueblo desde hace seis años, pero estuvo tres con un permiso de maternidad y no se reincorporó a su puesto hasta el pasado junio.

Marianne se mordió los labios. Buscó desesperadamente en los grandes bolsillos de su chaqueta una agenda y un bolígrafo.

—¿Eso significa que ha tenido al niño en casa, en una burbuja, durante todo este tiempo? —preguntó, contorsionándose en el asiento del conductor. La agenda se había metido por dentro del forro. ¡Tres horas de fitness a la semana para ser incapaz de levantar el culo apoyado sobre un faldón de la chaqueta!

—No exactamente, comandante. Tengo un montón de testigos que han visto a Malone desde que nació. De bebé y no tan de bebé. Su médico, amigos, habitantes del pueblo. En cambio, el crío no ha tenido niñera. Ni ha ido a una guardería. En realidad, no hay ninguna en este poblacho.

—Entonces, Malone no ha tenido ningún contacto con otros niños hasta que ha empezado a ir al colegio, ¿es así?

—Exacto, comandante.

—¡Deja de decir «comandante» cada tres palabras, ganaremos tiempo! Has dicho «por ejemplo» al referirte al permiso de maternidad de Amanda Moulin, ¿tienes otra información nueva?

—Sí, detalles bastante raros. ¿Se acuerda de que al principio le dije que los vecinos veían a veces a Malone en una bici, siempre con su casco, paseando por la urbanización? Al final de la plaza Ravel hay un estanque, con patos que van allí a hacer el nido en primavera. Es bastante bonito, mmm… Marianne. Un rincón agradable para fundar una familia. No demasiado lejos de El Havre, no demasiado caro y…

Los dedos de la comandante se cerraron por fin sobre un bolígrafo al fondo del bolsillo. De buena gana lo habría clavado en la mano del policía en prácticas, si lo hubiera tenido delante.

—¡Desembucha!

—Ok, Marianne, lo siento. Resumiendo, los Moulin como que cortaron los puentes hace unos meses. Digamos desde este invierno. Se acabaron las comidas o visitas familiares, cosa comprensible, puesto que todos los miembros de su familia cercana viven a varios cientos de kilómetros de Normandía, con excepción de los padres de Amanda, que viven en el cementerio de Manéglise. —La comandante suspiró—. Los Moulin ya no invitaban a amigos a su casa, y las raras veces que iban a casa de colegas, era siempre sin el niño. Ninguna visita más tampoco a la consulta de Serge Lacorne, el médico del niño. Otro detalle les ha parecido extraño a los vecinos, cuando han pensado bien en él. Este invierno veían a veces a Malone fuera, en el jardín, montado en la bici, frente al estanque, con el gorro tapándole las orejas y la bufanda tapándole la nariz; pero, cuanto mejor tiempo hacía, cuanto más alargaban los días, menos salía el niño. Vale, es verdad, ese tipo de urbanización, cuando hace sol, es un poco Chernóbil, todo el mundo se larga a la playa. Pero aun así…

La comandante, tras una última ondulación de pelvis, renunció a recuperar la agenda. Sus dedos índice y pulgar habían asido otro objeto atrapado al fondo del bolsillo.

—Resumiendo, Lucas, los Moulin, sobre todo ella, han protegido a su criatura hasta los treinta meses, llevando una vida social digamos que mínima. Y a partir del momento en que cumple tres años, apagón total.

—Con la excepción del colegio desde septiembre, Marianne…

Casi prefería cuando la llamaba comandante.

—Con la excepción del colegio —repitió Marianne—. Pero la enseñanza infantil es obligatoria a partir del año en que el niño cumple los cuatro. No matricularlo en el colegio del pueblo sería la mejor manera de atraer la atención sobre él…

Sus dedos índice y pulgar sacaron con precaución el objeto del fondo del bolsillo.

—Mmm…, Marianne, tengo que decirle otra cosa importante.

—Por favor, Lucas, evita llamarme Marianne. Ni siquiera los agentes que llevan treinta años en la casa me llaman así.

—De acuerdo, mmm… señ… Creo que me ha visto…

—¿Quién? ¿Amanda Moulin?

—Sí.

—¿Y qué? ¡Somos policías, no agentes secretos!

—¿Usted cree, mmm… señora Augresse?

Marianne suspiró de nuevo y colocó el objeto frente a ella.

—Amanda Moulin te odiará, eso seguro. ¡Te odiará a muerte por haber fisgado en su vida privada! Pero de ahí a matarte por eso…

Colgó sin esperar la respuesta. Impaciente, bajó los ojos para ver mejor al hada Campanilla y sus amigas volar por el cielo de la calle Le Hoc.

Dejó que su mirada se perdiera a través del vaso apoyado en el salpicadero, el vaso en el que Malone había bebido esa mañana.

¿Y si Vasile Dragonman tuviera razón?

¿Y si la solución más sencilla fuese abrir una investigación oficial y efectuar un análisis normal y corriente de ADN?

33

Aguja pequeña en el 8, aguja grande en el 10

Malone lloraba. Mamá-nda estaba sentada en la cama, a su lado, pero él no podía decir por qué estaba tan triste.

No podía decirle que Guti estaba dormido, tal vez para siempre.

Que su corazón ya no latía, que su boca ya no hablaba. Que ahora era como todos los demás juguetes.

No obstante, debía parar de llorar. Parar de sorber por la nariz, coger un pañuelo, secarse las lágrimas y sonarse. Debía hacerlo porque, si no, Mamá-nda no se iría nunca. Se quedaría allí haciéndole mimos, diciéndole que lo quería mucho, que era su cielo, su tesoro, que era un niño muy mayor. Se quedaría allí hasta que se hubiera calmado.

Y él no quería eso.

Él quería quedarse a solas con Guti.

Esa noche, ya que su peluche no podía hablar, le tocaba a él contarle una historia. Su historia. A través de los ojos mojados, veía el pequeño cohete sobre el planeta caramelo. El más grande de todos.

Era el día de Júpiter. El día de la fuerza. El día del valor.

Mamá-nda no se iba. Seguía allí, pegada a él. La sentía respirar, casi como si se hubiera dormido. Pero no, de cuando en cuando su mano se movía y lo acariciaba, su boca decía «chisss…»

sin siquiera mover los labios. A veces también lo besaba en el cuello diciendo que era tarde, que debía emprender el vuelo hacia el país de los sueños.

Malone lo había entendido. Había entendido que esa noche Mamá-nda se quedaría en su cuarto hasta que él se durmiera.

Así que se puso él también a hablar sin mover los labios, a hablar dentro de su cabeza. A lo mejor Guti lo oía, cuando hablaba dentro de su cabeza.

Se sabía de memoria la historia de Júpiter.

Era la más importante, mamá se lo había repetido una y otra vez. Esa es la que tendría que recordar cuando llegara el momento oportuno.

El momento de emprender el vuelo. No hacia el país de los sueños, como quería Mamá-nda.

El momento de emprender el vuelo hacia el bosque de los ogros.

En ese momento, Malone debería demostrar más valor que en toda su vida. «Solo hay una manera de escapar de los monstruos, de que no te lleven a su casa.» Después, sería demasiado tarde; no se puede saltar de un avión. «Para escapar de ellos, solo hay una manera —había dicho mamá—, solo hay un lugar donde jamás podrán encontrarte.»

Y mamá le había hecho prometer que pensaría en eso todas las noches dentro de su cabeza. Que repetiría las palabras, se las diría a Guti, pero nunca le hablaría de eso a nadie más.

TODAS LAS NOCHES.

Pensar de nuevo y siempre en ese escondrijo.

El más secreto de todos. Y sin embargo, el más fácil del mundo.

34

Hoy, en la estación de servicio, no he tenido huevos para decirle a mi familia que ya no me quedaba dinero ni para llenar el depósito de gasolina. El primer día de vacaciones, esa noticia no habría causado buena impresión.
Ganas de matar
Los 20 euros me han llegado para echar 11,78 litros… al suelo, y encima el cigarrillo que acababa de encender.

Condenado: 176
Absuelto: 324

www.ganas-de-matar.com

La ronda incansable de la luz del faro del cabo de La Hève iluminaba la pared del acantilado exactamente cada doce segundos.

Vasile había contado mentalmente los segundos. Disponía de una potente linterna, suficiente para pasar por encima del pretil del mirador y avanzar sobre la hierba calcícola que descendía hacia el vacío, pero no lo bastante para iluminar la costa arenosa, abajo de todo, y el mar de tinta.

Doce segundos.

Vasile dirigió la linterna hacia su Guzzi, estacionada entre dos bancos blancos, un poco apartada del aparcamiento desierto. Un viento glacial le cortaba la respiración. No tan violento como para tumbar la moto, que descansaba en la pata de apoyo, pero demasiado fuerte para permitirle consultar de nuevo su mapa. Se conformó con visualizar en su cabeza los círculos de color, las rayas y las flechas, todo ese lento y paciente trabajo de cruzado de los indicios.

Había comprado otro mapa a primera hora de la tarde, copiado el resultado de sus hipótesis anteriores, y pasado buena parte del día escuchando una y otra vez las historias de Guti, auriculares en los oídos y rotuladores en mano, interrumpiendo la reproducción con frecuencia, volviendo atrás, tomando nota de las diferencias, de las evidencias, a fin de delimitar el lugar en el que coincidiera el mayor número de recuerdos de Malone. El menor denominador común, pensó Vasile, avanzando entre los oscuros enebros.

Allí.

En aquella jungla de zarzas en las que se enganchaban las mangas de su cazadora de piel. Una Bering casi nueva. Hecha ya una pena, probablemente...

¿Qué demonios hacía ahí?

La imagen fugaz del mensaje de amenaza pasó de nuevo ante sus ojos, el ataúd sobre el acantilado, tan frecuente y regular en su cerebro como el destello cegador del faro.

Avanzó con prudencia. La linterna no iluminaba a más de tres metros. La hierba estaba resbaladiza. No tenía ningunas ganas de agarrarse a tientas a las ramas cubiertas de espinas.

Intentó ahuyentar a los diablos razonables que le susurraban que diera media vuelta, montara en la moto y se largara a todo gas en busca de las luces de la ciudad. Pensar en Malone lo ayudó.

Malone perdido en la puerta de su clase, aterrorizado, tiritando, incapaz de pasar bajo un ridículo hilo de lluvia, de afrontar las últimas gotas de un chaparrón.

Vasile se había prometido echar solo un vistazo, hacer una comprobación. Si sus intuiciones se confirmaban, si estaban todos los elementos, no volvería, ni siquiera a plena luz del sol. Se limitaría a telefonear a Marianne Augresse. Ante tantas coincidencias, no tendría más remedio que ir, que intervenir.

El resplandor de la linterna escudriñó los matorrales. La maraña de ramas no le permitía distinguir bien dónde acababa la planicie y dónde empezaba el abismo. Por un instante imaginó que, si de la manera más tonta caía allí, en aquel rincón inaccesible del litoral, nadie lo encontraría hasta pasados varios días. Habría que esperar a que su cadáver, a merced de las corrientes marinas, acabara por embarrancar en algún lugar del estuario, en una playa, contra uno de los muelles del puerto, embalsamado en petróleo salado y momificado entre bolsas de plástico.

Esta vez fue la imagen de Angie lo que lo ayudó a rechazar aquella nueva imagen morbosa. El deseo de enviarle un SMS. Para tranquilizarse. Para tranquilizarla. Que se reuniese con él en el apartamento de la Résidence de France. No tardaría mucho en llegar, le había asegurado. Ir y volver en moto a menos de cinco kilómetros de El Havre.

El cling del mensaje que partía hacia su amante rompió el silencio. Vasile aprovechó para mirar la hora.

22.20

Las gaviotas dormían. El mar parecía susurrar.

Doce segundos.

El haz luminoso atravesó la maleza, deslumbró a Vasile, continuó su recorrido hacia el norte e iluminó durante una fracción de segundo la playa en plena marea baja.

Cuatro torres. Alineadas.

¡El castillo de Malone!

El corazón de Vasile latía a toda velocidad. Había acertado.

La luz seguía corriendo y ya volvía. El psicólogo amusgó los ojos, se concentró, miró el mar que se acicalaba con lentejuelas doradas durante una puesta de sol intermitente.

El barco pirata.

Negro.

Partido en dos.

Vasile trató de controlar su nerviosismo.

El fogonazo siguiente iluminó las extrañas casas y luego, detrás, la pared desnuda.

¿Sombras? ¿Ogros?

¿Se podía vivir ahí?

¿Había podido vivir Malone ahí?

¿No seguía indicios que le habían dejado a propósito, sirviéndose del cerebro de un niño como de una piedra de Rosetta todavía tierna?

Se quedó allí un rato, intentando medir las distancias exactas, calculando el número de kilómetros que lo separaban del aeropuerto, de Mont-Gaillard, de Manéglise. Se daba cuenta de que, en el fondo, localizar ese sitio no le hacía avanzar gran cosa sin ayuda de la policía. Sin una orden para registrar una a una esas cabañas de ultratumba. ¿Acaso el fantasma de la mamá de Malone se encontraba aún allí, y con él, el secreto de su nacimiento?

Esperó un cuarto de hora largo antes de regresar a la moto. Al final había encontrado un paso más despejado que le permitía evitar las zarzas. La linterna iluminó un círculo de ceniza sobre el cual había tres latas de cerveza y una decena de colillas. Algunos rastros más de vida, clandestinos y efímeros.

Estaba muy cerca del aparcamiento, apenas oculto por una última pantalla de enebros, cuando sonó el aviso de la llegada de un mensaje a su teléfono.

Angie.

Siete palabras. Y varias faltas.

Be con cuidado porfa. Tespero casa. Kiss

Vasile sintió que un calor interior lo envolvía, como una suave energía que accionaba un motor silencioso, una maravilla de tecnología que le aceleraba el corazón, los pasos, las ganas de regresar cuanto antes al bulevar Clemenceau, de acurrucarse entre los brazos de Angie.

Enamorarse de una peluquera…

Sus ojos se detuvieron un poco en la foto de Angie en la pantalla del móvil.

Pero era justo eso lo que estaba sucediéndole.

Esbozó una sonrisa mientras seguía andando. Matas de hinojo y col marina crujían bajo sus pies.

Sonrisa congelada.

Su pulgar se crispó sobre el teléfono para hacer desaparecer a Angie en la oscuridad.

¡La Guzzi estaba tumbada en el suelo!

Un animal muerto abandonado en el asfalto, esa fue la primera imagen que le vino a la mente a Vasile. Se acercó corriendo. El viento soplaba a su espalda, a ráfagas, le inflaba la cazadora, pero no era tan potente como para derribar una moto de trescientos kilos.

El débil resplandor de una farola, a una distancia de un centenar de metros, iluminaba vagamente el aparcamiento. Vasile se agachó junto a la Guzzi para evaluar los daños. Las hipótesis se multiplicaban en su cerebro, sin que este se tomara tiempo de seleccionarlas.

¿Un accidente? ¿Una amenaza? ¿Un tipo que había derribado deliberadamente la moto con su coche? No, lo habría oído. Y habría marcas del impacto. ¿Un hombre, entonces, que había ido hasta allí solo y en silencio? ¿Con qué finalidad?

Vasile volvió a observar la carcasa cromada. No olía a gasolina. No tenía ninguna abolladura. El asfalto no parecía haberle hecho más rasguños a la moto que las zarzas a la cazadora.

Respiró largamente, dejó que su corazón recuperase un ritmo normal. Seguramente había colocado mal la pata de apoyo, no se había fijado en la pendiente del aparcamiento. El canguelo. La precipitación. ¡Qué idiota! No estaba hecho para esa clase de aventuras… «Pasarle cuanto antes el marrón a la policía», pensó. «Y reunirme con Angie.»

Amarla.

Dejarla embarazada.

Esa fue la última imagen que le vino a la mente, no tenía rostro.

Antes de la oscuridad.

El olor. El dolor.

Vasile era incapaz de calcular cuánto tiempo había estado inconsciente.

¿Unos minutos? ¿Más de una hora?

El dolor en la nuca era atroz, le electrizaba las cervicales y toda la columna, hasta la zona inferior de la espalda, pero no era nada comparado con el peso que le aplastaba las piernas. Trescientos kilos. Que le trituraban las rodillas y las tibias con una tenaza de cromo y chapa. Vasile lo había intentado en vano. ¡Imposible mover la Guzzi!

Atrapado. El casco había rodado por el aparcamiento, estaba a unos metros.

Vasile apoyó bien las manos, una en el manillar, la otra en el carenado, y empujó. Más. Bastaba con desplazar unos centímetros la moto para quedar libre, para que el dolor fuese menos intenso, al menos, en espera de que alguien acudiera en su ayuda.

Inspiró profundamente.

El olor de gasolina penetró hasta sus pulmones. Como una invisible nube ácida que lo quemara todo a su paso. Garganta. Tráquea. Caja torácica.

Tosió. Debía liberarse también por eso. Estaba sumergido en un charco de gasoil. Sin duda una buena parte de los treinta litros del depósito. Lo había llenado en el 24 horas de Mont-Gaillard de camino hacia allí.

Cerró los ojos, contó hasta veinte, lentamente, tomándose el tiempo necesario para distender los músculos, bíceps, tríceps y deltoides, antes de abrirlos de nuevo y empujar la Guzzi con toda la energía que le quedaba.

Repetiría la operación hasta la extenuación total. Hasta el amanecer.

No iba a quedarse atrapado como una mariposa clavada con un alfiler.

Inspirar a fondo, pese a todo, pese al olor de gasolina, y luego contener la respiración.

Abrir los ojos.

Empu…

Al principio Vasile creyó que se trataba de una estrella, o de la baliza roja de un avión en el cielo negro, o de un extraño insecto luminiscente.

Tardó tiempo en comprender, pues solo distinguía esa luz, un metro por encima de sus ojos.

Lo primero que tembló fueron las aletas de su nariz. A causa del humo. Y quizá porque percibieron inmediatamente el olor del peligro.

Ni estrella, ni insecto luminoso, ni baliza de avión o de cohete.

Simplemente la punta rojiza de un cigarrillo encendido. En la boca de una sombra casi invisible, de pie a unos metros de él.

35

Tengo 39 años y ningún hijo.
Ganas de matarME
De comerme una manzana envenenada, tumbarme en un ataúd de cristal y esperar.

Condenada: 7
Absuelta: 539

www.ganas-de-matar.com

Be con cuidado porfa. Tespero casa. Kiss
Angie volvió a leer su mensaje en el móvil apoyado en las rodillas y luego colocó el aparato entre sus muslos. La pantalla de cristal, al deslizarse sobre las medias de nailon, bajo la falda, le produjo un ligero estremecimiento.

Frente a ella, Marianne seguía hablando.

Su *calzone* casi sin tocar parecía un volcán apagado y enfriado por el transcurso de los milenios. El camarero del Uno pasaba de vez en cuando, como si fuese a acabar por sentarse con ellas y darle de comer a la comandante.

Era tarde. Casi las doce de la noche.

Angie tenía ganas de irse, de llegar a casa, de encontrarse entre los brazos de su hombre.

Imposible decirle eso a Marianne…

Imposible hablarle de tíos a Marianne esa noche. Y menos del suyo.

Era casi tan peligroso como hablar de sí misma. Esta noche no había bebido nada, el día anterior había dicho demasiadas cosas. A lo largo de la cena, Marianne había vaciado prácticamente sola la botella de rioja.

Angie escuchaba con el piloto automático, dejando que las palabras se sucedieran sin encontrarles sentido, como si Marianne se expresase en una lengua extranjera de la que ella solo entendía palabras sueltas, a modo de boyas, en el continuo de la conversación.

Vasile.

Esta tenía sentido. Angie se concentró de inmediato.

—Vas a tomarme por una panoli, seguro, pero he vuelto a ver al tal Vasile Dragonman. Agárrate, hemos estado de palique delante de la comisaría, con todos mis hombres entrando y saliendo, y él en la moto, con su carita de ángel y su rollo de pedagogo, como un Dennis Hopper que se hubiera leído la obra completa de Françoise Dolto.

Angie no tuvo más remedio que servirse una copa. Solo una. Puso unos ojos entre sorprendidos y escandalizados. Estaba acostumbrada a fingir asombro ante revelaciones de lo más triviales de sus clientes. Las peluqueras son las mejores actrices del mundo.

Toda una vida frente al espejo…

—¿Tu psicólogo? ¡Vuelve a la tierra, colega! Por lo que me has contado, tiene diez años menos que tú. Y además, un psicólogo y una policía que se enamoran investigando el mismo caso parece un poco de serie de France TV, ¿no?

Marianne le sacó la lengua y dejó vagar los ojos por las nalgas del camarero del Uno que estaba colocando bien las sillas de una de las mesas vecinas. Angie correspondió al gesto con otro igual, exagerándolo un poco en exceso.

Se preguntó cómo reaccionaría Marianne si se enterase de que su mejor amiga era amante del tío con el que fantaseaba... ¿Una carcajada *fair-play*? ¿Un brindis a la salud de los guapos y jóvenes amantes? ¿O un buen bofetón en la moral, uno más, que la comandante encajaría en silencio por no devolvérselo en la cara?

Angie se había metido en la mierda ella solita al sugerirle a Vasile que telefoneara a la comandante... Cambiar de conversación. ¡Rápido!

—Mejor háblame de tu compañero...

—¿De J. B.? ¿Qué quieres saber?

—¡Todo!

Se esforzó en reír echando ligeramente la cabeza hacia atrás. El camarero se volvió y dejó que su mirada se deslizara por el cuello de Angie, deteniéndose en el colgante que brillaba sobre la garganta para evitar en el último momento precipitarse en las sombras de su camisa desabrochada.

Marianne miraba las estrellas.

—Pues qué quieres que te diga, guapa, nuestro querido teniente Lechevalier sigue igual de casado, igual de papá babeante... e igual de sexy con sus vaqueros ajustados.

—Entonces es perfecto. ¡Solo tienes que esperar tu momento! El amor no es más que cuestión de paciencia, hay que estar ahí en el momento oportuno, no hace falta nada más. —Angie mojó los labios en el vino tinto antes de continuar—. Eso es lo que me decía siempre mi padre. Él ya estaba calvo a los diecisiete años, medía un metro sesenta y tenía un montón de vello que lo obligaba a llevar camisas de manga larga abotonadas hasta el cuello. Y aun así, le tocó el gordo, ¡la chica más guapa de su clase, una andaluza que hacía fantasear a todo el instituto! Siempre me dijo que él se había limitado a estar ahí, fiel, obstinado, atento, como un tipo que desea tanto estar en la primera fila del concierto de su ídolo que es capaz de dormir en la entrada del estadio desde dos días antes de que abran. Durante tres trimestres, mientras los pretendientes desfilaban, mi padre aguantó mecha.

Pero estuvo ahí, no se retiró. Un año pasándolas canutas para ser feliz el resto de su vida… Igual que para conseguir el título, decía también mi padre para motivarme.

—¿La andaluza es tu madre?

—Sí.

—¡Uau! ¡Entonces eres una hija del amor!

Angie se acercó de nuevo la copa a los labios, con las dos manos, confiando en ocultar así las lágrimas que, a su pesar, asomaban en las comisuras de sus ojos.

Frente al espejo de la peluquería, normalmente se le daba mejor.

Feliz el resto de su vida, repitió mentalmente. Sí, en el fondo, su padre lo había sido. Hacía turnos en Mondeville, en la Société Métallurgique de Normandie. Su madre también. En casa. Organizaba las visitas de sus amantes de acuerdo con la planificación de las cadenas de fabricación de la SMN. Uno por la noche, uno durante el día, uno los domingos. Todos muy educados con la pequeña Angélique, el angelito mudo que jugaba en su cuarto mientras mamá trabajaba en el suyo con los señores.

—Una hija del amor —susurró Angie—. Esa es la palabra exacta.

El tranvía que arrancaba de nuevo en la parada Hôtel-de-Ville le recordó el tren Caen-París que había tomado la mañana del día que cumplió dieciséis años, después de la última noche pasada en la cama de su casa de la calle Copernic, después de un último beso en la frente de su padre, antes de que el cáncer causado por el amianto se lo llevara seis meses más tarde.

Una hija del amor…

La expresión era casi cómica.

Angie pensó en su adolescencia. Los años negros antes de encontrar al hombre de su vida. Una hija del amor que había sentido deseos de matar al mundo entero.

—Entonces, resumiendo, ¿me aconsejas que espere?

Marianne se había quedado con la copa en el aire y la interrogaba con la mirada. Angie tosió para aclararse la voz.

—Paciencia y tenacidad, colega. ¡Es tu única posibilidad!

—¡Cabrona! —replicó la comandante—. Te he hablado cien veces de mi cuenta atrás, dieciocho meses, veinticuatro como máximo para que un hombre plante la semilla en mi vientre y acepte esperar que crezca conmigo…

Rompieron a reír simultáneamente. La risa de Angie, apenas forzada esta vez. Esa vieja policía autoritaria la parecía enternecedora. Marianne era como ella, una cabra acorralada en medio de la jauría, atada a su poste, con cuernos y uñas como única arma para sobrevivir. Un disfraz de bruja puesto encima del de princesa. La prueba: esa noche la comandante casi no había hablado de sus investigaciones. Apenas las había mencionado antes de que el camarero les llevase el kir y el zumo de pomelo de aperitivo —Timo Soler inencontrable, Alexis Zerda desaparecido, los delirios de Malone Moulin—, para pasar sin solución de continuidad a su querido psicólogo… El mismo camarero que, en ese momento, borraba el menú del día de la doble pizarra y la guardaba al fondo del restaurante. Marianne pareció entender el mensaje, se calló por fin y atacó su pizza fría.

Su teléfono sonó justo en ese instante.

—¡Marianne, soy J. B.!

Movida por un reflejo de adolescente sobreexcitada, la comandante Augresse pulsó el botón del altavoz al tiempo que le hacía señas a Angie con la otra mano. Señaló con el índice la foto que aparecía en la pantalla.

J. B. en primer plano, encorbatado, con galones, gorra encasquetada hasta las cejas, posando orgulloso en la tribuna del decimotercer congreso de la policía territorial. No se había visto nada más sexy en el género desde Richard Gere en *Oficial y caballero*.

—Hablando del rey de Roma… —susurró Angie levantando el pulgar hacia Marianne—. ¡Te toca a ti mover ficha, colega!

—Marianne, ¿estás ahí? —insistía J. B.

Las dos chicas hicieron chocar en silencio sus copas.

—¿Marianne?

—Sí, J. B. ¿Te has caído de la cama conyugal?

—No, estoy de guardia. Tenemos fuego en el cabo de la Hève.

La comandante adoptó un semblante serio.

—¿Unos chavales haciendo el gilipollas?

Un coche pasó a 80 kilómetros por hora. Marianne no oyó la respuesta y se la hizo repetir a J. B.

—No, se trata de un accidente de carretera. Un tipo que se ha estrellado.

—Mierda. ¿Tienes detalles?

—No muchos. Nos han avisado tarde. La primera vivienda está a dos kilómetros del mirador. Cuando hemos llegado, apenas exagero si te digo que no hemos encontrado más que un montón de cenizas…

—Joder… ¿Un solo muerto, entonces? ¿Estás seguro?

—Sí. Pero vamos a estar entretenidos con la identificación. El único indicio es la moto, una Guzzi California.

A Marianne se le vino el mundo encima. En el mismo instante, como sacudidas por el mismo terremoto, la copa de rioja que la comandante tenía en la mano cayó, mientras que la de Angie se rompía entre sus dedos.

Durante interminables segundos, en el mantel de algodón blanco se extendieron las manchas púrpura, las del vino que rebosaba de la copa de Marianne y las que brotaban, con decenas de microdiamantes engastados, del pulgar y el índice de Angie.

Hasta unirse para crear la ilusión de una figura monocromática de Rorschach, esas que utilizan los psicólogos para dar cuerpo a los fantasmas del inconsciente.

VIERNES
El día del amor

36

Aguja pequeña en el 8, aguja grande en el 6

La verja del colegio acaba de abrirse. Normalmente, Clotilde se situaba a un lado, unos minutos, y saludaba a todos los niños por su nombre sonriendo a los padres.

Dar la bienvenida para meterse a las familias en el bolsillo.

¡Durante tres generaciones! Si Clotilde permanecía unas décadas ocupando ese puesto en Manéglise, sin duda debería ocuparse de los futuros hijos de sus alumnos actuales.

Esa mañana, sin embargo, Clotilde se hallaba a unos metros, junto al pequeño huerto del curso intermedio, conversando con un hombre. No un padre de familia, ni tampoco un sustituto, y menos aún un inspector enviado por la administración, el hombre no tenía aspecto de ninguna de esas cosas.

Su novio quizá... Clotilde era bastante mona, y el chico, aunque mayor que ella, tenía mucho encanto, sin afeitar, como si hubiera pasado la noche fuera de casa, con su cazadora de piel y sus vaqueros ajustados.

A decir verdad, y eso es lo que debían de pensar las madres que se volvían hacia el desconocido, el tipo tenía aspecto... ¡de policía! Por lo menos de policía tal como nos los imaginamos, es decir, con las facciones de uno de esos actores de televisión no demasiado conocidos pero guapos, de mandíbula ancha y con los pectorales bien marcados.

Por eso las mamás se rezagaban un poco.

No tanto como Amanda Moulin, que aún no había cruzado la verja. Mientras que los niños se soltaban de la mano de sus padres para correr hacia la puerta de sus clases respectivas, Malone se había parado en seco. Llevaba una trenca azul oscuro, manoplas, un gorro de lana a juego y a Guti contra su corazón. Su mirada escrutaba el patio, las ventanas de las clases, a las madres que ya se marchaban, los coches aparcados delante del colegio. Ninguna moto.

—¡Quiero ver a Vasile!

Amanda tiró de la mano de Malone al tiempo que le susurraba:

—Lo viste ayer, cariño. Hoy está en otro colegio.

—¡Quiero ver a Vasile!

Malone había hablado esta vez más fuerte. Notaba cómo el corazón le golpeaba la mano, la que estrechaba a Guti contra su pecho. Aplastado. Seco. Vacío.

Vasile se lo había prometido. Vasile había dicho que estaría allí. Que le devolvería el corazón de Guti.

Iba a ir, iba a oír el ruido de su moto. Debía quedarse allí y esperar.

—¡Ven, Malone!

Mamá-nda le hacía daño de tanto tirarle del brazo. Una vez, él había tirado del brazo de un peluche, no Guti, un viejo oso, y se le había quedado en la mano, con unos pocos hilos colgando.

—Quiero ver a Vasile. Me lo prometió.

Malone había gritado, hasta el punto de hacer que Clotilde, en el patio del colegio, se volviera. El hombre que hablaba con ella se volvió también. Instintivamente, Amanda retrocedió y metió a Malone detrás del tablón donde estaba expuesto el menú de la semana. Los últimos padres que pasaban por delante de ellos no parecían especialmente sorprendidos por la rabieta de un niño que se niega a entrar en clase.

Como cualquier madre habría hecho, Amanda levantó la voz.

—¡Todos los demás niños han entrado ya en clase, Malone! Así que, por favor, date prisa.

Algunas madres, siempre las mismas, se entretenían más (Valérie Courtoise y Nathalie Delaplanque) y aprobaban con un severo ademán de la cabeza la firmeza de Amanda. Como alentada por su gesto, Amanda tiró más aún, agarrando con fuerza la manopla azul de Malone.

Arrastrarlo, si era preciso.

Malone sabía cuál era la defensa apropiada. La misma que había utilizado Guti. Dejarse caer como si le hubieran robado el corazón.

Hacerse el muñeco de trapo.

De pronto, como si las piernas no lo sostuvieran, el niño se desplomó sobre el asfalto. Amanda sujetaba con la mano a un ser de goma, fofo.

—¡Malone, levántate!

Géraldine Vallette, la madre de Lola, se había acercado a sus dos amigas. Ni siquiera simulaban estar manteniendo una conversación o mirar al chico con pinta de poli que estaba junto al huerto; observaban en silencio.

De todas formas, ¿qué otra cosa podían hacer?

Pasar de largo fingiendo indiferencia habría sido, entre madres, una falta de solidaridad flagrante, e intervenir habría sido más humillante todavía para la pobre Amanda. ¡Después de todo, al convertirse en madre, toda mujer sabe que un día u otro le tocará su cuarto de hora de vergüenza pública! Una reprimenda grosera, un pipí en los pantalones, un ataque de histeria…

Amanda dijo gritando lo que cualquier otra madre habría dicho gritando también:

—¡Malone, levántate, avergüenzas a mamá!

No se atrevió a arrastrar a su hijo por miedo a herirlo. El niño permanecía tumbado sobre el asfalto del patio, como descoyuntado. Casi diez madres la compadecían ahora delante de la verja.

—Malone, te lo digo por última vez, si no te levantas, mamá…,

El niño dio un tirón seco. La mano de Amanda se cerró sobre una manopla azul mientras Malone se levantaba y, tomando impulso para escapar entre los coches, gritaba como si quisiera que todo el pueblo lo oyese:

—¡Tú no eres mi mamá!

37

Marianne Augresse tiritaba.

Llevaba casi dos horas en el mirador del cabo de la Hève.

Frente a ella, el viento tenía cinco mil kilómetros para avanzar sobre un océano en calma antes de adentrarse en el estuario del Sena.

Ante sus pies, cenizas. Frías ya.

Y lo que no había ardido. La comandante hizo mentalmente el inventario. Una Guzzi California sin neumáticos, sin goma en el manillar, sin sillín, solo una carcasa de chapa informe de la que no se reconocía más que el símbolo, un águila plateada con las alas extendidas.

Un casco, negro, ovalado, deformado sin duda por el calor de las llamas, como el cráneo hueco de un monstruo extraterrestre con el cerebro desproporcionado.

Un cuerpo calcinado, con excepción de los restos de unas gafas, un manojo de llaves, una linterna y un teléfono móvil fundidos, un reloj y la hebilla de un cinturón. Como si para subir al paraíso, a semejanza de cualquier zona de tránsito hacia el cielo, hubiera que cruzar un arco de seguridad después de haber depositado todo lo que tenía algo metálico.

A Marianne Augresse ya no le cabía duda alguna sobre la identidad del cadáver.

Vasile Dragonman.

Una decena larga de policías trajinaban, seleccionaban, ordenaban, clasificaban. Los primeros resultados de los análisis de ADN llegarían al cabo de unas horas, y con ellos, las pruebas concluyentes, las certezas, el fin definitivo de las ilusiones.

Entre tanto, para dar salida a la emoción que la invadía, la comandante se concentraba en su trabajo: formular hipótesis frías, hacerse preguntas objetivas.

¿Por qué asesinar a ese psicólogo escolar?

Porque no se trataba de un accidente, la escena no dejaba albergar ninguna duda. Los policías no habían encontrado ninguna huella de choque o de frenada. Por otro lado, Constantini, un agente que tenía una Yamaha VMAX, un modelo bastante similar a la Guzzi, había señalado enseguida que el carburante que cabía en el depósito de la moto no habría sido suficiente para alimentar semejante fuego; en cualquier caso, no sin que se hubiera producido una explosión. Alguien había vertido gasoil suplementario, de forma metódica.

Quedaba la hipótesis del suicidio por inmolación… Era la que había mencionado inmediatamente el juez Dumas cuando Marianne había hablado por teléfono con él, hacía unos minutos. Con un nudo en la garganta, había contestado que no lo creía, sin añadir nada más, sin dar ningún detalle de las imágenes que desfilaban ante sus ojos, la mirada revoltosa de Vasile, su sobreexcitación infantil en la caseta de playa, arrodillado sobre su mapa del tesoro, sus titubeos calculados de orador irresistible, su determinación tranquila, su aplomo tímido…

La comandante avanzó hacia el pretil del mirador. Se veía el faro apagado, el océano hasta el infinito. Nada más, los árboles impedían distinguir la playa al pie del acantilado. Habría hecho falta, para eso, atravesar la jungla de enebros, acercarse al vacío.

—Comandante, al teléfono.

El agente Bourdaine estaba diez metros detrás de su superior. Perdida en sus pensamientos, esta no parecía haberlo oído.

¿Qué había ido a hacer Vasile Dragonman al cabo de la Hève? En plena noche. Provisto de una linterna. ¿Estaba relacionada esa expedición mortal con las revelaciones de Malone Moulin?

La mano de Marianne se cerró dentro de su bolsillo sobre el lector de MP3 que le había dejado el psicólogo escolar el día anterior. Tenía que pasar esa mañana, temprano, para recuperarlo y devolvérselo al niño. Se lo había prometido.

¿Lo habían asesinado por eso? ¿Por esas siete historias, una por cada día de la semana?

Evidentemente, ella también había dedicado un rato a escucharlas. Lo único que había oído eran siete cuentos, con su moraleja, entre divertidos y de miedo, como los que se les cuentan a millones de niños todas las noches en cualquier parte del mundo.

¿Qué secreto podían esconder? ¿Un secreto tan terrible como para ocultarlo en el interior de un peluche? ¿Como para obligar a un niño a aprendérselos de memoria, igual que los curas con sus oraciones? ¿Como para llegar a matar a fin de protegerlo?

—Comandante, al teléfono —insistía Bourdaine.

38

Aguja pequeña en el 8, aguja grande en el 8

Ochocientos cincuenta metros separaban el colegio de Manégli-se de la plaza Maurice Ravel, en el corazón de la urbanización Les Hauts de Manéglise.

Ochocientos cincuenta metros llevando a Malone en brazos.

Los doscientos primeros metros había estado quieto, luego había empezado a revolverse, dándole patadas y puñetazos a Amanda en el pecho y la espalda hasta que esta se detuvo, lo dejó en el suelo, gritó, fuerte, demasiado fuerte, y Malone se echó a llorar; entonces ella lo cogió de nuevo en brazos, tranquilo y tem-bloroso esta vez.

Ochocientos cincuenta metros, y era como si el Tour de Francia estuviese cruzando el pueblo.

Amanda tenía la impresión de que todos los habitantes habían decidido invadir las calles el mismo día y a la misma hora: los asi-duos del bar-estanco Le Carreau Pique, que estaban fumando en la acera, y las clientes del Vivéco, niñeras, amas de casa, desemplea-das y otras mujeres con reducción de jornada laboral, todas las cuales habían pensado que era el mejor momento para ir a hacer la compra; los jardineros municipales, que desde muy temprano se dedicaban a plantar petunias en la rotonda de la carretera de Épou-ville; y las viejas sentadas en el banco de la carretera del Calvaire, que parecían haberse quedado congeladas allí la noche anterior.

A Amanda la traían al fresco. Pasaba de ellos. Pasaba de todos los habitantes de ese pueblo de muertos vivientes, de ese asilo al aire libre, pasaba de ellos desde que tenía dieciséis años. Como también pasaba de las madres que la habían rodeado delante del colegio, contentísimas, encantadísimas de que una madre hiciese algo peor que ellas, de que la maldición cayera sobre otra, de poder tranquilizarse tomando como referencia la histeria de Malone.

¿Habéis visto cómo le ha hablado?

«Tú no eres mi madre.»

Si mi hijo me dijera a mí eso...

A Amanda, esas urracas la traían tan al fresco como los buitres del ayuntamiento o los loros en las calles. Ella había cogido a Malone en brazos y dado media vuelta, porque se había dado cuenta de que ese tipo, el que hablaba con la directora, era un policía. Y no uno cualquiera...

Delante del colegio habían circulado rumores antes de que Malone pillara la rabieta; los rumores servían al menos para eso, como el telediario de las ocho de la tarde, para estar al corriente al mismo tiempo que los demás de la nueva desgracia que te va a caer encima.

¡El policía estaba allí porque habían encontrado un cadáver en el cabo de la Hève! Y todo hacía pensar que ese cadáver era el del psicólogo escolar que venía todos los jueves a Manéglise a ver a algunos niños del colegio.

Amanda giró en la calle Debussy.

Las calles sin salida de la urbanización formaban un laberinto de aceras por fin desiertas donde estaría tranquila. Todo el mundo trabajaba, salía de casa temprano, volvía tarde, pasaba los fines de semana fuera. Los que vivían allí no eran verdaderos habitantes, en el fondo, solo clientes permanentes de un hotel donde se limitaban a dormir, un hotel que habían comprado endeudándose durante treinta años, un hotel en el que se ocupaban ellos mismos de la limpieza, del jardín, de preparar el desayuno, cambiar las sábanas y desatascar los retretes.

Malone iba calmándose, sollozaba agarrado a su cuello. Así ya no pesaba tanto. A Amanda incluso le resultaban agradables el frío de las lágrimas en su nuca, la caricia del pelo del peluche en su cuello, el ritmo del corazón de Malone contra el suyo.

Estaría en casa dentro de menos de cinco minutos.

A resguardo.

Aparentemente, al menos. Dentro de su cabeza, los pensamientos se agolpaban.

¿Qué debía hacer luego?

¿Quedarse sola en casa, como si nada hubiera pasado?

Dimitri volvería a mediodía, como de costumbre.

¿Debía hablar con él para tomar una decisión conjunta? La decisión correcta. Suponiendo que la hubiera...

Unos perros ladraban, invisibles detrás del laberinto de tuyas. Gozques haciéndose los fieros, seguro. Como si cada habitante del dédalo se hubiera comprado su Minotauro personal. Cada uno en su casa, atrincherado, pero aun así conectado a Radio Macuto. Los de Manéglise hablan con los de Manéglise. La noticia de la muerte de Vasile Dragonman debía de haberse corrido a la velocidad de una ronda de cartero o panadero. Un periodista había colgado ya en grand-havre.com un artículo, ilustrado con una foto del círculo de cenizas del cabo de la Hève y puntuado con una decena de signos de interrogación en tres frases. Se sabía *Quién*, se sabía *Dónde*. Faltaba descubrir *Por qué* y *Por quién*.

Malone respiraba pausadamente contra su pecho, igual de flojo que su peluche. Dormido tal vez. Amanda giró en la calle Chopin. Su casa estaba al final de la calle, setenta metros más allá. Atajó cruzando el aparcamiento vacío, sin desviarse ni ralentizar la marcha, sin volver la cabeza hacia la ventana de Dévote Dumontel, justo enfrente. Los ladridos agudos de otro perro, a su espalda, le golpeaban el cerebro como una alarma que dejas sonar sin reaccionar.

Vasile Dragonman. Quemado vivo. Una buena noticia, por supuesto.

Vivo, representaba un peligro...

Ahora que estaba muerto, ¿la amenaza no era todavía peor?

39

El agente Bourdaine, plantado como un pino marítimo, con el cuerpo torcido como si hubiese permanecido un siglo luchando contra el viento en esa posición, no se atrevía a levantar demasiado la voz. Pese a la urgencia.

—¡Comandante, al teléfono!

Marianne Augresse le daba la espalda, solo su nuca se movía, lentamente. De pie frente al cabo de la Hève, la comandante observaba los detalles del panorama que se abría ante ella con la precisión de un faro que gira trescientos sesenta grados.

Vasile Dragonman no había ido allí por casualidad.

Les pediría a los equipos científicos que peinaran la zona. Protestarían, pero le daba igual; el psicólogo buscaba algo en los alrededores, no cabía duda.

Intentaba desplegar, de memoria, el mapa de Vasile, pero era incapaz de recordar los lugares que él había nombrado, las rayas que había trazado, los círculos y los colores. Se acordaba con precisión, en cambio, de cada una de sus últimas palabras.

«He podido avanzar sobre los lugares posibles. Dentro de unas horas debería haber recorrido los escasos lugares que corresponden a la casa donde Malone vivía antes.»

¡Tendrían que volver a empezar la investigación desde cero! A partir de las notas de Vasile, de los relatos de Malone, de las historias de Guti. De momento, Marianne ya había enviado a J. B. al colegio de Manéglise para que hablase con la directora.

No había puesto muy buena cara, se había pasado toda la noche helándose en el mirador, pero la comandante no le había dejado elección. Un desvío de apenas diez kilómetros.

—¿Comandante?

Marianne se volvió por fin.

—Una… una llamada para usted —farfulló Bourdaine—. Urgente.

Era Papy. Vociferaba en el aparato.

—¿Marianne? ¡Hostias!, ¿qué estáis haciendo? ¡Larochelle ha vuelto a llamar!

—¿Larochelle? ¿El cirujano?

—¡Sí! Timo Soler acaba de ponerse en contacto con él. Dice que está a punto de perder el conocimiento, que se le ha vuelto a abrir la herida, que no puede moverse. Quiere verlo.

—¡Joder! ¿Dónde?

—Agárrate fuerte. En su casa. Bueno, en la que está escondido. Calle de la Belle-Étoile, en pleno corazón del barrio de Les Neiges.

Marianne cerró un instante los ojos, semblante inmóvil frente al mar abierto, haciéndose la ilusión de que miríadas de gotas saladas iban a salpicarle la piel. Nada. Solo un viento seco y frío, que levantaba las cenizas del cadáver de un hombre al que habría podido amar.

—Vamos para allá, Papy. Encárgate de que haya cinco vehículos y diez agentes preparados.

Aguja pequeña en el 11, aguja grande en el 10

En la cama de Malone, todo el mundo estaba muerto. Una decena de hormigas, un escarabajo negro con puntos rojos, tres mariquitas y otro insecto más grande que no sabía cómo se llamaba. Los había cogido en el pasillo, de debajo del zapatero, mientras Mamá-nda iba a colgar su abrigo, y se los había metido en el bolsillo. Mamá-nda no había barrido bien el día anterior. Ahora, los bichos estaban sobre su edredón de Buzz Lightyear, perfectamente alineados, como monstruos del espacio flotando entre las estrellas.

Muertos.

Igual que Guti.

Su peluche estaba apoyado contra la almohada, con los ojos abiertos, se podría pensar que estaba descansando.

No volvería a hablar nunca más. Vasile le había mentido. Mamá-nda le había mentido. Todo el mundo le había mentido. No se podía confiar en los adultos. Salvo en mamá.

Dirigió la mirada hacia el calendario y contó los planetas.

Uno, dos, tres, cuatro, cinco…

La Luna, Marte, Mercurio, Júpiter, Venus…

Hoy.

El día del amor.

Esa noche, puesto que Guti ya no podía hablar, contaría otra vez él la historia. Muy bajito, bien escondido, bajo el edredón. La que tocaba, porque se la sabía de memoria, se las sabía todas de memoria.

Malone se percató de que había parado de llorar sin siquiera darse cuenta. De todas formas, no servía de nada llorar cuando las personas mayores no estaban delante para verte.

Mamá-nda estaba abajo, en la cocina. Él estaba solo en su habitación. Se volvió hacia Guti y se le ocurrió una idea: ¡después de todo, hoy podía contar la historia que quisiera! Era él quien elegía. Y tampoco necesitaba esperar hasta la noche.

Su mirada se detuvo en el calendario. El cohete estaba posado sobre el planeta verde, pero no era ese su preferido. Él prefería otros donde había más jaleo, donde había que ser valiente, luchar contra los ogros y los monstruos, proteger a mamá…

Rápidamente, sus ojos se deslizaron sobre la cama, hacia las minúsculas hormigas, las mariquitas que parecían caramelos endurecidos, el escarabajo al que le faltaban dos patas.

¡Un ejército de las estrellas inservible, para tirar a la basura!

Se acercó a Guti, a su orejita rosa, y empezó a susurrarle al oído. Quería contarle su historia preferida, la que le daba más miedo. La del jefe de los ogros, ese que llevaba el pendiente brillante y una calavera tatuada en el cuello. Reconocer al jefe de los ogros era fácil, pero era mucho más difícil escapar de él.

—Escucha, Guti, en el bosque había un ogro que…

Se calló. Su boca quería continuar hablando, pero esta vez quien no quería era su nariz. Le molestaba un olor que le hacía pensar en algo distinto de la historia, de los ogros, de mamá.

El olor venía de la cocina, sustituía todo lo demás en el interior de su cabeza. No podía pensar en nada que no fuera eso. Que eso olía bien. Que tenía hambre. Que tenía ganas de bajar a darle un besito a Mamá-nda y birlar un trozo.

Miró a Guti como pidiéndole perdón. El peluche seguía sin

decir nada. A veces le ponía nervioso por eso, y todavía más ahora que, sin corazón, estaba muerto.

¿Qué significaba eso, no decir nada?

¿Que podía bajar a comer un pedazo de pastel con Mamá-nda o que debía quedarse para seguir contándole las historias de mamá?

41

El mecánico tumbado bajo el coche me había prometido que esta tarde tendría reparado el Twingo. Pero ha resultado que no... Parecía sentirlo de verdad, el muy capullo.
Ganas de matar
He retirado el gato.

Condenado: 1.263
Absuelto: 329

www.ganas-de-matar.com

El agente Cabral conducía. Como un loco. Esta vez, Marianne llevaba abrochado el cinturón. Cabral se había negado a arrancar antes, se había limitado a mirarle insistentemente la nariz todavía un poco torcida, cuyas costras de sangre coagulada no quedaban disimuladas del todo por el maquillaje. Sin añadir una palabra.

—Vale, me lo pongo. ¡Pero espabila!

El flujo de coches se abría ante ellos en toda la anchura de la avenida Foch. A Marianne le gustaba El Havre entre otras cosas por eso: su trazado del centro de la ciudad al estilo americano, sus calles anchas y perpendiculares, aunque la comparación solo se mantenía el tiempo que duraban las escasas persecuciones por el centro de El Havre, mientras hacían de Starsky y Hutch entre la calle Racine y la calle Richelieu.

Sirena puesta.

Volumen del GPS a tope.

Tenía que pegarse el teléfono a la oreja para entender alguna que otra palabra en medio del estruendo. La comandante incluso había estado a punto de no responder.

Angie.

—¿Marianne? He ido a parar por casualidad al grand-havre.com y un titular me ha dejado helada: «Un motorista inmolado en el cabo de la Hève». —Hizo una pausa. Hablaba con voz entrecortada—. Un psicólogo escolar, dice el artículo. Dios mío, ¿es tu psicólogo, Marianne? ¿El del niño?

El Megane atravesó sin reducir la marcha la avenida con césped reservada al tranvía. Unos estudiantes que esperaban en la parada siguieron el vehículo con los ojos, impresionados, apuntándolo, los más rápidos en desenfundar, con el objetivo del móvil.

¡Angie estaba preocupada por ella! No era el momento adecuado para una conversación de amigas, pero Marianne comprendía la inquietud de su amiga: la comandante se había pasado media velada ensalzándole los encantos de ese chico…, mientras él estaba consumiéndose a menos de cinco kilómetros de ellas.

¡El colmo del horror! Aunque la adrenalina anestesiaba momentáneamente sus emociones contradictorias…

Correr para no perder el equilibrio.

Concentrarse en la misión.

Atrapar a Timo Soler.

—¿Tienes noticias? —preguntaba Angie, preocupada ante el silencio de la comandante—. ¿Están seguros de que… de que es él?

—Todavía no. Gracias por preocuparte, Angie, pero ahora no podemos hablar.

Cabral frenó en seco en la calle Brindeau. Imposible cruzar la línea del tranvía en este caso, un A procedente de Mont-Gaillard se cruzaba con un B que venía de la playa. Frente a ellos, en el horizonte que se abría al final de la calle París, pasaba un portacontenedores gris tan alto como los edificios de cinco pisos, produciendo el efecto de que uno de los bloques de hormigón del barrio había decidido marcharse de la ciudad.

Angie insistía.

Marianne se tapó el oído derecho con una mano para oír las palabras que su amiga pronunciaba al otro lado de la línea.

—¿Me llamarás cuando sepas algo?

Le temblaba la voz. Por un instante, Marianne tuvo la curiosa impresión de que era Angélique, y no ella, quien se había enamorado del psicólogo rumano.

O de su fantasma.

El agente Cabral se adentraba en la calle Siegfried para dirigirse a la zona portuaria.

«Después de quinientos metros —ordenaba la voz femenina del GPS con la potencia de una cantante de góspel—, cruce el puente V y gire a la izquierda. Ha llegado a su destino.»

¡Marianne tenía que colgar! Debía guiar ella misma a Cabral cuando se acercaran al barrio de Les Neiges, no era cuestión de tocar la corneta para avisar a Timo Soler.

O sea, nada más cruzar el puente.

Debía olvidar a Angie. Olvidar a ese psicólogo. Concentrarse en la detención de alto riesgo.

—Te llamo esta noche, Angie. Tengo que colgar.

42

Aguja pequeña en el 12, aguja grande en el 2

Amanda acababa de poner el último plato en la mesa cuando oyó que la puerta de entrada se abría.

Justo a tiempo.

Mesa puesta, con botella de faugères incluida. Tele encendida. Se limitó a abrir la puerta del horno para que el aroma del pastel de caramelos Carambar cubriera el de la carne que chisporroteaba en la sartén. A Malone le encantaba oler su pastel preferido mientras se cocía lentamente.

Malone era sensible, dulce, inteligente, intuitivo. Amanda había comprendido hacía mucho que, en un chico, el olfato era signo de sensibilidad. El sentido más importante junto con el tacto, mientras que la mayoría de los hombres se conforman con la vista y el gusto.

Su pequeño Malone era incapaz de masticar un Carambar entero, pero le encantaba su sabor, le gustaba chuparlo hasta que se le pegara a los dedos, mordisquearlo un poco, y todavía más vaciar un paquete para fundirlo en un cazo con mantequilla y azúcar. Cuando no estaba enfurruñado, como hoy...

Antes de que Dimitri entrara en la cocina, Amanda tuvo el reflejo de darle la vuelta a la carne, demasiado tarde, ya estaba un poco más hecha de la cuenta. Los consejos culinarios de

Dimitri iban a alimentar toda la comida, entre algunos comentarios sagaces sobre la actualidad del mundo visto desde casa.

El rostro sonriente de su marido le sorprendió. No llegó al extremo de darle un beso, pero pasó una mano sobre el delantal atado a su cintura.

—¿Te has enterado? No se habla de otra cosa en el pueblo. ¡Ese puto psicólogo se ha achicharrado!

Amanda se desasió y le hizo una seña para que no hablara tan alto.

Él se sirvió un vaso de vino mientras echaba un vistazo a la sartén, como si el olor de Carambar viniese de ahí. Al lado, unas verduras se cocían a fuego lento en una cazuela. No hizo ningún comentario. «Uno se acostumbra a lo bueno», había soltado una noche, después de abroncarla durante la cena porque el suflé no estaba en su punto.

Su forma de hacerle cumplidos…

Dimitri bajó la voz y tiró de una silla.

—Ya podemos estar tranquilos. No nos tocará más las narices…

Amanda se encogió de hombros y apagó el fuego sobre el que estaba la sartén.

—La policía investigará. Pasaba mucho tiempo con Malone.

—Un rato a la semana. Y debía de ocuparse por lo menos de veinte críos más. Todos desequilibrados…

Ella no contestó, se puso un guante ignífugo y sacó el pastel del horno. Imaginaba que el olor escapaba, invisible, subía la escalera y se metía por debajo de la puerta del cuarto de Malone. Como una invitación delicada que solo él podía comprender. No contaba nada más.

Que no olvidara nunca ese olor…

Que no olvidara nunca el sabor de las cosas buenas. Solo las madres podían ofrecerles eso a los hombrecitos: la sensibilidad. Si seguían los pasos de sus padres, si los idealizaban (el fútbol, coches, taladro), estaban perdidos, acabarían tan agilipollados como ellos. ¡Generaciones de agilipollados! Solo las madres podían intentar poner freno a la maldición.

—Tienes razón —admitió Amanda—. De todas formas, no tenemos nada que reprocharnos…

Un silencio. Amanda espolvoreó una capa de pepitas de chocolate coloreadas sobre el pastel. Un detalle tan inútil como indispensable. El que marca la diferencia entre los futuros vigilantes que custodian los palacios y los hombres refinados que viven en su interior.

—¿Se sabe lo que ha pasado? —preguntó—. Un accidente en el cabo de la Hève, por lo que cuentan. ¿Se estrelló con la moto?

Dimitri vació el vaso y sonrió de nuevo.

—Sí, eso es lo que dirán. Resbaló sobre una placa de hielo y no tuvo suerte, se quedó atrapado debajo. Llevaba el depósito lleno y la suerte siguió sin sonreírle: la moto se incendió. A lo mejor a ese rumano de mierda le entraron ganas de fumarse un cigarrillo mientras esperaba que llegase una ambulancia.

Se echó a reír.

Amanda pensaba. El día anterior, Dimitri había estado con ella toda la noche, aunque había subido tarde al dormitorio. Después de las 11, ella había oído el final de *Confessions intimes* antes de que su marido apagara el televisor. ¿Cómo habría podido encontrarse en el mismo momento en el cabo de la Hève?

Visualizó mentalmente la distancia de su urbanización a la costa. El mirador se hallaba apenas a una decena de kilómetros de su casa, menos de media hora entre ir y volver, y Dimitri había estado más de una hora solo abajo, en el sofá, delante del televisor encendido.

En la cabeza de Amanda, un abogado de la familia seguía defendiendo la causa de su marido. Era imposible que hubiese salido, ella habría oído arrancar el coche delante de casa, lo habría oído volver después… A no ser que hubiese sido especialmente silencioso, que hubiese subido adrede el sonido del televisor, que hubiese aparcado el coche un poco más lejos… El abogado de la defensa, falto de argumentos, se aferró a una última certeza.

Dimitri no era un asesino.

—¿Qué quieres decir exactamente? —preguntó Amanda con voz titubeante—. ¿Que no ha sido un acci…?

Llamaron a la puerta.

¿La policía? ¿Ya?

¿Alguien del colegio?

Dimitri se levantó para ir a abrir, aparentemente sin preocuparse por la visita. Amanda lo vio desaparecer del hueco de la puerta de la cocina y después supuso, por la ligera corriente de aire frío, que había abierto la de entrada.

Dimitri no parecía sorprendido.

—Ah, ¿eres tú? Llegas en el momento oportuno. ¡Entra!

Su marido rompió a reír. Esa risa era lo que, a falta de atraerla, la había tranquilizado al principio de su unión. Como el humor no era lo suyo, lo veía un poco en todas partes, en todo el mundo, en toda ocasión. Le gustaba poco sutil, y en general tanto los amigos como la vida no lo decepcionaban.

Amanda avanzó por el pasillo al encuentro de los dos hombres. Inmediatamente se dio cuenta de que, al final de la escalera, la puerta del cuarto de Malone estaba abierta.

El efecto Carambar.

En ese momento, Amanda lo encontró todo a su gusto. Ese olor, su cocina, su renacuajo, que después de un enfado vendría a reconciliarse entre sus faldas. Un amigo que pasa de manera imprevista por casa para charlar con su hombre y ella que los deja solos para añadir un plato a la mesa antes de servir el aperitivo.

La felicidad tal como ella la imaginaba. Como si todo pudiera detenerse ahí.

Malone seguía en el piso de arriba.

Tenía hambre. Habría preferido empezar por el postre. Oía voces en el recibidor y le gustaba cuando Dimitri invitaba a gente;

siempre se quedaban mucho rato en el salón y él, después de haber cogido puñados de galletas saladas de los cuencos, comía solo en la cocina delante de la tele sintonizada en la cadena de dibujos animados. Las otras noches, cuando Dimitri cenaba con ellos, obligaba a Mamá-nda a ver el telediario y él no entendía nada.

Avanzó un poco más, hasta la barandilla de la escalera.

Estrechaba a Guti entre sus brazos. Ni siquiera necesitaba decirle «chisss».

En el recibidor, Mamá-nda lo había visto y le sonreía.

De pronto, Malone se mordió los labios. Dimitri había cogido el abrigo y la bufanda del hombre que había entrado.

Fue en ese momento cuando Malone lo reconoció.

No a él, no su cara. Otra cosa.

El pendiente brillante. La calavera tatuada en el cuello.

No cabía ninguna duda.

Era el ogro. El ogro del bosque.

43

Lleva diez horas roncando.
Ganas de matar
Ya no ronca. Duerme de lado. Tiene los pies un poco fríos. Solo hay unas manchas de baba y de sangre en la almohada.

Condenada: 336
Absuelta: 341

www.ganas-de-matar.com

Un baño de sangre.

No era una expresión, era literalmente lo que los ojos de la comandante Marianne Augresse veían en aquel cuarto de baño de paredes desconchadas, cuyos trozos de pintura caían en una bañera con patas como las que se estilaban en los años sesenta, con los grifos cubiertos de óxido y las junturas salpicadas de moho, y al fondo de la cual había estancados casi dos centímetros de sangre porque montones de pelos taponaban el orificio.

El diagnóstico de la comandante no era muy difícil de establecer: un hombre herido había sido trasladado hasta allí, metido en la bañera, lavado y secado, con toda la incomodidad que suponía hacerlo en semejante antigualla de loza, de casi un metro de alto.

Timo Soler, sin duda alguna.

Tenían ahora la certeza casi absoluta de que alguien lo había ayudado. A ducharse. A vestirse.

A largarse antes de que ellos llegaran.

Marianne tendría muy pronto la confirmación, una decena de hombres estaban atareadísimos en el F2 de la quinta planta de la calle Belle-Étoile. Timo y su cómplice habían salido con prisas. El piso había quedado como si hubieran ido a hacer un recado y fuesen a volver con una barra de pan y el periódico bajo el brazo. Ropa tirada al pie de la cama, vajilla en el fregadero, cuencos en la mesa, radio con el volumen bajo, zapatos desperdigados por el pasillo.

Como si fuesen a volver.

«¡Sí, ya, y un jamón!», exclamó para sus adentros la comandante. Soler había vuelto a colarse entre las mallas de su red, su intervención se había saldado de nuevo con un fracaso total, aunque en esta ocasión no entendía qué era lo que podía reprocharse.

Sus hombres se habían acercado con precaución al piso de Soler, avanzando de forma controlada y progresiva: primero el barrio, luego la manzana, el edificio, la escalera. Y sin embargo, el atracador herido había escapado antes incluso de que el primer coche de policía entrara en Les Neiges.

¿Por qué maldita razón? Timo Soler había llamado a Larochelle hacía menos de una hora. Según el cirujano, ya no soportaba el dolor, pero se negaba a ir al hospital o incluso simplemente a salir de casa. «¡Estaba clavado a la cama!», había precisado Larochelle con orgullo, como si hubiera empuñado él mismo el martillo. Soler le había dado su dirección al cirujano, estaba dispuesto a pagar mucho dinero, mucho, por una intervención discreta en su domicilio. Entonces ¿por qué se había marchado quince minutos más tarde, cuando ningún policía se encontraba aún en las inmediaciones?

Hombres enguantados extendían prendas de vestir sobre la cama, todo un guardarropa escarlata. Ni un solo pantalón, ni unos calzoncillos, ni una camiseta que no estuviese empapada de sangre.

¿Acaso el médico no había sabido representar su papel por teléfono? ¿Había desconfiado Timo Soler después de colgar?

Qué raro...

Marianne Augresse observó con más concentración el apartamento. Sus ojos se posaban al azar sobre los paños de cocina colgados de los ganchos, sobre los calcetines tendidos en el tendedero, sobre los periódicos colocados bajo la mesa de centro... Algo en aquel decorado le resultaba extraño, un no sé qué que no encajaba, una suma de detalles insignificantes, pero que, reunidos, le daban la impresión de que se podía ver con otra luz la huida de Soler, la forma en que vivía, la solución que había encontrado para sobrevivir escondido y herido durante tantos meses.

Estaba ahí, muy cerca, delante de sus ojos, la comandante estaba convencida, pero no conseguía identificar un elemento destacado que aclarase el enigma.

Renegó de nuevo, tropezó con Constantini, que pasaba con indolencia el Polilight por debajo del sofá. De la decena de personas ocupadas en registrar el apartamento, ¿era ella la única que sentía esa desazón?

Qué raro, eso también.

Tanto más cuanto que estaba convencida de que la solución se hallaba ahí, evidente, al alcance de la mano, como una palabra familiar que tienes en la punta de la lengua... Estaba mirando de nuevo la cocina, abriendo maquinalmente el frigorífico, los armarios, cuando su teléfono sonó.

El teniente Lechevalier.

Marianne no lo dejó iniciar la conversación.

—Ven, J. B., te necesitamos aquí.

—¿No está Papy con vosotros?

—No, se puso más terco que una mula y salió hace una hora en dirección a Potigny, el feudo del matrimonio Lukowik y su pandilla de amigos de la infancia, Alexis, Timo y demás. Cree que el botín está escondido allí, y yo, como una gilipuertas, le firmé el pase de salida. El juez Dumas me va a echar una buena bronca, aunque no podía prever los sucesos de esta mañana. Demasiado tarde para que Papy diese media vuelta… De todas formas, a quien le toca intervenir ahora es a la policía científica. No tienen más que buscar en las calles de El Havre si Soler ha hecho como Pulgarcito con su sangre.

—Antes de que las gaviotas borren los rastros. ¿Sabes que se están volviendo carnívoras a fuerza de comerse los cadáveres de los ilegales que flotan en el puerto?

Marianne Augresse hizo como si no lo hubiera oído.

—¿Dónde estás?

—En el bulevar Clemenceau, Résidence de France, llegando a casa de Dragonman. Vivía en el cuarto.

Vivía…

El uso del imperfecto hizo explotar una bomba en alguna parte de la zona situada bajo su cráneo. Un dolor breve e intenso. Sin duda otro surco cerebral acababa de ceder; a Marianne le costaba cada vez más compartimentarlo todo en su cerebro, concentrarse simultáneamente en los dos casos, el asesinato de Vasile y la fuga de Timo Soler. No obstante, debía gestionar las dos investigaciones zapeando sin parar de una a otra. ¿Se podía investigar seriamente así?

Desde luego que no, pero daba igual. ¡Ni en broma pensaba en la posibilidad de delegar!

—¿Y el colegio, J. B.?

—¿El de Manéglise, esta mañana? ¿Cómo te diría…? He tenido una sensación rara.

Marianne levantó la voz.

—¿Cómo que rara?

—Pues no sé, una especie de malestar. Presentarse en un colegio a la hora de entrar en clase, hacia las ocho y media, plantarse en el patio y que todos los mocosos te miren como si fueses un intruso perverso, cuando por culpa de este trabajo de mierda ni siquiera puedo llevar a mis propios hijos a su colegio.

La comandante suspiró.

—¡Acaba con tu cantinela de padre modélico, J.B.! ¿Has averiguado algo en Manéglise?

—Nada concreto. Vasile Dragonman era el único psicólogo escolar en todo el sector norte de El Havre, trabajaba en tres cantones, cincuenta y ocho municipios, veintisiete colegios, más de mil niños a los que hacía tests, de los cuales solo se ocupaba personalmente de unos treinta en los que había detectado algún trastorno...

Marianne se acordó a su pesar del caso Weber, aquel psicólogo asesinado una mañana de 2009 en Honfleur, delante de su consulta. Trataba a más de cincuenta pacientes, varios cientos si el período se ampliaba a los cuatro o cinco últimos años, desde el adolescente esquizofrénico hasta el viejo alcohólico que sufría delirio. El mismo número de culpables potenciales durante un ataque de demencia, a causa de un medicamento olvidado, una confidencia que alguien se arrepiente de haber hecho, una cita que se le ha negado. Cada uno de aquellos cincuenta enfermos cuyo nombre figuraba en la agenda de Weber tenía un móvil preciso para matar al psicólogo.

¿Era también ese el caso de Vasile? ¿Se ocupaba de otros niños con problemas demasiado habladores, cuyos padres bebían, les pegaban, les tocaban? ¿Se había enterado de secretos de familia tan sórdidos que cada adulto denunciado pudiera desear su muerte?

«Una treintena de niños», repitió mentalmente Marianne. Pero Vasile había ido a verla solo por uno de ellos.

—No te hablo de los otros colegios —insistió—, te hablo de Manéglise. Dame más detalles...

—La directora es bastante simpática. Había discutido con Dragonman ayer, pero parecía sinceramente afectada por su muerte. Ha sido ella quien me ha dado su dirección. Es evidente que guardaba todos los historiales en su casa, tenía un viejo portátil, pero lo imprimía todo, entrevistas, informes, indicaciones para los médicos, por no hablar de los dibujos de los niños, de los cuadernos enteros emborronados sesión tras sesión. Estoy delante del edificio. Vamos a divertirnos para seleccionar el material.

—No hay más remedio, J. B. Concéntrate primero en el historial de Malone Moulin.

De pronto, sin que la comandante tuviese tiempo de cerrar los párpados o volver la cabeza, los ojos de color avellana de Vasile Dragonman aparecieron sobreimpresos en el cielo gris de El Havre que ella veía a través del cristal sucio de la ventana de la cocina. Unos ojos chispeantes de malicia, los de un espíritu libre todavía conectado con la infancia. Una vocecita le repetía a Marianne que había muerto a causa de eso, de ese mapa del tesoro en el que inscribía los delirios de un crío...

La comandante se quedó siguiendo el paulatino estiramiento de las nubes en filamentos mientras el recuerdo de Vasile se borraba, antes de fijarse de nuevo en los armarios de la cocina. Decenas de latas de conserva, paquetes de pasta, salsas de colores en tarros de cristal.

Y siempre la misma impresión obsesiva, esa certeza de que aquel decorado, aquellos objetos ocultaban una evidencia que no lograba definir.

¡No se concentraba lo suficiente!

Se avergonzaba de no conseguir hacer abstracción de esas historias de planos secretos, piratas y fantasmas. Había aprendido hacía mucho a olvidar esos cuentos y leyendas del pasado, a elaborar el duelo cada vez que subía un escalón en la jerarquía policial, a renunciar al papel de la chica lista en los equipos de investigadores de su infancia, los ídolos a los que debía su vocación: George, la jefa de exploradores de los Cinco; Vilma, el cerebro de Scooby-Doo; Sabrina, la menos femenina de las singulares damas.

Incluso Canon. Mucho más que ella.

—¿Marianne? —dijo, inquieto, J. B.

La mirada de la comandante, perdida aún en la cocina, se había detenido de pronto en un paño colgado del gancho.

Su corazón, por el contrario, se aceleró. En una fracción de segundo todo se había vuelto límpido. Había comprendido lo que desde el principio encontraba extraño en el apartamento de Timo Soler.

Para recobrar la respiración, observó sucesivamente a los agentes ocupados en registrar hasta el último centímetro cuadrado del piso.

Diez hombres, ninguna mujer.

Forzosamente…

—¿Marianne?

La comandante se obligó a ordenar con calma los indicios en su mente. Si duda alguna, todos convergían: tras el aparente desorden, el apartamento vetusto, el olor de podredumbre, todo estaba en su sitio. Bien dispuesto. Ordenado. Casi con gusto. Un tipo entre la vida y la muerte jamás habría sentido esa necesidad. Un cómplice de fuga tampoco. Y mucho menos Alexis Zerda.

La evidencia se imponía, ¿cómo es que no se les había ocurrido antes?

Volvió a mirar los calcetines tendidos en el tendedero.

¡Ese piso lo ocupaba una pareja!

Una mujer vivía allí con Timo Soler. Su amiga, su amante, su mujer, daba igual lo que fuera, pero si había sobrevivido era gracias a ella. Gracias a ella habían escapado.

¿Para ir a morir a algún sitio los dos juntos?

—¡Registradlo todo! —casi gritó, sin preocuparse del teléfono móvil que tenía en la mano—. ¡Encontrad la prueba irrefutable de que aquí vivía una mujer!

Había transcurrido un cuarto de hora largo. Finalmente Marianne le había pedido a J. B. que subiera a casa de Vasile Dragonman, que empezara a mirar sus archivos y la informase con regularidad. Mientras tanto, ella seguía la localización de las patrullas en el barrio de Les Neiges en su iPad. La aplicación GeoPol parecía un videojuego, una especie de Comecocos sofisticado donde los vehículos de la policía debían peinar el mayor número de calles sin cruzarse nunca.

¿En cuál de esas calles se escondía Timo Soler? ¿En el fondo de un coche, tapado con una manta, con su amiga al volante? La existencia de esa chica ya no era una simple hipótesis, los investigadores no habían tenido dificultades para aislar las huellas materiales de una presencia femenina en el apartamento. Cabellos largos, castaño claro, encontrados en la ducha; ligeras marcas de carmín de labios en un vaso de enjuagarse los dientes; unas bragas de encaje caídas detrás del mueble del cuarto de baño.

Muy sexis. Talla 36.

La mirada amenazadora de la comandante había disuadido a sus hombres de hacer la menor alusión subida de tono acerca de esa desconocida a la que imaginaban fina, sin duda joven, guapa, y maquillada…

El agente Constantini, a fuerza de pasear la Polilight, había encontrado sangre en el rellano y los tres primeros peldaños de la escalera, pero no en los siguientes. Marianne había enviado a tres hombres, provistos cada uno de una lámpara de luz negra, en busca de otras posibles manchas delante del inmueble, en el garaje, en la calzada, a fin de contar con un punto de partida, con un primer indicio sobre la dirección seguida por los fugitivos…

¡Sin que la comandante creyera de verdad que fuesen a encontrarlo!

Los tortolitos, milagrosamente, habían volado. En la mente de Marianne, un caso se imponía al otro. Entre dos órdenes dadas mecánicamente, sus pensamientos regresaban sin cesar a Malone Moulin, a Vasile Dragonman. En cuanto se volvía hacia las ventanas del apartamento, el rostro juvenil del psicólogo escolar continuaba imprimiéndose en el cielo, un poco borroso, la barba, las cejas y el pelo blanqueados por las nubes, como pasado por el filtro de un programa informático de envejecimiento.

La prueba de que el encanto de Vasile habría permanecido intacto con el paso del tiempo, pensaba Marianne, turbada por la superposición en el horizonte de las imágenes que asediaban su mente.

Si hubiera estado sola, se habría deshecho en lágrimas. No, una cara así no podía desaparecer sin que los años la esculpieran con paciencia. No, unos ojos chispeantes como esos no podían haberse apagado en una noche.

Recordó de pronto las extrañas preguntas de Angie unos minutos antes, por teléfono.

¿Están seguros de que… de que es él?

Después de todo, quedaba una esperanza, no había ninguna prueba irrefutable de que el cadáver carbonizado bajo la moto fuese el de Vasile Dragonman. Seguro que no era el único de El Havre que circulaba en una Guzzi California.

—Al teléfono, comandante.

El agente Bourdaine permanecía inmóvil en una esquina de la sala, como un ficus decorativo del que se ignora si es natural o artificial. Marianne, de espaldas al policía, observaba a lo lejos los inmensos esqueletos de las grúas del puerto.

Alargó el brazo y respondió de manera automática:

—Comandante Augresse.

—Soy Ortega, estoy en el depósito. Ha sido más rápido de lo previsto, Marianne.

—¿Más rápido de qué?

—Ha habido suerte. Hemos encontrado enseguida su historial médico. Su dentista era Kyheng Soyaran, que tiene la consulta en la calle Sery. Nos conocemos bastante, estudiamos medicina juntos. Me ha enviado las radiografías de sus dientes por mail. Han tardado menos de cinco minutos en llegar. Compararlas ha llevado un poco más de tiempo…

—¿Compararlas con qué?

—¡Con la mandíbula del tipo encontrado bajo la moto! ¿En qué otra cosa pensabas, Marianne? ¡Ya te imaginarás que los dientes no han tenido tiempo de fundirse!

Marianne Augresse tragó saliva.

—¿Y qué? ¡Ve al grano, joder!

—Ninguna duda. Misma mandíbula, misma dentición, coincidencia absoluta en 32 de 32. No necesitas ni esperar el análisis de ADN. El tipo que murió bajo la moto en el cabo de la Hève es tu psicólogo escolar, Vasile Dragonman.

44

Aguja pequeña en el 12, aguja grande en el 6

> *He buscado en muchos libros*
> *cómo decir que te quiero*
> *las palabras que he hallado*
> *no me valen por mis años.*

Acurrucado entre la pared y el inodoro, Malone no tenía mucho sitio.

Le daba igual, había retenido perfectamente la historia del viernes, la del planeta verde, la de Venus, la del amor. Esa en la que por fin se iba volando con mamá.

Pero, antes de conseguirlo, había que escapar del ogro, el del pendiente y la calavera. Por suerte, Malone conocía el lugar mágico donde los malos no pueden entrar, Guti le había contado ese secreto montones de veces. Todos los días del planeta verde.

¡Había que encerrarse en el lavabo!

Cada vez que iba a hacer pipí, pensaba en eso. Era demasiado pequeño para llegar al pestillo, pero subiéndose al cubo de basura del baño y poniéndose de puntillas era fácil. Esa idea, la de subirse al cubo, no estaba en la historia de Guti, se le había ocurrido a él.

Encerrarse en el lavabo.

Esperar a que mamá fuese a buscarlo.

Irse para siempre con ella.

Para armarse de valor, sus deditos desplegaron una vez más el dibujo de Navidad que llevaba guardado en el bolsillo. Mientras pasaba el dedo índice por cada detalle (la estrella, el abeto con las ramas mal coloreadas, los regalos dibujados con rotulador), Malone pensó que no debía olvidarse de guardarlo luego en su escondite, en su álbum, para que nadie lo encontrara, ni Mamá-nda, ni Papá-di…, ¡ni menos aún el ogro!

De todos modos, miró detenidamente a los tres personajes que estaban cogidos de la mano bajo las guirnaldas.

Él. Papá.

Su dedo se detuvo en la tercera silueta, acarició con la yema los largos cabellos de su mamá antes de fijarse en las letras, en la parte superior e inferior de la hoja.

Alegre Navidad
Grandes Ilusiones y Esperanzas

Eran las cinco únicas palabras que sabía leer, además de su nombre. Y también, por supuesto, la palabra MAMÁ.

En más sitios he buscado,
y en mi corazón he hallado
lo que contigo aprendí
siendo aún muy chiquitín.
Con los brazos te lo digo
te quiero hasta el infinito.

—Malone, sal de ahí.

Amanda hablaba con toda la dulzura posible.

—Malone, por favor.

El olor de Carambar tostado se adhería a las paredes, al suelo, a los peldaños. Tan penetrante que casi producía rechazo. Por un momento, Amanda había confiado en que ese aroma bastara para convencer a Malone de que saliese del cuarto de baño, pero no había tardado en darse cuenta de que no caería en una trampa tan burda.

¡Malone había reconocido a Alexis! Debía de sufrir una especie de trauma, mensajes contradictorios debían de cruzarse en su cabeza; quizá incluso ver el rostro de Alexis Zerda había provocado en Malone el despertar de otros recuerdos, como un reloj estropeado que al caer al suelo se pone a funcionar otra vez.

O a lo mejor eran simplemente imaginaciones suyas y ese cabrón con pinta de vampiro solo había asustado al niño.

Amanda se había sentado sobre la moqueta raída, delante del cuarto de baño del piso de arriba. Temblando, rascaba la puerta a la manera de un gatito que quiere entrar, hablaba con dulzura, sin parar, como una madre que vela a su hijo enfermo. Que lo mima, fuerte, cercana.

Con la diferencia de que una puerta los separaba.

Oía la respiración entrecortada de su hijo, imaginaba sus sollozos contenidos.

Estaba furiosa.

Mil estrellas en el cielo,
mil flores en el jardín,
mil abejas en las flores,
mil pechinas en las playas
pero mamá solo hay una.

—¡Déjalo! —gritó Dimitri desde el salón—. Ya saldrá.

Su marido era un cretino. Amanda oía el ruido de los cubitos en su vaso de whisky. Alexis no tomaba nada, ni siquiera una cerveza. Tenía la voz un poco sibilante. Podía parecer al principio incluso cantarina, casi agradable, antes de que los siseos y la entonación demasiado aguda resultara insoportable. La primera vez que lo había visto, Amanda había llegado a pensar que, si las serpientes hablasen, lo harían como Alexis. No con el pársel de los reptiles de Harry Potter, sino más bien con la lengua que inventaría una serpiente de cascabel que se hubiera vuelta loca de tanto reptar sola por el desierto.

—Déjalo, Amanda.

Las órdenes de Alexis Zerda no admitían discusión.

Después de haber bajado lentamente la escalera, Amanda se sentó en la butaca de piel de imitación, entre su marido y Alexis. Dimitri rodeaba el vaso de puro malta con las dos manos, como para conseguir que los cubitos se deshicieran más deprisa.

—La habéis cagado —dijo Zerda.

Miraba a Dimitri, pero Amanda sabía que sus palabras iban dirigidas a ella. Alexis era demasiado inteligente para no haberse dado cuenta de que Dimitri hacía mucho que se encontraba superado por los acontecimientos.

—La policía va a venir —continuó Alexis.

Dimitri hizo ademán de contestar, pero Zerda le impuso silencio con un gesto de la mano.

—La policía habría venido a vuestra casa de todas formas. Habría venido con el psicólogo, si estuviera aún con vida, y en ese caso, sabéis tan bien como yo cuál habría sido la continuación. Quitando de en medio al psicólogo, ganamos un poco de tiempo. No mucho.

Amanda se inclinó hacia delante. Cada vez que se movía, notaba clavarse los muelles del sillón en su carne.

—¿Lo has matado?

Sin tomarse siquiera la molestia de responder, Zerda se volvió hacia el cuadro colgado de la pared. Breves poesías escritas dentro de corazones dibujados con rotulador, canciones infantiles que los niños se aprenden de memoria para el día de la Madre, decoradas con flores secas y mariposas clavadas con alfileres.

—Habrá que darle también la vuelta a eso antes de que venga la policía.

Se volvió ahora directamente hacia Amanda y clavó sus ojos verdes en los de ella. Elevó una octava más el timbre de su voz.

—El niño debería haberlo olvidado todo hace tiempo. ¡Joder, un crío de esa edad pierde sus recuerdos en unos meses! ¡Eso es lo que dicen todos los expertos! Nos hemos informado bien. ¿Cómo puede acordarse todavía de...?

—¿De ti?

Amanda esbozó una sonrisa.

—De todo, Amanda —continuó Zerda—. De todo. Más vale que ese mocoso se calle, si la policía aparece por aquí. ¡Nos está jorobando con sus cuentos y leyendas!

—No hables así de él —replicó Amanda subiendo el tono.

Alexis se levantó y fue a mirar más de cerca las mariposas clavadas con alfileres y las flores secas. Luego se quedó escuchando posibles ruidos de puerta en el piso superior.

Nada. Malone no se había movido de su jaula. Zerda respondió por fin.

—Te tomas las cosas demasiado a pecho, Amanda. Si el niño no se va de la lengua, la policía no tendrá nada contra nosotros, no podrán establecer ninguna relación. Nada concreto, ¿comprendes?, ninguna prueba, solo vagos recuerdos de un renacuajo que deberían haberse borrado hace mucho de su memoria. Ese era tu trabajo, Amanda. Pasar la esponja por todo su pasado.

Durante la conversación, Dimitri Moulin se había servido otro whisky. Ninguno de los dos le prestaba ya la menor atención.

—¿Y si nos lo quitan? —insistió Amanda—. ¿Y si nos lo quitan aunque no lo relacionen con el resto?

—No te quitarán a tu hijo, Amanda. Es inteligente. Goza de buena salud. Te quiere. ¿Por qué iban a querer separaros?

Alexis lanzó una mirada despreciativa hacia Dimitri, quien, como para guardar las apariencias, no se había atrevido a servirse más que una dosis ridícula de Glen Moray. Amanda había comprendido hacía tiempo que Dimitri contaba tan poco para Alexis como un peón que se sacrifica en una partida de ajedrez.

Su gran amigo de la infancia…

Dimitri no había tenido suerte, se había encontrado en la misma celda que Alexis en Bois-d'Arcy. Su marido ya buscaba a un tipo fuerte al que admirar, para protegerlo también, para brillar un poco a su sombra. Habría podido coincidir con un oso, un tiburón, un lobo… ¡Mala suerte, había coincidido con una serpiente! Una serpiente que lo eliminaría en cuanto representara un peligro para él, como había eliminado a ese Vasile Dragonman, como los eliminaría a todos. A ella. A Malone.

—Ve a buscarme al niño —dijo pausadamente Alexis—. Si no abre esa puta puerta del cagadero, la echo abajo yo mismo.

—Mientras Amanda subía la escalera, Zerda precisó—: No puedo quedarme mucho tiempo. La policía puede presentarse de un momento a otro, y vale más que no me encuentren aquí. Estaban en el colegio de Manéglise esta mañana. En cuanto tengan la confirmación de la identidad del muerto del cabo de la Hève, harán una visita a todas las familias de los niños de los que se ocupaba ese psicólogo metomentodo, y la vuestra será la primera de la lista.

Dos peldaños más.

—Solo hace falta que el crío coopere un poco. Que siga contando sus delirios de piratas y cohetes si quiere, qué más nos da, eso mantendrá empantanada a la poli un tiempo. Lo importante es que haga bien su papel. Mínimamente bien, ¿comprendes, Amanda? Que no se quede callado, encerrado en sí mismo, como una ostra aterrorizada. Que a la poli no le entren ganas de rascar bajo la concha.

Tres peldaños más.

—Si quieres seguir teniéndolo contigo.

Amanda no contestó. Se oyó solo el roce de su vestido contra la barandilla y el ruido amortiguado de sus zapatillas sobre la moqueta del piso de arriba.

Mamá, mamá, mi mamá,
mamá, mamá, cógeme en brazos,
mamá, mamá, un besito
(muá),
mamá, mamá, un secretito
(susurrado):
te quiero.

Pasados cinco minutos, bajó.

Dimitri, sentado, no se había servido otro whisky después de haber vaciado el vaso. Alexis, de pie, examinaba la colección de mariposas del cuadro sin apartar la vista de la ventana que daba al aparcamiento de la urbanización.

Amanda se agarró con una mano a la barandilla de madera.

—Quiere hablar con su madre.

—¿Qué dices? —preguntó Zerda, sorprendido.

—Malone dice que quiere hablar con su madre.

—Imposible.

—Dice que solo saldrá si habla con su madre —continuó Amanda—. Que si ella no puede venir, quiere telefonearla. Pero estoy de acuerdo contigo, Alexis, aceptar sería la mayor de las estupideces.

Se quedaron un momento callados, sin percatarse siquiera de que Dimitri se había levantado y había retirado despacio el teléfono inalámbrico de su base. Avanzó por el salón y, antes de hablar, echó él también un vistazo al exterior para controlar el aparcamiento vacío.

—Llevo ya bastante tiempo viviendo con ese crío. No es fácil saber qué se esconde bajo su cráneo, es más tozudo que una mula. —Marcó deliberadamente una pausa—. Pero, por muy corto que sea, hay un medio infalible de conseguir que obedezca. —Alexis no se movió, súbitamente interesado—. Su madre…

Amanda fulminó a su marido con la mirada. Zerda apartó un instante los ojos de la ventana.

—Continúa, Dimitri,

—Dejad que ese niño hable con ella por teléfono. Un minuto o dos, no más. El niño no se equivocará, sabrá que es ella. Y, una vez que haya colgado, haremos lo que queramos de él. Jamás se ha inventado nada mejor que las mentiras de adultos para que los críos te dejen en paz. ¿Captas la idea, Alexis? Decirle algo así como: «Tendrás que ser bueno si quieres volver a hablar con tu mamá», exactamente igual que diríamos «si quieres que Papá

Noel te traiga regalos» o «que el ratoncito te deje algo debajo de la almohada»…

Amanda se había apartado de la escalera para situarse delante de Dimitri, que la sobrepasaba cuarenta centímetros en altura. Unas lágrimas corrían por sus mejillas.

—Por Dios, Dimitri, no hemos hecho todo esto para nada… No puedes…

La mano caliente de Alexis se posó en su hombro.

Caliente y viscosa.

—En el fondo, lo que propone Dimitri tiene lógica. De todas formas, el niño está convencido de que tú no eres su madre. Una simple llamada nos hará ganar tiempo, mucho tiempo. Y eso es precisamente lo que nos falta.

—¿Y luego?

Sin esperar la respuesta de Zerda, Dimitri le pasó el teléfono a su amigo con una ligera sonrisa en la comisura de los labios, como para decirle a Amanda que estaba fuera de juego. Que los hombres iban a ocuparse del asunto.

Pobre insensato.

—Me lo habíais prometido —farfulló ella.

El mundo se le venía encima. Le temblaban las manos, los dedos, mientras que un interminable escalofrío le helaba el cuello. Imaginaba lo que vendría después. Alexis los liquidaría, uno tras otro. En cuanto encontrase lo que buscaba.

Zerda levantó los ojos hacia la planta de arriba.

—Dimitri, ve a buscar al niño. Dile que de acuerdo, que vamos a llamar a su madre, que podrá hablar con ella un minuto.

45

Marianne Augresse había abierto los dos batientes de la puerta del salón y estaba en el balcón. Vista sobre el puerto de hormigón, los cargueros de color antracita y el cielo vacío. Vacío para siempre.

Los visillos ondeaban, y se oyó un portazo en el interior del piso, pero le tenía sin cuidado. Como también le tenían sin cuidado los comentarios del juez Dumas manifestando en su contestador su asombro por el hecho de que Timo Soler hubiera podido escapar otra vez.

¿Qué podía hacer ella? Sus hombres habían cerrado el barrio de Les Neiges menos de quince minutos después de la llamada del cirujano. Si Soler había desconfiado del médico, o se había quitado de en medio por cualquier otra razón, ella no tenía la culpa.

—Habla más fuerte, Papy. No entiendo la mitad de lo que dices.

Había salido al balcón para tener más cobertura, pero parecía evidente que donde había problemas de red era donde estaba el teniente Pasdeloup. Apoyó las nalgas en la barandilla de hierro y, mientras mantenía con una mano el teléfono pegado a la oreja, hizo desfilar los mensajes en su iPad.

Llevar dos casos a la vez le impedía aminorar la marcha, emocionarse, detenerse, un poco como leemos una novela policíaca cuyas historias paralelas, a medida que avanzan los capítulos, se intercalan cada vez más deprisa, lo cual nos obliga a pasar de un pensamiento a otro sin mezclarlos, sin tener tiempo siquiera de hacernos preguntas. Seguramente era eso lo que debía de sentir también una mujer que tenía marido y amante. Pensar en uno y hablar con otro sin cometer ningún error.

Marianne no tenía ninguna de las dos cosas.

El último chico que le sonrió había desaparecido en una nube de cenizas en el cabo de la Hève. Un día después, de esa sonrisa solo quedaba su mandíbula, enviada por el eficiente doctor Ortega. La observaba en la tableta, flotando, ingrávida, gracias al milagro de un programa de modelado 3D. La prueba macabra de que la boca de Vasile Dragonman no volvería a besar nunca más a ninguna mujer.

—Marianne, acabo de pasar Caen. Estoy en el valle del Laize. ¿Quieres que dé media vuelta?

Marianne abrió otra ventana en la iPad. En GeoPol, unas patrullas de policía representadas con puntos rojos circulaban en busca de Timo Soler.

—Déjalo, Papy. De todas formas, aquí estamos empantanados. Con que encuentres un sitio donde tengas cobertura…

—Ok. Salgo del valle y te llamo.

Con el índice derecho, Marianne desplazó otra ventana. Los mensajes de J. B. se acumulaban bajo una lluvia de documentos adjuntos, como mínimo una decena en cada uno. Únicamente dibujos infantiles, sacados del expediente de Malone Moulin encontrado en casa de Vasile Dragonman.

Marianne los abría con una simple presión del dedo sobre la pantalla táctil y los agrandaba.

Trazos extraños, colores vivos, formas complicadas.

Cada dibujo iba acompañado de una anotación hecha por Vasile, con su letra redonda y cuidada de maestro.

Barco pirata, 17/9/2015
Cohete sobrevolando el bosque de los ogros, 24/9/2015
Cuatro torres del castillo, 8/10/2015
Un ogro, 15/10/2015

Marianne detuvo la mirada en el patatoide que representaba la supuesta cara del ogro; en los trazos que representaban los ojos, la nariz, la boca…, a no ser que se tratase de una cicatriz; en el punto negro a un lado que parecía un lunar, un ojo mal hecho, un pendiente.

¿Qué iba a hacer con aquello? ¿Con aquellas decenas de garabatos?

En su primer mensaje, J. B. le había asegurado que los dibujos le recordaban los de su hijo de cinco años. Léo. Había aprovechado para preguntarle si podría contar con un permiso a media tarde, a la hora de salida del colegio, para darles una sorpresa a su mujer y los niños.

¡Marianne se lo había negado! Demasiado trabajo ese día. Imposible arriesgarse. J. B. se había puesto de morros de manera explícita contestándole con un mensaje impropio: un emoticono con un puño con el dedo corazón levantado (normalmente se conformaba con el que saca la lengua) y unas palabras de acompañamiento.

Si tuvieras hijos, lo entenderías…

Tocada. En pleno corazón. ¡Cabrón!

Ella no tenía hijos, quizá por eso le habían confiado el mando de la comisaría. Actualmente sin duda habría cambiado todos los ascensos del mundo por un crío que la despertase por la mañana después de noches de vigilancia, por un mocoso que se echase en sus brazos en la puerta de la guardería y le hiciera olvidar los sórdidos casos de los que se ocupaba. Pero, entre tanto, J. B. y los demás tíos a sus órdenes, padres indignos o padres modelo, daba igual, ¡todos movilizados hasta el día siguiente!

La cara redonda de Papy apareció en la pantalla de su teléfono.

—¡Perfecto! He subido al campanario de la iglesia de Bretteville y ya tengo cobertura.

—¡Déjate de bromitas! Mientras tú haces turismo, aquí tenemos un cadáver, un tipo que huye desangrándose, un Alexis Zerda que no ha vuelto a dar señales de vida desde esta mañana y una misteriosa amiga de Timo de la que solo hemos encontrado unas bragas de encaje…

—¿Solo eso? Bueno, voy a darte una buena noticia: tengo la respuesta a tu pregunta existencial.

Marianne frunció el entrecejo para pedirles a dos agentes que desplazaban la cómoda del salón que hicieran menos ruido.

—¿Cuál?

—La pregunta clave. La que abre todas las puertas.

—Desembucha, joder.

—¿Ya no te acuerdas? Ayer, en tu despacho. La foto del muñeco, Guti. Me preguntaste a qué especie pertenecía ese peluche.

La comandante suspiró e, instintivamente, dio un paso adelante en el balcón tirando de la cristalera para cerrarla.

—¿Y qué? ¿Lo has encontrado?

La voz jovial de Papy contrastaba con la agitación reinante en el interior del apartamento.

—Me ha costado Dios y ayuda, me he pasado una buena parte de la noche en la red, cuando en realidad era de una evidencia absoluta. Tu peluche es un agutí.

—¿Un qué?

—¡Un agutí! Bastaba con saber que ese animal existe. Es una especie de conejillo de Indias, pero más bien originario de la Amazonia. O sea, un roedor un poco más grande que una rata. Como un conejo, digamos, pero sin rabo ni orejas.

Marianne hizo aparecer otro dibujo.

«Guti», había escrito Vasile.

El dibujo de Malone era imposible de descifrar salvo por asociación de ideas. Dos redondeles, que quizá representaban su cuerpo, estaban apoyados sobre una alfombra de puntos amarillos y rojos. Unas rayas azules se elevaban hacia la parte superior de la página.

—¡Pues sí que! ¡Otro callejón sin salida! Malone Moulin hablaba con su conejillo de Indias. ¡Fantástico! ¿Adónde nos lleva esto?

—De todas formas, antes de colgar, si tienes tiempo, puedo añadir un pequeño detalle sorprendente sobre el agutí…

—Adelante, Papy, no tengo otra cosa que hacer hoy que recibir clases de zoología.

—¡El agutí es amnésico!

—¿Cómo?

—Se pasa la vida escondiendo semillas y frutos, que casi siempre pela antes de enterrarlos. De esa forma acumula reservas para los períodos de escasez, o para después de la hibernación. Solo que, cuando se despierta, por lo general ha olvidado dónde había escondido su tesoro.

Un policía, Duhamel, pasaba el Polilight por detrás de los muebles desplazados del salón.

Surrealista.

Marianne tosió. El viento que venía del mar se colaba entre su cuello y el del abrigo.

—¡Genial, Papy! ¡El agutí es el roedor más idiota de la creación!

—Sobre todo, el más útil —la rectificó el teniente Pasdeloup—. Sin siquiera saberlo, esparce y planta las semillas para que el bosque se regenere, año tras año. El agutí es el jardinero del bosque ecuatorial. Resumiendo: tiene un tesoro, lo esconde y se olvida de él, ese es su destino. Pero, mientras él se muere de hambre, el bosque recupera todo su esplendor.

—Hostias…

La mirada de la comandante se perdió en la alfombra de puntos de colores del dibujo infantil que aparecía en su tableta. ¿Semillas? ¿Frutos? ¿Monedas de oro?

Intentó recordar algunos fragmentos de las historias de Guti que ya había escuchado varias veces en el lector de MP3. Tendrían que rebobinarlo todo, desmenuzarlo, descifrarlo. Buscar un vínculo, ¿por qué no?, entre esos cuentos y la muerte de Vasile Dragonman.

Apoyó la palma de la mano en el cristal frío y empujó la puerta del balcón.

Pero antes debía atrapar a Timo Soler y su amiga.

Su teléfono emitió una señal unos segundos después. Un correo. Otros compañeros, estos del Servicio Regional de Identidad Judicial, que le enviaban un mensaje protegido estándar, identificado con un número de expediente que no le decía nada. Clicó maquinalmente sobre el documento adjunto.

De pronto se agarró con una mano a la barandilla, como dominada por el vértigo, mientras leía, estupefacta, las tres líneas de los resultados del análisis de ADN.

46

Aguja pequeña en el 12, aguja grande en el 8

Malone estaba sentado en el sofá, al lado de Guti.

Alexis Zerda había retrocedido unos pasos en dirección a la entrada para no asustarlo más mientras Dimitri le tendía el teléfono explicándole por tercera vez que iba a hablar con su mamá. Solo un poquito, unas frases, hola, qué tal, yo estoy bien, porque tendrían que colgar enseguida y entonces él tendría que ser bueno, muy bueno, quedarse con su otra mamá, la que se ocupaba de él ahora. Mamá-nda. Porque, si no, nunca más podría volver a hablar con su mamá de antes.

Amanda les daba la espalda. Callada. Con la nariz pegada al cristal de la ventana. Un aparcamiento circular como único horizonte. Una fina niebla caía sobre la urbanización, como si todo fuera una pesadilla en un horrendo decorado. No tenía ni fuerzas para imaginar otro. Su planeta se reducía a aquel redondel de asfalto. En el reflejo del cristal, veía la sombra de Alexis Zerda.

Antes de que Dimitri bajara con Malone, Alexis se había abierto la cazadora, como si nada, para sacar un pañuelo, lo suficiente para mostrarle el revólver metido bajo el cinturón.

Dimitri no se había dado cuenta de nada, el muy descerebrado.

La trampa se cerraba en torno a ellos. Habían pactado con el diablo, lo habían dejado entrar en su casa, en su vida. Casi se sentía tentada de esperar que de pronto surgiera de la bruma un coche de la policía.

Apoyó la frente en el cristal hasta aplastar las arrugas.

Salvo por el hecho de que entonces la policía le quitaría a Malone.

Dimitri marcaba el número.

Amanda levantó la mirada y la detuvo en el cuadro colgado más arriba del aparador, el de los corazones, las poesías y las mariposas. Dimitri era el responsable de todo lo que les había ocurrido. De esa sucesión de desgracias, cada una de ellas peor que la anterior, que se producían cada vez que intentaba reparar lo irreparable.

Si debían morir los dos, su único deseo era que Zerda matase a su marido antes que a ella, solo por el placer de ver su cara estrellarse contra las frías baldosas y, un instante después, ver por última vez esos ojos estúpidos permanecer vacíos por siempre jamás. Como si hubieran seguido sin comprender lo que les estaba pasando.

Como si él no tuviera la culpa de nada.

El teléfono emitió un tercer timbrazo. Estaba sobre el mueble de la entrada, al lado del perchero y de un cuadro que representaba los acantilados de Étretat. Un teléfono fijo. Ningún policía se había atrevido a descolgar.

Todos aguardaban una orden de la jefa. Ella seguía en el balcón, concentrada en la pantalla de su móvil.

Entró de pronto en el apartamento con paso rápido y descolgó con mano firme, sin tomar la precaución de ponerse unos guantes.

Se limitó a escuchar.

—Hola… Hola, mamá…

Una voz de niño. Muy pequeño.

Un silencio. ¿Un segundo quizá? Una eternidad.

Marianne no se atrevió a responder, por miedo a que colgara.

—Hola, mamá… ¿Me oyes? ¡Soy Malone!

Marianne se quedó de piedra, como electrocutada. El agente Bourdaine, que estaba a dos metros de ella, preguntó de forma automática:

—¿Algún problema, comandante?

Inmediatamente, tomando de pronto conciencia de su metedura de pata, se tapó la boca con la mano.

Ya habían colgado.

Marianne apenas había tenido tiempo de oír un eco sordo, tal vez el sonido de una detonación.

¿Un objeto que cae? ¿Un cuerpo?

No había tiempo de pensar ni de revisar la grabación. Marianne gritó lo suficiente para que hasta los hombres que recorrían el aparcamiento, cinco pisos más abajo, la oyeran:

—¡La amiga de Timo Soler tiene un niño! ¡Y yo sé quién es ese niño!

II

Amanda

47

Aeropuerto de Le Havre-Octeville,
viernes 6 de noviembre de 2015, 16.25

Malone avanzaba por el largo pasillo del pequeño aeropuerto. Un poco al trote, dando tres pasos por cada uno que daba mamá.

Puerta 1
Puerta 2
Puerta 3

Apretaba la mano de mamá intentando contar mentalmente los aviones que había detrás del cristal. Frente a ellos caminaban hombres disfrazados como para ir a la guerra. Unos chavales, casi sin pelo; uno de ellos llevaba un pendiente, y otro, tatuajes en los brazos y el cuello. Mamá agachaba la cabeza cuando se cruzaba con ellos, como si también tuviera un poco de miedo. Miedo de que la reconociesen.

En cuanto estaban lejos, mamá decía siempre lo mismo, casi en un susurro, inclinándose hacia él:

«Date prisa, date prisa, date prisa...»

Era él, sin embargo, quien había tenido que esperarla poco antes, cuando, al cruzar aquella puerta después de quitarse relojes, cinturones y gafas, aquello había sonado y mamá había tenido que quitarse también el collar y pasar otra vez.

Puerta 4
Puerta 5

Él había intentado alejarse un poco después de cruzar la puerta. No muy lejos, solo hasta el final del pasillo, pero, al ver el gran cartel justo en el momento en que mamá lo había llamado, se había dado cuenta de que era una tontería.

Debía quedarse al lado de mamá, ser bueno, ser mayor, ser valiente.

Tenía que hacerlo todo exactamente como era debido.

Puerta 6
Puerta 7

Aunque estuviera triste por Guti. Echaba de menos a su peluche. Era mucho más difícil ser valiente sin Guti. La mano de mamá seguía apretando sus dedos.

—*Date prisa, date prisa, date prisa…*

Pulgar, índice y corazón de la otra mano. Había tres aviones al otro lado del cristal, uno blanco y azul, uno blanco y naranja, y uno todo blanco. Malone no sabía cuál iba al bosque de los ogros.

Puerta 8

Era el blanco y naranja, mamá se lo señaló con el dedo. Había gente haciendo cola delante de ellos.

Mamá seguía sin soltarle la mano, pero ahora no era para hacerle andar más deprisa, sino para que permaneciera en la cola sin moverse.

Así que Malone no se movía. Se limitaba a hacer acopio de valor. Debía hacerlo todo como le habían dicho, como Guti le había enseñado, como su mamá de antes le había pedido.

Su mamá de antes, no la que le apretaba la mano.

La gente empezaba a subir al avión. ¡Era el momento!

Malone repitió mentalmente las palabras que no entendía demasiado bien, ni siquiera después de haberlas pronunciado cientos de veces, en secreto, metido en la cama antes de dormirse, para recordarlas todos los días cuando se despertaba.

Es una oración, es tu oración. No debes olvidarla nunca.
Es muy fácil, puedes hacerlo.
Justo antes de subir al avión, tendrás que decir una frase, una frase que ya habrás dicho miles de veces, pero que tendrás que repetir justo en ese momento.
Aunque no sea verdad. Tendrán que creerte.

Tiró de la manga de mamá.
Aunque no sea verdad. Tendrán que creerte.
—Dime, cariño, ¿qué quieres?

Cuatro horas antes

48

Aguja pequeña en el 12, aguja grande en el 10

Malone estaba sentado en la parte de atrás del coche. En este no había sillita para niños, como en el de Mamá-nda, por lo que no podía ver nada del exterior, solo un trozo de tejado con musgo y la parabólica gris, que parecía un platillo volante que se hubiera tragado una chimenea por volar demasiado bajo. El cinturón de seguridad le cruzaba la cara, desde el ojo izquierdo hasta el lado derecho de la barbilla, como un pañuelo de pirata demasiado grande.

Estrechaba a Guti contra sí. A veces, en el coche de Mamá-nda, le ponía también un cinturón, el del centro, aunque eso ponía nerviosa a Mamá-nda porque perdían tiempo. Pero hoy abrazaba a Guti, sujetos los dos con un solo cinturón. Porque tenía un poco de miedo.

Mamá-nda también parecía tener miedo. Había subido delante y se volvía con frecuencia hacia él, haciéndole guiños y diciéndole: «Ahora habrá que ser valiente, pirata, habrá que ser muy valiente.»

Zerda no había levantado la voz. Los había instalado en el Ford Kuga estacionado en el aparcamiento, delante de la casa, como lo habría hecho cualquier padre de familia con un poco de prisa por volver al trabajo.

Con la cazadora abrochada hasta el cuello, se había inclinado hacia Amanda.

—Ocúpate del niño, arréglatelas para que no llame la atención. Ahora vuelvo…

Ya se había incorporado y se disponía a echar a andar, cuando se inclinó de nuevo hacia el Ford Kuga.

—¡Espérame en el coche! No intentes hacerte la lista, si te preocupa el niño.

Esta vez se había encaminado hacia la casa, cruzando en tres zancadas el camino de grava, sin volverse hacia el 4×4 negro.

En cuanto la puerta de la casa se cerró a su espalda, Amanda se pasó al asiento del conductor. Solo consiguió reprimir sus ganas de gritar mordiéndose los labios. Hasta hacerse sangre. Punto en boca para no asustar todavía más a Malone.

¡La llave de contacto no estaba puesta!

Por un instante, pensó en desabrocharle el cinturón de seguridad a Malone, cogerlo de la mano y escapar corriendo, perderse en aquel laberinto de tuyas, abrir el primer vallado y soltar a los perros; o simplemente dirigirse a casa de Dévote, allí mismo, enfrente, y atrincherarse en el interior.

Por un instante…

Su mirada se perdió en la de Malone.

Su vida no contaba, solo contaba la de su hijo.

Dimitri levantó los ojos al tiempo que se limpiaba las comisuras de los labios. Su mano derecha se paralizó, deteniendo el vaso de whisky a media distancia entre la mesa y su boca. El vaso, lleno hasta más de la mitad (una dosis mucho mayor que las anteriores que Dimitri se había permitido servirse), temblaba peligrosamente; una actitud ridícula de chiquillo que, nada más volver sus padres la espalda, coge un puñado de caramelos en lugar de uno solo.

Alexis Zerda permanecía callado, como si dudara.

—¿Qué hacía la poli en casa de Timo? —farfulló Dimitri—.

¡Joder...! ¿Crees que lo han trincado? ¿O que han encontrado su cadáver?

Zerda se desabrochó tres botones de la cazadora.

—Esa llamada ha sido una idea de mierda, Dimitri. Otra más de las tuyas...

Dimitri se echó a reír y, como desafiante, bebió un largo trago de Glen Moray.

—A ti te ha parecido bien, ¿no? ¿Estás acaso más puesto que yo en psicología infantil? ¿Te dio unas clases el rumano antes de achicharrarse? —Vació el vaso mientras Zerda se desabrochaba los últimos botones de la cazadora—. Lo tienes muy chungo, Alex. Yo no. Yo no tengo ninguna relación con Timo Soler ni con ninguna de vuestras historias. Yo solo te he hecho un favor. Punto.

Zerda dio unos pasos y se detuvo delante de la única ventana del salón, la que daba a la urbanización. Amanda y Malone seguían esperando en el Ford. Nadie más a la vista en el aparcamiento o en los jardines que lo rodeaban. Ahora debía actuar rápido.

—Eres tonto, Dimitri. Ya en Bois-d'Arcy eras el más tonto de toda la cárcel. Llegaba a resultar conmovedor. Seguramente gracias a eso has conseguido tener una mujer. Un hijo. —Acercó una mano a la ventana—. No te los mereces, Dimitri...

Zerda corrió con un gesto brusco las cortinas. La habitación se quedó de repente a oscuras. Como si el sol se hubiera pegado un trastazo. Se oyó el ruido del vaso de whisky al dejarlo Dimitri sobre la mesa de centro.

—¿Qué haces?

—¿Te das cuenta de que eres el responsable de la muerte de un niño?

—El niño no está muerto.

—Para Amanda, sí.

Dimitri se chupó los dedos mojados de whisky y abrió bien los ojos, sorprendido, para observar los movimientos lentos de Zerda. Una mano en el bolsillo, la otra hacia el cinturón.

Se pasó el índice por los incisivos riendo. El alcohol de 40° anestesiaba sus ganas de gritar. Alexis tenía razón. Era tonto. Incluso ahora, cuando Zerda iba a apuntarlo con una pistola, era incapaz de reaccionar como debería. No tenía ni idea de lo que Alexis quería oír, de lo que buscaba. Su terror se transformó en otra carcajada.

—Un niño perdido, ¿y luego? ¡Le busqué otro! Incluso mejor que el primero. Has visto a Amanda, no puedes negarlo, prefiere a este.

Alexis Zerda sacó la pistola con la misma despreocupación que si buscara un pañuelo en el fondo del bolsillo. En la penumbra, Dimitri solo distinguía un brazo que terminaba en una forma estrecha y alargada. Le pareció reconocer la Zastava, el arma serbia que Alexis le había comprado a un militar medio loco a su vuelta de Kosovo, hacía casi quince años.

Zerda susurró, dando un paso adelante.

—Fíjate, Dimitri, sentiré deshacerme de Amanda, lo sentiré mucho, pero de ti, ni pizca…

Se acabó la risa. Burlarse de la muerte en sus morros no es la solución para librarse de ella. Ni volverle la espalda tampoco.

Dimitri se levantó, tambaleándose un poco.

—Déjate de coñas, Alex. ¿Qué ganas liquidándome? No sé nada del botín, nada del niño, nada de nada.

—La policía va a presentarse aquí dentro de uno o dos minutos. Los entretendrás un poco. Como el psicólogo. Yo soy como Pulgarcito, siembro cadáveres a mi espalda. Grandes cadáveres en el camino, que la policía tarda un tiempo en apartar, y eso me da a mí tiempo para desaparecer.

Dimitri no apartaba los ojos del cañón de la Zastava. Ahora la veía claramente. Un solo rayo de luz, que se colaba por la cortina, la iluminaba, como el foco en una representación teatral. Según el militar pirado que se la había vendido, aquella pistola había abatido a decenas de bosnios, hombres, mujeres, niños…

—Los entretendré más estando vivo, Alex —farfulló todavía—. Tú te largas con el crío y yo los enredaré. Durante horas, si es preciso. Sé hacerlo. Tendrás tiempo de irte a donde quieras…

—Lo sé. Además, tienes razón. Sabes hacer eso, enredar. Digamos, entonces, que me apetece hacerlo.

Bang.

La bala de 10 milímetros penetró entre los ojos de Dimitri, que se desplomó sobre la alfombra y volcó la mesa, el vaso y la botella de Glen Moray.

Alexis se quedó menos de dos segundos mirándolo, como para asegurarse de que no se levantaría, y se acercó de nuevo hacia la ventana.

Tiró de la cortina.

Un estremecimiento lo recorrió.

Amanda estaba frente a él.

La primera reacción de Zerda fue desviar la mirada hacia un lado y echar un vistazo treinta metros detrás de ella. Respiró aliviado, ¡el niño seguía en el coche! Sus ojos regresaron, como atraídos por un imán, hacia Amanda.

Se quedaron los dos mirándose, separados únicamente por el cristal sucio.

Alexis veía miedo en el rostro de Amanda. Ni dolor, ni tristeza, ni compasión por el cuerpo tendido sobre la alfombra empapada de alcohol.

Tan solo miedo.

Y, más raro aún, casi adivinaba una sonrisa en los labios de Amanda. Una especie de alivio. Atracción, quizá. Eso fue lo que se dijo Zerda cuando pensó en ello después, mientras conducía el Ford Kuga, que esa mujercita decidida, casi guapa aún si se tomara alguna molestia, si uno se tomaba tiempo para mirarla al fondo de los ojos, pedirle que se maquillara y se pusiera ropa femenina; en resumen, que esa mujer, aun teniendo un miedo atroz del tipo que estaba frente a ella empuñando una pistola, no podía evitar admirarlo.

Cuando los labios de Amanda se movieron detrás de la ventana, casi imperceptiblemente, dejando solo un poco de vaho, a él le pareció leer en ellos una palabra, solo una.

Gracias.

49

El Megane llegó a la avenida Bois-au-Coq.

«Manéglise, 17 kilómetros, 18 minutos», indicaba el GPS colocado bajo el retrovisor. El agente Cabral esperaba reducir el tiempo a la mitad. Aceleró más, con la sirena puesta, y adelantó al tranvía por su izquierda. A lo lejos, el pueblo de chapas onduladas se recortaba en el cielo de color aluminio.

Marianne vociferaba con el teléfono pegado a la oreja:

—¡No pierdas el tiempo seleccionando, J.B.! ¡Coge una caja, un cubo, una bolsa de basura, lo que sea, y mete dentro todos los expedientes de Vasile Dragonman! Quiero saber todo lo que oyó, escribió e intuyó sobre Malone Moulin. Los dibujos del niño, las notas del psicólogo, ¡tráemelo todo! Si te das prisa, puedes reunirte con nosotros en Manéglise dentro de menos de quince minutos. ¡Montaremos una exposición *in situ*!

—¿No prefieres que…? —intentó replicar el teniente Lechevalier.

—¡Nos han mangoneado desde el principio, J.B.! Justo antes de que el pequeño Malone llamara a su mamá al piso de Timo Soler, recibí los resultados de la prueba de ADN que había pedido al Servicio Regional de Identidad Judicial, a partir de un vaso donde había bebido el niño. Los del SRIJ han podido comparar la saliva del niño con la huella genética de Dimitri Moulin, está fichado en el FNAEG.[1]

1. Fichier National des Empreintes Génétiques (Fichero Nacional de Huellas Genéticas).

Son categóricos: ¡imposible que Dimitri Moulin sea el padre biológico de Malone! Te lo repito, J.B., nos han mangoneado. Nos han obligado a jugar al ping-pong, cuando solo hay un caso. Así que, acelera...

El agente Cabral entró casi sin reducir la marcha en la rotonda que tenía delante. El tráfico era ahora más denso. Los coches se apartaban y el Megane se metía entre las dos hileras de turismos, autobuses y camiones, como un crío maleducado que se cuela en una larga cola de espera.

Marianne ya había cambiado de interlocutor. Ahora estaba en contacto con la comisaría. Lucas Marouette, el policía en prácticas, estaba de guardia. Él vería todo aquel tinglado con ojos nuevos. Sabría dónde buscar, se lo había demostrado.

—¿Lucas? Coge todo el expediente del atraco de Deauville y concéntrate en Timo Soler. Reconstruye toda su biografía, desde la primera infancia... Papy está en Potigny, el poblacho donde Soler creció. Quizá encuentre allí más información, pero, entre tanto, repasa todo lo que tenemos sobre su vida privada y encuentra algún indicio, por mínimo que sea, que permita pensar que tiene un hijo, un hijo al que criaba con su compañera, y, mejor aún, que permita identificar a esta última.

Cabral frenó en seco delante de un Peugeot 207; la conductora, que llevaba en la luna trasera la letra que la señalaba como primeriza, parecía aterrorizada por la sirena. Marianne se agarró con firmeza a la puerta, sin soltar el teléfono, dedicando solo un pensamiento fugaz a su nariz a duras penas cicatrizada.

—¡Quiero el nombre de esa chica! —le gritó a Marouette, sin darle tiempo a que le contestase con un «Ok, jefa» o hiciese el menor comentario sobre esa misión digna de un periodista de revistas de cotilleo, después de haber hecho de *paparazzi* en Manéglise.

El Megane sorteó al 207, que se había calado y bloqueaba él solito el acceso al centro comercial que tenían delante. Circulaban a lo largo de un aparcamiento que parecía extenderse hasta el infinito, como un campo de asfalto donde un granjero loco hubiera plantado semillas de coche. Multicolores, bien alineados en sus surcos impecablemente trazados. Preparados para la cosecha. Directamente del productor al consumidor.

La mirada de Marianne se detuvo en el pájaro rojo y verde que dominaba la inmensa fachada del hipermercado Auchan. Aun siendo viernes a mediodía, la afluencia al centro comercial de Mont-Gaillard era ya la de un fin de semana de rebajas.

El agente Cabral dejó atrás otra rotonda mientras los coches se hacían a un lado para dejarlo pasar.

—Pues son bastante prácticos, el girofaro y la sirena, para venir de compras aquí... —dijo, volviéndose hacia la comandante.

Marianne no le escuchaba. Había cortado la línea y sus ojos no se apartaban de los rótulos comerciales que desfilaban. Según Vasile, allí, en el centro comercial de Mont-Gaillard, era donde el pequeño Malone aseguraba haber visto a su madre por última vez. A su verdadera madre, la de antes de Amanda Moulin.

¿Una madre que vivía enclaustrada en un piso de Les Neiges con Timo Soler? ¿Que había dejado a su hijo, diez meses atrás, a cargo de una desconocida?

¿Por qué?

¿Por qué iba a dejar a su hijo a su cargo, e idear al mismo tiempo una estratagema delirante, un lector de MP3 metido en la barriga de un peluche para que el niño se acordara de ella? Más aún, ¿cómo era eso posible, puesto que el niño, Malone, había nacido en casa de los Moulin, había vivido con los Moulin, había crecido con ellos los tres primeros años de su vida?

¿Podía tener dos familias? ¿Una custodia alterna, pero compartida entre dos madres, cada una de las cuales intentaba borrar el recuerdo de la otra a fin de quedarse al niño para ella sola?

Salían ya del centro comercial. Llegarían a los límites del área metropolitana al cabo de unos minutos.

«Manéglise, 12 kilómetros, 9 minutos», corregía el GPS, desorientado.

Cabral había reducido en siete minutos la duración del trayecto anunciado por la testaruda voz femenina. Como si lo con-
virtiera en una cuestión personal entre ellos.

—Acelera, Cabral —dijo, aun así, Marianne.

Solidaridad femenina.

Frente a ellos, un castillo hinchable totalmente decorado con
motivos marinos, plantificado en medio del campo, parecía un
faro. ¿Para dirigir a los tractores perdidos?

Un solo caso, pensó de nuevo Marianne. Timo Soler, Alexis
Zerda, Vasile Dragonman, Malone Moulin. Desde el principio,
un solo caso.

Dos familias.

Un niño.

Aquello no se tenía en pie…

50

Aguja pequeña en el 1, aguja grande en el 2

El Ford Kuga circulaba despacio. La estrecha carretera estaba encajonada entre dos taludes con vegetación, apenas había sitio para que el 4×4 pasara entre las ramas de ojaranzos y castaños. Zerda conducía tranquilo, sin preocuparse de las hojas que acariciaban la carrocería y las ventanillas. Las anchas ruedas del Kuga pasaban sin inmutarse sobre los baches de la carretera y las matas que invadían el asfalto.

Zerda se volvió hacia Malone.

—Abre bien los ojos, chaval. Mi coche es una máquina de viajar en el tiempo, como en *Regreso al futuro*. ¿Estás preparado para el gran viaje?

El niño lo observaba sin comprender. Frente a ellos, se adivinaba un ensanchamiento del horizonte entre las siluetas macizas de dos robles prácticamente unidos.

Amanda, sentada delante, apretaba los puños.

Una máquina de viajar en el tiempo.

Pensó en decirle a Zerda que se callara, pero, en realidad, ¿qué cambiaría eso?

Alexis no tenía la menor idea de cómo comunicarse con un niño de menos de cuatro años. Ella sí, pero ¿qué podía hacer aparte de rezar para que Malone lo hubiera borrado definitivamente todo de su cerebro y la serpiente que iba al volante le creyera? ¿De rezar para que estuviera suficientemente convencido de que Malone ya no representaba ningún peligro para él?

Amanda veía el cerebro de un niño como un ordenador. Incluso cuando ponías cosas en la papelera, cuando creías haberlas borrado, mensajes de correo, documentos, fotos, seguían estando ahí, en alguna parte, escondidos. Bastaba pedirle a alguien un poco entendido que los localizara, meses y hasta años después... El único método eficaz era tirar el ordenador por la ventana desde un décimo piso, pasar con el coche por encima o arrojarlo al fuego de la chimenea.

Confiaba en que Zerda no razonara como ella. Este conducía ahora en silencio, con las gafas de sol puestas, pese a los escasos y tenues rayos de sol que atravesaban los árboles.

Amanda se volvió hacia Malone. El niño estaba tranquilo, iba pegado a la ventanilla, como acostumbrado a hacer largos recorridos en silencio. El tímido sol, detrás de la vegetación y las contadas casas, jugaba al escondite con sus cabellos claros. A su lado, en el asiento trasero, Amanda había dejado la cartera de mano donde guardaba todos los documentos útiles: libro de familia, pasaportes, historial médico... Zerda le había pedido que lo cogiera todo, sin especificar, sin darle la menor pista sobre su destino.

Al volverse, Amanda se había acercado a él, había desplazado las piernas a unos treinta centímetros de las suyas. Alexis le tocó la rodilla izquierda justo antes de reducir a segunda.

Amanda se pegó de nuevo al fondo de su asiento.

Ni siquiera es un gesto insinuante, pensó. Ella ya no era sexy, hacía mucho que ya no creía en todo eso, en la atracción por el sexo opuesto, en la seducción.

Gustar, para Amanda, se limitaba a sonreír a los clientes del Vivéco y tener un aspecto limpio, sereno, ni siquiera ir elegante y maquillada. En cuanto al resto, había abandonado el juego del cortejo amoroso... Demasiados tramposos en la partida. Ella consideraba el amor un engaño para los pardillos, exactamente igual que los boletos de lotería que vendía a los clientes. No ganabas nunca, o solo pequeñas sumas, lo justo para incitarte a seguir jugando, a creer en la suerte, pero nunca el pastón que te dejaría con el riñón bien cubierto hasta la tumba.

Quizá no fuese muy lista, pero al menos había entendido eso. ¡La desilusión! Dimitri había sido un excelente maestro en ese punto. La mano de Alexis sobre su rodilla era un simple reflejo de dominación masculina.

Zerda jugueteaba con la radio. Pulsando las teclas, subió el volumen de los altavoces traseros y bajó el de los de delante.

RTL2.

Freddie Mercury empezó a interpretar *Bohemian Rhapsody*.

Piano-voz.

Mama...

Amanda acababa de darse cuenta de que Alexis quería hablar con ella sin que Malone los oyera. En cualquier caso, tenía que aguzar el oído para entender lo que decía con su voz sibilante. Y desde luego no pensaba acercarse ni un centímetro.

—No te preocupes, Amanda, sé lo que piensas, pero no le haré daño. Si hubiera tenido que quitarlo de en medio, lo habría hecho hace mucho tiempo y todo habría sido más sencillo. Soy un tipo peligroso, un indeseable, un hijo de puta, todo lo que quieras, pero no toco a los niños.

Se había quitado las gafas y la miraba; sus ojos de serpiente intentaban salir de su hendidura.

¡Imposible confiar en él!

La mano de Alexis pasó de la palanca de cambios al muslo de Amanda.

Acarició sus vaqueros. Horrendos. Comprados por diez euros en un mercadillo.

Un simple reflejo de macho dominante, se repetía Amanda mentalmente. Una costumbre. Casi una forma de cortesía.

Le apartó suavemente la mano, sin decir nada.

Una sutil sonrisa asomó a los labios de Zerda, sin que dejase siquiera de mirar la carretera.

—Yo no soy como Dimitri —añadió—. Yo no les hago daño a los niños.

Con la mano derecha, buscó en la guantera hasta que encontró una foto, debajo de un mapa de carreteras, y se la dio a Amanda.

—He cogido esto antes de salir. Me la había dado Dimitri. ¿Lo reconoces?

Malone.

—Tendrás que hablar con el niño, Amanda. Si se lo explicas tú, será mejor que si lo hace la policía. Yo ya estaré lejos.

Amanda miró un momento el paisaje que, detrás de una casa nueva rodeada de setos enanos, se despejaba antes de que el camino se bifurcara de nuevo bajo los taludes llenos de vegetación.

—Piénsalo, Amanda. Para que entienda lo que le pasa. No creo que te dejen a Malone después de todo esto.

Con la yema del dedo índice, subió el volumen de la radio. El piano de Freddie se apagaba para dejar paso a la guitarra de Brian May.

El cerebro de Amanda era también un ordenador. Había resistido a la caída desde el décimo piso, a las tres toneladas y media que le habían pasado por encima y a las llamas del infierno.

Su memoria seguía intacta. Una simple foto puesta entre sus manos bastaba para hacer resurgir las imágenes del pasado, tan bien almacenadas bajo su cráneo como en un DVD guardado al fondo de un cajón.

Malone.

Fue diez meses atrás. El 23 de diciembre exactamente.

Breves escenas desfilaban por su mente. El nacimiento de Malone. Malone gateando delante de su dormitorio, sobre la moqueta del piso de arriba. Malone de pie en el parque. Sus primeros pasos. Sus primeras palabras. Sus primeros dientes. El llanto de Malone. La risa de Malone. Los sudores de su madre, en alerta permanente. Malone, un niño tremendamente temerario, escalador, explorador, equilibrista. Las precauciones infinitas de su madre, los barrotes atornillados en la cama-jaula, las correas abrochadas en la sillita de bebé, las barreras instaladas en el arranque de la escalera y arriba de todo, que había que cerrar siempre, siempre.

Malone.
Entre sus manos nerviosas, la fotografía que le había pasado Zerda se ondulaba, deformando la cara del niño.

Recordaba sus gritos al ver el cuerpo de Malone al pie de la escalera, el cesto de la ropa cayéndole de las manos. A Dimitri con un vaso en la mano, agarrado a él. A diez metros de Malone, tenía que vigilarlo, pero no ha visto nada, no ha dicho nada, no ha hecho nada.

Las urgencias. La esperanza. La espera.

El diagnóstico.

Apenas unas horas en coma. Un traumatismo craneal. Malone vivirá.

Sin duda.

Pero no se puede decir nada más, hay que esperar.

La salida de la clínica privada Joliot-Curie, once días más tarde, lejos de las miradas de los vecinos, de los primos, de los amigos, de la sospecha y de la vergüenza. Para todos, se habían ido a Bretaña aprovechando la Navidad para ver Mont-Saint-Michel, las murallas de Saint-Malo y el acuario. Habría tiempo de explicarlo más adelante.

El regreso a Manéglise con Malone.

Las secuelas…

Malone el temerario ya no se levanta de la silla, Malone el equilibrista es incapaz de vestirse solo, de comer solo, de hacer pipí solo, Malone el explorador ahora mueve únicamente los ojos y no parece ver más que las cosas minúsculas, o al menos más pequeñas que él, los insectos, las moscas, las hormigas, las mariposas. Lo que se mueve a su lado cuando lo dejan en algún sitio.

Lo demás, lo más grande, la verdadera vida que late, ya no la percibe, ni las flores, ni los árboles, ni los coches.

Ni a su madre.

Amanda pasó un dedo por el rostro triste del niño de la fotografía. Malone acababa de salir de la peluquería, el flequillo le cruzaba la frente hacia la derecha y llevaba su camisa de cuadros de Du Pareil Au Même, la que le quedaba demasiado ajustada. Curiosamente, ya no lo encontraba realmente guapo. Tenía los ojos inexpresivos, demasiado juntos, y la nariz demasiado grande, como Dimitri. Se volvió ligeramente hacia Zerda poniendo la mano izquierda a modo de pantalla para que Malone, que miraba el paisaje a través del cristal, no viese la foto.

Freddie seguía cantando. La canción era interminable. La más larga de todo el repertorio de Queen.

Mama uh uh uh…

Amanda no había hablado del accidente con nadie, salvo con el doctor Lacroix, el jefe de servicio que coordinó el seguimiento médico de Malone en la clínica Joliot-Curie. Decidió esperar a que Malone mejorase para hablar de aquel asunto en su entorno como de una broma pesada, un susto tremendo, una difícil prueba a la que se habían enfrentado. Según el doctor Lacroix, había un 15 por ciento de esperanzas de que Malone se recuperase totalmente. Y si la vida lo empujaba hacia el otro lado, el del 33 por ciento de riesgo de que las cosas empeorasen, entonces ella cerraría las contraventanas de su casa, se enclaustraría y no volvería a dirigirle nunca más la palabra a nadie.

Era una cuestión de amor, aseguró el doctor Lacroix. De amor y de dinero, comprendió enseguida Amanda. Había encontrado en la red un laboratorio norteamericano que, por lo que ella había entendido, operaba las lesiones cerebrales mediante el procedimiento de sustituir las neuronas dañadas por la estimulación de nuevos axones. El único equipo del mundo que practicaba esa neurocirugía. El precio de una intervención ascendía a miles de dólares, pero el doctor Lacroix puso cara de escepticismo cuando Amanda le tendió la hoja impresa en inglés.

Es una cuestión de amor, señora Moulin, no de dinero.

No necesitaba hacerle un dibujo. Ella conocía de sobra la desilusión.

Los días pasaron. El estado de Malone se estabilizó. Aparentemente.

Con la salvedad de que los demás niños de su edad progresaban, hablaban, contaban, dibujaban. Él no.

O, en todo caso, solo con las moscas, las mariposas y las hormigas. Ella lo ayudaba como podía, se interesaba, jugaba con aquellos dichosos insectos, de la misma forma que otras mamás coleccionan cuentas de collar o canicas.

Los reconocimientos se sucedían, cada tres días. Para establecer un diagnóstico longitudinal, como ellos decían.

Amanda le dio la vuelta a la foto. Leyó.

Malone, 29 de septiembre de 2014.

La instantánea había sido tomada delante de la aguja de Étretat tres meses antes del accidente. Aquel día, Malone se pasó la tarde corriendo detrás de las gaviotas en el espigón.

La última carta de la clínica Joliot-Curie llegó el 17 de enero de 2015, entre dos facturas. Amanda había aprendido a leer los informes médicos. Cuando quería, no era tan tonta. La hoja del hospital se le cayó de las manos, despacio.

Malone estaba sentenciado. Solo le quedaban unas semanas de vida. Habían encontrado una fisura en el interior de su cerebro, una fisura minúscula, pero que se agrandaba poco a poco, cada vez más deprisa, y había llegado a la sede de las funciones vitales, entre el tronco cerebral y la médula espinal, para ser exactos a un recoveco del cerebro llamado puente de Varolio, el que controla la motricidad y la sensibilidad.

El puente se resquebrajaba.

Era inevitable.

La esperanza de vida de Malone era comparable a la de una libélula, una mariposa, una hormiga.

Una efímera.

Como si él siempre lo hubiera sabido.

Amanda abrió la ventanilla y, lentamente, rompió la foto en tiras, dividió estas en cuadraditos y los soltó para que el viento los dispersara. Alexis Zerda, con las manos sobre el volante, seguía exhibiendo su sonrisa congelada. Casi un tic. O a lo mejor era su forma de querer resultar tranquilizador.

Amanda cerró la ventanilla.

Freddie estaba terminando de cantar, muy bajito, en contraste con su exhibición lírica habitual.

Piano-voz, para cerrar el círculo.

Anyway the wind blows...

Aquella mañana, Dimitri no dijo nada, simplemente leyó el papel de la clínica, dejó el vaso sobre la mesa y se puso el abrigo.

Amanda aún oía el ruido de la puerta al cerrarse, el del coche arrancando.

Su marido no se había atrevido a decirle nada del asunto, pero le rondaba una idea por la cabeza desde hacía unos días.

Quizá esperaba que así lo perdonase. Como si Amanda pudiera mirarlo algún día de un modo que no fuese con ese desprecio, ese asco absoluto.

Se había marchado sin decir una sola palabra.

Para ir a buscar otro niño.

Igual que se reemplaza a un perro moribundo por otro.

51

Hoy, Nochebuena, ese barbudo de los cojones se ha presentado sin iPhone 6, sin iPad y sin Nintendo 3DS, y en vez de eso ha traído una estancia para estudiar alemán en Frankfurt y un abono de Acadomia.
Ganas de matar
Mi hermana pequeña ni siquiera ha tenido tiempo de creer en Papá Noel, que ahora mismo está chamuscándose en la chimenea con su saco.

Condenado: 853
Absuelto: 18

www. ganas-de-matar.com

—A lo mejor es que no ha querido probar su pastel de Carambar…

Marianne Augresse lanzó una mirada de desolación al agente Bourdaine. Estaba en la entrada, apoyada en el perchero de cerezo, observando primero una habitación y luego la otra. La cocina y el salón. En el fondo, el comentario fuera de lugar de Bourdaine no era tan estúpido, si uno se fiaba de las apariencias.

En la cocina, uno habría jurado que Amanda Moulin iba a aparecer de un momento a otro con un paño en la mano y un cucharón en la otra, y a llamar con voz jovial a su familia: «¡La comida está lista, a la mesa!».

Mesa puesta. Tomates con mozzarella en la nevera. Pan del día. Pastel en el horno. Demasiado hecho. La única nota discordante.

En el salón, las cosas se habían torcido. Dimitri Moulin yacía sobre la alfombra de bambú con motivos japoneses que recordaban vagamente a los nenúfares. Las ninfeas flotaban ahora en un charco de sangre medio absorbida por los listones de madera trenzados.

Una bala entre los ojos.

Ninguna arma a la vista.

Ningún testigo, Amanda y Malone Moulin habían desaparecido.

El coche de los Moulin seguía en el garaje, lo habían comprobado. Todo llevaba a creer, pues, que Amanda Moulin había matado a su marido y huido con su hijo. Su presunto hijo, al menos. A pie…

Marianne Augresse dio un paso adelante, hasta la puerta del pequeño armario que había bajo la escalera. Continuaba pareciéndole inverosímil el contraste entre las dos habitaciones, el escenario doméstico y el escenario del crimen, como separados por una frontera infranqueable, dos universos que resultaba imposible conectar. Por lo menos así. Tan brutalmente.

Había otra cosa.

Marianne se obligó a no encerrarse en hipótesis que, por el momento, no llevaban a ninguna parte. Después de todo, no había más que dejar a la policía científica hacer su trabajo, no tardaría mucho en averiguar si alguien más estaba presente en la habitación, pese a que solo había un vaso de whisky junto a la mesa de centro volcada, pese a que, según su jefe, Dimitri Moulin había salido del trabajo hacia las once y media y, por lo tanto, lo habían matado menos de treinta minutos después de haber llegado a su casa para comer.

Constantini y Duhamel recorrían el barrio en busca de algún testigo. Otros dos coches circulaban por Manéglise y las carreteras departamentales de los alrededores… Si realmente Amanda Moulin había sido presa del pánico y escapado con su hijo, no podría llegar muy lejos.

El problema era que Marianne no se creía ni por asomo esa versión.

Se acercó a la ventana y vio el coche del teniente Lechevalier llegar a toda pastilla y detenerse delante de la casa, e inmediatamente después, que este se inclinaba para sacar una imponente caja de plástico y recoger varias hojas dispersas por el maletero. Sin duda los documentos encontrados en casa de Vasile Dragonman.

J.B. había sido rápido. J.B. era eficiente. Aun estando furioso por no haber visto a su mujer y sus hijos desde el día anterior, furioso contra su comandante en particular, J.B. le sería útil, el más útil de todos para pasar mes a mes por el tamiz la corta vida de un niño de tres años.

La comandante se volvió hacia el salón y miró el cadáver de Dimitri Moulin para pensar en otra cosa, en el huérfano que dejaba tras de sí, por ejemplo.

Una bala entre los ojos.

El disparo era limpio, preciso. Un disparo de profesional, no de una mujer que empuña un revólver por primera vez y apunta con él a su marido tras una discusión, para defenderse, para vengarse, una mujer que tiene miedo, que se desmorona, que aprieta el gatillo. Tampoco creía en la premeditación. Ni la más concienzuda, la más sumisa de las amas de casa pone un plato, un vaso, un tenedor y un cuchillo delante de la silla que va a ocupar el hombre al que ha planeado matar en cuanto ponga los pies en casa.

El móvil de la comandante vibró. Un breve mensaje.

Angie.

Su amiga seguía preocupada por el cadáver encontrado en el cabo de la Hève…, pero Marianne no tenía tiempo de llamarla, de confirmarle que sí, que era Vasile Dragonman y que lo habían asesinado. Se emborracharían las dos en su memoria una de esas noches, pero de momento la guapa peluquera no tenía nada que descubrirle sobre los meandros secretos del cerebro del psicólogo. Nada apremiaba, la llamaría más tarde…

Marianne Augresse puso un pie en el primer peldaño de la escalera y le dijo al agente Benhami:

—Dile a J. B. que suba al cuarto del niño. Si la caja pesa mucho, ayúdale a subirla. Nos instalaremos ahí arriba mientras vosotros jugáis con vuestros bastoncillos de algodón y vuestros tubitos.

J. B. había extendido sobre la cama unos dibujos de Malone, unas quince hojas A4 que Vasile Dragonman había archivado en su expediente.

La habitación no debía de tener más de quince metros cuadrados y era ligeramente abuhardillada en la pared que quedaba frente a la escalera. Marianne se vio obligada a inclinarse para encender el pequeño lector de CD que estaba en la estantería, antes de conectar a él el lector de MP3.

La voz grabada rompió el silencio en la habitación infantil. Una voz dulce, tranquila; resultaba difícil distinguir si era femenina o masculina. Si se escuchaba distraídamente, incluso podía pasar por la de un niño, una voz comparable a la de los personajes de dibujos animados, coherente sin duda con la que tendría un peluche si pudiera hablar; al menos en la mente de Malone.

Porque, después de una escucha más atenta, ya no cabía prácticamente ninguna duda de que se trataba de una voz femenina, cuyos agudos sonaban a veces demasiado marcados, y algunas entonaciones, demasiado metálicas. Marianne estaba convencida de que había sido manipulada, seguramente en un ordenador con un programa básico de tratamiento de sonido. Eso también sería fácil comprobarlo.

Guti tenía apenas tres años, lo cual en su familia ya era ser mayor, pues su madre solo tenía ocho y su abuelo, que era muy viejo, tenía quince.

¿Por qué podía interesar que la voz de Guti estuviese deformada?

Vivían en el árbol más grande de la playa, sus raíces tenían la forma de una inmensa araña, en el tercer piso, primera rama de la izquierda, entre una golondrina de mar que estaba casi siempre de viaje y un viejo búho renqueante y jubilado, que había servido en los barcos piratas.

La respuesta parecía evidente. ¡Se modificaba la voz para que nadie la reconociera! Para que, si Guti y su corazón caían en manos de un desconocido, o si Malone hablaba más de la cuenta, o no era lo bastante prudente con los auriculares bajo el edredón, no pudiesen llegar hasta la contadora de cuentos.

¿Su verdadera mamá? ¿La compañera de Timo Soler?

La respuesta solo satisfacía a medias. ¿Cómo era posible identificar a alguien solo por su voz? ¿Porque la policía la conocía? Era la explicación más coherente, aunque tampoco resultaba convincente del todo. Si la chica tenía antecedentes penales, si había conocido a Soler porque pertenecía al mismo ambiente de la pequeña delincuencia, no sería muy difícil identificarla, estuviera su voz camuflada o no.

Marianne apenas prestaba atención a la historia, ya la había escuchado una vez tras otra el día anterior, pero J. B., por el contrario, parecía concentrado en el relato de esa voz de robot salido de un manga. Como no había sitio en la cama, el teniente había extendido el mapa a escala 1/25.000 en el pequeño escritorio. Conocía las reglas, Marianne le había revelado la naturaleza del juego: ¡una búsqueda del tesoro! Continuar la partida en el punto donde la había dejado Vasile Dragonman. Mismo mapa, mismos indicios, con una considerable ventaja sobre el psicólogo escolar: debían dar prioridad a las zonas cercanas al cabo de la Hève, puesto que era ahí donde habían asesinado a Dragonman. ¿Porque estaba llegando al objetivo?

La comandante deambuló unos segundos por el cuarto de Malone. Los juguetes se amontonaban, parecían demasiados para una familia tan modesta como los Moulin, pero Marianne sabía que habría sido una estupidez interpretar eso como un indicio anormal. Malone era hijo único, todo lo que transpiraba esa habitación era el amor de sus padres, de su madre al menos, por ese niño.

La comandante observó más detenidamente, encima de la mesilla de noche, el calendario fluorescente y el cohete posado en uno de los siete planetas, el de aquel día, viernes. De modo que era así como el pequeño Malone se acordaba de los días, se situaba sin equivocarse en la semana, mientras que los niños de su edad a veces todavía eran incapaces de distinguir las tardes de las mañanas.

¡Todo había sido calculado! Minuciosamente planificado. Estaban manipulando a Malone desde hacía casi un año, o bien sus padres adoptivos, Amanda y Dimitri, o bien esa mujer, sin que los Moulin lo supieran, para que conservase un rastro de su vida anterior, pese a los esfuerzos de su familia de acogida.

La comandante se sentó en la camita, apartó los dibujos y se apoyó contra la almohada Buzz Lightyear, gemela de otra con la efigie de Woody. Oía abajo los pasos de los colegas de la policía científica y no tenía ningunas ganas de bajar. Marianne se sentía bien, serena, en aquella habitación de colores pastel que parecía un refugio inviolable. J. B. la rozó para coger unos grandes imanes multicolores y colgar algunos dibujos más sobre el radiador amarillo paja.

Desde que, hacía unos minutos, compartía con él la intimidad de aquella habitación, se había fijado en lo a gusto que parecía estar su ayudante. En aquel entorno desconocido, él disponía de puntos de referencia casi instintivos. Se notaba que sabía subir con gesto natural las sábanas de una cama y localizar el juguete escondido debajo, formando un bulto; poner en su sitio un peluche igual que otros hombres recogen un trozo de papel de la alfombrilla del coche; encontrar un cuento simplemente por el lomo en una estantería con cien volúmenes; caminar sobre la moqueta sin pisar ninguno de los Playmobil o los cochecitos desperdigados, con movimientos seguros, tranquilizadores. Elegantes.

Un Chippendale en una tienda Toys R Us.

Seducción total, lo más de lo más, los tíos esculpidos de su club de fitness podían sudar una vida entera sin llegarle ni a la suela del zapato.

Imaginaba su sombra de gigante cuando pasaba por delante de la luz de compañía, sobre la mesilla de noche, para besar a su hija. Sentía, como una fantasía inalcanzable, lo que debían de sentir unos padres que van a esconder el regalo del ratoncito bajo la almohada de su hijo, a contar un cuento a dos voces, a hacerse mimos a tres, a diez contando los peluches y otros muñecos, esa complicidad cotidiana que da una razón para continuar juntos incluso a matrimonios que se detestan, que hacen seguir soportando al otro, a ese que ya no le inspira a uno sino desprecio, esa clase de segundos de eternidad que ningún orgasmo reemplaza en una pareja.

Por un instante, Marianne pensó en el cuarto de su piso que estaba al lado del suyo, vacío, desordenado, habitado por cajas que nunca habían sido vaciadas, una guitarra polvorienta, la colección de muñecas peruanas descoloridas y un tendedero donde colgaba ropa interior que no excitaba a nadie. Por un instante, la imaginó habitada por un móvil en forma de arcoiris, un papel pintado con gatos rosas, unas cortinas con motivos de jirafas, una moqueta con payasos dibujados…

Joder, tenía que concentrarse…

Frente a ella, en la pared, había un cuadrado de pizarra en el que se podía dibujar, borrar, empezar de nuevo… La caja de tizas estaba al lado.

Para pensar en algo que no fuese el vacío que le atenazaba el vientre, Marianne cogió un trozo de tiza blanca.

Escribió:

¿Quién es la compañera de Timo Soler?

¿Es la madre de Malone?

¿Por qué transforma su voz?

¿Por qué ha dejado a su hijo al cuidado de Amanda y Dimitri Moulin?

¿Por qué le ha confiado a un peluche los recuerdos que su hijo iba a perder?

¿De qué debía acordarse este? ¿Estaba programado para un fin preciso? ¿En un momento preciso?

¿Está codificada la respuesta en las historias de Guti?

La tiza blanca se partió mientras cerraba el noveno signo de interrogación. Cogió otra barra.

¿Quién es Guti? ¿Por qué el peluche de Malone es un agutí, un roedor amnésico?

Cambió de tiza para continuar con una rosa. Alternó palabras escritas en minúscula y en mayúscula:

¿QUIÉN ha matado a VASILE DRAGONMAN?

¿QUIÉN ha matado a DIMITRI MOULIN?

¿QUIÉN será la próxima víctima?

¿QUIÉN es el asesino? ¿Quiénes son los asesinos?

¿DÓNDE está AMANDA MOULIN?

¿DÓNDE está MALONE MOULIN?

¿DÓNDE está TIMO SOLER?

¿DÓNDE está ALEXIS ZERDA?

¿DÓNDE está el botín del atraco de Deauville?

Con un gesto nervioso, utilizó lo que le quedaba del trozo

de tiza para trazar un círculo rodeando el conjunto y escribió en diagonal:

¿CUÁL ES EL VÍNCULO ENTRE TODAS ESTAS PRE-GUNTAS?

J. B. la miró.

—¿Solo eso? ¿Solo veinte preguntas?

Marianne dejó la tiza en su sitio, tranquilamente, y miró su reloj.

—Y una menor para acabar, de regalo. ¿Por qué no llama Papy?

52

Federico Soler. 1948-2009.

En el cementerio de Potigny, los muertos no eran muy viejos. Esa era al menos la conclusión a la que llegaba el teniente Pasdeloup, practicando un ejercicio macabro de cálculo mental mientras avanzaba lentamente entre las tumbas.

Sesenta y un años. Cincuenta y ocho años. Sesenta y tres años. Setenta y siete años, casi un récord.

El cierre de la mayor mina del oeste de Francia, en 1989, no había tenido mucho efecto en la esperanza de vida de los mineros convertidos en parados. Para ellos, era demasiado tarde. O demasiado pronto. Los que podían, se habían largado; los demás se habían quedado arrinconados allí. Detrás del cementerio, Papy veía el campanario de Notre-Dame-de-Czestochowa, la capilla de los polacos, pero las banderas sobre las tumbas que tenía delante y los idiomas de los epitafios delataban la presencia de una veintena de nacionalidades más que habían ido a parar allí para descansar por siempre jamás.

Italianos, rusos, belgas, españoles, chinos.

Unos minutos más tarde, el teniente se detuvo delante de otra tumba más ancha, una sepultura para dos.

Tomasz y Karolina Adamiack, los padres de Ilona Adamiack, que había pasado a apellidarse Lukowik al casarse con Cyril, fallecidos el mismo año, 2007. Él a los cincuenta y ocho años y ella a los sesenta y dos. Papy tenía ahora todos los elementos del expediente en la cabeza, la biografía precisa de cada uno de los que llamaba para sí mismo la banda de los Gryzons. Cuatro chavales nacidos allí, a unas casas de distancia unos de otros. Los padres de Cyril Lukowik eran los únicos que seguían viviendo en el pueblo, en la misma casa, el número 9 de la calle de Les Gryzons. Los de Alexis Zerda se habían trasladado al sur, a Gruissan, en la costa de Languedoc, hacía unos diez años.

Papy deambuló un poco más por el pequeño cementerio desierto. Antes de entrar en él, había dado una vuelta rápida por el pueblo. En el centro, todo estaba prácticamente reconstruido, las huellas del pasado quedaban reservadas para los iniciados. Unas vagonetas de hierro que servían de jardineras en cada entrada de la ciudad, una calle de la Mina, un estadio de los Caras Rojas en alusión a los mineros que extraían bauxita, con su pista de la Petanca Minera, y un castillo hinchable en forma de grúa Derrick.

Como si el tiempo se hubiera perdido.

Como si los niños que habían crecido allí se hubieran perdido.

Ni mina, ni padres, ni trabajo.

No era una excusa. Simplemente una explicación.

Aquí, en Potigny, miseria. Allí, en Deauville, apenas cincuenta kilómetros hacia el norte, el mar.

Dos pueblos del mismo tamaño, en la misma zona, pero como si no pertenecieran al mismo mundo.

No era una excusa, simplemente una tentación.

Papy se acercó a la verja del cementerio para volver al coche. En efecto, no resultaba tan difícil comprender por qué a la banda de los Gryzons le habían entrado ganas de ir de compras a Deauville sin talonario de cheques ni tarjeta de crédito, con una Beretta 92 y dos Maverick 88. Ni siquiera era una cuestión de necesidad. Más bien de identidad.

¡Menuda bromita haber nacido y crecido en un pueblo de mineros normandos, sin vacas ni manzanos, en el corazón del

Pays d'Auge! ¡Era como para no creérselo! Por no tener, no tenían ni un mal ídolo local, alguien como el cantante Pierre Bachelet, para presumir un poco. Únicamente, durante unas décadas, una experiencia de mierda en la prospección que todo el mundo ya había enterrado. Una generación sacrificada, procedente de todo el mundo para acabar olvidada allí, en aquel cementerio minúsculo, excepto quizá los polacos.

Todo lo contrario de su vida, pensó Papy empujando la verja. Su familia (hijos, nietos y exesposas) se había dispersado por toda Francia y llegado a Estados Unidos. Pensó unos segundos en la pequeña, Anaïs, debían de ser las siete de la mañana en Cleveland, seguramente aún estaba durmiendo.

El teléfono vibró en cuanto pisó la acera. ¡Marianne! Un mensaje de hacía más de un cuarto de hora. Papy había puesto en silencio el móvil mientras estaba en el cementerio, no por miedo de molestar a la gente, pues era el único que paseaba entre las tumbas, sino más bien por respeto. Y, de hecho, más por superstición que por religión; si bien no se había demostrado que las ondas de los móviles fuesen nocivas para los seres vivos, quién sabe si perturbaban las comunicaciones entre espectros en el más allá.

—¿Papy? ¿Has llegado a Potigny?

La voz de la comandante sonaba sobreexcitada en su oído.

—Sí…

—¡Genial! Quizá haya sido una buena idea, después de todo, ir a perderte allí. Recopila todo lo que puedas encontrar sobre Timo Soler. Ya sabes que buscamos a una chica. Y posiblemente también a un niño que quizá haya tenido con ella. Debe de quedar en el pueblo algún familiar de Timo Soler, amigos, vecinos…

El teniente Pasdeloup visualizó sucesivamente la tumba de Federico Soler y el expediente de su hijo. Timo había sido criado solo por su padre hasta que este murió en 2009, a los sesenta y un años. Cáncer de pulmón. Su madre, Ofelia, los había dejado para volver a Galicia cuando Timo tenía seis años.

—Hace ocho años que Timo Soler se marchó de Potigny… Desde entonces, la silicosis ha debido de liquidar, de forma más inexorable que una epidemia de cólera, a toda la generación que conoció a Timo de adolescente.

La respuesta de Marianne fue inmediata:

—Búscate la vida, Papy. Has sido tú el que ha querido ir a hacer turismo a Potigny, así que ahora apáñatelas como puedas. Busca a una antigua maestra, a sus amigachos del club de fútbol, a un cura, a una panadera que lo conoció cuando era un mocoso, a alguien.

Alguien…

Las calles de Potigny estaban desiertas. Los comercios eran nuevos. El pueblo parecía haber exorcizado hacía tiempo los fantasmas de la mina.

—Yo no podía preverlo, Marianne.

—¿Prever qué?

—Los últimos acontecimientos. Hacía diez meses que no había ningún elemento nuevo sobre el atraco de Deauville.

Marianne suspiró. Papy estaba llegando a la larga calle comercial que atravesaba el pueblo en línea recta.

—¿Qué preveías, entonces? ¿Cuál era el objetivo de tu peregrinación?

—Una intuición. Aún es demasiado pronto para hablarte de eso. Una especie de pauta que ordena el conjunto de las piezas del caso, algo que lo explicaría todo. La calle de Les Gryzons, su adolescencia aquí, las casillas vacías en sus currículos y las casillas llenas en su ficha policial, y desde esta mañana también las confidencias de Malone Moulin, esa historia del cohete, el hecho de que ese niño tenga un agutí…

—¡No me jodas, Papy! ¿Te has enterado de que aquí nos lo estamos pasando en grande? Nos dedicamos a escuchar una vez tras otra el relato de un peluche y tratamos de dibujar cuentos de hadas en un mapa del tesoro… Para ser sincera, me serías más útil aquí; de todos mis hombres, eres el que mejor conoce la zona. Por tu culpa, J. B. va a tener que quedarse encerrado en el cuarto de un niño, atiborrándose de dibujos infantiles, sin poder ir a buscar a sus propios hijos al colegio y a darle un besito a su mujer.

Precisamente en ese momento el teniente Pasdeloup vio el colegio al final de la calle. Justo enfrente, una atractiva chica salía de la peluquería. Falda corta, taconazos y melena rubia, quizá desde hacía menos de un cuarto de hora.

Papy no pudo evitar reír al relacionarlo con las últimas palabras de la comandante.

—¿Me he perdido algo, Papy?

—Perdona, Marianne. Es por el contraste de una imagen con lo que acabas de decir. Que J. B. es un padre modélico, no lo ponga en duda ni por asomo. Pero de ahí a decir que cuando se va de la comisaría a las cuatro de la tarde es porque es la hora de salida del cole…

—¿Perdón?

Marianne se levantó de un salto y estuvo a punto de darse un testarazo con el techo abuhardillado.

—No queda con sus hijos —precisó Papy—. Más bien con las mamás, para que me entiendas. Vamos, que le interesan más los bolsos que las mochilas.

—¿Cómo?

—Si hay que decírtelo con todas las letras, de cinco a siete, a J. B. le gusta dedicarse al estudio, asistir a clases particulares con señoritas guapas y disponibles, pero no las que dan clase a los niños. Yo también me caí de culo cuando me enteré ayer, Marianne. ¡Un guiño de J. B. me había dejado un poco intrigado, pero al parecer toda la comisaría estaba ya al corriente!

Marianne se dejó caer contra la pared de la habitación de Malone, la de la pizarra. Sin darse cuenta, estaba borrando con la chaqueta las palabras que había escrito con tiza. Solo quedaron unos signos de interrogación suspendidos en el aire, algunas palabras casi ilegibles.

Madre, hijo, recuerdos, asesinos…

La comandante miraba al teniente Lechevalier, medio tumbado en la cama cubierta de dibujos infantiles. Concentrado en la investigación.

Un profesional.

Pero no trabajaba en las notas de Vasile Dragonman o los dibujos de Malone... J.B. estaba sumergido en otro expediente, el del atraco de Deauville, el tiroteo, la calle de La Mer, frente a Les Planches.

«¡Más interesado en las historias de gángsteres que en los pintarrajos de un niño!», pensó Marianne. Un mentiroso... Otro cabrito más.

Aprovechando que J.B. le daba la espalda, lo miró detenidamente, a él y cada detalle de aquella habitación infantil.

¿Lo más de lo más? ¿La fantasía inalcanzable?

Después de todo, las infidelidades de J.B. no cambiaban en absoluto su visión de la familia. Incluso la reforzaban. Sí, compartir instantes mágicos con un niño representa para una pareja segundos de complicidad tan íntimos como un orgasmo. O, para ser más precisos, segundos que poco a poco ocupan el lugar del orgasmo en una pareja. Lo sustituyen.

Y las mamás van a buscarlo tranquilas con otro hombre.

Y los papás perfectos engañan a las mamás.

Por lo menos J.B.

Pero, aun así, reclaman la custodia compartida si los pillan con las manos en la masa.

—Vale, Papy —susurró Marianne con voz sosegada—, llámame cuando tengas algo...

Cortó la comunicación y se volvió hacia J.B.

—¡Mierda, cierra ese expediente! —dijo en un tono cortante—. Ya lo hemos repasado mil veces. Eres experto en dibujos de niños, en psicología infantil y aprendizaje de la primera infancia, tienes hijos, ¿no? ¡Pues entonces, a currar! ¡Vasile Dragonman resolvió el enigma! ¡No seremos más burros que él!

J.B. puso cara de asombro ante la repentina agresividad de

su superiora. Un niño sorprendido por la inexplicable furia de su madre. Iba a replicar cuando se oyó un grito en la escalera.

—¡Comandante Augresse! Soy Bourdaine. Tenemos un testigo, Dévote Dumontel, vive en la casa de enfrente.

Marianne salió al descansillo. Bourdaine, jadeante porque acababa de cruzar el aparcamiento corriendo, agitaba un papel que llevaba en la mano, al final del brazo caído, como un árbol en diciembre que se dobla bajo el peso de su última hoja.

—Le he enseñado la foto, comandante, y no tiene ninguna duda. Ha visto a Amanda y Malone Moulin montar en el coche, un 4×4 negro desconocido para ella. No ha reconocido la marca, pero la identificaremos. Él ha subido unos segundos después. La madre y el niño parecían aterrorizados, según Dévote. Me ha ofrecido un café, pero…

—¿Quién, joder? ¿Quién ha subido con ellos?

Bourdaine agitaba el papel, una foto, como si, desde tres metros más arriba, la comandante pudiese reconocer la cara.

—¡Zerda! —gritó por fin—. ¡Alexis Zerda!

La comandante Augresse se apoyó en la barandilla.

Recordó el impacto de la bala entre los ojos de Dimitri Moulin, justo en el centro. Un cadáver que ya debía de estar camino del depósito dentro de una bolsa de plástico. A continuación hizo desfilar ante sus ojos la interminable lista de los delitos planificados por Alexis Zerda, crímenes de los que era sospechoso, dos muertos durante el robo al BNP de La Ferté-Bernard y otros dos durante el asalto al furgón del Carrefour de Hérouville.

Dos nuevos que añadir a su palmarés desde ayer.

Vasile Dragonman. Dimitri Moulin.

Seguramente dos más dentro de unas horas.

Una mujer y su hijo de tres años.

No había ninguna razón para que Zerda, yendo por tan buen camino, se detuviera.

Marianne dejó plantado a Bourdaine, el cual, como tenía por costumbre, había echado raíces en espera de nuevas órdenes. Debía hacer balance a la velocidad de un ordenador que da la respuesta correcta unos segundos después de que alguien haya pulsado la tecla Intro. No tenían ninguna pista sobre la dirección en la que Zerda había ido, pero, si se había llevado a Malone y su madre, forzosamente existía una relación con los recuerdos del niño. Una idea descabellada le pasó por la cabeza: la única persona que conocía su destino era Guti, ese peluche que Malone debía de llevar consigo en el asiento trasero del 4×4.

Su único confidente…

Y la idea le pareció todavía más descabellada que la primera: ¡podían comunicarse con él!

Marianne se volvió hacia J.B., todavía sentado en la cama del cuarto infantil. Todavía con la nariz metida en las fotos del atraco.

Encima de los dibujos de Malone, había esparcido las fotos de los dos cadáveres frente a las termas de Deauville, así como las de los escaparates ametrallados en la calle de La Mer y los coches acribillados por las balas. Era evidente que el papá hipócrita prefería jugar a policías y ladrones que hacer trabajos manuales.

Aquello sacó de sus casillas a Marianne, ¿acaso no le había dado unas órdenes claras hacía un minuto? Sin embargo, antes de que pudiera abrir la boca para descargar sobre él su rabia de policía impotente, incrementada por su decepción de mujer inocente, él levantó la mano para tomar la palabra con decisión.

Un poli tramposo, pero seguro de sí mismo.

—He encontrado algo en el expediente, Marianne. ¡El vínculo entre el atraco y el niño! Esto explica su trauma, su miedo a la lluvia, su doble identidad y todo lo demás.

53

Aguja pequeña en el 1, aguja grande en el 5

No es lluvia, había dicho Mamá-nda.

La lluvia cae del cielo a la tierra, por eso hace daño, porque cae de arriba, de muy arriba, de las nubes que están sobre nuestras cabezas, de las nubes que creemos que son pequeñas, pero que en realidad son más grandes que todo lo que conocemos. La nube más diminuta es mayor que la tierra entera. Las gotas atraviesan el universo, las estrellas y los planetas antes de estrellarse contra nosotros.

«Pero no las que te mojan la cara» le había asegurado Mamá-nda, aunque a Malone le costaba creerlo. Estas gotas, había continuado explicando Mamá-nda, las desplaza el viento. No se estrellan, vuelan. Proceden también de las nubes, pero de unas nubes pequeñas producidas por las olas, una espuma blanca que choca con los cantos rodados, rebota, y después el viento transporta hacia la playa e incluso, si está en forma, hasta lo alto del acantilado.

Para convencerlo, había utilizado también palabras que él no conocía, como oleaje, salpicaduras y otras.

¡Pero, aun así, él no se fiaba! Se protegía la cara con la capucha del abrigo. Cuando miraba al frente, al fondo de todo, el cielo y el mar eran una sola cosa. Se confundían en un mismo color. El gris. Como si el que los había dibujado y coloreado, lo hubiera hecho deprisa y corriendo. Ni siquiera una raya para separarlos.

Eso le daba miedo, no poder reconocer la lluvia que corta de la que solo moja. Así que Malone agachaba la cabeza bajo la capucha y miraba el suelo.

Las torres del castillo. El barco de los piratas. Las casas, aún no las veía, pero las adivinaba. Todavía faltaba bajar una pequeña escalera, después de la grande. Su casa era la tercera.

No sabía por qué, pero estaba seguro de eso. Todo era exactamente como en las historias de Guti, pero ahora recordaba también las imágenes.

—Dale la mano —dijo Zerda.

Alexis observó los alrededores. Nadie a la vista. Una bendición, ese viento glacial. Ningún paseante indiscreto que los molestara, ni allí ni en la playa. Ni siquiera los alas delta, normalmente numerosos en esa zona, se arriesgaban a salir aquel día. Como medida de precaución suplementaria, había aparcado el 4×4 detrás de un castañar, era imposible verlo, ni siquiera conduciendo al ralentí por el camino de Saint-Andrieux.

Desde ese aparcamiento improvisado, en cambio, se dominaba toda la costa hasta el cabo de la Hève. Un paisaje de otoño normando, en blanco y negro. Durante unos instantes, Zerda había imaginado que las últimas cenizas de Vasile Dragonman formaban parte de la grisura del decorado. La policía ya se había largado del mirador donde había ardido la moto; al pasar por la carretera junto a él, unos minutos antes, no había visto ningún movimiento. Había aminorado la marcha solo por el placer de cerrar los ojos un segundo y verse tirar la colilla sobre el charco de gasolina. Un cadáver se superponía a otro. Los que él dejaba a su paso. En este momento, seguro que toda la comisaría de El Havre estaba pisoteando la alfombra del salón de Amanda, en Manéglise.

¿Cuánto tiempo necesitarían para encontrarlos? El psicólogo rumano había tardado semanas. Incluso siendo varios, era poco probable que los policías fuesen más listos. Lo cual no era una razón para entretenerse, ni para cambiar un método de eficacia demostrada…, el de Pulgarcito.

Puso una mano sobre la espalda de Amanda y se inclinó hacia ella para hablarle al oído, abriendo la otra mano y acercándosela a la sien como protección contra el viento.

—Bajamos, Amanda. Vamos al escondrijo, recuperamos lo que hemos venido a buscar y nos vamos.

Su mano se deslizó unos centímetros hacia abajo, hasta la zona de los riñones. Una curva que imaginaba, más que seguirla con los dedos, entre capas de ropa y cintura sin gracia.

Amanda no reaccionó.

«¿Sigue siendo insensible a mis aproximaciones?», se preguntó Zerda. Ya cambiará. Cambiará forzosamente, después de haberse pasado la vida con ese animal de Dimitri. Toda la vida sintiéndolo dentro de ella, encima de ella, detrás de ella, sin que el resto de su piel sirviese nunca para nada, recibiera la menor caricia o el menor beso.

Despacio, su mano descendió hasta las nalgas, como para incitarla a avanzar más deprisa, a tirar del brazo de Malone y empezar a bajar la escalera tallada en la roca del acantilado.

Habían bajado ya varias decenas de peldaños. Amanda iba delante, con su hijo cogido de la mano. Malone, callado, con la cabeza gacha, parecía preocupado únicamente por las gotas de espuma. Sus piernecitas devoraban los peldaños sin cansancio aparente.

Amanda notaba la respiración de Alexis a su espalda. Sabía que, si aminoraba la marcha, si paraba para descansar un momento, él se detendría uno o dos escalones más arriba y le pondría una mano sobre el hombro, le tocaría un pecho, acercaría el torso a unos centímetros de su boca, la urgencia serviría de pretexto. No entretenerse, darse prisa. Recuperar el botín con la policía siguiéndoles los pasos, proteger a Malone.

Mientras Zerda la sobaba.

Amanda no era idiota. Sabía que Alexis jugaba con ella, pero se sentía turbada. A pesar de todo, a su pesar. No era tan cándida como para imaginar que era deseable, que tenía el menor encanto, la menor posibilidad de ablandar a Zerda con una mirada y un contoneo de caderas. Se limitaba a calcular que tal vez a Zerda se le antojara aprovechar que la tenía a mano. Antes de una huida de varias semanas o varios meses, podría tener ganas de sacar partido de la situación. De violarla, si era preciso.

Malone resbaló en un peldaño más alto que los demás. Ella lo sujetó con mano firme.

A lo mejor eso acababa siendo su oportunidad. No para ella, sino para su hijo. A lo mejor podría interponerse entre el niño y el asesino. Ofrecerse como escudo. La imagen le gustó. Una mujer demasiado robusta puede conseguir una cosa así.

Notaba la manita de Malone apretar la suya, una presión suplementaria por cada escalón que bajaba. Malone era el único hombre que la encontraba guapa. El único hombre para el que era dulce, tierna, sensible. Única. El único hombre capaz de amarla sin juzgarla. El único hombre, en el fondo, por el que su vida merecía continuar siendo vivida.

Bajó los ojos. La escalera parecía interminable. Abajo de todo, el casco negro del barco parecía descoyuntarse cada vez que lo golpeaba una ola para hundirse más en las aguas oscuras el segundo siguiente. El derrelicto, sin embargo, llevaba allí una eternidad.

Al tiempo que le dirigía una sonrisa cómplice a su hijo, Amanda tiró del bracito que prolongaba el suyo y aceleró más para poner como mínimo tres peldaños de distancia entre ella y la serpiente que tenía a su espalda.

Malone se sentía tranquilo. Siempre se tranquilizaba cuando iba cogido de la mano de Mamá-nda. Ella era fuerte como una montaña. Ella siempre lo llevaba a donde quería, por más que él se resistiera, se quedara rezagado, echara a correr o se dejase caer, para cruzar una calle, para permanecer tranquilamente en una acera, para no caerse en una escalera, como ahora. La mano de Mamá-nda era como una gran goma elástica que lo sujetaba.

Malone se decía que debía de ser igual entre él y Guti. Él debía de ser una gran goma elástica para Guti, más grande todavía, él podía hacer con Guti cosas que Mamá-nda no podía hacer con él, agarrarlo de un brazo sin que sus patas se apoyaran en el suelo, llevarlo en brazos todo el día, echarlo al aire para atraparlo al vuelo y hasta coserle un brazo. Sí, Mamá-nda era mucho más buena con él que él con Guti.

Él nunca tenía miedo con Mamá-nda.

Tampoco tenía miedo del ogro que iba detrás de ellos.

Sabía cómo escapar de él. Ahora se acordaba de todo. De casi todo, el bosque y el cohete era lo único que faltaba. Todo lo demás estaba allí. Muy pronto encontraría la casa donde vivía antes, con mamá. La tercera casa, la de las contraventanas rotas. A lo mejor mamá lo esperaba allí. A lo mejor iban a vivir todos juntos allí, ella, él y Mamá-nda.

Seguía teniendo mucho frío, pero ya no tenía ningún miedo.

Salvo de las gotas, incluso las del mar, incluso escondido bajo la capucha.

54

J.B. se había levantado y miraba a la comandante, con sus ojos azules clavados en los de ella. Unos ojos de niño cautivador y avispado que ha encontrado la solución antes que nadie.

¿A cuántas chicas se la había pegado ese embaucador?

—Mira —dijo J.B., poniéndole a Marianne delante de las narices una foto extraída del expediente del atraco de Deauville.

Marianne observó aquella fotografía que ya había examinado decenas de veces. La calle de La Mer a la altura de las termas. El matrimonio Lukowik abatido en medio de la calzada. Coches aparcados frente al casino y acribillados a balazos. No entendía adónde quería ir a parar su ayudante.

—¿Te acuerdas de que nos preguntábamos cómo pensaban huir Cyril e Ilona Lukowik, qué plan tenían para salir de Deauville? La hipótesis más verosímil, puesto que no iban a largarse a pie con sus compras metidas en bolsas, era que un coche los esperaba.

—Lo sé, J.B., todo eso ya lo sé. Comprobamos todas las matrículas de los coches estacionados en las inmediaciones y no encontramos nada.

—Mira el Opel Zafira. En primer plano, a unos metros de los cadáveres…

Marianne se concentró, pero J.B. se apresuró a poner el índice sobre el papel satinado.

—Ahí, Marianne…

—Mierda —murmuró la comandante.

En la parte de atrás de la berlina gris, se distinguía la forma de una sillita de coche para niño. Una bala de la policía había atravesado la luna trasera del Opel y miles de minúsculos trocitos de cristal cubrían los asientos del vehículo... y la sillita para niño.

—Una lluvia de cristal —insistió J. B.—. ¿No te recuerda eso algo?

—La fobia de Malone Moulin.

—El presunto hijo de Timo Soler.

J. B. y la comandante estaban el uno al lado del otro en el cuartito infantil abarrotado de juguetes. Ella notaba la piel de J.B. contra su brazo, su barba incipiente a la altura de sus ojos, su perfume penetrante, Diesel, Fuel for Life o algo similar. El papá demasiado preocupado y el esposo demasiado sumiso se había esfumado, la máscara había caído.

No era más que un predador, como los demás. Una fiera.

Un cabronazo.

Un buen policía.

—¿Cuál es tu teoría, J. B.?

El teniente clavó de nuevo sus ojos azules en los de la comandante. Dos disparos a bocajarro.

—No hay más que desenredar el hilo, Marianne, estarás de acuerdo conmigo. Siempre pensamos que un tipo esperaba a los Lukowik delante del casino, al volante de un coche, y que ese tipo había hecho desaparecer el botín. Pero no teníamos ninguna prueba, había un centenar de coches aparcados en las proximidades en el momento del atraco y la mayoría de ellos desaparecieron durante el revuelo que se armó inmediatamente después del tiroteo. Modifiquemos solo un poco nuestra hipótesis... ¿Y si no era un tipo quien los esperaba, sino una tipa? Una conductora. La compañera de Timo. Y en la parte de atrás del coche, llevaba a su hijo, un niño de menos de tres años... —El teniente examinó de nuevo la foto, miró los cadáveres, la multitud alrededor—. Es una idea bastante ingeniosa. Se exponían a que la policía montara controles alrededor de Deauville inmediatamente después del atraco, pero era bastante poco probable que sospechara de una familia con un niño de menos de tres años en el asiento de atrás.

—Pero resultó que los mataron antes de llegar al Opel.

—Sí… Si hemos dado en el clavo, la compañera de Timo Soler y su hijo forman parte de las decenas de personas que estaban en la calle de La Mer tras el tiroteo y desaparecieron justo después.

—Centenares, querrás decir. Todos los que paseaban por la playa y las calles, los que salían del Grand Hôtel, del casino, de las casetas de playa, de las termas. Y, una vez que hubo acabado la lluvia de balas, todo Deauville fue a cubrir el suceso. Aunque eso también es una ventaja, J. B. Si la identificación de la matrícula del Opel Zafira no aporta nada, disponemos de cientos de fotos de aficionados en el expediente, un CD entero. No tenemos más que revisarlas confiando en localizar al pequeño Malone Moulin en una de ellas…

—Cogido de la mano de su madre.

Marianne pasó otra vez un dedo por encima de la foto, con cuidado, como si las esquirlas de cristal la volvieran cortante.

—¡Qué locura! —susurró—. Implicar a un niño de dos años y medio en un atraco…

—Estaba en la retaguardia —dijo J. B.—, con su madre. Ellos pensaban que lo harían sin que se derramara una sola gota de sangre.

La comandante lo fulminó con una mirada cuyo significado era que sus explicaciones sonaban a excusas, y sus excusas, a una muestra de irresponsabilidad.

Era injusto, casi ridículo, pero le importaba un bledo.

—¡Hostia, J. B.!… ¿Y tú tienes hijos? ¡Ese niño lo vio todo! Abatieron a tiros a unas personas delante de sus ojos, a un metro de él. Unas personas a las que quizá conocía.

Marianne tenía unas ganas locas de seguir escupiéndole su

344

odio en la cara a J. B. Utilizar a un niño como añagaza en un atraco, engañar a la esposa exponiéndose a hacer saltar por los aires la vida familiar de unos niños que no han pedido nada… ¡Idéntico delito! ¡Idéntico castigo!

Pero el teniente no pareció percatarse de la ira que bullía dentro de Marianne. Se limitó a ponerle una mano en el hombro, sin dejar de mover los ojos como un perro de caza.

—Unas personas a las que conocía… Tienes razón, Marianne. ¡Pues claro! ¡Esa es la clave!

Unos instantes después, estaban los dos sentados en la camita de Malone.

—Empecemos de nuevo desde el principio —dijo J. B.—. Una panda de amigachos de Potigny prepara un robo. Cyril e Ilona Lukowik, Timo Soler y seguramente Alexis Zerda como cuarto mosquetero. Se suma la compañera de Timo Soler, cuyo nombre no sabemos.

—Un golpe como ese supone varias semanas de preparación —continuó Marianne—, varios meses tal vez. Pero el día D el plan perfecto falla. Ilona y Cyril son abatidos antes de llegar al coche y Timo Soler es identificado…

—Y deducimos la identidad del cuarto atracador, Alexis Zerda, pero sin tener ninguna prueba y ningún testigo. Ninguna persona cercana a Timo Soler habla, nadie está al corriente de nada. Imposible imaginar en ese momento que existen dos testigos más, su compañera y su hijo.

J. B. se pegó un poco más a Marianne para coger el expediente de Vasile Dragonman. La comandante se apartó de inmediato y aplastó el traje espacial de un Buzz Lightyear estampado bajo sus nalgas.

Buzz protestó con una breve melodía que no tenía nada de intersideral.

Marianne, sorprendida, metió la mano bajo el edredón y sacó un pequeño álbum de fotos de tapas mullidas, forradas en algodón grueso y decoradas con monos, papagayos y árboles tropicales que emitían un ruido de xilofón al apretarlos.

Lo abrió sin pensar, de manera automática.

En la primera foto, un bebé dormía en una cunita de mimbre, tapado con una sábana blanca muy calada, tipo mosquitera o encaje un poco kitsch.

¿Era Malone?

Ella era incapaz de reconocerlo…, aunque en la cuna, pegado a la boquita rosa del bebé, descansaba un Guti totalmente nuevo y limpio.

—Dos testigos más —continuó J. B., sin prestar atención al descubrimiento de Marianne—. Si después del atraco hubiéramos sabido que Timo Soler tenía una compañera y un hijo, los habríamos interrogado. La chica habría podido enredarnos…

—¡Pero el niño habría hablado! —lo interrumpió la comandante—. De sus padres. De los amigos de sus padres.

—De los Lukowik y…, sobre todo, del que permanecía en la sombra, pero que seguramente había visitado con frecuencia la casa de los Soler, había ido a tomar una copa, había sacado un plano de Deauville, había hecho decenas de veces el recorrido de la calle Eugène Colas en moto, crono en mano. ¡Alexis Zerda!

—Alexis Zerda —repitió Marianne—. Malone tenía que conocerlo forzosamente. Jugaba con sus peluches junto a él, se despertaba por la noche para hacer pipí o se quedaba despierto sobre las rodillas de su madre. Aunque fuera inconscientemente, registró su cara. Si llegáramos hasta ese niño, tendríamos la prueba de que Zerda estaba implicado. Quizá incluso de que los Soler, los Lukowik y Zerda vivían juntos en la misma guarida, a resguardo de miradas y oídos indiscretos.

—Esa guarida que buscamos… Esa que está enterrada en los recuerdos de Malone entre piratas, castillos y cohetes. Sin lugar a dudas, el escondite que Vasile Dragonman había encontrado.

Marianne pasó maquinalmente otra página del pequeño álbum de fotos. Las fundas de plástico estaban opacas a fuerza de haber sido toqueteadas por dedos sucios y húmedos.

El bebé tenía unos meses. Estaba sentado en la hierba. El tiempo parecía bueno, el niño llevaba puesto solo un pañal y una pequeña bandana roja en la cabeza que le daba un aspecto de pirata.

Un niño. Casi sin pelo. Amusgaba los ojos debido al sol, imposible distinguir de qué color eran.

¿Malone? Quizá… Ninguna certeza tampoco.

Con una de sus manitas regordetas, tenía agarrado a Guti de la pata trasera. Maltratado ya, pero casi nuevo todavía.

—Entonces, la hipótesis es esa —dijo la comandante Augresse en voz baja—. Hacen desaparecer al niño. Lo dejan al cuidado de una familia de acogida hasta que las cosas se calmen. Sobre todo, hasta que el niño olvide lo que ha visto. La cara de Alexis Zerda en particular.

Antes de continuar, recordó las teorías de Vasile sobre la memoria de un niño, las que le había expuesto en su despacho hacía menos de cinco días.

—J. B., hace falta muy poco tiempo para que un niño de menos de tres años olvide su pasado y se convierta durante el resto de su vida en un testigo mudo. Solo unas semanas para olvidar una cara, unos meses, apenas un año, para olvidar todo lo que ha vivido anteriormente.

J. B. se pegó de nuevo a Marianne para mirar el álbum de fotos encontrado en la cama de Malone.

—Muy ingenioso… Más aún, diría yo, ¡lógico! Pero, de todas formas, esto plantea un montón de preguntas. ¿Cómo llevar a cabo con éxito semejante juego de prestidigitación? ¿Cómo encontrar una familia de acogida? Luego, conseguir cambiar la identidad de un niño, aunque tenga treinta meses. Y, sobre todo, ¿por qué correr ese riesgo? Bastaba con que la compañera de Soler se escondiese con su hijo, puesto que nosotros nunca sospechamos ni que existiera. Nos estamos quemando, Marianne, pero todavía nos falta una pieza del puzle.

Nos estamos quemando…

La imagen le produjo un estremecimiento a Marianne. Unas cenizas levantadas por el viento marino danzaban ante sus ojos. Pasó otra página del álbum.

El bebé, en la foto siguiente, tenía más de un año. Estaba de pie, disfrazado de indio. Detrás del árbol contra el que posaba, se reconocía el pequeño estanque de la urbanización de Manéglise y las casas de color crema un poco más lejos aún. Esta vez era Malone, no cabía duda, porque la foto estaba tomada de más cerca, el rostro, mejor encuadrado, y había más luz.

Ni rastro de Guti ni de otros peluches.

Más páginas: Malone en un tiovivo, Malone delante de un acuario, Malone delante de una tarta de cumpleaños, con Amanda y Dimitri. Tres velitas.

Hasta llegar a la última: Malone al pie del árbol de Navidad. Curiosamente, esta última foto le pareció a la comandante más gruesa que las otras. Metió un dedo en la funda de plástico, por debajo de la foto, y sacó una hoja de papel torpemente doblada en ocho.

¡Era un dibujo! Hecho por un adulto, pero coloreado, pintarrajeado más bien, por un niño muy pequeño.

¿Obra de Malone?

La escena representaba una Nochebuena clásica: una familia reunida delante de los regalos y el árbol iluminado. Uno de esos dibujos que se le hace pintar el día de Nochebuena a un niño sobreexcitado para que entretenga la espera, diciéndole que se lo regalarán a Papá Noel cuando pase por casa. Los tres miembros de la familia, el papá, la mamá y el niño, estaban dibujados toscamente; imposible sacar de ahí ninguna descripción…, aunque la mamá tenía el pelo largo, mucho más largo que Amanda Moulin.

Marianne registró un último detalle: el dibujo iba acompañado de cinco palabras, parte de ellas escritas junto a la estrella que coronaba el abeto: *Alegre Navidad*.

Las otras, escritas al lado de los regalos: *Grandes Ilusiones y Esperanzas*.

Examinó un momento el papel, ajado seguramente de tanto haber sido manoseado por Malone. Las palabras estaban escritas con una letra femenina, probablemente la de su madre, habría que compararla con la de Amanda Moulin. ¿Qué símbolo podían representar aquellas cinco palabras, aquellas tres figuras y aquella Nochebuena para ese niño?

Las preguntas se agolpaban en la mente de la comandante.

¿Otro misterio? ¿Otra clave? ¿Cómo estar seguros? Cada uno de los objetos de ese dormitorio infantil normal y corriente podía haber sido colocado allí con un objetivo preciso. Estar allí para cumplir una función programada, cuya finalidad era construir otra realidad, la que se deseaba que Malone admitiera. ¿Eran simples juguetes, o trampas dispuestas a propósito? Ese calendario con la forma de un sistema solar, esas estrellas fluorescentes en el techo, ese edredón Toy Story, ese avión Happyland, esa caja de animales de peluche, esos piratas de Playmobil, ese álbum de fotos...

Sin dejar de hojearlo, Marianne pensaba en el razonamiento de su ayudante. ¿Quién era ese niño de las fotos, cuyos tres primeros años de vida seguían como en un cuento de hadas?

¿El mismo niño?

¿Dos niños diferentes, a partir de fotos hábilmente retocadas?

O, más probablemente, el mismo bebé, pero al que le habían contado dos vidas... La primera, hasta los tres años, hasta el atraco, hasta el drama, hasta el trauma absoluto. La segunda, después, para olvidar la primera, para proteger a los adultos con los que se había relacionado desde su nacimiento. Sacrificarlo a él para protegerlos a ellos.

¿Qué madre aceptaría eso? ¿Separarse de su hijo, aunque fuera por unos meses, si esos meses van a borrar todos sus recuerdos y a convertirlo en un extraño?

Y algo más pasmoso aún: ¿qué madre aceptaría cambiar a su hijo por otro? Porque habían encontrado pruebas, Lucas Marouette había hecho un excelente trabajo de investigación: Amanda y Dimitri habían tenido realmente un hijo, Malone, nacido el 29 de abril de 2012 en la clínica del Estuario.

Si el hijo de Timo Soler había ocupado el lugar de Malone, ¿qué había sido de este último?

¿Se había esfumado también?

55

Aguja pequeña en el 1, aguja grande en el 11

Después de haber bajado más de la mitad de la escalera, casi habían llegado a la altura de los cuatro grandes cilindros. El barco flotaba frente a ellos. A su derecha empezaban a verse las primeras casas abandonadas.

Amanda no había ido nunca allí. Había oído hablar a veces de ese lugar extraño, pero nunca lo había relacionado con las historias de Malone.

Ahora lo entendía.

Malone seguía agarrado de su mano. Bueno. Obediente. Perdido en sus pensamientos. En sus recuerdos tal vez.

Zerda caminaba detrás de ellos, al mismo ritmo, al mismo paso. Ella notaba que le habría gustado que fuesen más deprisa, pero no decía nada. El niño avanzaba sin lloriquear, así que debía conformarse.

Tampoco había dicho nada cuando ella se había detenido unos segundos para quitarse la gabardina para llevarla en la mano. Estaba empapada bajo la ropa acrílica, gotas heladas le resbalaban por la espalda. El miedo. El sudor. El descenso era difícil. El viento frío los azotaba en la cara, pero aun así se había desabrochado dos botones de la blusa.

El escote al aire. Una locura. Un método seguro para palmarla. O para retrasar el momento, si es que… La excusa del esfuerzo físico era ridícula, pero no tenía otras bazas, debía enviarle a Zerda algunos mensajes burdos.

Que era una mujer…

Que si él quería…

No tenía otra cosa que sacrificar para que Malone tuviera una posibilidad de salir de aquel trance. No había sabido proteger a su primer hijo. Debía conseguir salvar al segundo.

Continuaba apoyando los pies en los peldaños a un ritmo regular, faltaba un centenar escaso antes de llegar a la playa. Una escalera hacia el infierno…

La escalera por la que Malone había caído.

El otro Malone, el que había muerto.

El 17 de enero de 2015, el día que recibió la carta de la clínica Joliot-Curie, aquella carta que anunciaba que a su hijo solo le quedaban unas semanas de vida, que la lesión se abría en su cerebro como una fisura capaz de resquebrajar una piedra, Dimitri se marchó sin decir nada.

Volvió por la noche.

Con otro niño. Para sustituir al que dormía, condenado ya, en su habitación del piso de arriba.

La promesa de otro niño, para ser más exactos…, si ella estaba de acuerdo.

Al principio lo tomó por loco. No entendió nada de lo que le dijo de un amigo al que llevaba años sin ver, Alexis, un amigo dispuesto a hacerles un favor, un favor mutuo, un intercambio, un trueque, un buen negocio, empleó todas esas palabras, se acordaba, esas palabras semejantes a las que se utilizan cuando se negocia con los vecinos en una venta de objetos usados.

Con la diferencia de que hablaban de un niño. Su hijo.

Era algo provisional, dijo al principio Dimitri, por unas semanas, unos meses como mucho, para darles tiempo a hacer el duelo, para dar tiempo a que el dolor se mitigara. Una especie de antidepresivo, un niño que ríe en casa, que reclama una madre, que reclama juegos y mimos. Pero enseguida se dio cuenta de que no era la estrategia adecuada. Pese a ser muy corto de entendederas.

La imagen del cadáver de su marido pasó fugazmente ante los ojos de Amanda. Algo provisional... Dimitri, en el fondo, tenía razón. Algo provisional y premonitorio, al menos para él. Unos meses, ese era justo el tiempo que le quedaba de vida.

Pero aquella noche, todavía vivo, Dimitri supo cambiar de estrategia. Pronunció las palabras necesarias, las únicas que podían hacerla cambiar de opinión, hacer que aceptase aquel plan infernal.

Quizá hasta podamos quedárnoslo...

Amanda no hizo preguntas hasta más tarde, quería conocer la historia de ese niño caído del cielo para reemplazar al que había caído por la escalera, comprender por qué había que protegerlo, por qué su madre y su padre querían alejarlo de ellos, en principio. Tal vez incluso no volver a verlo jamás, más adelante, si la promesa de Dimitri no era una mentira más.

Quizá hasta podamos quedárnoslo...

Con todo, Amanda dudó... «¡Qué tonta!», se decía cuando pensaba en ello. Si hubiera rechazado la propuesta de Dimitri y Alexis, no habría sentido nunca más la mano caliente de un hombrecito en la suya, el corazón caliente de un renacuajo contra el suyo, los pequeños labios húmedos de un diablillo contra su mejilla flácida.

Afortunadamente, acabó por ceder. Al final comprendió: ese niño que le ofrecían era una oportunidad, una segunda oportunidad.

Malone estaba condenado. Desde hacía semanas, no le hablaba a nadie aparte de a sus dichosos insectos. Quizá se comunicaba con ellos a través de las ondas, mediante antenas invisibles, por telepatía, pero sin expresar nada. Ni alegría ni pena. Eran los médicos quienes diagnosticaban el mal que lo consumía, ese dolor que la ristra de medicamentos ingeridos no bastaba para disminuir, como tampoco conseguían soldar esa fisura que le dividía el cerebro. Fiebres, migrañas, delirios del pensamiento. Ese maldito puente de Varolio programado para derrumbarse. Él no manifestaba ningún sufrimiento.

Tal vez era preferible que Malone desapareciese, que escapara al sufrimiento con el que estaba encerrado y se le diera a su madre la oportunidad de criar a otro bebé, de proteger a otro. Eso le parecía hoy clarísimo, evidente.

El mar lamía los cantos rodados. Amanda se preguntó si la marea estaba subiendo o bajando. Dada la ausencia de marcas húmedas en los pilotes y de algas mojadas enredadas en estos, concluyó que estaba subiendo. Deberían darse prisa.

Habían llegado por fin a los últimos peldaños, solo faltaba cruzar un parapeto de hormigón antes de pisar la playa. Amanda intentó ayudar a su hijo, pero el niño, ágil, se desasió, se subió al borde y solo entonces volvió a darle la mano, protegido en todo momento por la capucha.

Un monito…

Por supuesto, se había dicho llorando frente a la silla donde Malone dormía, babeando, orinándose encima, más indiferente a todo eso que un animal agonizante, a este, al nuevo bebé, no lo querría tanto, no sería suyo, sería simplemente una manera de hacerse perdonar por su verdadero hijo, de demostrarle que podía ser una buena madre, generosa, atenta, protectora, que él podría sentirse orgulloso allí donde estaba, donde ya no sufría.

Apretó la mano de su hijo antes de alcanzar los cantos rodados. Un pequeño salto de un metro. Fuerte. Demasiado fuerte.

Él no se quejó. No se quejaba nunca.

Amanda no podía saber, entonces, lo mucho que querría a ese otro niño que debía llevar el mismo nombre que el suyo.

Era inteligente, imaginativo, púdico, era como a ella le gustaban los hombres, como ella habría podido, querido amar a un hombre. Amable, reflexivo, sensible a la fantasía y la poesía, más interesado en los cohetes que en los coches, en las varitas mágicas que en los sables, en los rosales que en los balones, en los dragones que en los perros.

Estaba dispuesta a todo por él, aunque él no la quisiera, no como a una mamá, todavía no, pero todo llegaría. Con el tiempo. Y si no le daba tiempo, la querría a través de sus recuerdos, si moría por él.

Por un instante, sin siquiera volverse hacia Zerda, imaginó que las salpicaduras saladas que corrían por su escote desnudo la hacían deseable.

Habían llegado a la playa y avanzaban más despacio aún. Amanda estaba ahora segura, la marea subía, deprisa, haciendo rodar los guijarros secos y arrastrándolos mojados unos centímetros más lejos, ruidosamente. Malone no apartaba los ojos de las casas apoyadas sobre pilotes, alineadas y abandonadas.

Zerda había pasado delante. Señaló con los ojos la tercera casa, la de las contraventanas rotas, sin que se le escapase ni una sola mirada hacia Amanda, y menos aún hacia su escote empapado. Incluso exageró un poco y fingió indiferencia inclinándose hacia Malone y diciéndole en un tono confidencial, como si su madre hubiera dejado de existir:

—Hay que darse prisa, chaval. Aquí ya no estamos a salvo, al parecer le hablaste de nuestra cabaña secreta a un extraño.

Le guiñó un ojo como para indicarle que no estaba enfadado con él por eso.

Al incorporarse, le dirigió, ahora sí, una mirada insistente a Amanda, vertical, de la cara al pecho, como un escáner cansado.

—No tenemos tiempo que perder —insistió.

Ella se echó a temblar, no sabía si volver a ponerse la gabardina.

¿No tenemos tiempo que perder?

A Amanda ya no le quedaban fuerzas para luchar. Unos metros más y llegarían a esa casa abandonada en aquella playa desierta. La duda invadía su mente, el rodar de los guijarros le impedía pensar, el menor ruido la desconcentraba, en el fondo no era más inteligente que Dimitri. Acabaría como él, tendida en medio de un charco de sangre, con una bala entre los ojos.

Se quedó mirando como una tonta el ascenso del mar.

La marea llevaría su cuerpo lejos, hasta las boyas del estuario, con los otros desechos caídos de los portacontenedores. Tenía la mano mojada, la de Malone resbalaba entre la suya como un pez recién sacado del agua.

Su cuerpo, su vida, ese calvario la tenía totalmente sin cuidado, siempre y cuando su hijo sobreviviera.

Zerda se detuvo delante de la casa y les sonrió abiertamente. La culata de la Zastava volvía a sobresalir de su cazadora, que acababa de desabrocharse de nuevo. Parecía leer los interrogantes interiores de Amanda, como si hubiera instalado un chivato en su cerebro. Estaba espantada, dudaba, confiaba aún, al menos en disponer de una tregua, de un respiro. En que le perdonara la vida al niño. En que se la follara antes de matarla. En que se contentase con el botín.

¡Perfecto!

Él no tenía ninguna duda. Ninguna razón para modificar su plan. Después de todo, ¿por qué privarse de continuar jugando a Pulgarcito, puesto que para ese niño era ya un ogro?

Ya llevaba meses demorándose. Haciendo de enfermero con Timo para evitar que se delatara. Dejando reposar su tesoro. Esperando que el niño olvidase, que la policía mirase hacia otro lado.

Subió los tres peldaños que conducían a la casa de planchas de madera, en el mismo estado de deterioro que las otras diez cabañas que formaban aquel depósito-playa, y sacó la llave del bolsillo, aunque habría podido perfectamente empujar con el pie la puerta de madera carcomida. Luchaba contra la euforia que iba en aumento. No dejar que lo invadiera, no embriagarse.

Difícil.

Sabía que de esa casa donde habían pasado las semanas anteriores al atraco con Timo, Ilona, Cyril y el niño, de esa guarida de piratas, como ellos lo llamaban, saldría pasados unos minutos. Rico.

Y solo.

56

*Estación de Saint-Lazare. Línea 14. Viernes noche. Soy uno de
los hámsters que pululan en las escaleras mecánicas.*
Ganas de matar
*He puesto una bomba. No lo entienden, hablan de Al Qaeda.
Pero he sido yo.*

Condenado: 335
Absuelto: 1.560

www.ganas-de-matar.com

Siempre había detestado los aparcamientos. Era casi una fobia.

Sobre todo los aparcamientos gigantescos de los centros comerciales, esas llanuras de acero prohibidas para los peatones, cuyas salidas se escabullen cuando te acercas a ellas y que, pese a todo, era preciso cruzar.

De pequeña, una vez se perdió en uno de ellos.

El del centro comercial de Mondeville 2, en el extrarradio de Caen. Salió del aparcamiento que rodeaba el centro por la puerta norte, segura de sí misma, enfurruñada porque sus padres se habían negado a comprarle una Poké Ball. Había entrado con papá y mamá por una puerta idéntica. La puerta sur. Sus padres la buscaron una hora por el aparcamiento S2, el malva, mientras ella lloraba en el N3, el verde. Aterrada. Abandonada.

El servicio de seguridad la encontró allí.

Ganas de matar.

Los aparcamientos… una fobia.

Siendo ya adulta, casi siempre que se metía en uno perdía el coche.

Hoy estaba perdiendo a su amor.

La sangre negra de Timo continuaba manando, lentamente. La mancha oscura se agrandaba debajo de él, en el asiento de color marfil del Twingo, ahora color azucarillo mojado en café. A la inversa, el rostro de Timo, sus brazos y su cuello palidecían, más claros aún que los asientos limpios.

Ella le acariciaba el muslo, amorosa, tranquilizadora. Timo estaba sentado en el asiento del copiloto, con el respaldo reclinado al máximo y el cinturón abrochado. Los que andaban perdidos por el aparcamiento y pasaban junto a ellos no podían ver nada; en todo caso, los que volvían la cabeza y registraban los habitáculos con la mirada, como quien intenta espiar vidas ajenas a través de las ventanas, los tomarían por una pareja sin prisa que se entretiene charlando.

Los labios de Timo se movían, temblaban; vistos desde el otro lado de la ventanilla, incluso se podría pensar que pronunciaba palabras.

De hecho, eso es lo que intentaba hacer. Pero ella solo entendía algunos sonidos, una sílaba de cada tres, de cada diez. La boca de Timo se cerró en un último suspiro.

—… *or…*

Ella le sonrió pasándole la mano por el torso. Timo siempre le había parecido guapo. Las mujeres se volvían para mirarlo cuando todavía podía pasear por la calle sin ser reconocido.

—… *or…*

¿Qué quería decir Timo? ¿De qué hablaba?

¿De su dolor?

¿De su pavor?

Otras palabras, antes de que muriera…

—Debes vivir, Timo. ¿Me oyes? Debes vivir…

Se obligaba a hablar despacio ella también, diferenciando las sílabas, como para invitar a Timo a hacer lo mismo en su respuesta.

Ninguna respuesta, solo un temblor de boca.

—Debes vivir, amor mío. ¡Por nuestro hijo! Yo tengo que dejarte, lo sabes muy bien. Tengo que dejarte unos minutos, pero debes resistir. Después llamaré a emergencias, les daré todos los datos, el número del pasillo, el color del aparcamiento, la matrícula del coche, y vendrán a buscarte, a salvarte. Te tendrán unas semanas en el hospital y unos años en la cárcel, pero saldrás, aún serás joven, amor mío, y tu hijo será un hombrecito. Volveréis a estar juntos. Entiéndelo, amor mío, debes vivir, por nosotros, por nosotros tres.

Mientras le hablaba, no apartaba del todo la vista de las cifras luminosas del salpicadero.

14.13

Timo pronunció otra palabra, inaudible salvo la primera letra. A. El resto se había perdido en un borbotón de saliva y sangre tragadas.

Una palabra que empezaba por A.

¿Amor?

¿Hasta pronto?

¿Adiós?

Acercó los labios a los suyos. Los de Timo estaban secos. Duros. Cuarteados. Sobre ellos dos se balanceaba el pequeño abeto colgado del retrovisor, el olor de vainilla se mezclaba con el del tabaco frío sin conseguir hacerlo olvidar.

Era incapaz de reprimir sus pensamientos, y el abeto le hacía pensar inevitablemente en aquel dibujo metido detrás de la foto de su hijo.

Alegre Navidad
Grandes Ilusiones y Esperanzas
El único vínculo que lo unía a ella.

Todo estaba en orden. Todo estaba programado. Solo faltaba creer en la suerte...

Comprobó que Timo no pudiera caerse, que estuviera en una posición cómoda, soportable al menos, tumbado en el asiento; bajó los parasoles sobre la luna delantera para asegurarse de que, desde el aparcamiento, nadie pudiera verlo.

Timo podía resistir. Timo iba a resistir. Había resistido muchos meses, desde el atraco, muchos días, desde que el cabrón del cirujano les había tendido una trampa. Podría resistir unas horas más, solo unas horas.

Ganas-de-vivir.

Salió del coche y le dirigió una última sonrisa a Timo. Los ojos de su amor ya se habían cerrado, solo su boca temblaba aún, sin que ningún sonido saliera esta vez de ella.

Titubeó, apoyó una mano en la carrocería mientras dejaba que las lágrimas corrieran bajo las gafas de sol. A través de los ojos empañados, en su muñeca el reloj se deformaba como una tortita blanda dibujada por Dalí.

14.23

Al final del aparcamiento, la puerta corredera automática se abría al ritmo de las entradas y salidas de la gente. Llegaba a la hora exacta.

57

Papy estaba estupefacto ante el abismo.

¡Quinientos sesenta metros!

Todo parecía abandonado alrededor del agujero. Era evidente que se había perdido. El GPS no había tenido en cuenta los cambios realizados recientemente en Potigny, las últimas demoliciones de instalaciones industriales abandonadas y las calles nuevas que atravesaban las fábricas desaparecidas, insalubres viviendas de mineros o edificios de ladrillos, como se pasa a través de un fantasma sin notar otra cosa que un escalofrío inexplicable. El teniente se había encontrado fuera del pueblo y había estacionado el coche antes de dar media vuelta en un aparcamiento atestado de escombros.

Buscaba la calle de Les Gryzons, una vivienda minúscula que un día derribarían también, cuando todos los mineros hubiesen muerto, para plantar manzanos y llevar a las vacas a pastar. Para borrar definitivamente aquella anomalía.

En la región Norte están las minas, las pirámides de escorias y las rojas viviendas de mineros bordeadas de calles pavimentadas y floridas; en Normandía, las granjas, los palomares y los pozos al fondo de los patios. Los paisajes deben acabar por parecerse a los que la imaginación colectiva produce. En el Norte se quería ver a Zola; en Normandía, a Flaubert o Maupassant. Una forma de cirugía estética, aplicada por los hombres en los lugares donde dormían, a falta de aplicarla en la mujer con la que se acostaban. Una forma como otra cualquiera de luchar contra el tiempo que pasa y de borrar lo más feo del pasado.

A Papy le encantaba arreglar el mundo, él solo, mentalmente, sin que nadie lo contradijera.

Ni siquiera aquel GPS de voz empalagosa que le indicaba carreteras que ya no existían y le ordenaba «dar media vuelta inmediatamente».

¡Gilipollas!

En defensa del GPS hay que decir que el teniente Pasdeloup no había estado muy atento a sus indicaciones. Mientras conducía al ralentí, leía los mensajes que Marianne le enviaba: dibujos de ese niño, Malone, y siempre las mismas pistas.

Un barco.

Un bosque, un cohete.

Un castillo con cuatro torres.

Los mensajes de la comandante que acompañaban los dibujos eran cada vez más acuciantes.

¡Joder, Papy, llevas más de cincuenta años viviendo en el estuario, tendrás alguna idea!

¡Bueno, bueno, un momento...!

El policía tampoco estaba muy concentrado en aquellos dibujos infantiles. No era tarea suya. ¡En El Havre eran quince para estudiarlos! Una investigación es un trabajo en equipo, a él le gustaba especialmente olfatear las pistas que los demás polis no seguían, trabajar a solas, un poco a la manera de un detective privado. A unos meses de la jubilación, bien podía permitirse esa libertad. Se había puesto en contacto directamente con Lucas Marouette, el policía en prácticas que habían dejado en la comisaría, y lo acribillaba a preguntas. Quería tener en la mano la mayor cantidad posible de cartas cuando encontrara esa maldita calle de Les Gryzons, cuando caminara por ese trozo de barrio donde Timo, Ilona, Cyril y Alexis habían nacido y crecido justo en el momento en que las minas cerraban, como niños solos supervivientes tras el bombardeo de su pueblo, inventando juegos en las ruinas, cubriendo con sus risas los lamentos de los mayores. Como los niños de Oradour o los de Hiroshima, la esperanza sin raíces de los chavales que corren alrededor de una tumba, sin comprender, sin respeto por lo sagrado.

Una tumba de quinientos sesenta metros de profundidad ante la cual estaba y a la que habían arrojado cien años de historia del lugar.

El teniente había bajado del coche y leído el pequeño cartel antes de asomarse al abismo. El pozo de Aisy era el último vestigio industrial de la actividad minera del pueblo. Con una anchura de cinco metros, pero casi sin fondo. De allí habían extraído mineral hasta finales de los años ochenta, y alrededor del agujero habían construido, para proteger el hierro, una especie de casamata de hormigón coronada por una torre de excavación de treinta metros de alto, cuadrada y salpicada de inofensivas aspilleras con los cristales rotos.

Se quedó allí un momento. ¿Qué demonios hacía ese novato? Él había pedido una información muy precisa que solo requería un buen acceso a internet, aunque, eso sí, las preguntas debían de haberle parecido extrañas… ¿El viejo teniente empezaba a chochear? ¡Para empezar, quería saberlo todo sobre la vida del agutí, un curioso roedor de Sudamérica! Todo, absolutamente todo. Una estupidez, mi pequeño Marouette, es posible, pero conseguir esa información no es nada del otro mundo. Y todavía es más fácil decirme el significado de unas cuantas palabras polacas, cualquier traductor automático debería ser suficiente… Gryzons, y todos los demás nombres relacionados con la colonia polaca de Potigny que había podido encontrar.

La clave se hallaba en una asociación de ideas, en un recuerdo codificado, estaba convencido.

Por último, algo más difícil, pero era preciso poner a prueba al joven Marouette: quería obtener la biografía más completa posible de Timo Soler, Alexis Zerda, Ilona Adamiack y Cyril Lukowik, desde su infancia hasta el momento presente. No sus antecedentes penales, esa historia ya la sabían, sino todo lo demás, lo que normalmente no interesaba ni a la policía ni a los abogados...

¡Seguía esperando!

El mensaje le llegó al cabo de un minuto. Era Marianne, no Marouette.

Papy soltó unos cuantos exabruptos.

La jefa se impacientaba.

Había enviado un dibujo de Malone Moulin que a él le parecía igual que todos los demás. Unos pintarrajos que solo le interesaron un segundo porque le recordaban los de sus nietos que tenía sujetos con cuatro imanes en la puerta del frigorífico.

Cuatro rayas negras verticales y tres rayas azules más o menos horizontales.

El famoso castillo a orillas del mar, según Malone.

¡Un castillo, mierda!, había escrito Marianne. *Papy, encuéntrame un puto castillo en el estuario con vistas al canal de la Mancha.*

¡Eso no existe, Marianne!

El crío se lo inventa...

Papy esperó un poco más, saboreando esos instantes de recogimiento delante de la tumba sin fondo, y luego se encaminó hacia el coche. Para ir a la calle de Les Gryzons, con o sin municiones.

El mensaje de Lucas Marouette le llegó mientras discutía con Anna, la chica autoritaria del GPS. Al teniente le gustaban las chicas autoritarias que le plantaban cara.

Había tres documentos adjuntos.

El primero era sobre la vida de los agutíes y tenía una treintena de páginas. El teniente Pasdeloup le echó un vistazo rápido. Más tarde…

El segundo solo tenía una página, una tabla a dos columnas: nombres en polaco en la primera, y en francés en la segunda.

Fue directo a una línea concreta.

Gryzons.

El teniente notó que se le aceleraba el corazón. Tocando con el pulgar la pantalla táctil, redujo a Anna al silencio. Así que estaba en lo cierto desde el principio…

Clicó con un poco de nerviosismo sobre el último documento. Dos páginas, unos datos biográficos de los Soler y los Lukowik. El novato era un espabilado de narices: había encontrado currículos antiguos en la Oficina de Empleo, se había acordado de que todos esos maleantes fichaban en el paro. En los meses que siguieron al atraco, nadie mostró interés por su experiencia profesional anterior, los cursos de formación que habían hecho o sus trabajos. Y mucho menos por la de los Lukowik, puesto que su condición de trabajadores precarios había finalizado aquella mañana de enero de 2015 en Deauville. Solo se quedaron con que habían trabajado una temporada en el puerto, él como cargador y ella de contable.

Papy levantó los ojos hacia el cielo. Ahora tenía todos los triunfos en la mano. ¿Podía equivocarse? ¿Debía contárselo a Marianne? Por el momento, no le sería de ninguna ayuda, ni para encontrar a Timo Soler ni para localizar a Malone Moulin, Amanda Moulin o Alexis Zerda. Pero ahora sabía cómo había nacido aquella locura.

Otro mensaje lo hostigó. Era Marianne, ¡no iba a dejarlo en paz con sus dibujitos de colores!

¿Papy? ¿Has recibido mi último correo?

Deslizando el dedo por la pantalla mientras suspiraba, el policía hizo aparecer de nuevo el dibujo de Malone Moulin.

Cuatro rayas negras…

El crío le había descrito al psicólogo unas torres cilíndricas, pero en los alrededores de Le Havre no había ningún castillo que siguiese en pie. Y todavía menos frente al mar. Todo fue bombardeado durante la guerra.

Marianne estaba tocándole las pelotas. Cada cual su parte de investigación, cada cual su hilo. Si cada uno hacía su trabajo, una vez desenmarañado el ovillo, coincidirían.

La mirada del policía siguió un instante el movimiento de las nubes hasta detenerse en la torre de excavación del pozo de Aisy.

En su mente se produjo un clic, como si se hubiera puesto en marcha una especie de engranaje, de mecanismo. De repente, le pareció que el inmenso bloque de hormigón que se erguía hacia el cielo se tambaleaba, temblaba, para acabar derrumbándose también en el abismo que se abría debajo.

Cogió con mano trémula el teléfono móvil. Después de todo, le encantaba satisfacer los deseos de las mujeres autoritarias. Presionó sobre «Jefa» en la lista de contactos.

—Ya lo tengo, Marianne. He encontrado tu puto castillo a orillas del mar.

58

Aguja pequeña en el 2, aguja grande en el 7

Malone se había sentado en los escalones de la casa de pilotes, frente al mar. Guti estaba sobre sus rodillas por si el agua subía de golpe o una ola más grande llegaba hasta allí. Guti no llevaba capucha, nada que le protegiera la cabeza de las gotas. El ogro le había dicho que no entrara en la casa, que se quedase fuera esperando. Sentado.

Mejor. Aunque tenía frío, prefería quedarse allí. En sus recuerdos, el barco era más bonito, tenía grandes velas blancas y una bandera negra arriba de todo. Este era feo, estaba medio hundido en el agua. Casi parecía un escollo.

Como el castillo. Tampoco parecía muy sólido, y además las torres no protegían gran cosa y desde arriba no se debía de ver hasta muy lejos, si es que se podía subir, porque no había ventanas, ni escalera, nada. Solo cuatro torres. Ni siquiera muros entre las torres para que los caballeros pudiesen vigilar. Una gran ola, y todo podía desaparecer, como el barco, como la casa del ogro, como Guti.

No, a Guti lo tenía bien sujeto entre sus rodillas, pese a que estaba muerto.

Malone estaba impaciente por ver alejarse el mar. Se acordaba de eso también. A veces, el mar se iba lejos, más lejos que las piedrecitas redondas, y dejaba arena tras de sí. Malone construía castillos con mamá delante de la casa, grandes castillos de arena que permanecían mucho tiempo en pie cuando el mar regresaba.

Era allí, estaba seguro, aunque todo estaba escondido bajo el mar. A lo mejor, cuando el mar se fuese, su mamá volvería para jugar con él.

La mamá de aquí, no Mamá-nda.

El terrible grito le hizo dar un respingo. El del ogro. Se ciñó inmediatamente la capucha sobre las orejas y acto seguido le tapó con dos dedos los oídos a Guti para que él tampoco oyera.

Alexis Zerda derribó con un movimiento brusco el armario de contrachapado, que se partió en una decena de tablas sobre el parquet húmedo, paredes, puertas y cajones, y luego removió con un pie los trozos de madera diseminados entre las esquirlas de loza y cristal, de objetos rotos, de hojas amarillentas revoloteantes. Nada.

Nada más que un batiburrillo sin interés.

Arrancó con el mismo cabreo la estantería sujeta a la pared con cuatro clavos. Los escasos libros, discos, jarrones y otros cacharros quedaron aplastados también bajo el peso del mueble.

Nada tampoco, únicamente el enorme desbarajuste que habían dejado al marcharse de aquella guarida.

¡Ni rastro del botín!

Zerda registró los últimos muebles, miró debajo de las camas, arrancó las placas de yeso de los delgados tabiques que separaban las cinco habitaciones —dormitorios, cocina y salón— sin más motivo que dar salida a su furor, puesto que la evidencia se le había hecho patente nada más levantar la trampilla situada bajo el frigorífico: ¡se la habían jugado!

El botín estaba escondido en la cámara de aire, debajo de la casa, accesible únicamente desplazando el frigorífico, dentro de tres maletas de las medidas exactas exigidas para llevarlas en cabina en una compañía aérea *low cost*. ¡Una mercancía por valor de dos millones! La cama del primer dormitorio chocó con violencia contra la pared. La hoja del puñal que tenía en la mano hizo un largo corte en el colchón, provocando una lluvia de poliestireno de color esponja.

¡Solo eran cuatro los que conocían el escondrijo! Timo, los Lukowik y él. Ni siquiera el niño estaba al corriente. Dimitri y Amanda tampoco, por supuesto. Escondieron el botín tal como habían previsto antes del atraco, mientras esperaban a que las cosas se calmasen, y también mientras contactaban con peristas, con chinos, con tipos del otro lado del mundo sin vínculos posibles con los confidentes de la policía de aquí.

¿Quién lo había traicionado?

Zerda despanzurró otro colchón ya medio enmohecido por la humedad y, tras haber registrado a duras penas sus entrañas, lo dejó caer al suelo como si fuese un cadáver eviscerado.

No había ninguna razón para que el cabrón que había sacado la mercancía de donde estaba la hubiera escondido en otro lugar de la casa. Y él se acordaba perfectamente del sitio donde había dejado las tres maletas cuando volvió la noche del atraco.

¿Quién?

¿Quién podía haber ido después?

Timo no. En el estado en que se hallaba, imposible. Lo dejó casi muerto en su piso del barrio de Les Neiges. Y todavía menos los Lukowik: Cyril e Ilona estaban ya en el depósito de cadáveres de El Havre, entre las manos de los forenses, en el momento en que él escondió las maletas.

Así que solo quedaba una posibilidad: alguien había hablado.

¿Timo? ¿A su compañera? ¿Al niño?

Zerda se detuvo un instante y le lanzó una mirada a Amanda, sentada a una mesa del salón, pensativa, como concentrada delante de un televisor invisible.

Se ocuparía de ella más tarde.

Dio tres pasos hacia la puerta de la entrada, se tomó tiempo para respirar, para calmarse, y se inclinó hacia el niño.

Nunca se sabe.

Amanda miraba la pared. Más en concreto, una grieta en la pared que le recordaba la fisura mortal en el cerebro de un niño. La casa acabaría también por derrumbarse, eso empieza siempre así, por una minúscula fisura, y al final todo se desgaja inexorablemente para terminar creando un vacío, un abismo, sin que uno se dé cuenta siquiera, y todo, todo lo que te importa, cae dentro.

Se levantó despacio. Zerda parecía no hacerle ya ningún caso, pero ella lo conocía, era una fiera al acecho, una especie de tigre, apático en apariencia, pero preparado para saltar en cualquier momento sobre cualquiera.

Esa fisura la intrigaba…

Se acercó y examinó de cerca la pared. La grieta parecía más un hilo que llevaba del techo al suelo y seguía el zócalo para volver a subir después unos centímetros, hasta una mesita de formica con un solo cajón. Parecía una colonia de hormigas que ha encontrado una reserva de azúcar y organiza meticulosamente el saqueo.

Amanda pasó un dedo por la pared. Más extraño aún: la grieta de la pared no era natural. Habían pintado puntitos minúsculos con rotulador negro, imitando de forma sorprendente una discreta hilera de insectos.

¡Como si hubieran querido que le llamase la atención a ella! Solo a ella. Como si la hubiera trazado alguien que conocía el secreto de su hijo, que sabía que los únicos seres vivos que lo habían acompañado en su ascenso hacia el cielo eran insectos, avanzando en procesión bajo su cráneo.

Se volvió despacio hacia Zerda. Le hablaba a Malone, frente a la entrada de la casa.

¿Qué estaría diciéndole?

Daba igual, la cuestión era que disponía de unos segundos de tregua. Era evidente que quien había trazado aquella línea negra quería que ella abriese ese cajón.

Tiró de él, procurando situarse delante para que su cuerpo lo tapara. Unos mapas de carreteras viejos y mal doblados se estiraron, como si se desperezaran. Los empujó y miró debajo. Se mordió los labios.

No entendía.

Con dedos trémulos, cogió las dos tarjetas rectangulares.

¡Tenía en la mano dos billetes de avión!

Dos números de asiento, 23 A y B.

Dos nombres, Amanda y Malone Moulin.

Un punto de partida, Le Havre-Octeville, y un destino, Caracas, vía Galway, en Irlanda.

Hora de salida del vuelo, 16.42. Faltaban menos de dos horas.

¿Qué significaba aquello?

¿Alguien los había puesto allí? ¿Eran esos billetes lo que buscaba Zerda? ¿Era de ese modo como esperaba huir él también? Imposible, toda la policía de Francia debía de andar tras él, jamás pasaría la aduana así.

¿Quién, entonces?

Un repentino y violento acceso de tos le impidió seguir pensando. Zerda levantó los ojos hacia ella, despreciativo. Desabrocharse el escote había sido su última idea estúpida; solo había servido para dejar entrar un frío glacial en su pecho, en sus pulmones, para comprimir su corazón dentro de un estuche de escarcha.

Iba a morir de un momento a otro moqueando. Tan ridícula y patética como lo había sido toda su vida. Debía concentrarse en una sola cosa: desviar la atención de Zerda y gritarle al mismo tiempo a Malone que huyera, que corriera lo más deprisa posible lejos de aquel tugurio, antes de que la marea los aprisionase definitivamente.

—¿Has perdido tu tesoro?

A Malone no le daban miedo los ogros, así que podía ayudarlo. Sobre todo teniendo en cuenta que este parecía completamente perdido, nada que ver con el enorme ogro del bosque del cuento del caballero Ingenuo, que con su puñal era capaz de cortar la luna en lonchas.

—¿Tienes alguna idea, Malone? ¿Sabes dónde está escondido?

Tenía voz de malo que intenta hacerse el simpático.

—Entonces eres como Guti…

—¿Como Guti? ¿Qué quieres decir?

—Sí, como Guti. ¿No sabes ese cuento? Guti esconde su tesoro antes de irse a dormir para estar seguro de encontrarlo después, cuando se despierte.

—Continúa, Malone, continúa. ¿Qué hace para encontrar su tesoro?

—Nada. El cuento es eso. No lo encuentra nunca. Cada vez que Guti entierra un tesoro, lo pierde y se olvida de dónde lo ha escondido.

Un raudal de insultos se agolpó en la cabeza de Zerda. ¡Cualquiera diría que alguien había metido todas esas ideas en la cabeza del niño solo para cachondearse de él!

No obstante, su voz se hizo más melosa. Aguda, pero a los niños eso les gusta. Él sabía controlarse cuando era necesario.

—Si Guti no encuentra nunca su tesoro, entonces ¿quién lo encuentra? ¿Quién se lo ha robado?

—Nadie… —Malone miró el mar apretando a Guti entre sus rodillas y continuó—: Nadie y todo el mundo. El cuento es eso. El tesoro de Guti es una semilla, una semilla enterrada bajo tierra, que crece y se convierte en un gran árbol para que todo el mundo pueda jugar, y comer, y también dormir dentro.

Zerda se inclinó más hacia el niño. Notó cómo el cañón de la Zastava que llevaba colgada del cinturón le frotaba el muslo.

La curiosidad había sido más fuerte: Amanda continuaba registrando el cajón, todavía pendiente de tapar el ángulo de visión de Alexis. Levantó el último mapa. Yvetot. Serie azul. Referencia 1910 O. Demasiado deprisa. Había desplazado sin darse cuenta el objeto oculto debajo. Se oyó un ruido, flojo, seguramente cubierto por el de las olas, pero que aun así sobresaltó a Amanda.

Como en un juego de precisión, esta vez se tomó todo el tiempo del mundo para poner el mapa de carreteras sobre la mesa de formica a fin de dejar a la vista el fondo del cajón.

Amusgó varias veces los ojos para estar segura de que no soñaba.

No había otra explicación, alguien lo había puesto allí expresamente. Para ella.

59

Hoy, Stéphanie ha dado a luz nuestro tercer hijo. Pero ha resul-
tado que llevaba dos en el vientre.
Ganas de matar
Le he preguntado con cuál quería quedarse.

Condenado: 1.153
Absuelto: 129

www.ganas-de-matar.com

Guti tenía apenas tres años, lo cual en su familia ya era ser ma-
yor, pues su madre solo tenía ocho y su abuelo, que era muy vie-
jo, tenía quince.

Cinco policías trajinaban alrededor de la comandante Augresse y el teniente Lechevalier.

El cadáver de Dimitri Moulin había sido retirado unos minutos antes con la alfombra de bambú ensangrentada, y ahora
los policías iban y venían del exterior a la escena del crimen sin
tomar ninguna precaución; incluso habían desplegado un mapa
sobre la mesa del salón de los Moulin.

Era urgente, había insistido la comandante: impedir otros
dos crímenes, uno de ellos el de un niño de tres años. Y desde

que Papy los había llamado para dejarles caer su certeza, tenían por fin una pista sólida.

¡Malone no había dibujado los torreones de un castillo, sino los de una fábrica!

El teniente Pasdeloup se había dado cuenta observando la torre de una mina, que presentaba un extraño parecido con un torreón. No debían buscar cuatro torres, sino cuatro chimeneas, o cuatro depósitos, cuatro tanques.

Frente al mar... ¡Un juego de niños!

Los cinco policías que rodeaban la mesa disponían de sendos ordenadores portátiles y estaban cada uno pegado a la pantalla del suyo, como un equipo de *geeks* jugando en línea contra otro situado en el otro extremo del planeta.

Google Earth, Google Street View, Mappy, Sistema de Información Geográfica de la Agencia de Urbanismo de El Havre o del Área Metropolitana, consultaban todos los sitios web que contenían información georreferenciada, fotos o planos. Otros dos policías, Benhami y Bourdaine, se encargaban de llamar al Gran Puerto Marítimo y la Cámara de Comercio e Industria.

La comandante Augresse supervisaba a todo el equipo. Papy era el mejor de todos, esa intuición lo demostraba una vez más. ¡Lástima que ese cabezota prefiriera trabajar solo! Lo habría cambiado de buena gana por J. B. No es que el culito del teniente, inclinado sobre la mesa, le desagradara, ni que no fuese un policía eficiente, había vuelto a demostrarlo descubriendo esa sillita de coche para niño en el Opel Zafira aparcado frente al casino de Deauville, pero la presencia de Papy la habría tranquilizado, sin saber exactamente por qué. Era una idiotez, pero ya no era capaz de confiar plenamente en J. B.

Érase una vez un gran castillo de madera que había sido construido con los árboles del gran bosque que crecía alrededor.

En ese gran castillo, que se podía ver desde muy lejos porque tenía cuatro altas torres, vivían unos caballeros.

En aquella época, todos los caballeros llevaban el nombre del día en que habían nacido…

Tras la euforia que había seguido a la sugerencia del teniente Pasdeloup («¡Buscad una fábrica!»), el entusiasmo había decaído.

Nada encajaba…

La mayoría de los investigadores se habían concentrado en la zona industrioportuaria, pero eso quedaba muy lejos del cabo de la Hève. Junto al mar no encontraban ninguna refinería, central eléctrica, acería o fábrica química. Ese tipo de sitios estaban situados río arriba, en el interior, hacia Port-Jérôme, la mayor refinería de Francia. Habían buscado también al otro lado del Sena, hacia Honfleur, pero allí solo figuraba un puerto deportivo, unos barcos de pesca, un faro y ninguna torre, ni siquiera industrial… Nada tampoco hacia el norte, en dirección a la terminal petrolera de Antifer, nada que se pareciese a las descripciones de Malone Moulin.

Marianne echaba pestes mirando el reloj con odio.

14.40

Estaban empantanados… ¡Por lo menos J.B. tendría una buena excusa para volver tarde a casa esa noche! Podría darles un besito a sus hijos y a su mujer sin temor a que esta oliera el perfume de otra. La comandante incluso podría redactarle al seductor una nota de disculpa.

Por lo demás, el resto de la investigación se hallaba igual de estancada. La pista de la matrícula del Opel Zafira había conducido a un punto muerto. El coche fue retirado después del atraco, unas horas más tarde o al día siguiente, sin que nadie hubiera reparado en él ni se fijase en que se lo llevaban. Según el número de matrícula, pertenecía a un farmacéutico de Neuilly que no iba casi nunca a Deauville y guardaba tres coches en su garaje. No denunció el robo hasta tres meses después, el 9 de abril. Nadie comprobó entonces si aquel coche robado figuraba en la lista de los veintisiete vehículos aparcados en la calle de La Mer el día del atraco. ¡Una buena cagada! Debieron de quemar el Opel en un lugar apartado del estuario, o arrojarlo desde un muelle al fondo de una dársena.

Solo se podían sacar dos conclusiones, no del todo nuevas: los atracadores habían preparado minuciosamente el golpe, y a bordo de ese coche, puesto que había sido robado, era como Ilona y Cyril Lukowik habían planeado huir y como el botín había desaparecido.

Quedaba una última esperanza: reconocer a Malone Moulin en una de las fotografías tomadas por los curiosos antes, durante o después del tiroteo. Lucas Marouette estaba en ello. Ninguna novedad en esa dirección por el momento, y salvo que hubiera un golpe de suerte, no tardaría poco en conseguirlo. Ese pequeño as de la informática iba a tener que ampliar varios centenares de fotos en busca de un rostro, uno solo entre una multitud de turistas.

En su isla, todo el mundo lo llamaba Bebé-pirata. A él no le hacía mucha gracia, sobre todo porque había dejado de ser un bebé hacía mucho, pero, como había nacido el último y sus primos crecían al mismo tiempo que él, seguía siendo el más pequeño.

En el salón de los Moulin, la voz deformada de Guti seguía contando sus historias sin parar, una y otra vez, de lunes a domingo, desde hacía más de una hora. Marianne se había empeñado en que no apagaran el lector de MP3 hasta que no hubiesen descifrado el significado codificado de todos aquellos lugares, aunque esa voz nasal hacía que la escena resultase extraña, casi irreal.

Diez policías jugando con videoconsolas mientras escuchaban cuentos para niños.

«Como ves, Guti, los verdaderos tesoros no son esos que buscamos durante toda la vida, están ocultos cerca de nosotros desde siempre.»

La comandante se alejó de la mesa para contestar al teléfono que vibraba en su bolsillo.

Angie.

¡Vaya momento que había elegido!

Marianne pegó el aparato a su oído derecho y avanzó hasta la terraza del jardincito trasero de la casa de los Moulin.

—Marianne, ¿estás ahí?

—¿Angie? ¿Qué pasa? ¿Tienes algún problema?

—No…, yo no. Es que tenías que llamarme antes de la noche para darme noticias. ¿Al final era tu psicólogo el del montón de cenizas?

La comandante levantó los ojos hacia el cielo y luego recorrió con la mirada el jardín cerrado por tres paredes de alheña. Dos estéreos de leña bajo un tejadillo que el hombre de la casa ya no metería, una pelota perdida bajo una silla de plástico que no le pasaría nunca más a su hijo, una barbacoa oxidada que permanecería por siempre apagada.

—Sí, era él —soltó Marianne.

Hubo un largo silencio. Interminable. Fue la comandante quien prolongó la conversación.

—Y después, la lista ha aumentado. No tengo tiempo ahora de…

—Sí…, claro…

Marianne jugueteaba maquinalmente con un trozo de papel que llevaba en el bolsillo. Lo sacó y lo leyó.

Alegre Navidad. Grandes Ilusiones y Esperanzas.

La nota encontrada en el álbum de fotos de Malone.

—¿Es… estarás disponible esta noche? —insistió tímidamente Angélique.

—No, seguro que no…

Marianne se arrepintió inmediatamente de haber contestado de un modo tan seco, pero Angie no podía tenerle ocupada la línea más de un minuto. Con todo, se entretuvo en hacer una pregunta suplementaria.

—¿Tú estás bien? ¿Estás en la peluquería? Te noto rara…

—Estoy bien, estoy bien. Ya sabes que te aprecio, Marianne. Te necesito.

Había dicho aquello en voz baja, casi susurrante, como si le hablara al oído a un niño, o a un amante. Aquello emocionó a la policía. Le tenía mucho cariño a Angie. Inexplicablemente, pese que solo hacía unos meses que se conocían. Seguramente porque compartía con esa peluquera soñadora la misma mezcla de desesperación absoluta y pasión incontrolable por los destinos de princesa; y porque solo un humor feroz permitía soportar la gran divergencia de sentimientos.

Ganas-de-matar.

Ganas-de-vivir.

Ganas-de-hacer-que-todo-explote.

Ganas-de-todo, ganas-de-nada.

Ahora no, esa noche no, ya tendrían tiempo de arreglar el mundo bebiendo una botella de rioja cuando aquel caso estuviera cerrado. De arreglar su pequeño mundo.

—Gracias, Angie —susurró Marianne—. Nos vemos pronto, te lo prometo. Pero ahora tengo que colgar.

—*No problemo. Ciao…*

Marianne entró en la colmena donde diez polis-abejas libaban. J. B. se subía por las paredes, iba y venía de una pantalla a otra, encogiéndose de hombros como si cada vez creyera menos en la inspiración de Papy. Sustituir las torres por chimeneas, los caballeros por obreros. Además, el tiempo pasaba y el pobrecito estaba atrapado allí…

La voz de Angie continuaba flotando en su cabeza.

Te necesito.

Más que una declaración de amor…, ¡era una llamada de socorro!

Marianne se regañó, maestra y alumna indisciplinada a la vez;

era ridículo, no iba a empezar de nuevo a llenarse la cabeza de pensamientos parásitos. Por lo demás, no era muy difícil concentrarse en otra cosa, bastaba acercarse un poco al bafle situado junto al aparador de caoba y del que salía la voz femenina de Guti.

Sacó su gran cuchillo. La hoja lanzó un destello en la oscuridad, como si la luna, sobre sus cabezas, fuera un queso que la inmensa arma podía cortar en lonchas.

El agente Bourdaine estaba plantado delante de ella, en posición de firmes, tieso como una tuya podada al máximo.

—¿Para mí?

Él asintió con la cabeza sin mover el tronco.

—Comandante Augresse, dígame.

—Soy Hubert van De Maele, ingeniero del Gran Puerto Marítimo. Bueno, ingeniero jubilado. El presidente me ha llamado, parece ser que busca usted un sitio preciso, en relación con una investigación. Él no tenía tiempo, así que ha puesto a trabajar a los viejos. Para mí es una manera de mantenerme ocupado, de luchar contra el Alzheimer, el Alexander, el Parkinson y el Huntington, en fin, todos esos males que te acechan en cuanto te arrumban en un rincón. Por eso el presidente sabe de sobra que no digo nunca que no. ¿Qué busca exactamente?

Marianne, cansada, le dio una explicación rápida, sin entrar en detalles. Un sitio que pudiera parecer un castillo, cerca del mar y de una nave que pudiera tener aspecto de barco de piratas..., pero nada, ni siquiera alejándose cincuenta kilómetros del estuario, o siguiendo la costa de este a oes...

Van De Maele la interrumpió con autoridad:

—¿Ha pensado en la antigua base de la OTAN?

—¿Cómo?

—La base abandonada de la OTAN. En Octeville-sur-Mer, después del cabo de la Hève, cerca del aeropuerto.

El corazón de Marianne golpeaba con todas sus fuerzas.

—Continúe.

—A principios de los años sesenta, en plena guerra fría, el Estado francés, que todavía era miembro de la OTAN, decidió construir una pequeña base cinco kilómetros al norte de El Havre por si bombardeaban el puerto. Muros de hormigón de sesenta centímetros, cuatro tanques de hidrocarburos de diez mil metros cúbicos, fondeaderos para los petroleros o los acorazados, todo oculto al pie del acantilado y unido a la planicie por una escalera de cuatrocientos cincuenta peldaños. Los militares ocuparon el recinto, clasificado como reservado, durante veinte años. Igual que en *El desierto de los tártaros*, esperaron al enemigo durante años sin ver llegar jamás ni un solo cosaco o submarino rojo, como imaginará. ¡La base no ha servido nunca para nada! A principios de los ochenta, fue neutralizada. Echaron cemento en los depósitos de petróleo, condenaron las puertas de las casamatas y todo fue abandonado tal cual. Solo quedó una carretera llena de baches y la escalera. Entonces, para beneficiarse del acceso al mar y del material aprovechable, construyeron en la zona, de forma completamente ilegal, una decena de casas. Movimiento okupa, pero con los pies metidos en el agua… Luego todo el mundo, salvo algunas asociaciones medioambientales, olvidó esa historia.

—Los cuatro depósitos, ¿qué aspecto tienen?

—Están alineados frente al mar, sobre la casamata de hormigón, y son bastante impresionantes. Desde abajo, es lo único que se ve. Es verdad que, con un poco de imaginación, podría parecer un decorado de ciencia ficción, una guarida de maleantes, el tipo de lugar que James Bond atacaría. Es un sitio bastante sórdido.

—Ha dicho que la base no se ha utilizado nunca. Entonces ¿no hay ningún barco?

—No, ninguno, no los ha habido nunca. Destruyeron todos los muelles cuando se cerró la base… Y sigue habiendo cinco espigones para impedir desembarcos.

Marianne se mordió los labios. ¿Otra pista falsa?

—Dicho esto —añadió Van De Maele—, para acrecentar todavía más el aspecto siniestro del lugar, entre los tanques de fuel herrumbrosos y las casas de chapa construidas bajo el acantilado, nadie ha tenido nunca valor, tiempo o dinero para retirar el derrelicto.

—¿El derrelicto?

—Sí. También forma parte del decorado. Un barco que encalló allí hace más de treinta años. Un petrolero de la primera generación partido en dos. Con la marea alta, se podría creer que todavía flota, como un buque fantasma; pero con la marea baja, cuando el mar se retira, se ve a la perfección que está simplemente hundido en la arena. Negro. Plantado casi con orgullo en el cieno. Pero atrapado allí hasta la noche de los tiempos. Patrimonializado, como se dice ahora, pero no como lo estaría un monumento a los muertos. Atrapado allí a causa de una guerra que jamás tuvo lugar. El desierto de los tártaros, ya se lo dije antes.

Marianne había dejado de escuchar, le había devuelto el teléfono a Bourdaine sin siquiera darle las gracias al ingeniero jubilado. Se detuvo un instante delante de los dibujos infantiles extendidos sobre la mesa antes de dirigirse al teniente Lechevalier a voz en grito, sin más intención que actuar deprisa, lo más deprisa posible.

—¡La guarida existe, J. B.! El niño no se ha inventado nada, simplemente ha deformado un poco la realidad. Coincide todo, tiene que ser forzosamente el escondrijo donde Malone pasó los primeros años de su vida —inspiró para tratar de ralentizar los latidos de su corazón— y donde quizá esté pasando sus últimas horas. —Ralentizar más, espirar—. ¡En este momento, con un asesino!

60

Aguja pequeña en el 2, aguja grande en el 9

Alexis Zerda miraba los pilotes, que vibraban, temblaban, se volvían blandos como cables de caucho. El agua los había cubierto casi por completo y las olas más audaces llegaban a la terraza de la casa. Tenían que largarse...

El niño no sabía nada, era evidente. Se limitaba a repetir lo que le habían grabado en el cerebro, esa historia de la rata amazónica que entierra su tesoro y luego no lo encuentra, aunque lo busca hasta perder la chaveta.

¡Ese niño repetía como un loro el cuento que le habían contado! Y ni que decir tiene que la que le había grabado ese cuento en la sesera era la misma que se había hecho con el botín. ¡Menuda loca! Pegársela y dejarle al niño entre las manos...

Zerda introdujo la mano derecha bajo la capucha de Malone y acarició los cabellos del niño, mientras deslizaba lentamente la izquierda por el cinturón para rodear con ella la Zastava. Tenía que deshacerse primero de Amanda. Del niño se ocuparía más tarde. Le costaba comprender por qué, pero para la sociedad un niño valía una fortuna incalculable, más aún que tres maletas de dos millones de euros. Así que, para una madre, ¿por cuánto se podía multiplicar el valor de un niño?

—Amanda, nos vamos.

Zerda había dado la orden con una voz tranquila, imperativa.

Volvió los ojos hacia el interior de la casa, avanzó y cerró la puerta tras de sí. Amanda permanecía inmóvil al fondo de la sala, de pie entre los muebles que él había destrozado. La encontró casi conmovedora, inestable sobre sus piernas demasiado fuertes. Casi deseable con la blusa desabrochada, la pelvis estremecida, esa vida que empezaba a añorar, ahora que había acabado. Casi guapa, incluso con su mirada implorante.

Haz lo que quieras conmigo, pero deja al niño.

Esa mirada de abandono total… ¿Tendría otra ocasión en la vida de encontrar tal sumisión, tal resignación, tal ofrecimiento de la propia persona? Sin duda alguna, jamás, en ninguna mujer, aunque la sometiera a la peor de las torturas.

El amor de un hijo hacía a las mujeres sublimes.

Pero también vulnerables y previsibles. Dio un paso adelante, no sin comprobar que Malone seguía en su sitio, jugando con la rata y soñando con los piratas. Escondió la Zastava tras la espalda.

Zerda estaría con otras chicas, aunque tendría que pagar para seducirlas, pagar mucho.

El amor al dinero también hacía sublimes a las mujeres. A otras mujeres. En otros sitios.

A ciegas, liberó con el pulgar el seguro de la pistola.

—No le haré ningún daño, Amanda. No tocaré al niño, te lo prometo.

Su manera de poner fin a aquello dignamente. Limpiamente. Su dedo índice tocó el gatillo. Desenfundaría y dispararía al mismo tiempo, para que Amanda no tuviera tiempo de darse cuenta. No la habían condenado por deserción a ser fusilada por un pelotón, «Presenten armas, apunten» y todo ese rollo. Era simplemente una miguita de pan en su camino de Pulgarcito.

Acabar con aquello, largarse.

—Lo sé, Alexis —dijo Amanda—. Sé que no tocarás al niño.

Sonreía. Mejor así. A Zerda le tranquilizaba que se lo tomara bien. Solo tuvo tiempo, una fracción de segundo, de darse cuenta de lo ridícula que era esa última idea.

¿Qué se tomara bien qué? ¿Su muerte? ¿Su ejecución?

Oyó entre una bruma las últimas palabras pronunciadas por Amanda.

—Porque no tendrás tiempo de hacerlo.

Su atención se había concentrado de pronto en el brazo que Amanda había metido bajo la blusa, el brazo que se alargaba apuntando hacia él, y en el extremo de ese brazo, un revólver.

Amanda disparó. Cuatro balas.

Dos alcanzaron a Alexis Zerda en el pecho, la tercera le atravesó el omóplato, la cuarta dio más de un metro a su derecha, en la pared de contrachapado.

Zerda se desplomó, sin reaccionar ni comprender.

Muerto en el acto.

Amanda efectuó los gestos siguientes de forma mecánica, elaborando mentalmente una lista como hacía todos los días con sus miles de tareas cotidianas. Guardarse en el bolsillo derecho el revólver encontrado en el cajón, bajo los mapas. Lo arrojaría al mar en cuanto saliera. Guardarse en el bolsillo izquierdo los dos billetes de avión. Poner un mínimo de orden.

Despistar el máximo posible, como habría hecho Zerda. Falsear las apariencias para que la policía se quedara empantanada cuanto más tiempo mejor.

Después, largarse.

—Estoy cansado, Mamá-nda…

Malone no había subido el cuarto peldaño de la escalera. Amanda tiró más fuerte de su mano. Un peldaño más, uno de los trescientos que quedaban. El viento los empujaba un poco por la espalda.

—Quiero parar, Mamá-nda, quiero descansar, quiero volver a mi casa, la que está al borde del mar. Quiero esperar a mamá.

Amanda no contestó, le tiró del brazo. Otro peldaño.

298

—¡Es muy larga! ¡Es muy alta!

297

—¡Para! ¡Me haces daño en el brazo!

296

—Eres mala, Mamá-nda. Eres mala. No te quiero.

296

—No te quiero. Solo quiero a mi mamá. ¡¡¡Quiero ir con mi mamá!!! QUIERO IR CON MI MAMÁ.

296

Amanda soltó bruscamente la mano de Malone y, antes de que él reaccionara, le arrebató el peluche que tenía en la mano izquierda. Los ojos del niño expresaron pánico ante la ira fría de Amanda. Ni una sola palabra más salió de su garganta. El viento lo paralizaba.

Amanda no vaciló ni un segundo. Tomó impulso y, con un gesto de sembradora, lanzó a Guti lo más lejos que pudo. El peluche aterrizó unos metros más abajo, dio unos tumbos, como un muñeco descoyuntado, sobre las ramas desnudas de los avellanos, encima de un barranco de zarzas y ortigas, para finalmente permanecer en equilibrio, colgado de las espinas, con las patas abiertas, cabeza abajo.

¡Guti!

Malone miraba el peluche, boquiabierto, con lágrimas en los ojos, incrédulo.

La mano firme de Amanda agarró sus cinco deditos, como si fueran cinco insectos molestos que uno atrapa de golpe. Luego pronunció cuatro palabras, solo cuatro, separadas unas de otras por un largo silencio y que el viento pegó a la pared del acantilado para que retumbaran mucho tiempo, todo el tiempo que iba a durar su lenta subida.

—¡Tu mamá soy yo!

III

Angélique

VIERNES

El día del amor

61

Aeropuerto de Le Havre-Octeville,
viernes 6 de noviembre de 2015, 15.20

A Angélique le dolía todo. La postura le resultaba casi insoportable. Apoyaba los muslos, las nalgas y la espalda en cajas de cartón intentando no aplastarlas, expuesta a que, al menor movimiento, se derrumbaran bajo su peso como un castillo de naipes.

Debía mantenerse en equilibrio, como una funambulista sentada en un taburete de cristal que descansara en una cuerda tendida sobre el vacío. A la más mínima señal de debilidad de una de las cajas, presionaba con las manos una de las paredes para reducir el peso, para repartir las cargas. Los músculos se le agarrotaban a fuerza de no cambiar de postura.

A ciegas. Una funambulista con los ojos vendados para darle todavía más emoción al número.

Angie estaba dispuesta a seguir aguantando mucho más tiempo, una eternidad si era preciso. ¿Cómo iba a quejarse de que la sangre no le llegara al final de sus piernas encogidas, de sus dedos aplastados, mientras el cuerpo de Timo se desangraba desde hacía tres días? ¿Cómo iba a maldecir ese tufo atroz que le subía a la nariz, esa mezcla de amoníaco, lavanda y mierda, cuando un olor de muerte impregnaba el cuerpo de su amor desde hacía tres días, ese hedor que ella combatía apretando su propio cuerpo contra el suyo?

Debía resistir, interminables minutos, como llevaba casi una hora haciendo. Igual que Timo resistía en el aparcamiento, en el Twingo.

La pantalla retroiluminada del reloj emitió un débil resplandor, suficiente para ver sin llamar la atención de nadie en el exterior.

15.23

Llamaría al servicio de urgencias en cuanto estuviese en un sitio seguro.

Acentuaba la presión de sus manos en las paredes, mediante toques calculados al milímetro, para mantener un ínfimo movimiento de péndulo que reforzara el equilibrio. Al menos eso es lo que suponía. Eso es lo que había leído. Lo había leído todo, todo lo que podía servirle. Lo había escrito todo, anotado todo, previsto todo, con la finalidad de disponer del máximo de oportunidades, sin importarle si solo tenía un uno por cien, un uno por mil.

Angélique oyó unos pasos que rompieron el silencio. Puertas que alguien abre, golpea, cierra de golpe. Casi ninguna palabra, ni risa, ni música, solo pasos, ruido y suspiros. Cualquier sonido le hacía contener la respiración, aunque nadie podía sospechar que ella estuviese allí. Cerquísima.

Imágenes silenciosas desfilaban en la oscuridad. El atraco de Deauville, Ilona y Cyril abatidos ante sus ojos, sus cadáveres tendidos frente a las termas, la bala que atraviesa la luna trasera del Opel Zafira, la lluvia de cristal, la multitud de buitres a su alrededor, y ella sacudiendo los fragmentos de diamante del pelo de su hijo, con naturalidad, como si estuviera apartando confetis con el reverso de la mano una vez que ha terminado la fiesta de carnaval.

El tiempo se aceleraba, veía la cara de Alexis Zerda, su pánico, su furor contra Ilona y Cyril, pese a que estaban muertos; su ira contra Timo y su casco caído al suelo delante del hipódromo, pese a que había resultado herido en un pulmón.

Zerda se había arriesgado a salir del escondrijo e ir hasta la playa, era de noche, no había nadie al pie del acantilado a lo largo de kilómetros, y les había soltado que la policía lo relacionaría forzosamente con ellos, que, si habían identificado a los otros tres atracadores, no tendrían que ir a buscar muy lejos, solo hasta la cercana calle de Les Gryzons.

—No tienen pruebas, Alex —había encontrado fuerzas para susurrar Timo—. Aunque me metan entre rejas, yo no diré nada.

Timo ni siquiera había dicho aquello por cálculo, para que Zerda no lo dejase morir allí como un perro herido, o lo rematase quizá. Era sincero. Sí, pensaba Angélique, el inocentón de Timo estaba sinceramente apenado por ese cabrón de Zerda, estaba sinceramente dispuesto a disculparse por haber dejado caer el casco, por haber recibido una bala en el pulmón, por no haber estado a la altura del plan perfecto ideado por el cerebro de la banda, un cerebro que ni siquiera se atrevía a mirar sus ojos mojados.

Sus ojos de serpiente, Angélique se había dado cuenta de inmediato, no habían evitado los de Timo sino para detenerse en los de su hijo.

Malone. Ahora debía llamarlo Malone.

Zerda había observado largamente al chiquillo de treinta meses, con la misma mirada que reservaba a los policías, a los confidentes, a todos aquellos que se interponían entre él y su libertad.

Malone conocía el rostro de Alexis.

Si la policía llegaba hasta ese niño, no tendría más que enseñarle una foto, cualquiera de esas fotos tomadas en Potigny, en el club de fútbol o el bar La Mine, y Malone asentiría con la cabeza. A un niño de tres años no pueden citarlo para que declare en un juicio, pero eso no impide que su testimonio constituya una prueba para un juez de instrucción, una prueba suficiente para involucrarlo, para enchironarlo, para que todo el engranaje se ponga en marcha, el de la policía, el de la justicia.

Si Malone asentía con la cabeza para admitir que conocía a

Zerda, aquello se convertía, más incluso que una prueba, en una certeza para los investigadores: los cuatro habían preparado juntos el atraco durante los últimos seis meses ante los ojos del niño; habían hablado horas de los detalles delante de aquel niño despierto y parlanchín. Timo no diría nada, aunque lo detuvieran; ella tampoco, aunque la policía llegase a identificarla. Solo el niño representaba un peligro.

Angélique había pensado entonces a la velocidad de esas tablas con vela que se deslizaban sobre el oscuro mar por detrás de los tanques de hidrocarburos. Había que convencer a Zerda de que Malone no era un testigo peligroso, en todo caso, menos peligroso vivo que muerto; los argumentos habían venido solos, justo después de que ella hubiera enviado a su hijo a jugar a la playa.

«Un niño de menos de tres años olvida, Alex. Olvida rápido. Dentro de unas semanas, de unos meses como mucho, habrá borrado tu cara de su memoria. No hay más que esperar, dar tiempo, dejar tranquilamente que el botín descanse.»

Alexis Zerda había observado largo rato a Malone, ocupado en recoger líquenes en la playa, con sus botas rojas, y disponerlos en círculo entre minúsculos montones de piedrecitas.

Quizá, en el fondo, Zerda había comprendido que no tenía elección, que, si optaba por eliminar al niño, tendría que matar también a la madre antes de que esta lo estrangulara con sus propias manos, y no tenía ganas de hacerlo.

Zerda siempre había tenido debilidad por ella.

¡El muy imbécil!

Su plan había nacido en aquel momento. Conectando los tres únicos horizontes que se abrían ante ella: el marco herrumbroso de aquella casa de chapa en primer plano, las botas rojas de Malone en segundo plano y la inmensidad del océano como telón de fondo.

Tres planos para un solo plan, un plan descabellado, un castillo de naipes, una casa de cartón en la que una simple pared podía hacer tambalearse todo lo demás.

Un plan minuciosamente preparado durante meses y ejecutado en sus últimos detalles con urgencia; desde la noche anterior, en cuanto se había percatado de que Alexis Zerda empezaba a hacer el vacío a su alrededor, a deshacerse de cualquier testigo molesto.

En la oscuridad, el irritante sonido de unos tacones de aguja golpeando el pavimento la sacó de sus pensamientos. Pasos rápidos, desacompasados. ¿Una empleada que llega tarde al trabajo? ¿Una obrera con prisa? ¿Una mujer elegante que corre al encuentro de su amante?

Muy cerca de ella. Invisible…

Angélique se obligó a permanecer concentrada en sus recuerdos. Sí, aquel plan ideado con urgencia era descabellado, nada realista, pero no tenía otra opción. Debía construir una a una sus pequeñas paredes y unirlas. Todas ellas, por separado, eran frágiles, pero juntas podían tenerse en pie. Simplemente debía separar, compartimentar, y ser la única que conociera el plan en su conjunto. No era muy difícil, después de todo. Seducir era algo que sabía hacer.

Seducir a un hombre solo: para eso disponía de todos los triunfos.

Sin duda, seducir a una mujer sola, era, en el fondo, más fácil todavía. Las mujeres solas desconfían de los hombres, no de las amigas que les caen del cielo.

Vasile Dragonman. Marianne Augresse.

El resto estaba en manos de su hijo. ¡Malone! Llamarlo Malone, grabarse ese nombre en el cerebro. ¿Había seguido al pie de la letra sus consejos? ¿Había obedecido como un niño bueno a Guti? ¿Había escuchado todas esas historias que ella había grabado modificando su voz, ocultándole todo aquello a Alexis, por supuesto? ¿Cómo iba a imaginarse ese asesino que utilizaba para su venganza cuentos infantiles y una rata de peluche que sabía cuál era la única manera de deshacerse de los ogros?

Los tacones de aguja se alejaban ya, dejando paso por primera vez a unas risas. Risas de niños. Y más fuerte que ellas, unos segundos después, los gritos de una madre.

Groseros, vulgares. Desprovistos de humor, de ternura, injustificados, los gritos de una carcelera, como si la alegría de sus hijos fuese un insulto para su propia existencia, como si la vida de sus hijos le perteneciera y dispusiera de ella como de un objeto. Para guardarlo. Para sacarle brillo. Para romperlo, por negligencia o enfado.

Ganas-de-matar.

Los niños se alejaban ya en el otro sentido, seguidos por los pasos torpes de la madre.

Su plan, cuando Angélique pensaba en él, le traía a la mente recuerdos más antiguos. Recuerdos curiosos que se remontaban a la época del instituto, un libro de relatos de ciencia ficción que la profesora de francés les había hecho leer, historias que hablaban de la colonización de Marte por los hombres, una cosa de locos. Los marcianos, antes de ser exterminados por los hombres, tenían extraños poderes, como, por ejemplo, adoptar distintas apariencias según quién los miraba. Uno de los últimos marcianos supervivientes se escondió en una granja aislada, donde los colonos humanos lo tomaron por su hijo fallecido años antes. El marciano se quedó allí, querido por sus padres adoptivos, tranquilo. Hasta que estos últimos lo llevaron a la ciudad. ¡Mala idea! En la calle, una mujer tomó al marciano por su marido, que había muerto hacía unos días; un hombre, por su esposa, que lo había abandonado; otro, por un amigo que se había quedado en la Tierra… Por más que huyera, el marciano siempre se encontraba con alguien que lo reconocía, lo asía de la mano, de la cintura, le echaba los brazos al cuello, le suplicaba que se quedase, que no desapareciera de nuevo. Y murió pisoteado y desmembrado por aquella multitud de personas que lo querían sin estar dispuestas a compartirlo.

Ahora comprendía aquella historia de locos. Eso es lo que no debía pasarle a su hijo.

Malone para Amanda.

Ahora, Malone para ella.

Su hijo, aunque llevara el nombre de otro.

Una caja se hundió bajo su peso. Angélique tuvo que sujetarse a las paredes, rezando para que el conjunto del edificio no se derrumbara. Respiró, la pirámide aguantaba, aunque le parecía que su trono improvisado continuaba hundiéndose, imperceptiblemente, milímetro a milímetro. En cualquier momento, todo podía irse al traste.

Ahora no, suplicó; tan cerca del final, no. Bastaba con que su casa de cartón aguantara en pie unos minutos más.

Después, tendrían la eternidad para construir otra, en el claro más luminoso del bosque más grande del mundo.

Lejos.

Una casa de piedra, sólida, indestructible.

Para su familia.

Ella, Timo y su hijo.

62

Hoy, en mi entierro de vida de soltera, mis tres amigas me han hecho desfilar por los Campos Elíseos vestida de puta mexicana, con medias de rejilla, pechos postizos y un sombrero.
Ganas de matar
No he dicho nada cuando el autobús turístico ha llegado mientras ellas retrocedían para hacerme una foto. En su entierro de vida sin más, ellas iban disfrazadas de enchilada.

Condenada: 19
Absuelta: 1.632

www.ganas-de-matar.com

El teniente Lechevalier no había dudado en quitarse los zapatos y remangarse los pantalones de loneta hasta las rodillas. Chapoteaba en los treinta centímetros de agua que corroían los pilotes sin que la mordedura fría de la marea ascendente pareciera desconcentrarlo. Después de haber metido un brazo bajo la casa de madera y chapa, se incorporó, chorreando, y mostró un abrigo ensangrentado.

—Esto es lo único que he encontrado.

Marianne, en el umbral de la puerta, observó la prenda. Una gabardina de corte femenino y talla grande.

—En vista de los litros de sangre que la tela ha absorbido —añadió J. B., deslizando los guantes de látex sobre la tela empapada—, Zerda no se ha conformado con hacerle a Amanda Moulin unos rasguños. A juzgar por las manchas, yo diría que han sido varios disparos mortales, en el pecho, el vientre y los pulmones.

La comandante hizo una mueca de repugnancia. J. B. casi nunca se equivocaba en los aspectos balísticos de una investigación.

—Era de esperar —dijo, suspirando—. ¿Ningún rastro del cuerpo?

—Ninguno —confirmó J. B.—. Ni del niño tampoco...

—Con un poco de suerte, Zerda está manteniendo la misma estrategia: un cadáver en cada etapa. El niño está todavía con él.

—¿Crees que Malone será el próximo de la lista?

Marianne miró de arriba abajo a su ayudante.

—¡A no ser que se lo impidamos! Desmontadme esta casa pieza a pieza y encontrad el cadáver de Amanda Moulin. Zerda no ha podido subirlo por la escalera y la marea seguro que no se lo ha llevado. En esta madriguera es donde la banda de la calle de Les Gryzons preparó durante meses el atraco de Deauville. Así que vais a traerme una bonita colección de recuerdos de su estancia aquí con los pies en remojo.

J. B. entró en la casa descalzo, con la camisa azul cielo adherida a la piel. Marianne tenía el teléfono pegado a la oreja y movilizaba a la división de logística operativa de la Dirección Central de la Policía Judicial.

—¿Me oye? ¡Sí, soy la comandante Augresse! Intensifiquen el procedimiento de alerta contra Alexis Zerda y Timo Soler. Fotos, carteles, correo electrónico, fax, inunden toda la región. —Levantó un instante los ojos hacia el cielo—. Y asegúrense de que en el aeropuerto de Le Havre-Octeville pegan sus fotos por todas partes, de que todos los agentes de todas las taquillas las tengan delante de las narices. Estamos a menos de cinco kilómetros del aeropuerto y no creo mucho en el azar.

El mar había subido unos veinte centímetros más. Los policías iban y venían de la escalera a la casa, llevando con precaución el equipo necesario para analizar el escenario del crimen bajo el severo control de Marianne. No se habían atrevido a perder tiempo quitándose los zapatos y los pantalones, y caminaban vestidos por el agua, que les llegaba a las rodillas, tambaleándose sobre las piedras resbaladizas que las olas desplazaban.

Marianne avanzaba con prudencia sobre el suelo de vinilo despegado de la casa, resbaloso a causa de los charcos formados por el agua que soltaban las botas militares empapadas de los policías. Solo en la habitación más aislada, J. B. parecía indiferente al ajetreo. Estaba sentado ante un escritorio improvisado, compuesto por una tabla y dos caballetes, con los ojos clavados en un ordenador portátil.

El agua salada continuaba corriendo por su espalda, pegando la tela transparente de la camisa a sus músculos más prominentes: trapecios, dorsales anchos, lumbares. Marianne lo encontró sexy así, indiferente a la humedad, con el atractivo de esos futbolistas que juegan noventa minutos bajo la lluvia, con el pelo pegado, los muslos brillantes, concentrados en el partido como si no notaran las gotas. El único interés que tenía ver un partido de fútbol, dicho sea de paso.

Tan guapos como idiotas, esos capullos.

J. B. debió de sentir la presencia de la comandante a su espalda y se volvió hacia ella.

—Es el portátil de Zerda. Lo ha borrado todo, pero voy a hacer un poco de espeleología, nunca se sabe.

Marianne no protestó. Lo normal es que dejaran el aparato en manos del Servicio Central de Informática y Huellas Tecnológicas, pero el tiempo apremiaba. J. B. se desenvolvía bien manejando ordenadores. La vida de un niño estaba en juego...

Si es que aún estaba vivo.

La comandante temía enterarse por un análisis de ADN de que la sangre encontrada en la gabardina o en el suelo de vinilo estaba mezclada con otra, la de un niño de tres años; o que descubrieran de un momento a otro, dentro de un armario o debajo del suelo, no solo un cadáver, el de la madre…, sino dos. Uno de ellos más pequeño.

Se estremeció.

—¿Estás bien, Marianne?

La comandante estuvo a punto de mandar a la mierda a su ayudante. Él estaba empapado y era ella la que tiritaba.

¡Guapo, idiota y más presuntuoso que un pavo real!

—¡Comandante! ¡Es para usted!

Bourdaine estaba detrás de ella, en el exterior, los pies dentro del mar, en posición de sauce llorón, las delgadas piernas juntas a modo de tronco y los brazos caídos, con un teléfono en la mano unos centímetros por encima del agua. Marianne cogió el móvil.

—¿Jefa? ¡Soy Lucas! ¡Va a sentirse orgullosa de mí! ¡He encontrado al pequeño Malone en la foto!

—¿La foto? ¿Qué foto?

Lucas Marouette prosiguió su explicación más despacio, como un viejo profesor ante un novato al que le cuesta asimilar toda la información al mismo tiempo.

—Una de las seiscientas veintisiete que se tomaron después del tiroteo en Deauville. Amablemente facilitadas por decenas de turistas que inmortalizaron la escena, deseosos de colaborar con nuestra eficiente policía.

—Vale, abrevia. ¿Estás seguro de que es el pequeño Malone?

—¡No hay ninguna duda, jefa! Además, le he enviado la foto en JPEG. El agente Bourdaine la ha abierto, no tiene más que deslizar el dedo de izquierda a derecha.

«¡Gracias, sé utilizar una pantalla táctil!», refunfuñó para sus adentros Marianne. Su pulgar acarició la pantalla mientras el oficial en prácticas continuaba, inagotable:

—Y eso no es todo, jefa. A ver si adivina quién lleva de la mano al pequeño Malone en la foto.

Lucas la sacaba de sus casillas con su manía de llamarla jefa cada tres palabras. La comandante se disponía a abroncarlo cuando apareció la imagen, justo en el instante en que Marouette pronunciaba la última palabra.

—¡Su mamá!

En la foto de cinco por tres centímetros, una multitud de varias decenas de personas se apiñaban, todas alineadas a lo largo del casino. Marianne, nerviosa, puso el pulgar y el índice sobre la pantalla para agrandar la foto y hacer pasar las caras; prácticamente lo único que encontraba su mirada eran parejas de más de sesenta años.

—Debajo de la señal de dirección prohibida, jefa —precisó Lucas—. Al lado de un tipo calvo que destaca por su altura entre el gentío.

La imagen se desplazó hacia la derecha.

Una señal de dirección prohibida.

Un tipo alto y calvo.

Bajar.

Al descubrir el rostro de Malone, Marianne pensó inmediatamente en *El grito*, de Munch, ese rostro deformado del cuadro que había inspirado la máscara de *Scream*, un rostro de niño marcado por la locura, brutal, insoportable.

Los ojos de la comandante permanecieron un buen rato atraídos por la figura de Malone, como fascinados por ese terror que contrastaba con la casi indiferencia de los demás personajes. Hasta que finalmente su mirada se desplazó unos centímetros para posarse en la persona que lo llevaba de la mano.

Su mamá. La mujer de Timo Soler.

Por un instante, creyó que la casa construida sobre pilotes zozobraba, arrastrada por el mar.

No, era ella la que se tambaleaba.

Se agarró con la mano izquierda al marco de la puerta, mientras que su mano derecha perdía por completo la fuerza y dejaba caer el móvil al mar.

Todavía plantado delante, Bourdaine, estupefacto, no movió un dedo para recuperar el aparato.

Angie...
Angélique era la madre de Malone.

Por la cabeza de Marianne desfilaba todo, deprisa, muy deprisa...

Cuando se conocieron, hacía diez meses, con motivo de aquella investigación sobre el sitio web *ganas-de-matar.com*. Le habían enviado personalmente a la comandante una denuncia anónima contra ese sitio, uno más entre los millones que existen en la red. Con la diferencia de que este se hallaba alojado en algún lugar de El Havre. La comandante no tuvo ninguna dificultad para localizarlo a través del Servicio de Rastros Informáticos. Citó a la chica que lo alojaba, Angélique Fontaine, quien le confirmó que había creado el sitio web años antes, cuando era adolescente, una versión *trash* del sitio *vida-de-mierda*. Desde hacía años, *ganas-de-matar* vivía sin ella. Algunos internautas todavía enviaban de vez en cuando un mensaje, las visitas totales no pasaban de unos cientos al mes. Angélique no se opuso al cierre del sitio, le tenía sin cuidado, había dejado atrás esos delirios de adolescente enfermizos. La comandante envió un informe estándar al procurador de la República: que los de su oficina hicieran lo que mejor les pareciese.

Marianne había conectado inmediatamente con Angélique, una chica guapa, risueña, amable sin haber renunciado totalmente a su insolencia. Fue Angélique quien volvió a ponerse en contacto con ella al día siguiente, con el pretexto de aportar más elementos para el expediente *ganas-de-matar*, copias de correos electrónicos antiguos y facturas del *web host*. Una noche tomaron una copa juntas, Angélique trabajaba todo el día en la peluquería. Una semana después quedaron de nuevo, esta vez para cenar en el Uno. Por supuesto, todo formaba parte de un plan preconcebido. Incluida la carta anónima inicial...

Marianne miraba flotar en el agua el teléfono móvil. Las olas lo elevaban y cubrían de espuma gris la pantalla, pero no se hundía, seguramente gracias al protector de silicona.

No había desconfiado de Angie. ¿Por qué habría tenido que desconfiar? Casi nunca le había contado nada de los casos que llevaba. Solo le había dado el nombre de Vasile Dragonman y de Malone Moulin; ni siquiera el de Timo Soler, antes de ir a detenerlo al barrio de Les Neiges, cuando Angélique la había llamado al Megane. Debía de haber oído simplemente al GPS dar una indicación: «Cruce el puente V…». No hacía falta más para comprender que no era el doctor Larochelle quien iba a presentarse en su casa para curar a su amado, sino la caballería… Angélique había sido muy hábil no preguntándole directamente, se limitaba a vigilarla, a saber dónde estaba y en qué momento. En cierto modo, a tener el control.

Lucas Marouette continuaba vociferando en el teléfono-balsa, como si el policía en prácticas estuviese encerrado en un ataúd en miniatura arrojado al mar. Sus palabras eran ininteligibles, o por lo menos Marianne no las entendía.

La comandante intentaba recordar, repasando sus largas horas de conversación, qué elementos del caso le había revelado a Angélique.

Prácticamente nada. Habían hablado de tíos, de trapitos, de libros, de cine… y de niños. Sobre todo de niños.

De los niños de los demás.

Nada grave. Un error profesional monumental…

Sacó del bolsillo el dibujo que había encontrado detrás de la foto de Navidad del pequeño álbum de Malone, cinco palabras escritas con la inicial en mayúscula. La estrella, el abeto, los regalos, la familia.

Alegre Navidad
Grandes Ilusiones y Esperanzas

Una letra femenina, una mamá con el pelo largo. ¿Cómo había podido ser tan tonta?

Alegre Navidad en vez de Feliz Navidad…

Grandes Ilusiones y Esperanzas

ANGIE

Angie…

Malone ya sabía reconocer las letras del alfabeto, algunas letras. Aquel dibujo era un medio hábil para que se acordase del nombre de su madre, al menos de forma subliminal. Un código secreto que se sumaba a los cuentos de Guti que ella había grabado para su hijo. La comandante Augresse comprendía ahora por qué la voz que contaba las historias había sido transformada.

Había caído en la trampa. ¡Como una pardilla!

Marianne reprimió el deseo de tirarse desde el umbral de la casa. Un impulso ridículo: no había suficiente agua para ahogarse, y sí muy poca para partirse la crisma. Bourdaine seguía plantado delante de ella, brazos de sauce caídos, aguardando una orden. Habría podido quedarse así hasta la llegada de las grandes mareas.

La comandante se concentró por fin en los gritos de Marouette dentro del rectángulo de silicona. Con un gesto de la cabeza, le indicó a Bourdaine que recuperase el aparato.

El teléfono goteó sobre su hombro mientras Lucas seguía vociferando.

Intacto, aparentemente.

—¿Jefa? ¿Dónde estaba? Tengo toda la información sobre la madre de Malone Moulin. Se llama Angélique Fontaine. Agárrese, jefa, es también de Potigny. Creció en la calle Copernic, a dos pasos de la de Les Gryzons, lo he comprobado en Mappy. Fue a la misma clase que Soler casi hasta acabar el primer ciclo de secundaria. Luego, justo el día que cumplió dieciséis años, se marchó del pueblo. Supongo que volvió a encontrarse con Timo en algún momento y que…

La comandante Augresse colgó sin esperar siquiera a que Marouette hubiera terminado su explicación. Ni un segundo después, marcó uno de los números grabados en contactos.

—¿Logística operativa? Soy otra vez Augresse. Tenemos novedades para la alerta, así que actúen con rapidez. Añadan una tercera foto a las de Zerda y Soler, la de una chica, Angélique Fontaine. Pónganse en contacto con la Central, ellos tienen la foto. Quiero que esté impresa en los próximos minutos, y mándenla a todas partes. Estaciones, peajes, brigadas móviles apostadas en todas las rotondas...

Marianne apretó más el teléfono contra su oreja, como si, al final, la inmersión hubiera deteriorado la calidad de recepción. Esperó a estar segura de que la habían entendido y luego gritó:

—¡Sí, por supuesto, pongan también su foto en el aeropuerto de Le Havre! ¡De forma prioritaria!

La comandante no había oído a J. B. acercarse por detrás de ella. Andaba descalzo. Con la camisa desteñida pegada a los pectorales.

—Tienes toda la razón, Marianne.

Ella le contestó sin escucharlo.

—¿Aún no ha aparecido el cadáver de Amanda Moulin?

J. B. negó con la cabeza y repitió:

—Tienes toda la razón, Marianne.

—¿En qué?

—En dar prioridad al aeropuerto.

Marianne expresó su desconcierto con los ojos mientras su ayudante le ponía delante de las narices el ordenador portátil que llevaba en las manos.

—Mira, he exhumado esto de la memoria del aparato.

La comandante solo veía unos símbolos minúsculos, imposibles de leer, en la pantalla débilmente iluminada.

—Venga, Champollion, empieza a descifrar...

—Agárrate, Marianne, tienes delante de los ojos el historial completo de una búsqueda informática sobre páginas web comparativas de compañías aéreas. Todas las búsquedas remiten al mismo lugar de salida y el mismo destino: Le Havre-Galway y

Galway-Caracas. Hoy. El vuelo de las 16.42. —Miró su reloj—. ¡Dentro de media hora! —Observó el cielo y luego bajó los ojos hasta el agua fría, como si fuera a zambullirse. Calculó la profundidad del agua, cerró el ordenador y, con él bajo el brazo, dijo, esperanzado—: El aeropuerto está a menos de cinco kilómetros. ¡Debería darnos tiempo de llegar!

63

Aguja pequeña en el 4, aguja grande en el 3

Amanda cogió a Malone por la cintura y lo levantó hasta que la chica que estaba detrás de la taquilla pudiese verlo. Un esfuerzo físico ridículo comparado con el que acababa de realizar: subir los últimos trescientos peldaños de la escalera llevando a Malone en brazos, antes de ir al aeropuerto con el Ford Kuga de Zerda. No obstante, exageró la dificultad sonriéndole a la azafata que comprobaba sus papeles y los billetes. Una sonrisa de complicidad. La chica, embutida en su uniforme púrpura, no era muy guapa, pero compensaba esa carencia con innumerables detalles armoniosos (unas gafas pequeñas y redondas de color verde manzana, un anillo con un gatito verde esmeralda, las uñas pintadas con esmalte nacarado) y tenía más encanto que las delgadísimas azafatas de las otras taquillas de *check-in*, ceñidas, empolvadas, maquilladas, como Barbies azafata clonadas y recién sacadas de su embalaje, en cajas de doce.

«Tímida y soñadora» pensó Amanda. «Jeanne», llevaba una placa en el pecho con su nombre; le gustaban los niños, eso saltaba a la vista. Los niños y los gatos.

La azafata le indicó a Amanda que podía dejar en el suelo a Malone. En cuanto apoyó los pies en el suelo, este se escondió detrás de sus piernas.

Jeanne no tenía pinta de ser una de esas personas a las que les gusta tocar las narices, pero de todas formas comprobaba con meticulosidad todos los documentos, seguramente a causa de ese zafarrancho de combate, esos militares que iban de un lado a otro del vestíbulo, esas fotos de Alexis Zerda y Timo Soler en las paredes. Amanda notaba que el sudor le corría por la espalda, pese a que se repetía a sí misma que no tenía nada que temer, que toda su documentación y la de Malone estaban en regla, que nadie iba a telefonear al aeropuerto para dar su nombre, puesto que, si la policía había acabado por encontrar el escondrijo de la base abandonada de la OTAN, creerían que estaba muerta.

—¿Has subido en avión alguna vez? —preguntó Jeanne, inclinándose—. Ya eres un hombrecito, pero ¿has hecho algún viaje tan largo?

Malone se escondió de nuevo detrás de ella y a Amanda le encantó esa reacción de gatito temeroso. La azafata insistió:

—Oye, y dime, ¿no tienes miedo? Porque, bueno, ahí a donde vas, está…

Un silencio calculado para hacer reaccionar a Malone. Las gotas de sudor seguían resbalando por la espalda de Amanda hasta meterse bajo los vaqueros, le parecía imposible no notar su olor ácido.

—Está la jungla…, ¿verdad, cielo?

Malone seguía callado.

Los dos golpes dados con el sello resonaron dentro del cráneo de Amanda como dos mazazos que derribaran los muros de una prisión.

—Pero tú no tienes ningún motivo para tener miedo, cielo. ¡Vas con mamá!

Unos militares pasaban por detrás de ellos. Jeanne les lanzó una mirada despreciativa antes de continuar hablándole a Malone:

—Pregúntale a mamá. Ella te lo explicará todo de la jungla.

Amanda creyó que iba a desmayarse.

¡Malone no la había mirado!

Cuando esa dichosa azafata charlatana había pronunciado la palabra «mamá», él había vuelto la cabeza hacia el otro lado, hacia la pared, hacia las fotos, pero no miraba la de Zerda o la de Soler.

Miraba la de Angélique Fontaine.

La policía había avanzado más deprisa de lo que ella creía, ya habían identificado a la chica, seguro que ya sabían que ella era la verdadera madre de Malone, lo habían comprendido todo…

Amanda se reprimió para no ceder al pánico. Por suerte, Jeanne, concentrada en Malone, no la miraba.

La policía lo había comprendido todo… ¡Todo salvo que ella, Amanda, estaba viva y que no le quitarían a su hijo! Angélique Fontaine había abandonado al niño, era cómplice de crímenes, acabaría en la cárcel y estaría años allí; Malone necesitaba una madre libre, una madre que lo quería, ya lo había olvidado casi todo de su vida anterior. Dentro de unos días, Angélique ya no sería más que una cara borrosa en una foto, dentro de unas semanas, simplemente jamás habría existido para él.

La azafata los observaba, indecisa.

No meter la pata ahora, tan cerca del final.

Amanda se volvió también hacia las fotos, sin detenerse en ellas, para mirar más lejos, en la misma dirección, los aviones que estaban detrás de los ventanales, las pistas asfaltadas, el mar, mientras, en un gesto natural, le alborotaba con una mano el pelo a Malone.

Una madre y su hijo antes de emprender el gran viaje, ya un poco en las nubes.

Aquello duró una eternidad, pisoteada por las botas de los jóvenes militares con uniforme de faena. Finalmente, Jeanne pasó los pasaportes por la abertura de la placa de vidrio irrompible.

—Tenga, señora, todo está en regla. Buen viaje.

—Gracias.

Era la primera palabra que Amanda pronunciaba.

Al final de la pista, un Airbus A318 azul cielo de la KLM despegaba.

El teniente Lechevalier levantó los ojos hacia el Airbus azul celeste que atravesaba el cielo. Lo siguió un instante por encima del océano negro petróleo antes de bajar por la escalera corriendo.

La comandante estaba unos cincuenta peldaños más abajo, sin aliento.

—¡Tengo un testigo! —gritó J. B.—. Y no uno cualquiera...

Se plantó delante de Marianne y le tendió el peluche.

—¿Dónde lo has encontrado?

—Entre las zarzas, unos peldaños más arriba. Alexis Zerda ha debido de tirarlo antes de volatilizarse.

La comandante no contestó. Por un momento, el teniente había esperado una felicitación, una sonrisa, algo como «Eres un hacha, J. B.». El teniente no era idiota, ese peluche era un descubrimiento capital. El niño no se habría separado nunca de él, esa bola de pelo sintético lo tranquilizaba, lo calmaba, lo consolaba. Si Zerda no había cargado con el peluche, es que no tenía intención de cargar con el niño. Quizá incluso se había deshecho ya de él, en un rincón más discreto que un barranco lleno de zarzas al borde de la escalera.

Marianne cogió el muñeco que le tendía su ayudante y lo estrechó entre sus brazos con una ternura que al teniente Lechevalier le pareció excesiva, como si a su superiora también se le hubiera metido en la cabeza que ese peluche hablaba de verdad... y le hiciera mimos para sonsacarle alguna confidencia.

—¡Vamos, J. B.! ¡Hay que darse prisa! —dijo Marianne—. ¡Hay que seguir subiendo!

Una vez más, la comandante había dado la orden sin mirarlo. En dos zancadas, el teniente ya había recuperado una ventaja de cinco peldaños. Desde hacía unas horas, notaba un cambio de actitud de Marianne hacia él que le parecía extraño. Una especie de irritación sistemática, de agresividad, que no se debía solo a aquel caso, a sus fracasos sucesivos, a la urgencia de atrapar a Zerda y Soler; sino que estaba destinada personalmente a él.

Un trato de favor. Dedicado especialmente.

Como si su complicidad, casi instintiva, hubiera saltado en pedazos, y para su superiora ya no fuese sino un hombre-policía que ejecutaba con competencia sus órdenes, en el seno de una comisaría poblada de decenas de hombres-policías que ejecutaban con competencia las órdenes. Le corroía no comprender las razones de esa brusca decepción. Porque él había dado la talla, había localizado la sillita de coche para el niño en el Opel Zafira aparcado frente al casino de Deauville, había descubierto el rastro de esos billetes Le Havre-Galway-Caracas en el ordenador de Zerda, había encontrado a Guti entre las zarzas...

Curiosamente, ver admiración en los ojos de Marianne era una de las cosas que le importaban en la vida. Nada sexual. Por una vez, nada sexual. Ninguna ambigüedad de ese tipo con su jefa, simplemente un dúo que funcionaba bien, algo así como una pareja de bailarines o de patinadores.

Otro Airbus atravesó el cielo. El aeropuerto de Le Havre estaba a menos de dos kilómetros a vuelo de pájaro. Faltaba un cuarto de hora para que el avión con destino Caracas despegase, llegarían a tiempo, aunque, con el dispositivo de vigilancia desplegado allí, ni Zerda, ni Soler, ni Angélique Fontaine podrían embarcar en él.

Un minuto más tarde, J. B. había llegado al último peldaño de la escalera. Se volvió hacia Marianne, que estaba treinta peldaños más abajo con la mirada perdida hacia el mar, agarrando a Guti como una chica agarraría el bolso en el tranvía. Temerosa.

Durante una fracción de segundo, le pareció que el peluche había esperado a estar a solas con la comandante para hacerle una revelación crucial y que esta había conmocionado a Marianne. No tenía ningún sentido, por supuesto, pero esa era exactamente la actitud de su superiora; la que habría tenido si, de pronto, simplemente observando al muñeco, hubiera comprendido que habían seguido un camino equivocado desde el principio.

Cruzó el aparcamiento. En el tiempo que necesitaba para llegar al Megane aparcado cincuenta metros más allá, arrancar e ir hasta la escalera, Marianne ya estaría allí. Le abriría la puerta del lado del copiloto sin que ella tuviese siquiera que aminorar el paso.

Eficiente. Resolutivo. Con una compenetración total. Una pareja de patinadores...

Mientras hacía parpadear los faros del Megane, un pensamiento incómodo lo asaltó: siempre se había preguntado cómo se las arreglaban las parejas de bailarines, con zapatillas de puntas, zapatos de charol o patines, para no acabar enamorándose estando sus cuerpos en tan estrecho contacto durante años.

64

A lo mejor Anna seguía perdiendo la paciencia sola en el coche, Papy lo ignoraba. Había aparcado el Megane, quitado el contacto y abandonado el GPS para pasar al plan B.

A la antigua usanza. Un gran plano en papel del pueblo.

Si bien resultaba fácil orientarse en la parte moderna de Potigny (una calle ancha y una sucesión de comercios enmarcados por casas nuevas), los antiguos barrios de mineros se ocultaban con pudor a la vista de los contados visitantes. Se reducían a una decena de hileras cada una de diez casitas adosadas, todas idénticas, que medían en total unos doscientos metros.

El teniente Pasdeloup había marcado la calle de Les Gryzons en el plano, y más exactamente la dirección de cada uno de los actores del drama que se había desarrollado allí. Lucas Marouette incluso le había encontrado, en un libro sobre la historia de Potigny, fotos de las casas de la época en que la mina todavía funcionaba, y había ampliado y escaneado las que les interesaban.

Federico y Ofelia Soler, calle de Les Gryzons, 12
Tomasz y Karolina Adamiack, calle de Les Gryzons, 21
Josèf y Marta Lukowik, calle de Les Gryzons, 23
Darko y Jelena Zerda, calle de Les Gryzons, 33

Antes de bajar del coche, después del mensaje desesperado de Marianne, había añadido otra cruz. La de los padres de Angélique Fontaine en la calle Copernic, a tres bocacalles de distancia de la de Les Gryzons. Esta es la primera que había localizado, una casita independiente gracias al milagro de un jardín minúsculo. Coqueta. Por lo menos debía de haberlo sido. Contraventanas cerradas, flores marchitas, verja herrumbrosa. Una casa de fantasma de la que costaba creer que hubiera albergado risas de niños y gritos de adolescentes.

Potigny no era un pueblo donde se pudiese crecer. Como mucho, envejecer.

Giró a la derecha para adentrarse por fin en la calle de Les Gryzons. De entrada, lo que le impresionó fue la coherencia arquitectónica de la sucesión de casas. Uniforme, monótona, monocroma, con matices de rojo ladrillo que solo el infrecuente sol debía de ser capaz de distinguir.

Rojo óxido, rojo vino, rojo sangre.

También de allí habían huido los niños. Solo quedaba de ellos una señal, delante de un badén, que indicaba «Niños. Reducir la velocidad» y que solo debía de tener razón de ser una o dos veces al año, cuando los nietos iban por Navidad o con motivo de un cumpleaños.

Papy caminó lentamente. La calle, recta, vacía, expuesta al viento, parecía la calle principal de Daisy Town: él era Lucky Luke y miles de miradas lo acechaban detrás de las cortinas (el banquero, el lavandero chino, la chica del salón), y Billy the Kid iba a aparecer en el otro extremo.

Nadie.

Ni siquiera el enterrador.

Llegó al número 12, la casa de los Soler. Según las fichas de Marouette, compraron la casa unas semanas después de la muerte del padre de Timo. Un buen negocio: Federico Soler había preferido pasar los meses de jubilación por los que había trabajado toda su vida haciendo bricolaje en casa, en vez de someterse a un tratamiento de quimio en el hospital. Jugando a encontrar las siete diferencias con la foto que databa de los tiempos en que Timo era adolescente, uno veía que el arenero había sido sustituido por hortensias, la zona con césped para jugar al fútbol por una pista de petanca y la canasta de baloncesto por una barbacoa. Una cortina se abrió para mostrar una bata de estar por casa rosa. Papy continuó.

El 21, Tomasz y Karolina Adamiack. Un cartel decoraba la valla. *Se vende.*

El estado de deterioro de la casa, a todas luces abandonada desde hacía años, contrastaba con el mantenimiento meticuloso de la tumba de los padres de Ilona.

El 23, dos casas más allá, Josèf y Marta Lukowik. El teniente Pasdeloup decidió que se acercaría más tarde a la antigua casa de los Zerda, en el número 33; hacía más de veinte años que se habían ido del pueblo, mientras que, si las fichas de Lucas Marouette eran exactas, los padres de Cyril seguían viviendo allí. Las mismas contraventanas verde claro que en la foto, el mismo huerto, el mismo tobogán, el mismo columpio colgando de una rama alta del cerezo. Cualquiera diría que su retoño no se había marchado de la casa familiar.

Papy se acercó hasta la valla.

Un buzón. El logo del Pays d'Auge. Unos centímetros más abajo, un timbre.

El dedo índice le tembló un poco antes de pulsar el botón, como si el timbrazo no fuera a despertar solo a los ocupantes de la casa, sino a todo el barrio, a todo el pueblo, incluidos los que dormían en el cementerio.

¿Había tirado por el buen camino?

¿Había hecho bien siguiéndolo solo, sin Marianne ni ningún otro policía?

Llamó.

Aguardó largos segundos antes de que la puerta de roble se abriera.

Se esperaba más bien ver aparecer a Marta Lukowik. Fue Josèf.

Cráneo de estepa gris, jersey a juego, posición de aduanero polaco en la Línea Oder-Neisse. Casi sorprendía que no llevara la escopeta de caza en las manos; pero no, solo dos ojos negros y juntos como los agujeros de un doble cañón dispuesto a abatir a cualquier extraño.

¿Sí?

Pese a todos los esfuerzos de Josèf Lukowik para impresionar al teniente Pasdeloup, para mantenerlo desde el principio detrás de la valla y quitárselo de encima cuanto antes sin intentar siquiera averiguar lo que quería, Papy no se dignó dirigirle ni una mirada.

Miraba más allá.

Detrás de él.

A través de la minúscula ranura entre la puerta abierta y la masa corpulenta del minero jubilado. Le había bastado una fracción de segundo para comprender que su búsqueda no había sido vana. Que había intuido la verdad desde el principio.

65

Aguja pequeña en el 4, aguja grande en el 4

—Mamá-nda...

Amanda miró furiosa a Malone. Él rectificó inmediatamente.

—Mamá...

—Dime, cariño.

—¿Por qué la gente se quita los zapatos?

Malone no entendió bien la respuesta. No veía la relación entre los cinturones, las joyas de las mujeres, las gafas, los zapatos, los ordenadores...

Mamá-nda (después de todo, en su cabeza tenía derecho a llamarla así) solo le decía ahora dos palabras que no paraba de repetir:

—Date prisa...

Y su mano lo empujaba por la espalda, y su brazo tiraba del suyo. Unos policías, un señor y una señora, comprobaron de nuevo los papeles que les dio Mamá-nda. Malone aprovechó para dar un paso hacia un lado, pero ella lo agarró antes de que pudiera alejarse.

—¿Qué pasa, cariño?

Malone se dio cuenta de que le hablaba en un tono más amable, seguramente a causa de la presencia de los policías. Debía de ser algo parecido a tener que portarse bien delante de la maestra. Había que aprovechar el momento.

—¡Quiero a Guti!

Malone pensaba en su peluche cabeza abajo entre las zarzas con pinchos. Mamá-nda no tenía derecho a quitárselo.

NO tenía derecho a dejarlo allí.

NO tenía derecho a irse sin él.

Ella observó a los policías con cara de fastidio, estrechándolo entre sus brazos.

—En el sitio adonde vamos hay muchos, cariño. Te compraré otro, uno más bonito.

Malone no le prestaba atención, su mirada se escabullía entre los brazos de Mamá-nda. El vestíbulo del aeropuerto era grande, pero él corría mucho. Más que Mamá-nda, eso seguro. No tenía más que escaparse. No parecía difícil.

—Bueno, mamá.

Mamá-nda lo soltó.

Inmediatamente, antes de que Mamá-nda pudiera reaccionar, Malone se apartó de ella. Solo tenía que correr en línea recta y girar después de los grandes carteles colgados en la pared.

—¡Malone, ven aquí! —gritó Mamá-nda a su espalda.

Se detuvo.

No porque ella hubiera gritado, eso no tenía nada que ver. Mamá-nda debía de haber hecho que todas las personas que estaban en el aeropuerto volvieran la cabeza al gritar tan fuerte, pero él a duras penas la había oído.

Él miraba el cartel.

Era mamá.

Estaba allí, con su amplia sonrisa, su pelo largo, y también lo miraba, como para reñirlo.

¡Qué tonto! Y pensar que había estado a punto de desobedecerla...

No se había acordado hasta ahora de su consejo, ese que no debía olvidar, ese que ella le había hecho prometer que repetiría todas las noches dentro de su cabeza, y él lo había hecho, con Guti.

Debía esperar, nada más.

La mano firme de Mamá-nda lo agarró.

—¡Ya está bien, Malone!

Esperar el momento oportuno.

Y hasta entonces, hacer como si Mamá-nda fuera su mamá. Pasaron otra vez por delante de los policías. Mamá-nda se quitó las gafas y el reloj, y dejó también el teléfono. Malone, solo la cadena con una medalla que llevaba alrededor del cuello. Pasaron por debajo de una puerta sin pared que sonó al pasar Mamá-nda, no al pasar él, y Mamá-nda tuvo que quitarse también el collar.

Entre tanto, él la esperaba quietecito al otro lado.

Los policías reían entre ellos. Había otros que estaban un poco más lejos, con fusiles y vestidos como para ir a la guerra.

Mientras caminaban por el pasillo, junto a las grandes cristaleras a través de las cuales se veían los aviones, Malone recordaba las últimas palabras de mamá.

—Puerta 8 —dijo Mamá-nda—. Dos círculos, uno encima de otro. ¿Me ayudas a buscarla, cariño?

Malone miraba en la otra dirección, hacia el lado de las paredes, de las tiendas, de las puertas.

Tendría que ser valiente. Le habría gustado que Guti estuviese con él. ¡Solo había una manera de escapar de los ogros! De no subir al avión que lo llevaba a su bosque.

Mamá se lo había repetido muchas veces cuando le había dicho adiós, mientras él estrechaba a Guti contra su corazón.

Es una oración, es tu oración. No debes olvidarla jamás.

Es muy sencillo, puedes hacerlo.

Justo antes de subir al avión, tendrás que decir una frase, una frase que has pronunciado miles de veces, pero que tendrás que decir justo en ese momento.

Aunque no sea verdad. Tendrán que creerte.

Dos círculos, uno encima de otro.

Puerta 8.

Mamá-nda sonreía. Un avión blanco y naranja estaba unido a una especie de gran tubo, como un enorme aspirador, como si las personas fueran motas de polvo o migas.

—Mamá...

Mamá-nda le sonreía. Bastaba con llamarla mamá para que sonriera.

—Sí, ¿qué pasa, cariño?

—Tengo ganas de hacer pipí.

66

Hoy, casi a las doce, me ha dicho lo siento, guapa, yo nunca comparto cama la primera noche... Yo tampoco, no lo he hecho las últimas 317 noches.
Ganas de matar
Le he dejado mis tacones de aguja de recuerdo... ¡en los cojones, uno en cada uno!

Condenada: 97
Absuelta: 451

www.ganas-de-matar.com

El Megane frenó en seco delante de la gran puerta de cristal del aeropuerto. Las dos portezuelas se abrieron al mismo tiempo, perfectamente coordinadas. Marianne y J.B. salieron disparados. La comandante se disponía a esprintar, todavía con Guti en la mano izquierda.

16.33

El avión para Caracas, con escala en Galway, despegaba nueve minutos más tarde.

Esa cuenta atrás la obsesionaba, aunque sabía que Alexis Zerda no podía escapar en ese vuelo, por ese aeropuerto, ni con el niño, ni con Timo, ni con Angie.

Ni siquiera solo. Habían avisado a todos los agentes, a todos los policías, a todas las azafatas, y puesto en circulación fotos de los tres sospechosos. Era imposible colarse a través de la red en ese aeropuerto minúsculo. Esa búsqueda de billetes de avión seguro que era otra maniobra de distracción, o uno de los planes de Zerda, el plan B, el plan Z, daba igual, pero no el que seguiría; Zerda era todo salvo estúpido, no iba a meterse en la boca del lobo…

16.34

Ante la duda, echó a correr.

Delante de ella, la puerta automática de cristal se abrió. Marianne iba a cruzarla, sin siquiera bajar el ritmo, cuando notó que una fuerza tiraba de ella hacia atrás. Detuvo su avance en seco.

¡J. B. la retenía por la muñeca!

El teniente estaba con el teléfono pegado a la oreja desde que habían estacionado en el aparcamiento y se limitaba a asentir con la cabeza acompasadamente.

—Espera, Marianne.

El contacto de la mano de su ayudante sobre la piel no le produjo ningún estremecimiento. Tres minutos antes, cuando J. B. se había puesto una camisa seca en el coche, ella había mirado sin ninguna turbación su torso esculpido y sus abdominales impecablemente dibujados. Sin embargo, la única imagen que le había acudido a la mente era la de los hijos de J. B. esperando a su papá a la salida del colegio, mientras él ofrecía su cuerpo perfecto a las caricias de una chica guapa.

Una especie de débil rechazo. J. B. seguía siendo un policía eficiente, un colega agradable para mirarlo a hurtadillas por el retrovisor. Pero como fantasía se había acabado. Por lo menos de momento… Marianne volvería a la carga después de la menopausia, si el atractivo J. B. no había engordado diez kilos pasados los cuarenta.

El atractivo J. B. que no le soltaba la mano.

—¿Qué pasa, joder?

—Es Constantini. Han encontrado el cadáver en la madriguera de la base de la OTAN. Detrás de la casa hay un foso lleno de escombros, proyectiles, petróleo y algas, con agua hasta el borde a causa de la marea ascendente. Constantini ha tenido que sumergirse hasta el cuello para sacar el cuerpo.

—Vale, J. B., ya nos lo esperábamos.

Marianne se volvió hacia la puerta del aeropuerto e intentó avanzar, pero el teniente Lechevalier seguía reteniéndola. La puerta automática de cristal se abrió y al cabo de unos segundos volvió a cerrarse, como decepcionada por que nadie entrara.

—¿Qué pasa, J. B.?

—Ha surgido un imprevisto. Con el cadáver.

El teniente hizo una pausa, apretando la muñeca de Marianne como si le tomara el pulso.

Cienta cincuenta pulsaciones por minuto.

La puerta del aeropuerto se abría y se cerraba, desconcertada.

—¡Desembucha, J. B.!

—¡El cadáver no es el de Amanda Moulin!

La mano del teniente acentuó la presión.

Ciento setenta y cinco pulsaciones por minuto. La puerta-guillotina seguía cortando el vacío.

—Es el de Zerda. Dos balas en el pecho.

—Mierda…

J. B. soltó por fin la muñeca de la comandante. Esta saltó como un resorte, directa hacia el vestíbulo del aeropuerto, preguntándole a su ayudante sin siquiera mirarlo:

—¿Hay algo más, J. B.?

El teniente caminaba a su lado. Apenas unos centímetros más atrás.

—Sí, y más inesperado aún que el cadáver de Zerda… Se trata de Marouette, el jovencito trabaja bien y rápido. Ha hecho más indagaciones sobre Angélique Fontaine.

Marianne se mordió los labios. La puerta de cristal le devolvía a contraluz su imagen deformada. J. B. iba a anunciarle que habían encontrado una foto de Angie o, mejor aún, un testigo, el camarero del Uno; Angélique Fontaine quedaba todas las semanas con una mujer que tenía un gran parecido con ella, sí, Marianne, no vas a creértelo, es tu doble.

—Marouette ha buscado en todas partes —continuó J. B.—. En toda la vida de esa tal Angélique, desde que se fue de Potigny hasta la actualidad. Trabaja en una peluquería de El Havre, vive en Graville...

Vaharadas de calor envolvían a Marianne. Daría explicaciones, por supuesto, asumiría su estupidez, por supuesto, solo pedía que le dieran unos minutos, el tiempo suficiente para salvar al niño.

—¿Y qué?

Dos soldados armados hasta los dientes, fusil en bandolera, avanzaban hacia ellos.

—¡Ni rastro de ningún niño! ¡Nada en su biografía desde los veinte años que permita pensar que ha tenido un hijo!

Marianne recordó su conversación en el Uno, el accidente de coche de Angie, embarazada, provocado por el padre del niño, su dolor por no poder ser madre nunca más. Todas aquellas confidencias que solo adquirían sentido en función de la escena final.

—¿Cómo es posible esconder a un niño? —insistía el teniente Lechevalier—. ¡Durante tres años! Hay un registro civil, joder, maternidades, guarderías, niñeras, abuelos, pediatras, vecinos. Uno no esconde a un bebé en casa mientras va a trabajar, debajo del abrigo cuando va a hacer la compra... Marouette y el resto de compañeros no han encontrado ningún indicio de la existencia de un bebé en la vida de Angélique Fontaine. ¡Ni un solo!

Los dos soldados estaban a menos de dos metros de ellos.

Una voz desengañada reía bajo el cráneo de la comandante. «Pues sí, J. B., cada uno tiene sus pequeños secretos de familia. Tú y tus putillas. Yo y mi mejor amiga.»

Marianne les puso delante de las narices a los soldados el carnet de policía y continuó sin desviarse ni ralentizar el paso, saboreando esa ridícula muestra de autoridad sobre aquellos chavales con la cabeza rapada. Una especie de último combate. Por un instante, su mirada se detuvo en los carteles pegados en la pared, frente a ella.

Las caras de Alexis Zerda, Timo Soler y Angie expuestas en formato A3.

¡Para nada! Era a Amanda Moulin a quien había que buscar en ese aeropuerto, era ella quien intentaba embarcar en el avión con ese niño que había adoptado, que llevaba su nombre. Los agentes no tenían ningún motivo para impedírselo. ¡Buena jugada, Amanda!

La comandante consultó el reloj mientras J. B. miraba también las fotos. Sin duda pensaba que el caso iba a la deriva, que ya no controlaban nada. El pobre…

Menos de cinco minutos para el despegue.

Continuó avanzando sin soltar a Guti. Por más que J. B. fuese un buen policía, en eso se equivocaba. Todo aquello le sobrepasaba, no había entendido nada.

Ella sí, gracias a aquel peluche.

Amanda no debía emprender el vuelo con Malone. ¡Había que impedirlo! No porque fuese culpable del asesinato de Alexis Zerda, como mínimo se le podía conceder que lo había hecho en legítima defensa. No, había otra razón.

¡Angie no le había mentido! Angie, simplemente, había lanzado una botella al mar, un SOS que le hacía eco al suyo. En cierto modo, incluso le había contado la verdad. La urgencia se situaba ahí, únicamente ahí, y respecto al resto, ya haría más tarde limpieza en sus sentimientos, ante la policía de los policías.

Todavía sin aminorar el paso, en una danza casi intuitiva con su ayudante, Marianne señaló hacia la aduana mientras ella se dirigía a las taquillas de *check-in*. Ninguna necesidad de explicarse. Profesionales, coordinados.

Marianne se encontró frente a otro soldado, veinte años apenas, que observaba incrédulo la rata de peluche que llevaba en una mano y la placa de comandante que mostraba en la otra. Iba a volver a ponerla en su sitio cuando el teléfono vibró en su bolsillo.

Se sorprendió rezando, no era algo propio de ella.

¡Dios mío, haz que sea Papy quien llama!

Que la ayudara a tomar esta vez la decisión correcta; que le confirmara lo que Guti le había revelado hacía unos minutos, subiendo la escalera de la base abandonada de la OTAN.

Tres simples palabras cosidas en el pelo en las que nadie, salvo ella, se había fijado. Banales. Estándar. Las mismas palabras que las que llevaban cosidas miles de peluches idénticos vendidos en el mundo…, pero que, sin embargo, iluminaban la verdad con un resplandor irreal.

¡Angélique no era la madre de Malone!

67

Aguja pequeña en el 4, aguja grande en el 7

Ya no había casi nadie delante de ellos. El aspirador debía de haberse tragado a casi todos los corderitos. Hop, directo al avión.

Malone hacía muecas, la mano que apretaba la suya le hacía un poco de daño, sobre todo el anillo que se le clavaba en la piel. Contenía la lágrimas.

Levantó los ojos.

Uno, dos, tres.

Tres últimos corderitos delante de ellos. La cola avanzaba deprisa. La señora con traje era mucho más rápida que las otras, más rápida que la de antes, la que estaba detrás del cristal por donde pasaban los papeles, más rápida también que la que mandaba a la gente quitarse los cinturones y los relojes. La de ahora apenas miraba a la gente pasar, y todavía menos los papeles con su foto que esta le enseñaba, solo cogía la hoja, la que hace falta para subir al avión, la rasgaba y la devolvía.

Uno, dos, tres, contó de nuevo Malone.

Era la tercera vez que había que enseñar los papeles. Forzosamente, la señora prestaba menos atención la tercera vez.

La boca del aspirador acababa de engullir los últimos corderitos. La señora los había dejado pasar a todos; ahora les tocaba a ellos.

Malone titubeó, la señora le daba un poco de miedo, tenía unas largas uñas rojas, el pelo del color del fuego, la piel oscura y los ojos negros, y abría mucho la boca cuando hablaba y no la cerraba nunca del todo, como si tuviera demasiados dientes.

Malone lo había entendido.

Era un dragón.

Vigilaba la entrada de la gruta, la que conducía al bosque de los ogros, dejaba pasar a los corderitos, le tenía sin cuidado, pero ¿los dejaría pasar a ellos?

El dragón cogió sus papeles con su foto, casi no los miró, rasgó la hoja y abrió la boca sin levantar los ojos.

—Buen viaje, señora.

Estaba un poco oscuro dentro del aspirador. Y también hacía un poco más de frío. Al final, Malone veía otro agujero, el del avión.

La mano tiraba de él más fuerte aún.

El bosque de los ogros...

Esta vez, Malone no pudo contener las lágrimas.

La mano que rodeaba la suya aflojó la presión. En el túnel, la voz se suavizó.

—Has sido muy valiente, cielo.

A Malone le tenía sin cuidado ser valiente. Le tenían sin cuidado los ogros. Le tenía sin cuidado el dragón. Le tenía sin cuidado que el avión despegara con o sin ellos.

Él quería a Guti.

Él quería su peluche.

—Vas a tener que seguir siendo un poquitín valiente, cielo. Guti estaría orgulloso. Has hecho exactamente lo que él esperaba de ti. —Abrazó a Malone—. ¿De acuerdo, cielo?

Malone sorbió por la nariz. Continuaba andando. Justo antes de salir del aspirador para entrar en el avión, había un agujerito, se veía el asfalto de la pista abajo. E inmediatamente después había otras dos señoras con traje que pedían la hoja rasgada. Esta vez solo la hoja, no los papeles con su foto. Ahí era donde figuraba el número de su asiento, Mamá-nda se lo había explicado.

Las dos señoras tenían también demasiados dientes en la boca, pero les indicaron amablemente el sitio donde debían sentarse en el avión.

La mano le apretó aún más fuerte la suya.

—Nos vamos, cielo. Papá se reunirá muy pronto con nosotros, te lo prometo.

Lo besó. Malone sorbió por la nariz. Sin Guti para acariciarlo, no sabía qué hacer con las manos. Sus ojos continuaban llorando, pero acabó por dejar escapar una sonrisa.

—Vale, mamá.

68

Hoy ha vuelto a venir a comprar el pan. Es guapo. Es ingeniero o
algo así. Sabe llevar la corbata, la americana, incluso a sus niños,
a los que hace trotar cuando van a caballo sobre su espalda rien-
do. No me ha mirado ni una sola vez cuando le doy la barra de
pan. Sus ojos no han bajado ni una sola vez hacia mi escote. No
me ha mirado ni una sola vez de otro modo que como a una de-
pendienta de mierda.
Ganas de matar
Me he inventado una historia y se la he enviado por correo elec-
trónico a su mujer. Ella le ha partido la crisma con una plancha,
lo he leído en la prensa local.

Condenada: 2.136
Absuelta: 129

www.ganas-de-matar.com

Las siluetas que se acercaban por detrás de Marianne parecían
fantasmas. Inmensas, traslúcidas, cuanto más avanzaban, más se
agrandaban, tan altas ya como la torre de control blanca y roja
del aeropuerto, aplastando a los dos Boeing 737 detenidos en la
pista como si fuesen maquetas de juguete. Por un instante, se hicieron más oscuras, casi amenazadoras, para eclipsarse un se-

gundo después. Una nube en el cielo, sin duda alguna, que había bastado para borrar en la gran cristalera del aeropuerto el reflejo de los policías que iban al encuentro de la comandante.

Por detrás de ella.

No obstante, Marianne no desvió la mirada, concentrada en la rampa aeroportuaria.

Puertas 5 a 9. Ámsterdam. Galway. Lyon. Barcelona.

J. B. se situó al lado de su superiora, jadeando, sin conceder una sola mirada al paisaje.

—Marianne, tengo otra noticia, ¡han encontrado a Soler! Una llamada anónima… De una mujer. Estaba dormido en el asiento del copiloto de un Twingo estacionado en el aparcamiento del aeropuerto.

Marianne, bruscamente sacada de su letargo, abandonó los aviones inmóviles y se volvió hacia su ayudante.

—Timo Soler… ¡Por fin! ¿Cómo está?

—Mal… Un pulmón perforado, una herida todavía abierta en el omóplato, hemorragia interna, pero seguía vivo cuando Bourdaine y Benhami han abierto la puerta del coche. Incluso han detectado algunas muestras de conciencia. Parpadeo, temblor de labios, cosas de ese tipo, nada más… ¡No esperes una confesión!

La comandante clavó los ojos en los de su ayudante.

—¿Tu diagnóstico, J. B.?

—Es difícil decir nada… La ambulancia está en camino. ¿Una posibilidad sobre diez? ¿Sobre cien? Después de todo, Soler ha sobrevivido hasta ahora, es un milagro que siga aún con vida…

A su derecha, el tipo encargado de la seguridad del aeropuerto se impacientaba. Estaba claro que le traía al fresco la supervivencia de Timo Soler. Era un hombrecillo encorbatado, con unas gafas finas que resbalaban sobre una nariz demasiado en pendiente; gotas de sudor se deslizaban desde su cráneo calvo e inundaban, entre el cuello y las orejas, lo que le quedaba de pelo. Estaba escoltado por una azafata pelirroja con las uñas pintadas, bastante más alta que él, y dos jóvenes militares con la cabeza rapada, uniforme de faena y metralleta al hombro. El cuarteto tenía un aspecto mafioso. Un funcionario corrupto, su *escort* y sus dos guardaespaldas. El tipo tenía la voz seca y cortante de los que carecen totalmente de autoridad.

—¿Qué hacemos, comandante?

Marianne no contestó. Miraba de nuevo el Boeing 737 al otro lado del cristal, repasando mentalmente la película de los últimos acontecimientos.

Timo Soler había sido abandonado entre la vida y la muerte en el aparcamiento del aeropuerto, pero se las habían arreglado para pedir una ambulancia a tiempo y que quedara una posibilidad de salvarlo, aunque fuese ínfima. ¡Era lógico, al fin y al cabo, puesto que todos los episodios de esa historia habían sido escritos con antelación! En el fondo, Marianne no era sino una marioneta en ese juego de sombras, un personaje cuyo papel había sido escrito capítulo tras capítulo.

Pensó en el penúltimo, hacía menos de cinco minutos.

Se había oído un grito en el aeropuerto mientras ella interrogaba a las azafatas de las taquillas. J. B. había ido corriendo con Constantini hacia los lavabos de mujeres. Marianne los había seguido unos metros por detrás. Había atado cabos nada más ver, después de que Constantini derribara la puerta del retrete con el hombro, aparecer detrás el cuerpo tendido en el suelo.

Otra idea errónea.

Habían agredido por sorpresa a Amanda Moulin en los lavabos, los únicos de aquel aeropuerto minúsculo, y a continuación arrastrado el cuerpo hasta el retrete más cercano, torpemente atado y amordazado. Un trabajo realizado con precipitación.

—Estaba escondido aquí —había dicho J. B. abriendo la puerta del armario de mantenimiento, frente a ellos—. Estaba escondido en este cuchitril esperando a Amanda Moulin.

Marianne había observado el armario, las cajas de cartón aplastadas, en equilibrio inestable, entre detergentes y bayetas.

—Esto es demencial —había añadido J. B.—. ¿Cuánto tiempo ha podido estar acurrucado aquí adentro?

—Acurrucada…

—¿Acurrucada?

La comandante había examinado de nuevo el rectángulo estrecho, de uno treinta centímetros de ancho. Amanda Moulin, sentada en el suelo, con la mordaza a modo de collar alrededor del cuello, los miraba con expresión de desconcierto.

—¡Sí! Solo una mujer ha podido meterse aquí. Una mujer delgada y flexible.

Angie.

La imagen del rostro de Amanda se borró poco a poco, al igual que la del armario vacío destinado a cajas de papel higiénico y botellas de lejía. El Boeing 737 las sustituyó.

Don Seguridad seguía pendiente de Marianne. Nervioso, posaba la mirada sucesivamente en los pechos de la azafata, casi a la altura de sus ojos, en las metralletas de sus dos esbirros y en la comandante. Sin duda don Seguridad no estaba acostumbrado a ver a una mujer con un arma en la cintura. Una mujer a la que se veía obligado a mendigarle una decisión.

Marianne pensaba. Deprisa. En el fondo, todo estaba clarísimo. ¡Angie había ocupado el asiento de Amanda Moulin en el avión! Debía de haber entrado en el aeropuerto unas horas antes, mucho antes de que repartieran su foto entre los agentes de la aduana. Seguramente había comprado un billete para otro vuelo, uno cualquiera, y se había escondido en los lavabos. No tenía más que esperar que Amanda Moulin, de la que nadie sospechaba, cuya foto nadie tenía, fuese al aeropuerto con Malone, hiciera el *check in* y pasara todos los controles. El último, el que se hacía en la puerta de embarque, era puramente formal, las azafatas, que debían meter a ciento veinte pasajeros en el avión en unos minutos, miraban muy por encima los pasaportes, se limitaban a comprobar el número de asiento en los billetes. El trabajo de control ya había sido efectuado antes, dos veces.

Una madre y un hijo. Dos pasaportes. Un vago parecido. Angie, tapándose mínimamente la cara, no corría ningún peligro de ser reconocida en ese momento.

El plan perfecto. Angie había hecho gala simplemente de una audacia increíble.

Don Seguridad, con los nervios de punta y falto de argumentos, buscaba desesperadamente ayuda, un apoyo cualquiera, pero los dos guardaespaldas parecían petrificados, como convertidos en perros de porcelana, y la azafata, transformada en muñeca de cera.

¡Nadie lo ayudaba! Suspiró.

—Bueno, ¿qué hacemos?

Marianne contestó señalando con el dedo hacia la cristalera:

—¿El avión para Galway está todavía en la pista?

El tipo levantó los ojos al cielo y aplaudió.

—¡Sí! ¡Y tenemos tres esperando detrás! —dijo, señalando también los Boeing que estaban en la rampa—. La chica y el niño van a bordo, lo hemos comprobado. Solo esperamos sus órdenes, comandante. El juez Dumas lo ha dicho claramente, el avión no puede despegar sin su consentimiento. Tengo quince hombres que pueden intervenir en cuanto…

Marianne no contestó. Don Seguridad bajó los ojos e hizo una mueca. Estaba desesperado. Esa comandante indecisa andaba de acá para allá con un peluche inmundo en la mano y nadie se inmutaba. Cualquiera diría que él era el único que se había dado cuenta. Aquello era cosa de locos…

Lejos de tranquilizar al oficial, Marianne se puso a acariciar al peluche, recorriendo con los dedos el pelaje de Guti de una costura a otra. La comandante leyó de nuevo las tres palabras escritas en la etiqueta cosida al muñeco. ¡El secreto de Guti!

Con una sonrisita en los labios que fue incapaz de contener.

Tres palabras impresas delante de sus ojos, desde el principio, y en las que nadie había reparado.

Hecho en Guayana.

¡Sí, Angie había escrito con antelación toda esa historia, hasta el último capítulo! Pero era a ella, a Marianne, a quien le correspondía elegir la última palabra.

Las confidencias de Angie en la mesa del Uno tenían ese único objetivo. Preparar este momento. Sembrar la duda… Todas esas veladas, todas esas horas en las que Angie se había hecho pasar por su amiga.

¿Una manipulación?

¿Una petición de socorro?

Don Seguridad se puso de puntillas y gritó con voz de perrito gruñón.

—Joder, comandante, ¿qué esperamos?

La tranquila respuesta de Marianne acabó de hacerle subirse por las paredes.

—Una llamada de teléfono.

69

Hoy, Léonce me ha pedido que lo desconecte.
Ganas de matar
No he sido capaz.

Condenado: 7
Absuelto: 990

www.ganas-de-matar.com

El niño se columpiaba, lentamente, sin conciencia del peligro.

Las dos cuerdas que sujetaban la tabla de madera agrietada estaban viejas y colgaban de dos mosquetones herrumbrosos soldados al soporte metálico. La lluvia y el tiempo habían causado los mismos estragos en otros aparatos de gimnasia: una barra carcomida, unas anillas disimétricas, un puente de cuerda agujereado.

El niño no se movía, el columpio oscilaba solo, sin que el menor gesto, ni siquiera un parpadeo, frenara o acelerara su movimiento. La mirada del niño estaba fija y uno imaginaba que, para él, era todo lo demás lo que debía moverse. La hierba, los árboles, la casa, la tierra entera.

A través de la galería, Marta Lukowik observó largamente al niño tapado de la cabeza a los pies, de las manoplas al gorro, y dejó el café encima de la mesa. Toda una serie de plantas y arbustos crecían allí, colocados ordenadamente en macetas alineadas contra las ventanas (naranjos, limoneros, groselleros), componiendo una mezcla de colores bastante refinada.

Josèf, sentado enfrente del teniente Pasdeloup, señaló con el dedo el pequeño jardín cerrado por tres altos muros de ladrillo. Papy creyó que iba a hablar del niño.

—No lo parece, pero esto está orientado al sur. Mandamos construir la galería en el año noventa, justo después del cierre de las minas, con la indemnización. Una locura… —Tosió mientras se acercaba una taza de café—. Todavía estamos pagándola, veinticinco años después, pero quizá yo ya no estaría vivo si no me pasara el día en el invernadero, rodeado de todas estas plantas.

La tos se transformó en risa carrasposa. Marta echó un terrón de azúcar en el café de su marido sin que este tuviera necesidad de pedírselo.

—¡Y además, con tres muros los vecinos no nos molestan! —añadió Josèf.

Esa era su conclusión. Sus labios se limitaron a temblar al entrar en contacto con el café caliente.

Papy probó el suyo. Amargo. Le había costado Dios y ayuda que Josèf Lukowik lo dejase entrar, y exhibir su carnet de policía delante de las narices del minero jubilado no había contribuido a hacerle cambiar de actitud. Solo después de que hubiera citado los nombres de Timo Soler, Angélique Fontaine y Alexis Zerda, Josèf le había entreabierto la puerta un centímetro más.

El nombre de Alexis Zerda, sobre todo. Papy había reaccionado instintivamente.

«¡Alexis Zerda ha muerto! Lo han matado hace menos de una hora. Han encontrado su cuerpo dentro de un depósito en la antigua base de la OTAN.»

Entonces la puerta se había abierto. Josèf se había limitado a decir: «Vamos a pasar a la galería. Marta, sírvenos un café».

Nada más. Como si Josèf no tuviera ningunas ganas de que el teniente se demorase en el pasillo empapelado con un papel pasado de moda, se entretuviera mirando los carteles de Solidarnosc, la foto de la catedral de Wawel o el retrato de Bronislaw Bula encima del zapatero.

Recibían en la galería.

Sin que los vecinos los molestaran.

Papy se bebió su café de un trago, reprimió una mueca y miró ostensiblemente al niño sentado en el columpio.

—¿Qué pasó?

Marta Lukowik puso una mano sobre la de su marido. Una mano arrugada y salpicada de manchas marrones, tan deteriorada como los aparatos de gimnasia del jardín, igual de cansada de haber cargado con niños durante años, antes de que crecieran y la abandonaran. El teniente Pasdeloup había comprendido que esa mano puesta sobre la de su marido le indicaba a este que era demasiado tarde, que debía contarlo todo. Una conexión simplemente mediante el tacto. Le correspondía a su marido encontrar las palabras, pero era ella quien se confesaba.

Josèf tosió de nuevo, sin tomarse la molestia de proteger su café.

—Alexis nos telefoneó después del atraco de Deauville. Yo lo llamo Alexis. Para nosotros, Zerda era Darko, su padre; me pasé veinte años bajando al fondo del agujero con él. —La mano de Marta hizo más presión sobre la de su marido—. Fue él el primero en decírnoslo, antes que la policía, que los periodistas, que los vecinos. La policía había matado a Cyril en Deauville, en la calle de La Mer. Cogido de la mano de Ilona, que también había sido abatida. Me acuerdo perfectamente, era casi mediodía, Marta escuchaba Radio Nostalgie mientras trasplantaba una camelia en la galería e inmediatamente sintonizó France Info. No hablaban de otra cosa, Alexis había dicho la verdad. La maceta se le cayó de las manos, todavía está la marca ahí. —Señaló una muesca en el embaldosado—. Marta y yo ya no le teníamos mucha simpatía a la policía antes, así que…

Papy no se dio por aludido. En el jardincillo, el niño seguía columpiándose, con la misma regularidad que el vaivén de un reloj de péndulo.

—¿Alexis Zerda le propuso que se vieran?

—Sí, quedamos apenas una hora después, junto al lago del Canivet. Es donde todos los niños del pueblo iban a pescar antes. Estaba solo. Nosotros fuimos los dos. Conducía Marta. Yo temblaba demasiado, en momentos así es cuando la mano derecha se me dispara por culpa de esta mierda de artritis.

Papy se percató entonces de que la mano de Marta puesta sobre la de Josèf era también una forma de calmarlo inmovilizándolo, como una caricia que tranquiliza a un pájaro asustado.

—Alexis estaba delante del lago, junto a lo que quedaba de la cabaña que habían construido a los diez años para atrapar ranas y pollas de agua. Cuatro chapas y dos miserables tablas. Alexis temblaba también. Era la primera vez que lo veía así. Nunca había renunciado a esa altanería frente a toda autoridad, a ese aire de desafío permanente, el mismo que su padre frente a los capataces de la mina, ni siquiera cuando los profesores lo convocaron después de que extorsionara a la pequeña Leguennec. Pero en aquel momento era distinto. Por primera vez parecía… ¿cómo decirlo?… vulnerable, y todos sabíamos por qué.

—Porque la muerte había pasado rozándolo. Porque Cyril e Ilona eran…

—No —lo interrumpió Josèf, puntuando su reacción con otro acceso de tos—. A Alexis le importaban una mierda nuestro hijo, nuestra nuera e incluso Timo, que tenía una herida de bala en el pulmón. En última instancia, eso incluso le habría ido bien, menos entre los que repartir el botín y también menos testigos con vida. Verá, nunca me hice ilusiones con el pequeño Alexis. Lo vi por primera vez aquí, en el jardín, durante la celebración del quinto cumpleaños de Cyril. Puede parecer extraño, pero casi siempre es posible adivinar en lo que un niño de preescolar va a convertirse. El pequeño Alexis, para resumírselo en una frase, ya no era el tipo de niño al que le gusta compartir un pastel.

Papy no hizo comentarios y fue al grano:

—Entonces ¿qué es lo que lo hacía vulnerable?

—¡El último testigo vivo!

El teniente Pasdeloup puso una carta boca arriba.

—¿Angélique Fontaine?

Josèf desplegó una sonrisa que compartió con su mujer.

—No. Angie jamás le diría nada a la policía, no era su estilo, y él lo sabía. No, lo que aterraba a Alexis era el niño. Por eso se había arriesgado a venir a vernos. Por el niño.

—¿Qué edad tenía?

—Casi tres años. El niño había estado con ellos durante la preparación del atraco. En brazos de su madre, jugando junto a ellos, comiendo con ellos. La policía forzosamente vendría a interrogarlo. Con treinta meses, era vivo, espabilado, parlanchín. Hablaría. En el mejor de los casos, reconocería la cara de Alexis en las fotos que le enseñara la policía. En el peor, repetiría fragmentos de conversaciones, fechas, nombres de lugares, de calles, de tiendas. Los niños son esponjas a esa edad.

—¿El testimonio de un niño de treinta meses? ¿Un juez lo tendría en cuenta?

Josèf miraba a través de la galería. Imperceptiblemente, el columpio se movía ahora más despacio, quizá cansado de que el niño sentado en él no le echara una mano.

—Nos informamos —prosiguió el minero jubilado—. A partir de los años noventa, desde los casos de pederastia, sí, los jueces escuchan a los niños…, y no está mal, por cierto.

—¿Cuál era exactamente el plan de Alexis Zerda?

La respuesta de Josèf hizo dar un respingo a Marta.

—Cambiar al niño por otro.

Lo asaltó bruscamente un acceso de tos más violento que los anteriores. Continuó Marta, en voz baja.

—En el fondo, era la única solución. La policía acabaría por descubrir la existencia del niño. Así que vendrían a interrogarlo, el crío lo contaría todo, denunciaría a Alexis. Aunque le pidiéramos que mintiese a la policía, suponiendo que sea posible pedirle algo así a un niño de tres años, forzosamente la policía se daría cuenta de que ocultaba algo y al final él se derrumbaría. La solución que Alexis Zerda había ideado era sencillísima: bastaba con que la policía no interrogara al niño auténtico, bastaba con sustituirlo por otro, a ser posible no demasiado hablador... Mejor aún, un niño incapaz de comunicarse, traumatizado, perdido en su mundo interior. Era la única solución —repitió Marta.

Había mantenido la mano sobre la de su marido, firme, pero no podía evitar que le vibrara la voz. Josèf añadió, entre toses:

—Alexis lo habría matado si no hubiéramos aceptado. Lo habría matado para que no hablase.

En el jardín, el niño había bajado del columpio, ahora inmóvil. O bien se había caído. Estaba tumbado sobre el césped, de lado. La hierba asomaba por encima de sus orejas, sus hombros, sus muslos. Casi sin que su cabeza se moviera, su mejilla acariciaba las briznas más cercanas, como si se tratara de la crin de un animal sobre la cual se dormía.

Marta se levantó para preguntarle al teniente si quería otro café. Él aceptó por cortesía, pensando que podría dejarlo a medias. Cuando Marta regresó con la cafetera, Papy prosiguió.

—Bastaba cambiar al niño por otro para que la policía no interrogara al auténtico. Lo entiendo, pero, de todas formas, eso suponía hacer malabarismos, ¿no?

Josèf mojó los labios en el café, que a todas luces le aliviaba la tos. Fue él quien reanudó la explicación.

—Alexis tenía un plan. ¡Había encontrado un donante! Un amigacho con el que había compartido celda en Bois-d'Arcy, Dimitri Moulin. Su hijo, Malone, se había caído por una escalera y era casi un vegetal. Presentaba el perfil ideal. Bastaron unos miles de euros para convencer al padre... —Observó a Marta antes de continuar—. Un poco más difícil resultó convencer a la madre. Se negaba a separarse de su hijo, aunque fuera por unos meses. Así que el padre y él manipularon los resultados de los últimos análisis del hospital, le hicieron creer a Amanda, la madre, que su hijo estaba condenado, que solo le quedaban unos meses de vida. Nosotros debíamos prestarnos al juego, ese era el trato. Tuvimos horas y horas a Amanda al teléfono; al principio llamaba diez veces al día, luego un poco menos, luego casi nada. Nosotros continuamos enviando mensajes, correos electrónicos y fotos para tranquilizarla. En fin, tranquilizarla… Más bien decirle que Malone seguía vivo, no había nada más que decir. Ningún progreso que señalar. Malone come, Malone se columpia, Malone duerme, Malone mira las mariposas, Malone mira las hormigas. Malone no habla, Malone no juega, Malone no ríe… Sí, continuábamos dándole noticias, pero ya nos habíamos dado perfecta cuenta…

No pudo acabar la frase. Unas lágrimas corrían por su cara arrugada. Al fondo del jardín, el niño miraba en la hierba un punto que solo él veía, seguramente un insecto minúsculo.

Papy acudió en ayuda de Josèf.

—Se habían dado cuenta de que, en el corazón de Amanda, el otro niño había ocupado el lugar del suyo. ¿Es eso?

—Sí —confirmó Marta—. Por supuesto, tuvimos acceso a todo el historial médico. —Lanzó una mirada a través de la galería hacia el cuerpecito tumbado en la hierba—. En realidad, este niño puede seguir así años. Ni siquiera sufre. —Su voz era de una dulzura infinita—. El plan de Alexis podía parecer complicado, pero en realidad era de una gran sencillez. Bastaba con hacer el intercambio durante unas semanas, el tiempo necesario para que el niño olvidara su vida anterior, por lo menos las caras, los nombres y los lugares comprometedores. ¡Era impepinable! Por lo demás, lo que pudiera sucederles a los dos niños, a Alexis le tenía sin cuidado.

Y los Lukowik aceptaron el cambio; aceptaron cubrir a Zerda para engañar a la policía. El teniente Pasdeloup pensó en el informe abierto sobre el asiento del copiloto del Megane. Josèf había tenido algunas complicaciones con la justicia cuando era joven.

Embriaguez en la vía pública, riña callejera, insultos a un agente de la autoridad, nada grave, y hacía más de cincuenta años de eso, pero era suficiente para comprender que Josèf y Marta no eran del estilo de los que colaboran espontáneamente con la policía.

Quedaban, no obstante, zonas de sombra en el informe. Angélique Fontaine no tenía hijos, Lucas Marouette era categórico al respecto.

—Háblenme de Angélique —dijo Papy.

Una amplia sonrisa apareció en el rostro de Marta.

—La pequeña Angie siempre fue la más inteligente de toda la pandilla de Les Gryzons. Avispada, con talento, graciosa. Un poco soñadora también. De pequeña, en Potigny no se la veía nunca sin una muñeca o un libro en la mano. Y tenía una cara de ángel, además… Siendo guapa y romántica, ya imaginará la continuación, inspector. El problema de Angie eran los chicos, los chicos y la autoridad en general. En la lista de todos sus amantes, Timo Soler era el mejor, con eso se lo digo todo… De todas formas, un mal chico, un amante secreto, por eso sus radares policiales no detectaron la presencia de ella en la cama de Timo. Para Angie, todo saltó por los aires en la adolescencia; su madre engañaba a su pobre padre, todo el pueblo estaba al corriente, él el primero, pero ni siquiera eso era el problema, creo yo. Era simplemente que sus padres ya no estaban a la altura, la pequeña Angie era una extraterrestre para ellos, su casa, en la calle Copernic, se había convertido en un planeta sin vida y Angie soñaba con taxis por la galaxia. Todo empezó a ir mal cuando se marchó. El cáncer de su padre, que se lo llevó en seis meses, su famoso blog, *ganas-de-matar*, y luego el accidente, claro.

—¿El accidente?

Papy había dado un respingo. En el informe de Marouette no se mencionaba ningún accidente. ¿La pieza que le faltaba del puzle?

—En enero de 2005, Angie se estrelló en una curva de la costa de Graville yendo en coche con su novio de la época. ¡Un golfo más de los que coleccionaba! Él no se hizo ni un rasguño, pero Angie estaba embarazada de unos meses y perdió al niño. El médico le dijo que no podría tener más, ¡y Dios sabe que la pequeña Angie quería tenerlos! La recuerdo siendo una niña con sus muñecas, ¡la de veces que debió de recorrer Potigny empujando su cochecito rosa!

Ante la mirada incrédula del teniente, a Josèf le pareció conveniente precisar:

—No éramos muchos los que lo sabíamos, pero teníamos el mismo médico que los Fontaine, el doctor Sarkissian. Sigue viviendo en Potigny, por cierto, él podrá confirmárselo. Jugamos a la petanca con él todos los viernes por la tarde. Es de los nuestros, como suele decirse. Claro que, para que un médico se quedara aquí, tenía que ser de los nuestros…

Papy tragó saliva. Todo se aclaraba. Casi. Puso su mano sobre las de Josèf y Marta y a continuación hizo la pregunta antes de que ellos las retiraran.

—¿Cuándo vieron a su hijo y su nuera por última vez?

Notó que las dos manos querían escapar y las retuvo.

¿Quién iba a responder? Él habría apostado por Josèf. Fue Marta.

—Todo depende de lo que entienda por «ver», inspector. Cyril e Ilona pasaron por aquí una o dos veces antes del atraco como una exhalación, un café, una cena, ni tiempo siquiera para un paseo o una partida de cartas, pero nos conformábamos, mejor eso que lo de antes.

Sus manos estaban calientes. Era extraña esa fusión de las tres palmas.

—Cuénteme —dijo el teniente.

—Después del instituto, Cyril fue tirando como pudo. Era la época en que la mina cerró. Empezó a trapichear: hachís, radios de coche, alarmas de segundas residencias… No era un angelito, y tampoco lo era Ilona, pero pagaron por ello. Más de dos años de prisión incondicional en total. Cuando salieron, se casaron y sentaron cabeza. ¡De verdad, inspector! Se instalaron en un piso en El Havre, en el barrio de Les Neiges, él se hizo cargador, trabajaba bien, aquello le gustaba. Después de estar cuatro años en el muelle de Europa, se marcharon.

—A la Guayana Francesa, ¿no?

—Sí. Maersk iba a abrir una línea suplementaria en el gran puerto marítimo de Remire-Montjoly. Pagaban mejor que en El Havre, mucho mejor, pero había que firmar un contrato comprometiéndose a estar unos años en ultramar.

—¿No lo dudaron?

—No… Se fueron los dos en junio de 2009, hace ya seis años. Creo que no volví a ver a Cyril más de siete días enteros desde entonces, antes de que lo…

Se le escapaban de nuevo las lágrimas. Volvió la cabeza y dejó vagar los ojos sobre el soporte herrumbroso del columpio al fondo del jardín, como si fuese el símbolo de la vida que había abandonado aquella casa. El niño de las hormigas no era sino un fantasma más.

Josèf tomó el relevo.

—Al cabo de cinco años, cuando Cyril regresó a El Havre, ya no había trabajo para él en los muelles. Las plantillas habían quedado reducidas a la mitad. Ya no necesitaban músculos, un solo tipo podía descargar un barco de quince mil contenedores simplemente con un joystick. No hace falta que le haga un dibujo, inspector: paro, trabajos miserables, falta de dinero… Cyril empezó a tratar otra vez con Alexis.

Marta se enjugaba las lágrimas con un pañuelo bordado.

—Debían asumir sus responsabilidades —dijo Josèf a modo de justificación—. No pensábamos, cuando se fueron a la Guayana…

—¿No pensaban qué? —insistió Papy, pese a que ya sabía la respuesta.

Fuera, junto al niño, entre la hierba mal cortada, una mariposa echó a volar sin que él la siguiese aunque solo fuera con los ojos.

Fue Marta la que se lanzó:

—¡No pensábamos que Cyril e Ilona nos traerían un nieto!

70

Papy hizo una larga pausa mientras se concentraba para recordar los puntos clave del expediente, los que le habían intrigado la noche anterior en la comisaría antes de llamar a Anaïs a Cleveland.

¡La intuición!

Observó de nuevo, a través del cristal de la galería, al niño tumbado en la hierba.

«¡No pensábamos que Cyril e Ilona nos traerían un nieto!»

Según el informe, los del Servicio Regional de la Policía Judicial de Caen habían pasado por casa de Josèf y Marta Lukowik el 20 de enero de 2015 para interrogar al hijo de Cyril e Ilona Lukowik. Todo estaba en orden. Los abuelos tenían la custodia del pequeño huérfano. Le habían enseñado al niño fotos de todos los posibles sospechosos, entre ellos Alexis Zerda. Lo habían interrogado durante una hora larga. ¡Nada digno de mención!

El niño, según el informe, parecía poco despierto, en el límite del retraso mental. La policía lo había hecho constar, sin sorprenderse demasiado: el niño acababa de perder a sus padres de muerte violenta. Recomendaban un seguimiento psicológico, habían hablado un poco con los abuelos, pero en lo relativo a la investigación por ese lado no había nada que rascar. Lógico, en el fondo era un interrogatorio de pura rutina, pero el SRPJ no quería descartar ninguna pista *a priori*. El acta de aquel interrogatorio ocupaba una decena de líneas en un expediente que tenía varios cientos de páginas de testimonios y peritajes. Nadie, aparte de Papy, le había prestado atención.

Ahora quería aclarar todos los detalles.

—¿Qué edad tenía su nieto cuando lo vieron por primera vez?

La voz de Marta vibró, delatando su emoción, como cuando había hablado de Angie.

—Algo menos de dos años. Acababa de llegar de la Guayana, había nacido allí, solo conocía aquel país, el clima ecuatorial, eso fue lo primero en lo que me fijé, aquel niño tenía siempre frío en Normandía, se lo dije montones de veces a Cyril para que abrigara mejor a su hijo, pero creo que a él no le importaba lo más mínimo. Era un niño alegre, muy adelantado para su edad. Ya hablaba mucho, sin parar, sobre todo del gran bosque amazónico, de los monos y las serpientes, del cohete Ariane que despegaba de Kourou, aunque ya empezaba a no acordarse de todo, a confundir un poco las cosas. —Señaló con la mirada las plantas que estaban en el suelo—. Se entretenía juntando las macetas para formar una jungla. Y apilaba vasos para hacer un cohete, imitaba el ruido con la boca, gritaba como si fuese un mono subido en el soporte del columpio.

—Supongo que no se separaba de su peluche.

En los ojos de Marta asomaban otra vez las lágrimas. De pena y alegría mezcladas.

—¿De su Guti? ¡No, no lo soltaba ni un momento! Sus padres se lo habían comprado allí. Habrían podido escoger un animal más conocido de la Amazonia, un jaguar, un armadillo, un perezoso, un puma, un papagayo…, tenían mucho entre lo que elegir, pero fue un guiño a la calle de su infancia, *gryzon* significa «roedor» en polaco.

Agutí, *gryzon*, roedor…

Papy no había ordenado las piezas del puzle hasta llegar a Potigny, esa expatriación de cinco años en la Guayana mencionada en el expediente de Cyril e Ilona, ese peluche bautizado con el nombre de Guti y algunos indicios más, como el álbum de fotos del que Marianne le había hablado por teléfono, decorado con monos, papagayos y árboles tropicales, la foto en la cuna de mimbre protegida por una mosquitera, todos los recuerdos que en la memoria del niño se confundían con los de la base de la OTAN, la jungla, los cohetes…

Marta se levantó y elevó el tono.

—Una joya de niño —dijo—. Con una imaginación desbordante. Lo veíamos una o dos veces al mes. Por lo menos él habría podido ser feliz. Había nacido cerca del cielo, no bajo la tierra, como todos los de este pueblo. Por lo menos él habría podido escapar. Tenía una posibilidad antes de…

—¿Antes de qué, Marta?

La anciana se pegó al frío cristal de la galería. Sus palabras se transformaban en vaho opaco.

—¡Antes de que viera cómo mataban a sus padres delante de él! ¿Tiene hijos, inspector? ¿Es posible concebir un plan más monstruoso que utilizar a un niño de dos años y medio para pasar los controles policiales después de un atraco? ¿Utilizar a tu propio hijo? ¡Le hablo de mi hijo, inspector, de mi hijo y mi nuera! ¿Cómo quiere que ese niño sobreviva a una cosa así? Alexis nos lo contó, no tuvo ningún empacho en hacerlo: Cyril, herido, tuvo el tiempo justo de apoyar una mano en el Opel Zafira y cruzar una mirada con su hijo antes de alejarse y recibir tres balazos más en la espalda. ¿Cómo quiere que un niño se recupere de semejante trauma? ¡Está jodido, inspector, ese niño también está jodido!

Se volvió y, quedándose de pie, le cogió de nuevo la mano a su marido.

—Igual de jodido que Josèf, que se pasó la vida excavando un túnel para no encontrar más que silicosis, igual de jodido que Cyril, fulminado por haber querido alcanzar lo que brillaba, una tercera generación jodida.

Su mirada recorrió el jardín, los tres muros de ladrillo. El niño tumbado sobre el césped parecía haberse dormido.

—No es posible escapar, teniente. Nunca.

—Salvo si olvida —dijo Papy.

Por primera vez, Marta pareció perder el control de sí misma.

—¿Y cómo quiere que olvide? ¡Ese niño ya no tiene padres! Nosotros somos demasiado viejos, en cuanto el paréntesis en casa de los Moulin haya terminado, para él, la vida será ir de un hogar a otro con esa marca de muerte impresa en el cerebro. Una marca imborrable...

Una marca imborrable.

Papy pensó en las palabras que había cruzado con Marianne, en las teorías de Vasile Dragonman. ¿Era posible suprimir los recuerdos de un niño antes de que su memoria se estabilizara, incluso un trauma, sobre todo un trauma, enterrarlo en vez de obligarle a vivir con él toda su vida? ¿Qué suma de inconsciencia, desesperación y determinación era precisa para apostar por ello?

Sin embargo, no se dio ninguna respuesta.

Marta se volvió de nuevo hacia el patio y bajó los ojos hacia el niño que dormía sobre el césped, sonriendo, con un delgado hilillo de baba en los labios y el cabello mezclado con las briznas de hierba acariciadas por el viento.

—En cierto modo, ese angelito será más feliz.

Josèf parecía perdido en sus pensamientos. Papy aprovechó la circunstancia para levantarse y sacar el teléfono. Era urgente avisar a Marianne, ahora que tenía todos los elementos. Dio dos pasos para alejarse. De repente, un cambio en la luz hizo que el cristal de la galería le devolviese su reflejo. Quizá por la proximidad del matrimonio Lukowik, Papy se sintió súbitamente viejo.

Tres generaciones jodidas, había repetido Marta. A su pesar, pensó en sus hijos, Cédric, Delphine, Charlotte, Valentin y Anaïs, todos los cuales habían volado del nido, y en sus seis nietos, a los que no veía casi nunca. Sí, se sintió viejo. ¿Estaba todo jodido también para él?

Se quedó largo rato observando su reflejo, Marta creyó que miraba más allá, a través del cristal, hasta el niño.

La voz de la anciana se volvió áspera.

—¿A este también van a quitárnoslo?

71

Hoy, cruzo el puente de las Artes. Sola.
Ganas de matar
Como la gota que colma el vaso, me gustaría ser quien pone el
candado que provoca el derrumbamiento del puente.

Condenada: 19
Absuelta: 187

www.ganas-de-matar.com

Los quince militares se desplegaban alrededor del avión, como si ejecutaran una hábil coreografía orquestada con un simple movimiento de los dedos, desde el otro lado de la cristalera, por el director de la seguridad del aeropuerto.

Marianne no le concedió ni siquiera una mirada y colgó el teléfono. Las palabras de Papy continuaban resonando en su cabeza. Se mezclaban con las de Vasile Dragonman unos días antes.

¿Se puede borrar la memoria de un niño? ¿Enterrar un trauma? ¿Impedir que crezca, que eche raíces, que corroa una vida?

Después de todo, ¿por qué no?

El cerebro de un niño de tres años es un trozo de plastilina. ¿Por qué ese niño no iba a olvidar que sus padres habían muerto, asesinados ante sus ojos, si ese recuerdo era insoportable y él había encontrado un hada capaz de borrarlo con un toque de varita mágica?

Sí, ese niño creía que Angie era su mamá. Angie lo había manipulado para salvarlo. Guti había sido su instrumento, su cómplice. Lo único que Angie había hecho era utilizar el truco más antiguo del mundo, oponer una verdad a otra, Amanda contra Angie, una alternativa de por sí bastante complicada para su pequeño cerebro. Dos mamás amantes suponía una de más, la mejor forma de olvidar que la tercera ya no estaba allí para criarlo, de olvidar que había caído delante de él, de olvidar la huella de la mano ensangrentada de su padre en la puerta del coche. De acordarse solo de una lluvia de vidrio cortante, y muy pronto olvidar también esa lluvia.

Ante los ojos consternados del responsable de la seguridad del aeropuerto, Marianne apretó el peluche raído entre sus manos.

Angie quería un hijo, más que nada en el mundo. Angie sería una buena madre. Malone crecería feliz con ella.

Angie no había matado a nadie.

Angie se había hecho amiga suya para eso, para que ella comprendiera que quería salvar a ese niño. Porque Angie era su única posibilidad.

Angie había aceptado el plan de Zerda, efectuar un intercambio de niños, únicamente para deshacerse mejor de él llegado el momento. Alexis Zerda era totalmente incapaz de imaginar hasta dónde podía llegar la determinación de una madre para proteger a su hijo. Y no digamos de dos madres mimando al mismo niño… ¡Condenado por anticipado, Alexis! La primera, Amanda, le disparó dos balas en el pecho con una pistola que la segunda, Angie, le había puesto entre las manos.

El jefe de la seguridad parecía decidido a poner fin a aquello. Se secó la calva, apartó con un gesto brusco a la azafata de las uñas pintadas y se plantó delante de Marianne.

—Bueno, comandante, ¿entramos o no en ese puto avión? Se trata de una mujer y su hijo. No van armados. Así que, ¿a qué espera, mierda? ¡Ha sido usted quien nos ha ordenado que no dejemos despegar a ese aparato?

J. B., todavía inmóvil detrás de ellos y acompañado de los agentes Bourdaine y Constantini, parecía pendiente de quién se anotaba más tantos.

Marianne no respondió. La dominaba el vértigo. El avión parado en la pista. Los tipos de uniforme rodeándolo. El enano calvo vociferando delante de ella. La rigidez estoica de sus dos guardaespaldas. La sonrisa congelada de la azafata. Como si todo se hubiera detenido a su alrededor salvo los ladridos del perrito gruñón.

—¡Joder, interrumpir un despegue es interrumpir todos los demás! Hay cuatro vuelos esperando detrás... ¡Mierda, tengo quince hombres armados en la rampa, podemos tomar por asalto la carlinga en unos segundos!

—Calma —dijo la comandante casi como un acto reflejo—. Hablamos de un niño y su madre.

El perrito gruñón insistió:

—¿A qué viene todo este circo, entonces? ¿Por qué tenemos inmovilizado en el suelo a ese avión y estamos retrasando todo el tráfico desde hace veinte minutos?

Intentaba desafiar a la comandante, autoridad contra autoridad, legitimidad contra legitimidad, mediante el enfrentamiento físico si era necesario. La intimidación del macho dominante.

Estiró como un pavo real su cuello galoneado y pegó el buche contra el pecho de Marianne.

Acabar de una vez...

Ella ni se dignó mirarlo. Se volvió hacia la azafata de la sonrisa roja y los cabellos de fuego.

Le puso una mano amigable en el hombro y le tendió la otra, lentamente, para que entendiera bien que le encargaba la misión más delicada de toda aquella investigación.

La mano de la azafata se cerró, era una sensación suave, aunque seguía sin comprender lo que se esperaba de ella.

Marianne se lo explicó en voz alta, como desafiante, para que todos la oyeran.

—El niño se ha dejado su peluche. No puede irse sin él.

Aguja pequeña en el 5, aguja grande en el 3

El cabo de la Hève ya no era más que un puntito en el horizonte que desapareció un segundo después bajo el ala del Boeing 737. Delante, a través del ojo de buey, Angie solo veía ya el océano, sobre el cual flotaban unas nubes de algodón que el avión atravesaba sin rajarlas, como sueños que hendieran una almohada de plumas.

Malone se había dormido sobre sus rodillas. Guti estaba aprisionado entre sus brazos, contra su pecho. El peluche se elevaba, despacio, parecía que respirase al mismo ritmo que el niño.

Como exhausto, también él. El reposo del héroe que se cae de sueño en el epílogo de su fantástica aventura.

A Angie le encantaba esa sensación, esa impresión de estar prisionera, de no poder mover un brazo, una pierna, de notar el entumecimiento en aumento, de controlar incluso su respiración. Nada que pudiera despertar a su tesoro.

Una azafata sonriente, solícita, pasó y le preguntó si todo iba bien. A Angie le encantó también la mirada de ternura con la que la chica envolvió a su gran bebé dormido.

Había esperado tanto aquel momento…

Brindarle a ese niño una segunda oportunidad. Aunque quizá

era él quien le hacía ese regalo. Daba igual. También ella, como Guti, acompasaría su respiración con la de Malone.

Muy despacio, apoyó la espalda en el terciopelo azul del asiento y cerró los ojos.

En el fondo, todo había sido fácil.

Alexis Zerda era peligroso, pero previsible. No había tenido ninguna dificultad para convencerlo de que le perdonara la vida al niño, de que, simplemente, lo cambiara por otro durante unos meses, el tiempo necesario para que lo olvidara todo… ¡Pobre loco! El niño olvidaría lo peor, por supuesto, pero recordaría lo demás, todo lo demás, lo que hiciese falta, cuando hiciese falta, gracias a Guti.

¿Cómo iba a abandonar a aquel niño del que Ilona y Cyril se ocupaban tan poco y tan mal? Durante los meses anteriores al atraco, ella había sido su niñera, su hermana mayor, incluso su mamá; era ella quien lo acostaba, lo levantaba, lo lavaba, le contaba cuentos mientras todos los demás repasaban por enésima vez su plan, cada calle de Deauville, cada centímetro del plano, cada segundo de ese robo que solo debía durar tres minutos y asegurarles la riqueza para el resto de su vida.

En el fondo, Guti no había mentido, Angie era su mamá, su verdadera mamá, mucho antes de que sus padres se fueran al cielo.

Amanda Moulin, de otro modo, también era previsible. Por supuesto, se había quedado prendada de este nuevo Malone. Por supuesto, estaba dispuesta a todo para conservarlo, para quedarse con él, para huir con él al otro extremo del mundo, si encontraba los billetes para el paraíso; a deshacerse de cualquiera que se interpusiera en su camino, si encontraba el arma para el infierno. Daba igual si la policía descubría un rastro informático de su búsqueda de billetes de avión, sería otra forma de confundir las pistas; los había comprado con el ordenador de Zerda, el que estaba escondido con el botín en la base de la OTAN, pero se había ocupado de suprimir todos los documentos que mencionaran el nombre de Amanda y de Malone.

La única incógnita guardaba relación con Marianne Augresse. La comandante debía comprender. Pero ni demasiado pronto, para no frenar el engranaje, ni demasiado tarde, para que tuviese tiempo de reflexionar en sus confidencias. Enviarle una carta anónima había bastado para forzar su encuentro; después, Angie había puesto toda la carne en el asador. Jamás había llegado tan lejos con una amiga.

La sinceridad envuelta en una mentira. Esa era la apuesta. Un farol desesperado, el precio de su libertad.

Una vez más, pensó en las certezas psicoanalíticas y las apartó con un gesto de la mano. Plenamente consciente.

Pese a las interminables conversaciones mantenidas con Vasile Dragonman sobre la resiliencia, no había conseguido convencerse de que era preferible despertar los fantasmas, afrontarlos, que dejarlos dormir en el olvido.

No había conseguido admitir que era preferible hacer que un niño cargara con el fardo de la verdad por el resto de sus días, en nombre del derecho a saber, cuando la mentira le ofrecía la oportunidad de arrancar la página emborronada y empezar a escribir su vida en un cuaderno en blanco.

Por supuesto, no ignoraba nada de la memoria traumática, del inconsciente y de las quimeras que perseguirían a Malone durante toda su vida. Pero se negaba a creer que el amor, su amor, no tendría más peso en la balanza de la felicidad.

El Boeing continuaba tomando altura. Fragmentos de estuario se hacían cada vez más pequeños. Unos segundos más, y subirían por encima de las nubes, al otro lado del mundo. En la oscuridad naciente, el último rastro de vida se reducía a las guirnaldas luminosas que hacían brillar la ciudad. La mayoría de los coches ya habían encendido los faros.

Antes de dejar esas tierras y marcharse a otro continente, Angie no pudo evitar pensar en Timo. Era lo único que no encajaba en su plan. ¡No podía escapar con ellos! Estaba fichado; imposible, en su caso, tomar el avión, pasar la aduana.

Le puso una mano en la frente a Malone y le susurró al oído, para que sus palabras se grabaran en sus sueños.

—Papá se reunirá con nosotros más adelante…

Eso esperaba. Lo esperaba con todas sus fuerzas. Timo sería un padre maravilloso.

Con cuidado para no despertar a Malone, se inclinó de nuevo hacia el ojo de buey. La última imagen que retuvo, antes de que las nubes se tragaran definitivamente toda huella de vida en la tierra, fue la de la telaraña urbana, amarilla y titilante, con excepción de una luz azul que serpenteaba más deprisa que las demás.

73

Hoy, el resultado de mi primer curso de medicina: el número 1.128. Admiten a los 117 primeros.
Ganas de matar...
... ¡puesto que las ganas de curar ya son inútiles! Falta escoger la opción. ¿Verdugo? ¿Asesino a sueldo? ¿Escritor de novelas policíacas?

Condenado: 27
Absuelto: 321

www.ganas-de-matar.com

El girofaro, al igual que el aullido de la sirena, anunciaba el peligro. Un cuarto de segundo antes de que la ambulancia apareciera en la avenida del Bois-au-Coq, una estela azul coloreó las altas paredes de los bloques de La Mare Rouge, un fogonazo breve, pero suficiente para que algunos vecinos salieran al balcón. A duras penas el tiempo de ver pasar la ambulancia, de oír unos segundos más el eco de la sirena rebotando contra las paredes de ladrillo de los edificios.

La ambulancia bordeó durante unos instantes el centro comercial de Mont-Gaillard. Las luces de neón compitieron a lo largo de trescientos metros con la luz cegadora; luego los rótulos desaparecieron, así como también el interminable aparcamiento y los vehículos retenidos en el interior.

La ambulancia circulaba por la avenida del Val-aux-Corneilles.

El hospital Monod estaba ya a solo dos kilómetros. *1 min 32*, indicaba el sistema de localización del Servicio Médico de Urgencias, de una precisión matemática.

Justo delante, una moto frenó bruscamente. Una furgoneta se apartó a un lado.

Yvon continuó a la misma velocidad, tenía experiencia en conducir, lo hacía sin intentar batir récords, ajustando estrictamente su carrera a la del minutero.

Tratar de ir más deprisa habría sido una locura.

La ambulancia se sumergió en la ciudad. Yvon tomó la rotonda siguiente en contradirección y continuó por el carril del autobús.

55 segundos.

Le faltaba recorrer la avenida de Frileuse y ya estarían.

Yvon notó la mano enguantada sobre uno de sus hombros.

Estaba acostumbrado. Sucedía como mínimo una o dos veces de cada diez. Tanguy, el camillero, su cómplice en la parte de atrás desde hacía más de tres años, no necesitaba decir nada.

Circulaban por un carril reservado al transporte público. Yvon frenó y retrocedió para colocarse detrás de un autobús detenido en la parada. Desconectó el girofaro y la sirena y se volvió hacia Tanguy. En la parte trasera iba también una chica muy joven, con bata blanca, a la que no conocía, seguramente una nueva, y Eric, el médico de urgencias. Un habitual.

Fue él quien habló. Le correspondía ese privilegio, si es que a eso se le podía llamar privilegio.

La última palabra, el último gesto.

Al lado de ellos, unas sombras apresuradas bajaban del autobús número 12 y desaparecían una a una en las bocas negras de las entradas de los inmuebles que se alzaban a lo largo de la acera.

—Se ha acabado —dijo Eric, tapando con la manta isotérmica el hermoso rostro juvenil de Timo Soler.

Seis meses después

74

En la terraza del hotel Brigandin, prácticamente no había más que hombres.

Solos.

Físicos, informáticos, matemáticos, técnicos, todos los cerebros con los que el centro espacial guayanés de Kourou contaba para enviar al espacio, en su doscientos diecisiete lanzamiento, un cohete Ariane. El despegue, ya casi rutinario, estaba previsto para dos horas más tarde. Lo cual no parecía estresar mínimamente a los tipos con corbata, con polo Lacoste o con bermudas caqui para soportar mejor el bochorno de primera hora de la tarde. Incluso se oía venir de un poco más lejos, de detrás de la pared de bambúes, las risas y los chapoteos de la piscina del hotel.

Al otro lado de la valla metálica, a una distancia de unos cientos de metros, entre la bruma de calor, Ariane dominaba el horizonte, aplastando con su sombra las palmeras y los hangares. Tenía la altura y la elegancia de una catedral inmaculada, construida en un claro desbrozado para ella antes incluso de que una ciudad la rodeara. Una catedral caprichosa que emprendería el vuelo para desafiar a Dios y sembrar en el cielo ángeles de metal.

Maximilien, con un mojito en la mano, se fijó en ella en cuanto puso un pie en la terraza.

¡La única mujer!

Las autóctonas armadas con escobas o las camareras mestizas, detrás o delante de la barra, no contaban en su concepción de la paridad.

La mujer estaba perdida en sus pensamientos, delante de una menta con agua, como en aquella canción que cantaba Eddy Mitchell; solo faltaba el pobre juke-box y el dios foco. Joven, guapa, gafas oscuras, largos cabellos trenzados que caían sobre su vestido de flores, brazos y piernas bronceados con mesura. Debía de llevar unos meses viviendo en la Guayana…, pero menos de un año. Maximilien, como experto conocedor, había aprendido a datar con precisión la cocción de las carnes femeninas expatriadas por el color de su piel.

Se acercó.

—¿Puedo sentarme?

La terraza estaba abarrotada. La excusa resultaba creíble. La chica era risueña. Un punto a su favor.

—Sí, claro.

Se quitó las gafas un momento. Lo había encontrado atractivo, su mirada de complicidad era inequívoca, otro punto a su favor.

Él no era mucho mayor que ella, cinco años como máximo. Él también lucía un bronceado trabajado a lo largo del tiempo, pero de forma intermitente: tres semanas en la Guayana y tres en la metrópolis. Le explicaría, sin exagerar demasiado, que ese cohete despegaba en parte gracias a él, que dirigía un equipo de una treintena de ingenieros y técnicos, que cada lanzamiento era una tremenda inyección de adrenalina, este era el decimoquinto para él, que no acababa de acostumbrarse; que se ganaba muy bien la vida, que iba a menudo allí, que se aburría un poco después del lanzamiento, que le gustaba conocer gente, que de pequeño soñaba con ser cosmonauta, que casi lo había logrado…

Le tendió la mano a la chica.

—Maximilien. Pero prefiero que me llamen Max…

—Angélique. Pero prefiero que me llamen Angie…

Forzaron una misma carcajada, con una sincronización perfecta. Otro punto más. Max se presentó, expuso su currículo con detalle e indiscutible imaginación, y se esforzó en escuchar a Angie, aunque se mostraba mucho más discreta que él. Casi inquieta. Le dijo simplemente que solo había ido allí unos días para solucionar unos asuntos, que residía prácticamente siempre en Venezuela. Un poco, pensó él por un instante observando el bolígrafo de la Western Union sobre la mesa, como esos traficantes que huyen de la policía francesa, que dan saltos de mono ardilla para ir a Francia e inmediatamente volver para perderse en el bosque ecuatorial.

Una actitud de pasajera clandestina detrás de sus gafas oscuras. Eso la hacía más misteriosa.

No retiró la mano cuando los dedos de Max la acariciaron primero y la capturaron después. Sin ambigüedad.

Una alianza rodeaba su anular. Max ponía las cartas boca arriba, sin ninguna ambigüedad tampoco. El privilegio de los expatriados, del ecuador, del bochorno.

—Es usted encantadora, Angie.

—Y usted, un seductor muy atento, Max.

Sus dedos se entrelazaban, húmedos, pegados para bailar un primer tango. Los ojos de Angie brillaban.

—Y sin duda alguna un amante delicioso… —añadió esta—. Si le dijera desde cuándo no hago el amor, no se lo creería.

Max pareció por un instante desconcertado por el atrevimiento de la chica.

—Pero todas esas cualidades no bastan, Max. Yo busco una suplementaria.

—¿Un desafío?

El ingeniero había recuperado la sonrisa. La chica era juguetona. Eso le encantaba. Sin embargo, no tuvo tiempo de preguntar cuál era la naturaleza del reto. La respuesta apareció ante sus ojos.

Vivaracha y alegre.

—Mamá, ¿podemos quedarnos un poco más? ¡Creo que el cohete va a despegar!

El niño de cuatro años había surgido entre las mesas y se había subido de un salto a las rodillas de su joven mamá, haciendo

temblar mojito y menta con agua antes incluso de que los moto-
res Vulcano escupieran sus llamas.

—Pues claro que sí, tesoro. Hemos venido por eso.

El niño se había ido de nuevo, risueño, travieso, después de
haber cogido un peluche inmundo en forma de rata, sorteando
mesas y camareras para volver a agarrarse a la valla metálica que
ofrecía una vista privilegiada del gigantesco cohete blanco.

Max vació la mitad de su vaso.

—¿Cuatro años? —le preguntó a la chica.

—Pronto cinco… La cualidad suplementaria es por él. Yo
necesito un amante; él, un padre.

—¿Dos cualidades indisociables?

—Sí.

—¿No es posible negociar?

—No.

La risa de Max fue espontánea. Abrió su iPhone con un dedo
y lo desplazó sobre la mesa para que ella viera la foto de fondo
de pantalla.

—Sorry, Angie. ¡Ya estoy servido! Le presento a Céleste,
Côme y Arsène, de tres, seis y once años respectivamente, así
como a su mamá, Anne-Véronique. Los adoro a todos. —Se levantó con el mojito en la mano—. Hasta la vista, señorita.[2]

Le dirigió una última mirada al niño, subido a una silla de
plástico para ver mejor aún a través de la alambrada.

—Cuídese, Angie. Ofrézcale las estrellas, se las merece. —Le
mandó un beso con la mano—. No son papás lo que escasea.

Angie lo siguió con los ojos hasta que desapareció en el interior
del vestíbulo del hotel Brigandin, luego su mirada se perdió en las
mesas de alrededor, donde los hombres solos, en pareja o en grupo reían, jugaban, se aburrían. Soñaban.

2. La última frase, en español en el original. (*N. de la T.*)

75

Amanda Moulin fue condenada a cuatro meses de prisión incondicional. Se aceptó la legítima defensa para el homicidio de Alexis Zerda sin que Amanda la pidiese siquiera, sin que su abogado tuviera que argumentar.

Pero Amanda Moulin debía responder también por otros delitos: usurpación de identidad, fuga e intento de secuestro.

Fue encarcelada en el centro penitenciario de Rennes. Los quince primeros días, todas las mañanas, después del paseo, recibía una carta. El matasellos indicaba Potigny. La dirección que figuraba en el remite era el número 23 de la calle de Les Gryzons, la de Josèf y Marta Lukowik.

No las abría. Nunca.

Sabía lo que contenían. Fotos de Malone, siempre las mismas. El relato de sus días, siempre los mismos. Malone no iba a morir, eso era lo primero que le había dicho su abogado. Dimitri había manipulado con Alexis Zerda los resultados de las pruebas realizadas en la clínica Joliot-Curie.

En el cerebro de Malone, efectivamente, una minúscula fisura agrietaba el puente de Varolio, entre el tronco cerebral y la médula espinal, reduciendo prácticamente a nada su motricidad y su sensibilidad, pero no estaba afectada ninguna función vital.

Ahora le tenía sin cuidado, todo le daba igual. Casi habría preferido que Malone hubiese muerto. Que todo hubiese terminado. Que le dejaran un clavo, una sábana y un taburete en su celda para ahorcarse.

Tres semanas después de su encarcelamiento le anunciaron una visita. Una mujer más joven que ella la esperaba en el locutorio. Era asistente social. Le explicó que el juez de menores acababa de tomar una decisión. Retiraba la custodia de Malone a los abuelos Lukowik, que no tenían ningún vínculo de parentesco con el niño, ningún derecho, ninguna autorización de tutela. El niño ingresaría en un centro médico-educativo hasta que ella saliera de la cárcel.

—¿Y luego?

La joven asistente social bajó los ojos sin responder. Se limitó a ponerle delante unos papeles que debía firmar, para el juez, para la Agencia Regional de Salud y para el centro médico-educativo. Amanda estampó la firma en todos ellos sin siquiera leerlos.

La disposición del juez establecía una visita tutelada a la semana.

Amanda, agarrada por dos guardias que no le dejaron elección, se encontró cara a cara con Malone el miércoles siguiente, a las diez y media de la mañana, en compañía de una educadora, en un cuarto sin ventana de tres metros por tres.

Durante los diez minutos que duró la visita, Malone se limitó a mirar la mosca que zumbaba sobre la pared que quedaba detrás de Amanda. La educadora, también más joven que Amanda, se limitó a farfullar algunas preguntas al principio: «¿No lo coge en brazos? ¿No lo besa? ¿No le habla?». Luego aprendió también a callar.

Todos los miércoles.

Amanda iba, ahora con docilidad. Ya no zumbaba ninguna mosca.

La educadora que acompañaba a Malone era cada vez una distinta. Curiosamente, sin duda fue eso lo que acabó por hacer reaccionar a Amanda. Esa imagen de Malone entrando y saliendo cada semana con una mujer diferente, como un objeto molesto que se le endosa a otro. Una carga.

Algo se despertó en ella, lentamente. Creció, un miércoles tras otro.

Recuperó la esperanza. Pasadas unas semanas, saldría. Le devolverían a Malone. Lo cuidaría. Lo aceptaría tal como era.

Una semana antes de que la pusieran en libertad, el juez de menores ordenó unas pruebas complementarias, tanto para Amanda como para Malone. Amanda respondió a las preguntas del psicólogo de la prisión durante medio día y Malone estuvo dos en los servicios de neurocirugía pediátrica del profesor Lacroix, el que lo había operado tras su caída por la escalera.

La misma mañana que la pusieron en libertad, Amanda fue a ver al profesor Lacroix. Estuvo casi una hora en la sala de espera, cuando en realidad no había ningún otro paciente, ni siquiera un niño jugando en el rincón de los Lego, solo tres secretarias riendo y hablando por lo bajini en el pasillo de al lado.

Finalmente, el doctor la recibió. Había hablado largamente con el juez.

¡El sitio de Malone era un centro especializado!

Malone necesitaba vigilancia, cuidados, tratamientos regulares. Amanda podría verlo tanto como quisiera…

—Devuélvame a mi hijo —dijo simplemente Amanda—. Por favor, doctor…

El neurocirujano no respondió. Jugueteaba con un bolígrafo de plata, muy fino, sin siquiera haberse tomado la molestia de sacar de la funda de plástico los documentos que Amanda había llevado: la autorización para tener a Malone a su cargo en su domicilio. Solo él podía firmarla.

—Por favor, doctor…

No había hostilidad alguna en el tono de Amanda.

A modo de respuesta, Lacroix empujó hacia ella el historial médico. Amanda lo consultó maquinalmente. Se sabía de memoria los resultados. Nada nuevo. Estado estacionario. Ninguna curva de cognición o de reacción evolucionaba.

—Es por el bien del niño, señora Moulin —consideró oportuno precisar el neurocirujano—. No se trata de una decisión contra usted. Malone estará mejor en un centro especializado, así podrá...

Amanda había dejado de escuchar. Se le escapaban los ojos hacia uno de los documentos del historial médico, pese a que había leído decenas de veces aquel presupuesto del Harper University Hospital de Filadelfia. El único laboratorio del mundo que reparaba las lesiones cerebrales implantando nuevos axones en las neuronas dañadas. Un equipo de treinta neurocirujanos al servicio de los pacientes, aseguraba el folleto publicitario, unas instalaciones técnicas únicas en Estados Unidos, un gran parque arbolado para una convalecencia apacible, una lista a tres columnas de personalidades norteamericanas operadas con éxito, si bien ninguno de los nombres era conocido en Francia.

Coste de la operación: 680.000 dólares.

—Compréndalo, señora Moulin —concluyó Lacroix—, lo siento tanto como usted, pero no puedo arriesgarme a dejarle a Malone. En su estado, después de todo lo que ha ocurrido, es imposible.

A Amanda le pareció detestable la sonrisa del neurocirujano cuando guardó en el cajón el bolígrafo de plata, que quizá valía una milésima parte del importe.

Nada había cambiado en la plaza Maurice Ravel. Los vecinos habían reservado sitio en las ventanas para su regreso. La casa estaba fría, polvorienta, vacía. La alfombra de bambú aún tenía marcas rojas. Las poesías del día de la Madre seguían en el cuadro decorado con corazones y mariposas.

Amanda ya ni siquiera tenía fuerzas para llorar.

No salió durante los tres días que siguieron, tampoco comió y a duras penas durmió. Fue el cartero el que se desplazó, cruzó la valla y llamó a la puerta, puesto que Amanda no iba hasta el buzón, donde el correo se acumulaba.

Una carta de la Guayana, el cartero le enseñó con orgullo el sello a Amanda.

Amanda la abrió sobre la mesa de la cocina, delante de un café, lo único que aún podía tragar.

La primera hoja estaba casi en blanco, solo dos palabras.

Para Malone

Y una firma.

Angie

La segunda contenía más líneas, una decena, que Amanda leyó en diagonal.

La letra femenina se disculpaba por no haber dado señales de vida antes, hablaba de un paquete enviado por ella a Venezuela, de un joyero de Amberes, de un intermediario holandés, de una dispersión complicada del botín hacia clientes en Singapur, Taipéi, Johannesburgo, Dubái...

Nada más, aparte de una última línea.

Dos letras, una serie de cifras y un nombre.

ch100023000109822346
Lloyds & Lombard, Zürich United Bank

76

Marianne había decidido no ponerse límites.

Ni en el número de invitados ni en el número de botellas que vaciaría. Un solo número era fijo, el de las velas en su tarta de cumpleaños.

Cuarenta.

Marianne olvidaba por una noche la investigación de la policía de los policías, la sanción que iba a caerle de un momento a otro, la suspensión de empleo tal vez, y mariposeaba de amigo en amigo con una copa en la mano. Se había puesto una camiseta ceñida con la inscripción *No Kids* y repetía sin parar:

—¡Por la libertad!

J. B. había aparecido hacia las once del brazo de una chica diez años más joven que él, vestida con un pantalón corto vaquero y un top fucsia que le cosquilleaba el ombligo. Llevaba una botella de champán escondida tras la espalda para celebrar su divorcio y la reciente negativa del juez a concederle la custodia compartida. Se había quedado apenas tres horas, tras las cuales le había estampado a Marianne un beso amistoso en la frente antes de decirle al oído que iba a reunirse con los amigos de Loreen. En una discoteca.

Los demás habían empezado a irse un poco más tarde, a partir de las tres de la mañana. A las cinco, en medio de los vasos desperdigados por todas partes, los platos de cartón abandonados sobre los muebles, las botellas sin tapar, las pastas saladas pisoteadas y las porciones de tarta casi sin tocar, solo quedaba Papy.

Marianne se dejó caer en el sofá, al lado de Mogwai, con una Desperados en la mano.

—¿Te echo una mano para poner todo esto en orden?

—Déjalo, Papy, ya lo haré más tarde. Ahora tengo todo el tiempo del mundo para poner orden.

Papy se había abierto también una cerveza.

—¡A quién se lo dices!

El teniente Pasdeloup había celebrado su jubilación la semana anterior. La había solicitado con cincuenta y dos años recién cumplidos, después de veintisiete de servicio, un derecho que tenía como funcionario de la policía en activo.

Marianne había pillado un buen colocón. La botella que tenía en la mano se le cayó al suelo y la cerveza se derramó bajo el sofá.

—Es del género idiota llamarte Papy… ¡Pero si apenas tienes diez años más que yo! Te conservas mejor que la mayoría de los tíos de mi edad. Estás solo. No tienes que rendir cuentas a nadie. Ven, acércate.

Se encogió para dejarle sitio, empujando a Mogwai con la punta del pie para obligarlo a apartarse. Papy se limitó a sonreír.

—¿Qué me propones exactamente, Marianne?

La comandante le devolvió la sonrisa.

—Follar. Para celebrar mi nueva vida. Y la tuya también. Follar. Nada más, te lo aseguro. Sospecho que no vas a tener otro hijo. Ya has hecho tu aportación.

El teniente Pasdeloup tembló un poco, cogió una silla y se sentó enfrente de Marianne.

—¿Me lo propondrías?

—¿El qué? ¿Follar? Sí… Una vez, para probar… Ya no hay diferencia jerárquica entre nosotros.

—Me refiero a tener un hijo. ¿Me lo propondrías?

Marianne notaba la cabeza terriblemente pesada, pero aun así la movió de arriba abajo, casi maquinalmente. Aquello debía de querer decir sí, o por qué no, para probar.

Papy se inclinó y le cogió una mano.

—¿De verdad, Marianne? ¿Me lo propondrías? ¿Me propondrías que dentro de seis meses pueda poner las manos sobre tu barriga redonda con una cosita mía viva dentro? ¿Me propondrías que dentro de menos de un año me pase las noches en vela atendiendo a un niño que llora y me reclama, en vez de navegar por la red? ¿Que en Navidad le montemos un parque, un abeto, estrellas que brillen, en vez de pasarla solo, y que el tipo de la barba blanca vuelva todos los años siguientes? ¿Que el columpio de mi jardín chirríe de nuevo y yo vuelva a sacar la bici, y vuelva a encontrar una razón para pasear por el puerto e ir a la piscina, un pretexto para subir a la montaña rusa y atiborrarme de dibujos animados? ¿De verdad me propones eso, Marianne? ¿Que hasta los sesenta años un crío o una cría de menos de diez años me dé besitos todas las mañanas, se suba sobre mis rodillas y me diga «Papá, pinchas», besándome pese a todo? ¿Que no acabe como un viejo chocho, prohibiéndome telefonear todas las semanas a mis nietos, que ya no tienen nada que decirme, y que en lugar de eso un niño me pida que le cuente un cuento y se me cuelgue del cuello hasta partirme la espalda para que no me vaya de su cuarto? ¿De verdad, Marianne, que me propones eso? ¿Me propones volver a empezar, iniciar un nuevo ciclo, hacer que las agujas avancen al revés, rebobinar, encontrarme con veinte años de vida de golpe?… ¿En serio que me propones eso, Marianne?

Marianne tiró de la mano de Papy para atraerlo hacia sí.

El exteniente Pasdeloup se dejó hacer.

—No te sentirás decepcionada. Seré un padre ideal.

Marianne acercó los labios a los suyos y, justo antes de que se unieran, susurró:

—Más te vale. Porque yo voy a ser una madre supercoñazo.

Índice